FELIX A. MÜNTER

The Rising

MANTIKORE
VERLAG

Für K. Prost und M. Münter.
Danke für eure Audauer, euren Zuspruch und eure Unterstützung zu jeder Zeit.

Ein besonderer Dank gebührt Oliver Haase.
Freund, Sparringspartner und Probeleser der ersten Stunde.

1. Auflage

Veröffentlicht durch den
MANTIKORE-VERLAG NICOLAI BONCZYK
Frankfurt am Main 2014
www.mantikore-verlag.de

Titelbild: Ignacio Bazán Lazcano
Lektorat: Nora-Marie Borrusch
Satz: Karl-Heinz Zapf
Bildbearbeitung: Helge Balzer

ISBN: 978-3-939212-82-9

VP: 082-70-01-08-1114

Printed in the EU

Felix A. Münter

THE RISING

Buch 2: Das Gefecht

Roman

MANTIKORE
VERLAG

Kapitel 1

Der Windpark

Dan wurde unsanft von einem seiner Männer geweckt. Er schreckte hoch und sein erster Impuls war, den Mann zurechtzuweisen. Doch bevor die Worte seine Lippen verließen, kam sein Gedächtnis auf Touren und erinnerte ihn daran, wo sie sich befanden. Er kämpfte den ersten Impuls des Ärgers nieder und wischte sich den Schlaf aus den Augen. Es war kalt und dunkel und er fühlte sich, als ob er nicht lange gelegen hätte. Es war es mitten in der Nacht, und das bedeutete zwangsläufig, dass etwas Besonderes vorgefallen sein musste.
„Was ist?“, murmelte er verschlafen.
„Sir. Irgendwas stimmt da draußen nicht.“
„Geht es genauer?“
„Sir, hören Sie das?“

Verschlafen horchte Dan und sah den Mann verständnislos an, doch dann realisierte er, was der Soldat meinte. Ein Brummen ging durch das Tal. Das Geräusch blieb dabei nicht an einer Stelle, nein, es bewegte sich.
Schlagartig war Dan hellwach und kletterte aus dem Schlafsack. Während er mit schnellen Handgriffen seinen Kampfanzug richtete, drehte er sich im Halbdunkel der Lampen zu dem Soldaten um.
„Was ist das?“
„Sir, das wissen wir nicht. Aber als ich es gehört habe, bin ich sofort hierhergekommen. Klingt fast nach einem LKW.“
„Woher?“
„Auch das weiß ich nicht, Sir. Hier im Tal könnte es überall sein.“
Dan fluchte lautstark.

Er und seine Soldaten hatten sich in einem der Gebäude einquartiert. Nachdem sie die kleine Reisegruppe in den Kellerlabyrinthen verloren hatten, wollte er noch nicht zurückkehren. Einerseits war es die Angst vor der Reaktion des Generals, andererseits sagte ihm sein Gespür, hier vor etwas Großem zu stehen. Vielleicht waren die Gerüchte über das Institut ja wahr und er war nur unfähig, das Offensichtliche zu erkennen. Er hatte beschlossen, noch einige Tage hierzubleiben und zu suchen. Vielleicht konnte er so gleich mit doppeltem Triumph zum General zurückkehren. Doch egal, was sie versucht hatten, wo sie auch gesucht hatten: Bisher war ihnen kein Erfolg beschieden gewesen.

Er ging zu einem der Fenster und blickte aus dem Rohbau in das dunkle Tal. Nur schemenhaft zeichneten sich die anderen Gebäude ab, er konnte kaum etwas erkennen. Ohne zu zögern, griff er nach seiner Pistole und feuerte zwei Schuss neben sich in den Boden. Der Lärm sollte ausreichen, um seine Männer wach zu bekommen. Trotzdem drehte er sich zu dem Soldaten um.

„Weck die anderen. Und dann raus mit euch. Was immer es ist, ich will, dass es aufgehalten wird!"

Ohne ein weiteres Wort der Erklärung hastete Dan zu seiner Ausrüstung und kramte nach etwas, dann stürmte er die rohen Treppen hinauf zum Dach. Die Dunkelheit machte ein schnelles Vorankommen mühselig, und zweimal wäre er fast gestolpert. Oben angekommen lief er zur Brüstung und spähte über das Tal, doch auch von hier konnte er nicht viel erkennen.

Entschlossen lud er die Signalpistole, die er sich nur Sekunden vorher genommen hatte, richtet sie in den Himmel und drückte ab. Mit einem grellen weißen Leuchten schoss ein Signalkörper in den nächtlichen Himmel und tauchte das Tal in unnatürliche Helligkeit. Seine Augen brauchten einige Zeit, um sich daran zu gewöhnen. Im Licht der Fallschirmleuchtkugel entdeckte er die Quelle des Geräuschs. Der Offizier traute seinen Augen nicht, als er erkannte, um was es sich handelte. Um einen fahrtüchtigen LKW. Das Fahrzeug rumpelte über die Wiese, vorbei an Büschen und Sträuchern, passierte kleine Baumgruppen und hielt genau auf die Rohbauten zu.

Ein derber Fluch glitt über Perrys Lippen, als das Tal in gleißendes Licht getaucht wurde. Mit einer ungelenken Bewegung riss er sich das Nachtsichtgerät vom Kopf und ließ es neben sich auf die Sitzbank fallen. Während er mit der Linken das Steuer umklammerte, suchte er mit der rechten Hand nach Tyler, bekam den Jungen an der Schulter zu packen und drückte ihn nach unten, in die vermeintliche Sicherheit unter dem Armaturenbrett. „Festhalten!", brüllte er nach hinten und trat das Gaspedal durch. Der Motor heulte auf, als die Nadel des Drehzahlmessers hektisch ausschlug. Der Arzt griff nach der Kupplung und schaltete hart, es gab ein unschönes Knacken, dann war der Gang eingelegt. Die Tachonadel wanderte langsam höher.
Die Warnung des Arztes kam für Eris und Sal auf der Ladefläche einen Sekundenbruchteil zu spät. Obwohl beide versuchten, sich am Gestänge des Aufbaus festzuklammern, wurden sie von der abrupten Bewegung völlig überrascht und fielen übereinander. Sie versuchten, sich in dem Chaos aus wild umherschlingerndem Gepäck zurechtzufinden und Halt zu bekommen. Der Schützin gelang das besser als Eris. Er war der Länge nach hingeschlagen und kam erst unsanft an der Ladeklappe des LKWs zum Halten. Er schaffte es gerade noch, die Arme vor das Gesicht zu nehmen, bevor Rucksäcke und Kisten ihn trafen. Sal, die offensichtlich Halt gefunden hatte, hangelte sich zum Ende der Ladefläche und schob mit einem Arm und den Füßen das Gepäck so gut es ging beiseite. Eris kam frei und beschloss, besser keine Experimente zu wagen. Er blieb liegen, während der LKW weiter ungemütlich hin und her schaukelte.
Das Fahrzeug erreichte in Perrys waghalsiger Fahrt die Gebäude und fand dort die Straße. Fast augenblicklich hörte das Schaukeln auf, als die Räder festen und ebenen Untergrund unter sich hatten. Doch Zeit zum Aufatmen blieb kaum. Aus den

Gebäuden eröffnete man das Feuer auf das vorbeijagende Fahrzeug und im aufblitzenden Mündungsfeuer und dem unwirklichen Licht der Leuchtkugel war zu erkennen, wie einige Angreifer aus den Gebäuden strömten und auf den LKW anlegten. Schüsse peitschten und pfiffen den vier um die Ohren, Funken stoben auf, als Querschläger in die Flanken des Fahrzeugs einschlugen. Sal, die bis zu diesem Moment noch aufrecht gestanden hatte, gehorchte der Warnung, die ihr Instinkt ihr zubrüllte, und warf sich flach auf die Ladefläche. Sie landete dabei auf dem immer noch benommenen Eris, der dumpf stöhnte.
Auch Perry duckte sich mittlerweile tief hinter das Lenkrad, sodass er nur noch knapp sehen konnte, was vor dem Fahrzeug passierte. Mittlerweile war das Überraschungsmoment völlig verflogen, sodass er kurzerhand die Scheinwerfer einschaltete. Was sie jetzt auf keinen Fall gebrauchen konnten, war eine Kollision im Halbdunkel. Das grelle Licht der Leuchtkugel wurde langsam schwächer, als das Geschoss an dem kleinen Fallschirm zu Boden sank. Für einen Moment schien es so, als wäre die Gefahr gebannt, doch dann zischte ein zweiter Leuchtkörper in den Himmel und ermöglichte den Angreifern eine klare Sicht auf das Fahrzeug.
Sal rollte von Eris herunter und tastete in dem verstreuten Gepäck herum. Nach einer Sekunde hatte sie in dem Chaos gefunden, was sie suchte: Ihre Finger schlossen sich um eine Maschinenpistole. Knurrend setzte sie sich auf und stemmte ihre Beine gegen das Gepäck, um Halt zu finden. Mit einer raschen Bewegung entsicherte sie die Waffe und feuerte in die Nacht. Sie war viel zu erfahren, um auch nur zu versuchen, einen gezielten Schuss abzugeben. So brachte sie die Waffe einfach nur in Anschlag und gab immer wieder kurze Salven in Richtung der Angreifer ab.
Der LKW schlingerte, rollte auf dem Asphalt hin und her und rechts und links von ihnen pfiffen die Kugeln, schlugen in den brüchigen Asphalt ein und ließen Fontänen aus Dreck und Teer aufspritzen. Perry mühte sich ab, das Fahrzeug unter Kontrolle

zu halten und aus dem Gefahrenbereich zu bringen. Der Vorteil des Fahrzeugs machte sich bemerkbar, schnell wuchs die Distanz zwischen den Angreifern und ihnen. Als sie die Ruinen passiert hatten, pfiffen nur noch einige ungezielte Garben über ihre Köpfe hinweg.
Trotzdem bedeutete das keine Erholung. Der Arzt richtete sich hinter dem Steuer wieder auf und entdeckte zufrieden, dass die Frontscheibe heil geblieben war. Im fahlen Licht der Scheinwerfer steuerte er auf den Ausgang des Tals zu. Der LKW rumpelte und schaukelte, als sie den sanften Anstieg nahmen, dann war der Eingang des Tals erreicht. Perry nahm den Fuß vom Gas und in weniger halsbrecherischem Tempo setzten sie den Weg fort.
Zehn Minuten später, als Perry sicher war, dass es nun wirklich keine Verfolger geben konnte, brachte er das Fahrzeug zum Stehen.
„Alles in Ordnung bei euch?"
Seit den Vorfällen im Tal war es gespenstisch ruhig zwischen den vieren geblieben, keiner hatte ein Wort gesprochen, sie alle hatten wie gebannt in die Dunkelheit gespäht.
„Ja … alles in Ordnung", murmelte Tyler als Erstes zaghaft. Der Junge hatte die ganze Zeit nicht gewagt, seinen Kopf zu heben. Das Halten des LKWs und die Frage seines Onkels reichten, endlich aus der unbequemen Position zu kommen. Unsicher sah er nach links und nach rechts, aber sie schienen wirklich in Sicherheit.
„Durchgeschüttelt, aber ansonsten alles in Ordnung", meldete Sal sich von der Ladefläche. Mittlerweile hatte sie sich aufgerichtet und hielt sich mit der einen Hand am Gestänge des LKWs fest, während sie in der anderen Hand locker die Maschinenpistole hielt. Ihr Blick war unverändert in die Dunkelheit hinter ihnen gerichtet, aber auch sie konnte trotz ihrer hervorragenden Augen offenbar keine Bedrohung erkennen.
Eris antwortete auf die Frage des Arztes mit einer Mischung aus Fluchen und Stöhnen und setzte sich nun erstmalig richtig auf.

Sein Schädel brummte und sein Körper schmerzte. In dem ganzen Chaos hatte er sich die Knie aufgeschlagen, doch auch wenn sein Körper sich im Moment wie ein Schlachtfeld anfühlte, schien er keine ernsthafte Verletzung davongetragen zu haben. Die Meldungen seiner Begleiter reichten Perry, und der bärtige Mann öffnete die Tür der Fahrerkabine, eine Taschenlampe in der Hand. Vorsichtig stieg er hinunter und schaltete die Lampe ein. Im Schein der Lampe umrundete er das Fahrzeug, um sich zu vergewissern, dass sie ihren Weg ungehindert fortsetzen konnten. Während er beschäftigt war, machten Sal und Eris sich daran, das durcheinandergewirbelte Gepäck auf der Ladefläche zu ordnen und zu verstauen. Sie schoben die Rucksäcke und Kisten unter die Pritschen, verkeilten die Gepäckstücke oder zurrten sie fest. Keiner von ihnen wollte ein solches Chaos wie vor wenigen Minuten noch einmal erleben. Nachdenklich marschierte Perry um das Fahrzeug herum. Im Schein der Taschenlampe offenbarte sich, dass das Fahrzeug einige Treffer abbekommen hatte, hier und da hatten sich Einschüsse in chaotischer Präzision ins Blech gestanzt. Doch soweit Perry das beurteilen konnte, waren die Schäden nur rein kosmetischer Natur. Er legte sich auf den Bauch und leuchtete unter das Fahrzeug, um zu erkennen, ob es irgendwo einen Flüssigkeitsverlust gab, konnte aber nichts erkennen. Zufrieden nickte Perry, tätschelte den Kühlergrill des Fahrzeugs und stieg dann wieder in die Kabine.

Während der LKW auf den Ausgang des Tals zurumpelte, stand Dan auf dem Dach des Gebäudes und überlegte. Er merkte, wie die Wut in ihm aufstieg. Die Wut darüber, offenbar wieder versagt zu haben. Mit der Wut kam die Angst. Der General würde ein Versagen nicht dulden, soviel war klar. Hilflos blickte Dan den immer kleiner werdenden Lichtern des Fahrzeugs hinterher, dann hinauf zum Himmel. In seinem Kopf jagte ein Gedanke den nächsten, und er kam sich vor wie ein machtloser Beobachter des Schauspiels. Er brüllte dem Fahrzeug seine Wut hinterher.

Dann kam die Stille. Die Leuchtkugel sank langsam gen Boden und erlosch, das Tal war bald wieder in Dunkelheit getaucht. Gleichzeitig verklangen auch die letzten Salven seiner Soldaten. Er konnte ihre aufgeregten Stimmen hören, hörte, wie einige Befehle geblafft wurden. Eine schwache Brise wehte ihm ins Gesicht, brachte seine Haare durcheinander. Für einen Moment überlegte er, ob er nicht einfach die wenigen Schritte nach vorn machen sollte, über den Rand des Daches hinaus. Das würde ihm ersparen, dem General wieder unter die Augen treten zu müssen. Keine Schmerzen, keine Qualen, lediglich ein kurzer Moment, bis sein Körper einige Meter tiefer auf dem harten Asphalt aufschlug. Der Gedanke schien ihm verlockend und Dan merkte, wie er der Kante immer näher kam. Ein Schritt. Ein alles entscheidender Schritt noch.
Doch irgendwo in seinem Inneren schrie etwas auf. Da war er im letzten Moment: Sein Überlebenswille. Dan atmete auf, warf den Kopf in den Nacken und ging zaghaft einen Schritt zurück. Vielleicht – vielleicht war noch nicht alles verloren. Vielleicht hatte er eine Chance, wenn er es richtig anging.
Außerdem war nicht alles umsonst gewesen. Das Auftauchen des LKWs bewies, dass es in der Nähe etwas geben musste. Vielleicht war es wirklich das sagenumwobene Institut. Was sollte es sonst sein? Dem General würde der dünne Beweis kaum reichen, soviel war klar. Aber es war ein Anfang, mit dem sich arbeiten ließ. Seine Hände brachten die Haare in Ordnung, er wischte sich den Schweiß aus dem Gesicht. Seine Gedanken überschlugen sich, während er fieberhaft nach einer Lösung suchte. Es gab sie, eine ganz kleine Chance.
Hektisch drehte er sich um und hetzte auf die Treppen zu.

Als der Morgen graute, erreichten die vier an Bord des LKWs den Fuß der Berge. Die Serpentinen nur im schwachen Scheinwerferlicht zu nehmen, war ein Abenteuer für sich gewesen. Oftmals hatte Perry sich in Schrittgeschwindigkeit vortasten müssen, während Sal voranging und ihn mit Handzeichen einwies. Tyler war während dieser Zeit auf dem Beifahrersitz eingenickt und wurde nur wach, wenn das Fahrzeug durch ein allzu tiefes Schlagloch erschüttert wurde. Eris war aufgrund seiner Nachtblindheit dazu verdammt, auf der Ladefläche zu hocken und in die schemenhafte Dunkelheit zu starren. Es passte ihm gar nicht, so untätig herumzusitzen, doch es gab Dinge, mit denen musste man sich schlichtweg abfinden.

Im ersten Tageslicht machten sie am Fuß des schmalen Passes halt. Sie hatten sich ausgiebig an den schier unendlichen Vorräten des Instituts bedient und genossen so ein reichhaltiges Frühstück, zumindest verglichen mit dem, was sie sonst hier draußen zur Verfügung hatten. Sals Blick ging dabei immer wieder skeptisch in Richtung des Passes.

„Die werden uns schon nicht gefolgt sein", murrte Perry, als er ihren Blick bemerkte, und schob sich einen weiteren Bissen in den Mund.

„Und was macht dich so sicher?", fragte die Schützin und wandte ihre Blicke nicht ab.

Perry verzog das Gesicht und deutete in Richtung des LKWs, der einige Meter abseits stand.

„Zeig mir einen Menschen, der so schnell laufen kann."

Die Schützin schien kaum überzeugt.

„Wir haben uns auf der Straße im Schneckentempo fortbewegt. Gut möglich, dass man zu Fuß wirklich schneller ist."

„Glaub' ich nicht."

Eris schluckte seinen letzten Bissen herunter und erhob sich. Sie konnten keinen Streit gebrauchen und so entschloss er sich, dazwischen zu gehen, solange er noch die Chance dazu hatte.

„Darum geht's nicht. Wir sollten hier trotzdem keine Wurzeln schlagen, ganz egal, ob sie uns nun hinterher sind oder nicht. Je schneller wir diesen Windpark erreicht haben, umso schneller sind wir das alles hier wieder los."

Er ging hinüber zu Tyler, der die ganze Szenerie neugierig betrachtete.

„Tyler, wie weit haben wir es genau?"

Der Junge wischte sich seine Hände an der Kleidung ab und zog den kleinen Tablet-Computer hervor. Seine Finger huschten über den Bildschirm, riefen ein Programm auf.
„Hier steht, es sind etwa zweihundert Kilometer, Eris“, sagte der Junge und hielt Eris das Tablet entgegen. Der Bildschirm zeigte eine Karte, auf der ihre Position als blauer Pfeil eingetragen war und ihr Ziel als überdimensionaler roter Punkt.

Für einige Sekunden blickte Eris interessiert auf das Tablet. Es war wirklich ein Wunder, was es alles in der Zeit DAVOR gab. Mit diesem kleinen Computer würde ihre Reise um ein Vielfaches einfacher werden.
„Also gut. Wie lange werden wir dafür brauchen, Perry?“
„Kommt darauf an, wie wir fahren, schätze ich“, meinte der Doktor, ohne einen Blick auf die Karte zu werfen.
„Wie meinst du das?“
„Naja, wir werden länger brauchen, wenn wir querfeldein fahren und die Straße meiden. Auf der Straße hingegen kommen wir am besten voran, die ist immerhin für solche Fahrzeuge gebaut worden.“
„Und wie groß sind die Chancen, auf der Straße überrascht zu werden?“
„Nicht kleiner als anderswo. Die alten Straßen werden nur von anderen Reisenden benutzt. Und irgendetwas sagt mir, dass wir mit dem LKW dort auffallen werden, weißt du?“
Eris warf einen Blick zum Fahrzeug, dann nickte er. Noch mehr Aufmerksamkeit war das Letzte, was sie jetzt gebrauchen konnten.
„Dann halten wir uns abseits der Straße, quer durch die Ebene. Wie lang wird es dann dauern?“
„Keine Ahnung, was auf dem Weg liegt. Wenn es so bleibt wie hier in der Gegend, dann werden es zwei, vielleicht drei Tage sein, schätze ich.“
„Immer noch besser, als die ganze Strecke marschieren zu müssen, was?“, bemerkte Eris.

Der Doktor verzog für einen Moment das Gesicht, dann lächelte er.
„Glaub mir, zu Fuß würde ich diese Strecke nicht marschieren, egal, was davon abhängen würde.“

Oberhalb der Ebene, auf einem Felsvorsprung, gut getarnt von einigen Krüppelsträuchern und in der Dunkelheit nicht auszumachen, lag der Kundschafter flach auf dem Bauch und beobachtete die kleine Gruppe durch die Linsen seines Feldstechers. Er hatte die Meldung seines Anführers nicht ganz verstanden, bis er es mit eigenen Augen sah. Eben war das Fahrzeug über die schmalen Serpentinen gefahren, weniger als zehn Meter von seinem Versteck entfernt. Seine Waffe hatte er da schon griffbereit gehabt, doch dann kam der Befehl, nicht anzugreifen. Er sollte das Fahrzeug passieren lassen, er sollte lediglich beobachten. Vielleicht war das auch das Beste gewesen, denn der Mann war sich nicht sicher, ob er es mit allen vier hätte aufnehmen können.

Neugierig betrachtete er die kleine Gruppe, die unweit des Passes in der Ebene rastete. Er bemerkte, wie eine der Personen offensichtlich den Pass hinaufblickte, und unwillkürlich versuchte er, sich kleiner zu machen, wohl wissend, dass man ihn auf diese Entfernung und bei diesen Lichtverhältnissen unmöglich entdecken konnte. Dennoch, riskieren wollte er trotz alledem nichts. Seine Finger glitten über die Optik, stellten sie schärfer, vergrößerten das Bild. Die kleine Gruppe beriet sich scheinbar, während sie frühstückte. Wieder glitt sein Blick hinüber zu der Person, die den Pass hinaufblickte.

Es handelte sich um eine Frau. Sie trug ein großkalibriges Präzisionsgewehr an einem über die Schulter geschlungenen Gurt. Für den Bruchteil einer Sekunde schien es, als ob sich ihre Blicke treffen würden. Wieder war da der Drang, in Deckung zu gehen, und wieder drückte er sich an den Stein, um so wenig

wie möglich gesehen zu werden, obwohl ihm klar war, wie unsinnig der Gedanke doch war.
Die Truppe beendete ihre Rast. Sie verstauten ihre Habseligkeiten wieder auf der Ladefläche des LKWs, bestiegen das Fahrzeug und fuhren weiter. Von hier oben hatte er einen klaren Blick. Er beobachtete, wie das Fahrzeug nicht in Richtung der alten Straße, sondern querfeldein im Schatten der Berge fuhr.

Der Mann rollte aus seiner Deckung und kam auf die Knie. Er machte sich daran, hinunter zu den Serpentinen zu steigen. Schon auf dem Weg bemerkte er, wie er Besuch bekam. Das Getrappel von Hufen klang zu ihm herauf und er suchte Schutz hinter dem nächsten Busch, griff nach seiner Waffe. Mit angehaltenem Atem behielt er die Straße unterhalb im Blickfeld, bereit, auf das erste sich bietende Ziel zu feuern. Erleichterung durchströmte ihn, als er die Quelle des Geräuschs entdeckte. Über die schmale Straße kamen vier Reiter, ein fünftes, leeres Pferd am Zügel führend. Er erkannte, dass Dan den Trupp anführte. Schlagartig war jede Vorsicht vergessen, er stand auf, pfiff und winkte einmal, während er hinabstieg. Er ging der kleinen Gruppe entgegen und hatte keinen Zweifel daran, für wen das leere Pferd bestimmt war.
„Und?“, rief Dan, als der Kundschafter noch ein paar Meter entfernt war.
„Sie fahren abseits der Straße, am Gebirge entlang. Dürften so nicht besonders schnell vorankommen, Sir.“
„Gut, nimm dein Zeug und dann rauf auf den Sattel. Wir nehmen die Verfolgung auf.“
Dan drehte sich im Sattel zu einem seiner Begleiter um. Es war eine kleine Soldatin mit ernstem Gesicht. Auf ihrem Rücken trug sie einen klobigen Tornister, aus dem eine lange Antenne wuchs.
„Gib das an die anderen durch. Sie sollen sich in Bewegung setzten. Eilmarsch.“
Die Funkerin hörte auf jedes Wort und nickte pflichtschuldig.

Dann nahm sie einige Einstellungen vor und rückte ein Mikrofon zurecht. Der Späher packte derweil seine wenigen Habseligkeiten zusammen und stieg in den Sattel.
Keine Minute später war die kleine Gruppe wieder unterwegs.

Sal stand aufrecht auf der Ladefläche und hielt sich am Gestänge fest. Ihr Blick war nach hinten gerichtet, skeptisch presste sie die Lippen aufeinander. Es war mittlerweile Mittag und der LKW rumpelte gemächlich durch die grüne Ebene. Verglichen mit der nächtlichen Passage über die Serpentinen war das hier ein Spaziergang. Das hohe Gras jedoch besaß seine Tücken. Im dichten Bewuchs verbargen sich Unebenheiten, die das Fahrzeug immer wieder erschütterten. Ein Teil dieser Erschütterungen wurden von den Stoßdämpfern abgefangen, aber oftmals spürte man die Schläge unsanft in den Knochen.
Die Schützin störte das alles nicht. Sie stand federnd und blickte auf das niedergedrückte Gras, das sie unweigerlich hinterließen. Die Spur würde – zumindest, wenn das Wetter sich nicht änderte – tagelang sichtbar bleiben. Und nach einem Wetterumschwung sah es nicht aus. Zwar war der Himmel von Wolken verhangen, aber es machte nicht den Eindruck, als ob es Regen geben würde.
„Uns hängt schon keiner an den Fersen", sagte Eris, der ihren Blick entdeckt hatte.
„Das müssen sie auch nicht", schüttelte Sal den Kopf und ließ den Blick nicht von den breiten Reifenspuren. „Würde mich nicht wundern, wenn ein Blinder in der Lage wäre, diesen Spuren zu folgen."
Eris betrachtete das niedergewalzte Gras einen Moment.
„Was hätten wir sonst tun sollen? Auf der Straße fahren?"
Sal blickte ihn einen Moment an und verneinte.
„Natürlich nicht. Aber das bedeutet nicht, dass mir diese Lösung hier gefallen muss. Ich meine nur, dass man uns folgen kann, wenn man will. Dazu muss man sich nicht einmal viel Mühe geben." Er zuckte mit den Schultern.

„Und wenn schon. Wir haben immerhin den Vorteil der Geschwindigkeit. Ich kenne niemanden, der so schnell marschieren kann."
„Ein Mensch kann das nicht. Aber Pferde könnten sicherlich an uns dranbleiben."
„Glaubst du?"
„Keine Ahnung. Ich habe nichts gesehen, falls du das meinst. Wenn ich in der gleichen Situation wäre und wüsste, was auf dem Spiel steht, ich würde es so versuchen."
„Wahrscheinlich. Und wenn sie keine Pferde haben?"
Sal schüttelte den Kopf.
„Selbst wenn sie keine hatten, dann haben wir ihnen ein paar da gelassen. Schon vergessen?"
Eris blinzelte einige Male, als die Erinnerung zurückkam. Tatsächlich, ja. Es war gut möglich, dass die Angreifer sich ihrer Pferde habhaft gemacht hatten.
„Zumindest können wir uns dann sicher sein, dass uns nur ein paar folgen, wenn überhaupt."
„Wenn sie keine eigenen Pferde hatten, ja. Aber mach dir keine Sorgen, ich werde aufpassen, und sobald ich was sehe, erfährst du es als Erster. Hier in der Ebene wird es eh schwer sein, ungesehen an uns heranzukommen."
„Ich bin mir sicher, du kannst dich um alles kümmern, was zu nah an uns herankommt."
Eris' Blick glitt zu Sals Präzisionsgewehr.
„Damit? Ja, das sollte funktionieren. Ich schätze, gefährlich könnte es werden, wenn wir rasten."
Eris nickte und sah in Richtung des Führerhauses. Er blickte auf Perrys Hinterkopf.
„Er ist der einzige, der fahren kann. Wenn der alte Mann müde wird, müssen wir so oder so rasten, stimmt."
Sal verzog das Gesicht.
„Sorg dafür, dass wir tagsüber rasten. Solange es Tageslicht gibt, sehen wir früh genug, ob uns was an den Hacken klebt. In der Nacht ist ein Verfolger im Vorteil."

„Perry sagt, es sei gefährlich, nachts zu fahren."
„Und ich glaube, es ist noch viel gefährlicher, nachts zu rasten", stellte sie fest.
Eris überlegte einen Moment, ob er darauf etwas erwidern sollte, doch letztlich hatte sie recht. Zustimmend nickte er.

Dan kauerte auf einem Baumstamm und blickte auf die Ebene hinaus. Hinter dem kleinen Wäldchen unterhielten sich seine Begleiter gedämpft, und hin und wieder wehte der Wind das Geräusch der grasenden Pferde herüber.
Es war Nachmittag, und eigentlich die beste Zeit, um noch ein paar Kilometer zu machen. Stattdessen waren sie dazu verdammt, hier zu warten. Darauf zu warten, dass der LKW einige Kilometer vor ihnen sich wieder in Bewegung setzen würde. Aus irgendeinem Grund hatten sie dort vorne ohne Vorwarnung eine Pause eingelegt und waren mitten im Nirgendwo stehengeblieben. Im ersten Moment hatte er geglaubt, das Glück wäre auf ihrer Seite und ein Motorschaden hätte den LKW zu dem ungewöhnlichen Stopp gezwungen. Aber da war nichts, was darauf hindeutete. Keine Rauchfahne, keine hektisch umhereilenden Menschen. Bald gab es keinen Zweifel mehr: Die kleine Gruppe rastete, mitten am Tag.
Er hatte sich gefragt, ob das wohl ein Zeichen dafür war, dass sie sich ihrer Verfolger bewusst waren. Vielleicht hatte das alles aber auch gar nichts zu bedeuten. Immerhin waren sie nun schon einige Stunden unterwegs, und wenn er bedachte, wie müde und zerschlagen er sich fühlte, dann mochte es den Leuten beim LKW nicht anders gehen.

Wieder einmal dachte er daran, dass er heute wahrscheinlich nicht in dieser Situation stecken würde, wenn er damals in der Nacht schneller gewesen wäre und sich nicht wie ein Idiot hätte überrumpeln lassen. Einige Menschen würden wahrscheinlich behaupten, es sei Schicksal gewesen, doch Dan wusste es besser. Es war einfach nur Pech gewesen. Und er viel zu unvorsichtig.

Während seine Gedanken in die Vergangenheit schweiften, um das abartige „Was wäre, wenn?"-Spiel zu spielen, raschelte etwas im hohen Gras vor ihm. Instinktiv glitt seine Hand zu der Maschinenpistole auf seinem Schoß, doch fast im gleichen Moment löste sich die Anspannung: Der Späher kam zwischen den Büschen hervor. Der Soldat nickte Dan zur Begrüßung zu und ging in aller Ruhe die letzten paar Meter zu seinem Vorgesetzten. Sein Kampfanzug war mit Dreck und Gräsern übersät.
Erwartungsvoll blickte Dan seinen Kundschafter an, doch der hatte es im ersten Moment eiliger, ein zerknautschtes Päckchen Zigaretten aus der Tasche zu ziehen. Er schüttelte einen Glimmstängel hervor, machte ihn an und sog genüsslich den Qualm ein. Dan konnte die Gelassenheit des Mannes nicht teilen.
„Und?", zischte er wütend.
„Sie hatten recht, Sir. Die rasten da vorne."
„Irgendwelche Auffälligkeiten?"
„Haben eine Wache aufgestellt, Sir. Ansonsten nichts Besonderes."
Dan kniff die Augen zusammen und blickte in die Ferne.
„Was liegt in dieser Richtung?"
„Keine großen Siedlungen, Sir. Nur der Windpark."
Jetzt nickte Dan. Natürlich wusste er, was in dieser Richtung lag. Es war nur, dass er die Worte noch einmal zur Bestätigung brauchte.
„Dann sind sie wirklich auf dem Weg dorthin", sprach er seine Gedanken aus. „Gib das an den General und unsere Leute weiter."
Der Späher nickte und nahm einen tiefen Atemzug. Dann gingen sie zurück zum Lager.
Als die beiden Männer im Wäldchen verschwanden, befeuchtete Sal sich die Lippen. Sie lag keine fünfhundert Meter entfernt von dem Wäldchen in einem Busch und hatte die Szene durch die Zieloptik beobachten können. Sie hatte also recht gehabt, man war ihnen gefolgt. Die Schützin wartete, bis die beiden Männer im Unterholz verschwunden waren, dann kroch sie

lautlos aus ihrem Versteck. Vorsichtig machte sie sich daran, das Wäldchen großräumig zu umrunden.

Als Schüsse bellend über die Ebene jagten, schreckte Eris aus seinen Träumen hoch. Fast augenblicklich glitt ihm ein Fluch über die Lippen und seine Hand tastete nach dem Griff des schweren Revolvers. Er war kaum ganz wach, da war er schon auf den Füßen. Seine Sinne begannen zu arbeiten, die Eindrücke der Umgebung zu sammeln und zu einem Bild zusammenzusetzen, während er sich für einen Moment fragte, ob er einfach nur geträumt hatte.
„Sie ist weg!"
Das war die Stimme von Tyler. Der Junge hatte sich auf einer Pritsche auf der Ladefläche ausgestreckt und saß nun aufrecht. Eris brauchte einen Moment, bis er verstand, was Tyler meinte. Sal. Die Schützin war verschwunden. Sie hatte den Auftrag gehabt, Wache zu halten, während die Männer schliefen.
Knurrend erhob Eris sich und versuchte zu erahnen, woher die Schüsse gekommen waren.
„Was ist denn los, verdammt nochmal?", fluchte Perry aus der Fahrerkabine. Der bärtige Arzt hatte auf der Bank geschlafen, doch auch er war mittlerweile wach.
„Sal ist verschwunden", fasste Eris knapp zusammen, während seine Augen weiter das gleichförmige, satte Grün absuchten.
„Schöne Scheiße", murmelte Perry und setzte sich auf, rieb sich die Augen.
„Ich glaube, es kam aus der Richtung", meldete Tyler sich zaghaft und deutete hinter den LKW.
Eris sah den Jungen fragend an.
„Bist du dir sicher?"
„Ja. Ich war ein paar Sekunden vor den Schüssen wach. Es muss von da gekommen sein."
Eris verzog das Gesicht. Er und Perry tauschten vielsagende Blicke aus, dann steckte er seinen Revolver in den Holster und griff nach dem Sturmgewehr. Mechanisch prüfte er die Waffe,

nickte einmal verbissen, mehr zu sich selbst, und sprang von der Ladefläche.
„Eris, was wird das?“, rief Perry, doch Eris hielt nicht inne.
Der Arzt kletterte halb aus der Fahrerkabine und sah seinem Freund einige Sekunden nach, während der in Laufschritt verfiel.
„Steh nicht so rum! Bleib an ihm dran!“, sagte der Arzt plötzlich zu seinem Neffen. Tyler, der genau wie sein Onkel einfach nur auf den Rücken des Söldners geblickt hatte, blinzelte einmal, als ihm klar wurde, dass wirklich er gemeint war. Er nickte, griff sich eine Maschinenpistole und machte einen langen Satz von der Ladefläche.
Perry schüttelte den Kopf, als er ihnen hinterhersah, kletterte aus dem Fahrerhäuschen und setzte sich verschlafen auf das Dach der Kabine. Von hier aus hatte er den besten Überblick, und so griff er nach einem Feldstecher und nahm ihn an die Augen, suchte die Gegend hinter dem LKW ab.
Die beiden waren einige hundert Meter weit gekommen, als vor ihnen Pistolenschüsse in rascher Abfolge knallten. Reflexartig warf Eris sich flach auf den Bauch, während Tyler langsamer war. Der Junge schaffte es zwar in die Hocke zu gehen, doch wenn die Schüsse ihnen gegolten hätten, wäre seine Reaktion zu langsam gewesen.
„Da wird gekämpft“, kommentierte der Junge die Geräusche.
Die Schussgeräusche vor ihnen klangen hektisch, so als würden dort ganze Magazine verschossen werden. Doch je näher sie kamen, umso klarer wurde, woher die Geräusche kamen. Sie steuerten direkt auf ein kleines Wäldchen zu. Ohne einen Hinweis begann Eris zu rennen. Tyler versuchte, Schritt zu halten, doch er fiel immer mehr hinter dem trainierten Kämpfer zurück.
Eris erreichte das Waldstück und machte einen Satz über den ersten Baumstamm, das Sturmgewehr in beiden Händen. Blätter raschelten und Zweige knackten, doch darauf galt es jetzt keine Rücksicht zu nehmen. Den Geräuschen nach zu urteilen, gab es auf der Rückseite der Baumgruppe einen Kampf, und es war

unwahrscheinlich, dass man ihn bemerken würde. Er verlangsamte seine Schritte und ging hinter einem Gebüsch in die Hocke, spähte hindurch.
Hinter dem Wäldchen befand sich ein kleines Lager. Sofort fielen ihm die leblosen Körper auf. Sie lagen zwischen verstreutem Gepäck. Unweit der Toten waren fünf Pferde angebunden und wieherten nervös. Von Sal jedoch fehlte jede Spur. Er betrachtete die Toten und erkannte das Werk der Schützin. Drei von ihnen waren völlig überrascht worden und mit gezielten Schüssen in die Brust getötet worden. Der vierte Tote hatte offensichtlich gerade versucht, seine Waffe in Anschlag zu bringen, als die tödliche Kugel ihn traf.
Schräg hinter Eris knackte etwas, und hektisch blickte er in die Richtung. Tyler hatte ihn mittlerweile eingeholt und ging neben ihm in Deckung.
Vorsichtig verließ Eris die Deckung. Er hatte die Bäume gerade hinter sich gelassen, da erstarrte er. Rechts von ihm, halb verborgen hinter einem Stein, saß ein verwundeter Soldat. Der Mann hatte seine rechte Hand auf eine blutende Wunde auf seinem Oberkörper gepresst, in der Linken hielt er eine Pistole. Die Waffe war genau auf Eris gerichtet. Er fluchte innerlich und fragte sich, wie er den Verwundeten hatte übersehen können. Ihre Blicke trafen sich für eine Sekunde und Eris fragte sich, wo er das Gesicht schon einmal gesehen hatte. Es war zwecklos, zu versuchen, die eigene Waffe in Anschlag zu bringen, der Kerl hätte vorher Zeit gehabt, um mehr als einmal abzudrücken.
Die Situation eskalierte, als es zwischen den Bäumen hinter Eris knackte.
„Tyler, nicht!“, brüllte Eris aus Leibeskräften und drehte seinen Kopf zur Baumgrenze. Aus dem Augenwinkel konnte er den Jungen erkennen, der sich nichtsahnend vorarbeitete. Genau in diesem Moment knallte eine Pistole. Instinktiv kniff Eris die Augen zusammen, erwartete, wie das Projektil einschlagen und ihn von den Beinen reißen würde. Doch der Treffer blieb aus. Kein Schmerz, kein Blut. Nur der Knall.

Als er die Augen wieder öffnete, sah er, wie der Verwundete zur Seite gekippt war, Blut floss aus einem Kopftreffer. Und während sein Geist versuchte, all diese Informationen zu ordnen, bewegte sich etwas, keine zwanzig Schritte entfernt. Dem ersten Impuls folgend riss Eris das Gewehr hoch, doch dann erkannte er Sal und hielt in der Bewegung inne. Die Schützin erhob sich aus dem hohen Gras, die Pistole in der Hand. Sie lud nach und steckte die Waffe in den Holster.
„Du musst vorsichtiger sein", kommentierte sie das Geschehen.

Der LKW rumpelte wieder dahin, und Eris, Sal und Tyler saßen im Schein einer Taschenlampe auf der Ladefläche. Während Tyler sich mit einer unbändigen Neugier daranmachte, das Funkgerät zu untersuchen, das sie bei den Soldaten gefunden hatten, schwiegen Eris und Sal sich an.
Sie hatten sich angeschrien, gestritten. Es war eine kurze und wortreiche Auseinandersetzung gewesen, dann hatten sie einfach nur noch geschwiegen, während sie die Toten und ihr Gepäck durchsuchten. Sie nahmen alles Brauchbare mit und marschierten, weit auseinander, zurück zum LKW. Tyler kam sich unbehaglich zwischen ihnen vor, doch er wusste nicht, was er tun konnte, um die Situation besser zu machen. So begnügte er sich damit, seinem Onkel die Geschehnisse knapp zu schildern. Auch Perry hatte keine guten Worte übrig. Er schüttelte nur vielsagend den Kopf, während sie sich fahrtbereit machten.
„Was hast du dir dabei nur gedacht?", durchbrach Eris die Stille.
Sie blickte auf und schüttelte den Kopf.
„Seit wann brauche ich denn deine Erlaubnis? Es hat dich bisher doch auch nicht gestört, wenn ich auf eigene Faust unterwegs war, oder?"
„Das zählt nicht, da waren wir auch noch nicht …", versuchte Eris, sich zu rechtfertigen, und brach im Satz ab. Ihm fiel auf, wie schwachsinnig diese Erklärung war. Letzten Endes war Sal eine kompetente und erstklassige Kämpferin und in der Lage,

Gefahren allein einzuschätzen. Das hatte sie in der Vergangenheit oft genug getan. Trotzdem störte es ihn.
Sal starrte ihn an und verdrehte die Augen.
„Ach, glaubst du etwa, nur weil wir jetzt zusammen sind, bin ich auf einmal schlechter als vorher?"
Eris verfluchte sich dafür, den Satz überhaupt begonnen zu haben. Wenn sie wollte, konnte sie aus derartigen Vorlagen einen wüsten Streit machen, und offensichtlich wollte sie.
„Nein, natürlich nicht", setzte er an.
„Ich bin gut allein mit denen klargekommen", fauchte sie.
Eris holte tief Luft und versuchte, die nächste Bemerkung um des Friedens willen herunterzuschlucken, doch er schaffte es nicht.
„Ach, wunderbar. Und deshalb lebte der Kerl noch, ja?"
„Wenn ihr nicht aufgetaucht wärt, dann hätte ich ihn ganz einfach erledigen können!"
„Sal, der hat 'ne schussbereite Waffe in der Hand gehabt. Außerdem hat es sich nicht danach angehört, als ob es so einfach gewesen wäre. Wie viele Magazine hast du vorher auf ihn verschossen?"
Die Schützin sah ihn für einen Moment böse an, dann lockerten sich ihre Züge auf.
„Zwei", murmelte sie.
Eris holte tief Luft und beide sahen sich eindringlich an.
„Versteh doch einfach. Ich hatte Angst um dich. Das ist alles."
Ihre Blicke trafen sich für einen kurzen Moment, doch es schien wie eine kleine Ewigkeit. Dann nickte sie. „Jaja, ist gut. Vielleicht habe ich das unterschätzt."
„Was ist denn eigentlich passiert?"
„Als ich Wache gehalten habe, bemerkte ich, wie einige hundert Meter hinter uns im Gras was aufblitze. Also bin ich nach ein paar Minuten allein hin, um keine Aufmerksamkeit zu erregen. Und siehe da, da waren Spuren. Denen bin ich bis zum Wäldchen gefolgt. Es zeigte sich, dass es fünf Soldaten waren, ganz sicher welche von denen, die im Tal auf uns gewartet haben."

Eris nickte. Die Uniformen und die Ausrüstung der Toten ließen keine anderen Schlüsse zu. Und letztlich waren da auch die Pferde, die sie bei den Toten gefunden hatten. Schnell hatte er erkannt, dass es sich um die Tiere gehandelt hatte, die sie den Sicherheitsleuten nach dem Feuergefecht bei Yard abgenommen hatten.

„Und was lief schief?"

„Ich muss einen von ihnen verfehlt haben. Ich habe mich um den Wald geschlichen und mich in Position gebracht. Dann wie immer - schnell zuschlagen. Fünf Schüsse. Da ich aus meiner Position nicht alle Toten klar sehen konnte und eh noch einen Blick auf deren Ausrüstung werfen wollte, bin ich also hin. Als ich auf zwanzig Schritt heran bin, geht es los. Einer ballert wie verrückt auf mich und ich drücke meine Nase einfach nur in den Dreck, halte den Kopf unten. Muss ihn verfehlt haben. Als er nachlädt, feuere ich also zurück. Das ging ein paar Mal so, immer wenn das Magazin von einem von uns leer war, war der andere wieder dran. Naja, und dann seid ihr gekommen."

Eris nickte und tastete nach ihrer Hand.

„Danke, Sal."

„Ach. Ich hätte nur noch ein Magazin gehabt. Das wäre knapp geworden", knirschte die Schützin.

„Das nächste Mal sagst du einfach Bescheid. Dann kommt einer von uns als Rückendeckung mit. Ich will nicht, dass du – oder irgendwer von uns – sich eine Kugel fängt, ja? Das ist keine dahergelaufene Räuberbande oder ein paar beliebige Söldner. Das hätte auch ganz anders ausgehen können."

Sie nickte und so saßen sie einige Minuten im Halbdunkel der Nacht eng umschlungen beieinander. Dann löste Eris sich und blickte zu Tyler hinüber.

„Und? Wirst du schlau aus dem Ding?", rief er, um gegen den Motorenlärm anzukommen.

Tyler fummelte an den Rädchen und Schaltern des Tornistergeräts herum und drehte sich halb zu den beiden um.

„Keine Ahnung. Ich bin noch dabei."

„Funktioniert es denn?"
Tyler verdrehte die Augen und seine Stimme klang sarkastisch. „Nein, die werden ein paar Kilogramm Schrott einfach so mitgenommen haben!"
Um seine Theorie zu unterstreichen, drückte er einen der Schalter, und das Gerät erwachte zum Leben. Einige Anzeigen leuchteten auf, Knöpfe begannen zu blinken. Eris grinste.
„War nur eine Frage. Weißt du denn, wie es funktioniert?"
„Noch nicht. Aber ich hoffe, es herauszubekommen. Vielleicht können wir damit hören, was unser Feind macht."
Eris drehte sich wieder zu Sal.
„Haben die das Funkgerät benutzt, bevor du zugeschlagen hast?"
Die Schützin zuckte mit den Schultern. „Keine Ahnung. Ich habe länger gebraucht, um ungesehen um den Wald herum und in Position zu kommen. Kann sein. Wahrscheinlich hatten sie es nicht umsonst mit, wie Tyler sagt."
Eris verzog das Gesicht.
„Also müssen wir davon ausgehen, dass noch mehr davon hinter uns her sind?"
„Nun, im Tal waren es ganz sicher mehr als die fünf. Wahrscheinlich haben sie es genutzt, um zu den anderen Kontakt zu halten, vielleicht, um unsere Position durchzugeben."
„Vielleicht. Solange wir nicht mehr wissen, ist das eh nur Spekulation. Sag mal, woher kannte ich den Kerl?"
„Der beinah auf dich geschossen hätte?"
„Genau."
„Es war der gleiche Typ, dem du damals in der Nacht eins über die Rübe gezogen hast. Kurz nachdem wir die Speicher hatten und auf dem Weg nach Station waren."
„Dann wissen wir wenigstens, dass es die gleiche Bande ist."

Zwei Tage später erreichten sie im Morgengrauen den Windpark. Vor ihnen, inmitten der Ebene, ragten unzählige Windräder in den Himmel, jedes mehr als hundert Meter hoch. Die

dreiblättrigen Rotoren der Türme standen still und unbeweglich im Wind, und Rost hatte seine langen, unansehnlichen Spuren auf den Türmen hinterlassen. Von den einzelnen Anlagen verliefen armdicke Kabel zu umzäunten Transformatorgruppen, offensichtlich speisten jeweils fünf Windräder einen Transformator. Von diesen Umspannwerken wiederum verliefen dicke Leitungen ins Zentrum des Areals.
Der Park musste zig Quadratkilometer messen, und so weit das Auge reichte, erhoben sich die stählernen Windräder wie stumme Zeugen einer längst vergangenen Zeit in den blauen Himmel. Der ganze Ort hatte etwas Überwältigendes an sich und sorgte dafür, dass ein Mensch sich verschwindend klein und verletzlich vorkommen musste. Aufgrund der Größe des Gebiets hatte es wohl nie so etwas wie eine Umzäunung gegeben, wohl aber gab es eine überwucherte Straße, zwischen den Windrädern. Von ihr gingen immer wieder Nebenarme in Richtung der einzelnen Türme ab.

Sie wussten nicht genau, was ihr eigentliches Ziel war, aber sie hatten die Hoffnung, es zu finden, wenn sie der Straße folgten. Auf dem Weg passierten sie kleine Schuppen aus Wellblech und Wartungshäuschen, doch keines machte den Anschein, als wäre es das Nervenzentrum dieser gigantischen Anlage. Links und rechts der Straße hoben einige Wildhunde ihre Köpfe neugierig aus dem hohen Gras und beobachteten das merkwürdige Gefährt. Doch es schien ihre Neugierde nur kurz zu wecken, denn kaum war der LKW weitergefahren, wandten sie sich wieder ab. Nach einiger Zeit entdeckten sie zwischen den Windrädern ihr vermeintliches Ziel. Die Straße führte geradewegs auf einen Gebäudekomplex aus schmucklosem Beton zu. Die Anlage war umgeben von einem hohen Maschendrahtzaun, auf dessen Krone Stacheldraht prangte. Die Straße passierte einen Schlagbaum samt verwaistem Wachhäuschen und endete auf einem ausgewaschenen Parkplatz aus großen Betonplatten. Die halb verrotteten Überreste einiger Autos standen hier herum.

Der LKW kam auf dem Parkplatz zum Stehen und die vier betrachteten das Gebäude einige Zeit wortlos. Graue Fertigelemente aus Beton waren beim Bau verwendet worden und jetzt, Jahrzehnte danach, hatten Zeit und Witterung unübersehbare Spuren hinterlassen. Moose und Flechten wuchsen hier und da, anderswo zogen sich breite Frostrisse über den Beton. An einigen Stellen hatte das Zusammenspiel von Feuchtigkeit und Kälte sogar beunruhigend große Brocken aus den Wänden gesprengt. Ein Großteil der vergitterten Fenster war unlängst gesprungen, aber hier und da hielt das matte Glas dem Zahn der Zeit noch erfolgreich stand.

Einige Vögel schienen auf den Fenstersimsen und Dachkanten gebrütet zu haben. Früher hatte man das Gebäude durch eine verglaste Tür betreten können, doch heute war nur noch ein Rahmen aus Metall übrig, in dessen Rändern ein paar Glasscherben steckten. Ein Zeichen dafür, dass dieses Gebäude – wie viele andere in der Welt DANACH – Ziel von Plünderern gewesen sein mochte.
„Ich habe es mir irgendwie anders vorgestellt", murmelte Eris und nahm die Sonnenbrille von der Nase.
„Wie?", fragte Tyler neugierig.
„Keine Ahnung. Imposanter. Ich meine, wenn die ganze Anlage von hier gesteuert wird, dann …" Er verstummte und Tyler nickte nur. Der Junge kramte nach dem Tablet und überprüfte ein paar Einstellungen, dann kletterte er vom Wagen. Sal folgte ihm mit einem geschmeidigen Sprung.
„Und jetzt?", wollte Perry wissen, nachdem er aus der Fahrerkabine geklettert war.
Eris begutachtete den Komplex schweigend.
„Gehen wir erst einmal sicher, dass uns nichts erwartet. Die Steueranlage mit dem Computer muss sich irgendwo im Obergeschoss befinden, einen Notstromgenerator soll es auch geben. Connelly sagte, der ist nicht im gleichen Gebäude untergebracht."

Suchend ließen sie ihre Blicke schweifen und die Schützin wurde als Erste fündig. Sie deutete auf ein kleines, quadratisches Gebäude einige Meter abseits des Hauptgebäudes.
„Versuchen wir es doch dort."
Eris griff sich seine Waffe und machte einen Satz vom Fahrzeug herunter. Perry folgte ihm, während Sal und Tyler vorerst am Fahrzeug blieben. Connelly hatte ihnen erklärt, was sie tun sollten, dennoch war nicht sicher, ob es auch funktionieren würde. Es war immerhin gut möglich, dass Zeit, herumstreunende Tiere oder Plünderer an dem Aggregat ihre Spuren hinterlassen hatten. Was sie in einem solchen Fall tun würden, darüber hatten sie noch gar nicht nachgedacht.
Die Tür des kleinen Gebäudes war einen Spalt offen und quietschte sanft im schwachen Wind. Lack war abgeplatzt und brauner Rost sprenkelte das Metall. Sie warfen sich ein paar Blicke zu, dann gingen sie in Stellung. Der Arzt kniete sich einige Meter von der Tür entfernt hin, die Schrotflinte im Anschlag, während Eris sich seitlich der Tür positionierte und sie aufstieß.
Was sie erwartete, war Dunkelheit und nicht etwa ein versteckter Angreifer. Sie ließen ihre Waffen sinken und versuchten, in der Schwärze etwas zu erkennen. Im Innern befand sich tatsächlich ein Generator, eine monströse Ansammlung von Kolben, Schläuchen und Gewinden. Dicker Staub lag auf der Maschine. Perry rieb sich die Hände und kniff die Augen zusammen, dann schien er gefunden zu haben, was er gesucht hatte. Zielsicher schritt er ins Halbdunkel, während er die tonnenschwere Maschine abtastete. Seine Finger fanden den Schalter und er ergriff ihn mit beiden Händen, zerrte ihn nach unten. Ein knallendes Geräusch, dann stoben irgendwo in dem kleinen Raum weiße Funken auf. Für einen Moment herrschte Stille, dann begann der Generator stotternd zu laufen. Das Stottern steigerte sich zu einem knatternden, wenn auch gleichmäßigen Dröhnen. Lächelnd schritt der Arzt wieder aus dem Halbdunkel und erntete ein anerkennendes Nicken von Eris. Mit einem Surren ging

Elektrizität durch die alten Leitungen und hier und da begannen einige Notlichter in und am Gebäude zunächst schwach zu flackern, dann gleichmäßig zu strahlen.
„Wenn irgendjemand da drinnen sein sollte, dann weiß er nun ganz sicher, dass wir kommen", murmelte Sal und schulterte ihr Gewehr. Vorsichtshalber prüfte sie noch einmal ihre Pistole, dann machte sie sich mit dem Jungen auf den Weg zum Eingang.
Glassplitter knirschten unter ihren Stiefeln, als sie die zerstörte Tür hinter sich ließen und das Foyer betraten. Der Raum lag im Halbdunkel und präsentierte sich schmucklos und verwüstet. Plünderer mussten hier schon vor langer Zeit alles Brauchbare an sich genommen haben. Was sie nicht mitgenommen hatten, hatten sie achtlos auf den Boden geworfen. Die vier bahnten sich ihren Weg über Berge aus Müll und Schrott ins Innere der Anlage. Links und rechts von ihnen führten Durchgänge in kleine Räume, die in der Zeit DAVOR einmal Büros gewesen sein mochten. Einige Türen hingen schief in den Angeln, während andere offenbar ganz fehlten. Die Notbeleuchtung erhellte die Szenerie nur spärlich, denn oftmals waren die Leuchten mit den Jahren entweder kaputtgegangen oder mutwillig zerstört worden. Letztlich war es ein Wunder, dass überhaupt noch welche funktionierten. Eris, der am meisten an dem schlechten Licht zu leiden hatte, griff zu der Taschenlampe an seinem Waffengürtel und schaltete sie an. Ein kreisrunder Lichtschein machte ihnen das Vorankommen einfacher.
Sie arbeiteten sich bis zu einer Treppe vor. Das Gebäude besaß keinen Keller, von hier aus ging es nur in das darüber liegende Stockwerk. Papierfetzen und Müll lagen über die Stufen verstreut. Perry wollte unbekümmert den ersten Schritt machen, da hielt Sal ihn zurück. Erklärend deutete sie auf die nackten Betonstufen. Als das helle Licht der Taschenlampe die Dunkelheit vertrieb, war eindeutig, was die Schützin gemeint hatte: Risse zogen sich über die Stufen, an einigen Stellen fein und kaum sichtbar, an anderen Stellen beängstigend breit.

„Der Zahn der Zeit", murmelte Perry.
„Pass auf, wohin du deinen Fuß setzt. Ich möchte nicht, dass die Treppe einbricht, klar?"
Perry nickte verstehend und fasste die Schrotflinte fester, bevor er sich daranmachte, vorsichtig Stufe für Stufe in das Obergeschoss zu steigen. Auf halbem Weg machte auch er seine Taschenlampe an. Oben angekommen bestätigte er mit einem kurzen Pfiff, dass alles in Ordnung war, und wartete auf die anderen. Tyler und Eris waren die nächsten, während Sal den Abschluss bildete. Erst als sie alle heil oben angekommen waren, setzte der kleine Trupp sich wieder in Bewegung.
Sie arbeiteten sich einen weiteren langen Flur entlang, immer wieder in die Türen links und rechts spähend. Hier oben schienen die Plünderer weniger gewütet zu haben als im Erdgeschoss, auch wenn ihre Spuren dennoch klar erkennbar waren. Plötzlich hielt Tyler inne und legte seine Hand auf die Schulter seines Onkels, der den Anfang machte. Perry blieb stehen und sah seinen Neffen fragend an. Der Junge hatte den Finger an die Lippen genommen und horchte ins Halbdunkel.
„Was?", flüsterte der Arzt.
Tyler schüttelte den Kopf und horchte weiter angestrengt in die Dunkelheit.
Da. Da war es wieder. Ein Rascheln, ein Kratzen. Er konnte es klar und deutlich hören. Für einen Moment fragte er sich, ob es nicht seine Fantasie war, die ihm einen Streich spielte, denn ein Blick in die Gesichter der anderen verriet ihm, dass sie es immer noch nicht gehört hatten. Doch warum sollte das genau jetzt passieren? Bisher hatte er sich auf seine Ohren verlassen können, und es gab keinen Grund, das diesmal nicht zu tun. Wieder hörte er dieses Rascheln. Das Geräusch hallte wider, nein, da war ein zweites Geräusch. Vorsichtig lugte er an seinem Onkel vorbei den Gang entlang und versuchte, den Ursprung des Geräuschs auszumachen. Seine Begleiter hielten gespannt den Atem an, als er auf eine der Türen deutete. Die Schützin schob sich geräuschlos an dem Jungen vorbei und bedeutete Perry und

Eris, ihre Taschenlampen auszumachen. Während Eris, nun so gut wie blind, zusammen mit Tyler den Abschluss bildeten, schlichen der Arzt und die Schützin auf den Türrahmen zu, auf den der Junge gewiesen hatte. Die beiden nahmen Aufstellung neben der Tür und bewegten sich dann gleichzeitig, Perry in der Hocke, die Waffe bereit, und Sal stehend, die Pistole in das Dunkel gestreckt.
Vor ihnen, im schwachen Licht der Notbeleuchtung, lag ein Haufen Schutt und Dreck in einer Zimmerecke. Mehrere kreisrunde kleine Augenpaare starrten von dort für einen Sekundenbruchteil den beiden Menschen entgegen. Dann erklang ein Fiepen und die Augenpaare stoben auseinander. Angesichts der geballten Feuerkraft schien die Rotte Nagetiere zu dem Schluss gekommen zu sein, sich Gegner in ihrer Gewichtsklasse zu suchen. Die Ratten verschwanden in der Dunkelheit, während zwei mutige Exemplare auf die Tür zuhasteten, an den verdutzten Söldnern vorbei, sich zwischen ihren Beinen hindurchschlängelten und im dunklen Flur verschwanden.

Perry kicherte unversehens, während Sal sich zu Tyler umwandte.
„Gefährlich sind die Dinger nicht. Aber gute Ohren hast du allemal."
Der Arzt konnte ein lautes Prusten kaum unterdrücken, wandte sich seinem Neffen zu und schlug ihm freundschaftlich auf die Schulter.
„Sie haben böse ausgesehen!", gluckste er mit einem breiten Grinsen.
Tylers Schultern sackten merklich nach unten, als er den Spott seines Onkels vernahm.
„Ihre gefährlichen Zähne! Und diese Augen!", witzelte Perry weiter. Erst ein Stoß in die Rippen und ein eindeutiger Blick von Sal brachten ihn wieder auf den Boden. Er räusperte sich und blickte den Jungen kleinlaut an. „Entschuldigung", murmelte er.

Die Söldner arbeiteten sich nach dieser Unterbrechung weiter vor und erreichten am Ende des Flurs einen großen Raum. Die Tür hing schief in den Angeln und zeigte untrügliche Spuren von Gewaltanwendung. Der Raum dahinter war durch undurchdringbares Panzerglas zweigeteilt. Auch an dieser Barriere hatten sich offenbar Plünderer mit Wut und Verzweiflung vergangen, doch mehr als unschöne Kratzer und Absplitterungen hatten sie auf dem Panzerglas nicht hinterlassen. Eine Schleuse führte in den Bereich dahinter, der durch das staubige, matte und zerkratzte Glas einen relativ ordentlichen, fast aufgeräumten Eindruck machte. An einer Seite der Schleuse war ein Tastenfeld angebracht, dessen Tasten durch den Notstrom schwach glommen.

Das war das Zeichen für Tyler. Der Junge rief eine Datei auf seinem Tablet auf und kurz darauf wurde eine sechsstellige Kombination auf dem Bildschirm angezeigt. Vorsichtig, fast zittrig glitten seine Finger über das Tastenfeld und drückten bedächtig die Tasten. Jede Eingabe wurde von einem sanften Piepen begleitet, und als er die letzte Zahl eingegeben hatte, starrten für eine Sekunde alle vier wie gebannt auf die Tür. Ein Surren erklang, dann begann die Hydraulik der Tür zu arbeiten. Knirschend schob sich die Sicherheitsschleuse auf und gab den Weg in den dahinterliegenden Kontrollraum frei.

Perry und Tyler drängten in den Raum, während Eris im Schein seiner Taschenlampe nach etwas Sperrigem suchte, um die Tür zu blockieren. Sal hingegen deutete wortlos zur Decke und ging zurück in den Flur. Das war ihr Zeichen dafür, dass sie sich noch einmal umsehen würde und einen Zugang zum Dach suchen wollte. Von dort würde sie den besten Blick auf die Umgebung haben.

Perry warf einen Blick auf all die Schalttafeln und Monitore und schüttelte nur den Kopf. Brummend suchte er sich einen alten Drehstuhl, setzte sich und griff nach dem Flachmann. Das war ganz eindeutig nicht sein Resort. Selbst im Institut musste es vergleichbare Installationen gegeben haben, doch der Arzt hatte

sie niemals zu Gesicht bekommen. Hier jetzt ein scheinbar intaktes Relikt aus der Zeit DAVOR zu finden, eine solch komplexe Maschine, das verschlug ihm schlichtweg die Sprache. Tyler blieb für einige Momente mit geöffnetem Mund stehen. Dann jedoch überwand er den Schock weit besser als sein Onkel und suchte die riesigen Schalttafeln ab. Die Notbeleuchtung warf hier ein stärkeres Licht, was nicht zuletzt daran lag, dass hier alle Glühbirnen noch intakt waren. Aber auch von den Monitoren und Tastaturen glomm ein schwaches Licht.
Nachdem Eris lautstark ein größeres, kaum zu identifizierendes Stück Schrott in der Tür verklemmt und sie blockiert hatte, kam er zu den beiden und stieß einen anerkennenden Pfiff aus.
„Verdammte Scheiße. Das ist unglaublich."
Perry nickte nur stumm und genehmigte sich einen Schluck aus dem Flachmann.
„Obwohl sie uns auf den Weg geschickt haben, habe ich bis gerade eben nicht daran geglaubt, Eris", murmelte der Bärtige. „Ich habe mich selbst auf die Suche gemacht, aber ich habe es für eine Legende gehalten. Ein Hirngespinst. Ich habe nie geglaubt, dass es irgendwo noch sowas geben würde."
Eris warf einen Seitenblick auf seinen langjährigen Freund und nickte.
„Ich weiß, was du meinst. Da ist man Jahrzehnte dort draußen und meint, alles gesehen zu haben …"
Der Arzt schüttelte den Kopf und unterbrach ihn. „Nein, das meine ich nicht."
„Was dann?"
„Wenn das hier funktioniert, wird sich die Welt verändern. Unweigerlich."
„Das wird sie, ja."
„Ich frage mich nur, in welche Richtung. Das ist alles."

Sal hatte recht schnell eine schmale Treppe gefunden, die hinauf zum Flachdach führte. Von hier oben hatte sie einen erstklassigen Blick auf das umliegende Gebiet. Vorsichtig schritt sie auf der knirschenden Teerpappe umher, immer erwartend, dass das Dach unter ihr nachgeben würde. Die Konstruktion jedoch trug ihr Gewicht problemlos, und so erreichte sie die halbhohe Dachbrüstung. Die Schützin ließ ihren Blick von links nach rechts schweifen. Soweit sie sehen konnte, wuchsen Windräder in den Himmel. Stählerne Kolosse aus einer fast vergessenen Zeit.

Es erschien ihr wie ein grausamer Witz. Seit der Katastrophe, die die Welt verändert hatte, mussten unzählige Menschen durch dieses Gebiet gekommen sein. Viele von ihnen hatten vielleicht noch eine Ahnung, was der Zweck der riesigen Windräder in der Zeit DAVOR gewesen sein mochte. Aber niemand war bisher in der Lage gewesen, die Anlage wieder in Betrieb zu nehmen. Diese Gewissheit musste bleiern auf den Reisenden gelastet haben. Fast schien es, als seien die riesigen Türme spottende Grüße aus der Zeit DAVOR.

Jetzt aber würde es anders werden. Ihre großen Rotoren würden sich alsbald im Wind drehen und unbändige Energie – Strom – erzeugen. Auf einmal, nach all den Jahren, in denen die Menschen der Region ohne Strom, oft unter den schlimmsten Bedingungen gehaust hatten, wäre wieder Strom vorhanden, wahrscheinlich mehr als genug. Sicher, es war noch ein langer Weg, bis die Energie dann dort ankommen würde, wo sie gebraucht wurde – aber eine Sache war unumstößlich. Es würde die Welt, wie Sal sie kennengelernt hatte, die Welt, in der sie aufgewachsen war, rigoros ändern.

Vor ihrem geistigen Auge wuchsen die Bilder, als ihr zum ersten Mal klar wurde, welche Möglichkeiten eine intakte Stromversorgung liefern würde. Siedlungen, die mit Strom versorgt würden und dauerhaft über Licht verfügen könnten, uralte Kühlschränke, die klappernd ihr Werk wieder aufnehmen und die Vorratshaltung erleichtern würden. Maschinen, die wieder zum Leben erweckt werden könnten, so sie denn die letzten Jahre heil überstanden hatten. Immer mehr Bilder rasten vor ihrem

geistigen Auge dahin, als sie sich der Entscheidung bewusst wurde, vor der sie und ihre Begleiter hier standen.
Die Schützin schüttelte den Kopf, um ihre sich überschlagenden Gedanken zu beruhigen. Eine Frage war für sie eigentlich viel wichtiger. Was würde danach kommen? Wie würde ihr Leben aussehen, wenn all das hier einmal erledigt war?
Nachdenklich führte sie ihre Hand an den Bauch. Bisher war es nur ein vages Gefühl ohne jedwede Bestätigung. Die Anzeichen waren jedoch kaum von der Hand zu weisen. Sie war nun lange genug überfällig. Tatsächlich waren Schwankungen normal und kamen vor, doch bisher hatte es sich immer nur um einige Tage gehandelt. Nun aber deutete nichts darauf hin, dass sie im Verzug war, und auch die üblichen Anzeichen – einige Tage davor – blieben aus. Bisher hatte sie weder die Zeit noch den Mut gefunden, darüber zu sprechen. Davon abgesehen war sie sich sicher, dass es ganz bestimmt nicht Eris war, mit dem sie als Erstes darüber sprechen wollte. Zuerst wollte sie Perry abpassen und sichergehen.
Eines verwunderte sie jedoch. Früher hatte sie sich vor dieser Situation gefürchtet. Hatte die wahrscheinlich berechtigte Angst gehabt, dass ihr Leben vollkommen auf den Kopf gestellt werden würde. Doch von dieser Angst spürte sie jetzt rein gar nichts.
Eine Staubwolke auf der Straße riss sie aus ihren Gedanken.

„Und?“, erkundigte sich Eris, der ratlos die Schalttafeln betrachtete. Die Monitore waren zum Leben erwacht und zeigten scheinbar endlose Datenreihen an. Auf einigen Bildschirmen flackerten Grafiken und Pläne, mit denen der Söldner noch viel weniger anfangen konnte.
„Keine Ahnung. Das Programm läuft scheinbar“, sagte Tyler unsicher.
Er hatte das Tablet via Kabel mit einer Schnittstelle verbunden und, wie Connelly es ihm beschrieben hatte, ein Programm gestartet. Danach schien alles voll automatisch abzulaufen. Über

das Display des Tablets flogen Zahlen und Namen, dann war ein Ladebalken sichtbar. Langsam marschierte der Balken von links nach rechts, darunter eine sich stetig verändernde Prozentzahl. Rein äußerlich schien sich jedoch wenig zu ändern. Die Geräte im Kontrollraum verrichteten weiterhin ihr Werk und nichts deutete darauf hin, dass die Software des Tablets irgendetwas ändern würde.
Genau wusste keiner von ihnen so richtig, was sie dort eigentlich taten, geschweige denn, welche Prozesse nun innerhalb der Computer abliefen. Alles, was sie besaßen, war eine vage Vorstellung, doch ihre Fantasie reichte kaum aus, um sich auch nur ansatzweise vorstellen zu können, was genau dort passierte.
„Sag mal", meldete Perry sich zu Wort. Scheinbar hatte er den anfänglichen Schock mittlerweile überstanden. Der Alkohol hatte daran sicher keinen geringen Anteil.
„Was?", fragte Eris nervös. Im Grunde war er dankbar über das Gespräch, konnte es die elendig lange Wartezeit doch nur verkürzen.
„Wenn das hier alles funktioniert – was eigentlich keiner von uns sagen kann, da wir alle nichts von dem ganzen Zeug hier verstehen –, was machen wir dann eigentlich?"
„Was genau meinst du?"
„Naja. Warten wir hier auf die Leute aus dem Institut? Fahren wir den ganzen Weg wieder zurück?"
Eris verzog das Gesicht.
„Da habe ich mir auch schon Gedanken drum gemacht. Annabell hat dazu nichts gesagt, oder habe ich was vergessen?"
Ihre Blicke trafen sich und der Arzt schüttelte den Kopf. Einige Sekunden blickten sie hinüber zu Tyler und warteten auf seine Antwort, doch der Junge schien viel zu versunken und beschäftigt.
„Also?", nahm Perry die Unterhaltung wieder auf.
„Dann geht es zurück zum Institut. Wahrscheinlich ist dieser verknöcherte Rat erst überzeugt, wenn wir in einem Stück wieder da sind und vom Erfolg berichten können."

„Wollen wir hoffen, dass in der Zwischenzeit nicht irgendwer vorbei kommt und Mist mit der Anlage macht, was?“
Eris setzte zu einem Nicken an, doch im gleichen Moment ertönte Sals Stimme. Sie rief vom Dach lauthals nach ihm.
„Du musstest es beschwören, oder?“, zischte Eris, drehte sich um und machte einen Satz durch die blockierte Tür.
Mit schnellen Schritten bahnte er sich seinen Weg zur Dachtreppe und nahm gleich mehrere Stufen auf einmal. Oben angekommen wurde er im ersten Moment vom Sonnenlicht geblendet und blieb benommen im Türrahmen stehen, griff umständlich nach seiner Sonnenbrille und setzte sie auf die Nase. Durch die getönten Gläser konnte er Sal erkennen, sie hockte an der halbhohen Brüstung, das Gewehr aufgelegt. Er ließ sich neben ihr in Deckung sinken.
„Was ist?“
„Auf der Straße ist Bewegung. Die kommen in unsere Richtung.“
Eris fluchte lautstark und wagte es dann selbst, den Kopf über die Brüstung zu heben. Tatsächlich, da war eine Staubwolke auf der Straße, die schnell näherkam. Wirklich erkennen konnte er jedoch noch nichts.
„Wer ist das?“
Sal verzog das Gesicht und presste ihr Auge stärker an die Zieloptik der Waffe. Ihre Lippen bewegten sich still, als ob sie das, was sie dort vergrößert sah, zählen würde.
„Ich kann Reiter erkennen. Und mindestens zwei LKWs.“
Ihre Hand glitt ruhig über die Stellschrauben der Optik.
„Sieht aus wie unsere Freunde“, murmelte sie, als sie die militärischen Tarnanzüge erkannte.
Wieder entglitt Eris ein Fluch, während Sal fasziniert auf die Details achtete.
Es mussten vierzig, vielleicht mehr Soldaten sein. Ein Teil von ihnen ritt auf Pferden vorweg, während die restlichen sich auf die LKWs dahinter verteilten. Es waren Fünf-Tonnen-Modelle wie das, mit dem sie hierhergekommen waren, doch bei diesen

Fahrzeugen war die militärische Herkunft klar erkennbar: Ein schweres Maschinengewehr war jeweils auf den Dächern der Fahrerkabine montiert und besetzt. Die Soldaten trugen Kampfanzüge und Schutzwesten, ja sogar Helme.

„Wie viele sind es?“

„Vergiss es, Eris. Das ist eine verdammte kleine Armee“, stellte Sal nüchtern fest.

Als ob er den Worten der Schützin keinen Glauben schenken würde, nahm Eris noch einmal den Kopf aus der Deckung, diesmal den Feldstecher vor den Augen. Als er genau das sah, was Sal gesehen hatte, wurde auch ihm klar, dass eine Konfrontation nur einen Ausgang nehmen konnte.

Plötzlich fiel ihm etwas anderes ein und abrupt schnellte er in die Höhe und hastete auf die Dachtreppe zu, ohne ein erklärendes Wort zu Sal. Die Schützin nahm seine Reaktion jedoch als Zeichen, hob behutsam ihre Waffe von der Brüstung und folgte ihm einige Zeit später.

Polternd kam Eris wieder im Flur an, wandte sich in Richtung der Schaltzentrale. Noch während er losrannte, brüllte er: „Abbrechen! Abbrechen!“

Perry schob sich in die Sicherheitsschleuse und sah Eris verdutzt an. Als der Söldner begriff, dass seine Begleiter in der Schaltzentrale nicht verstanden, was er meinte, brüllte er aus Leibeskräften. „Brecht das verdammte Programm ab!“

Perry schaffte es gerade noch, einen Schritt zur Seite machen, als Eris in den verglasten Raum sprang. Erschrocken blickte Tyler den Mann an. In seiner Hand hielt er das Tablet, das Display zeigte einen vollständigen Ladebalken, darunter blinkte die Zahl Hundert auf.

Eris sah auf das Tablet und fluchte. Ohne ein erklärendes Wort deutete er auf die Tür.

„Raus hier, schnell!“

„Was“, wollte Tyler ansetzen, doch da war Perry schon bei ihm. Der Arzt kannte Eris lange genug, um an seiner Stimme genau abschätzen zu können, wann eine Situation gefährlich war. Er griff den Jungen am Arm und zog ihn durch die Schleuse, während Tyler die Welt um sich herum nicht verstand. Dennoch bewegte er mechanisch seine Beine. Eris schob sich hinter den beiden aus dem Raum und trat den Schrott beiseite, mit dem er die Tür blockiert hatte. Ächzend schloss das Panzerglas sich vor ihnen. Während Perry und Tyler den dunklen Flur entlang zur Treppe im Erdgeschoss stolperten, trat er einige Schritte zurück und legte auf das Tastenfeld der Tür an. Funken stoben auf, als die Kugeln das Tastenfeld in unbrauchbaren Schrott verwandelten. Er machte auf dem Absatz kehrt und hastete seinen Freunden hinterher.

Im verwüsteten Foyer sammelten die vier sich.

„Soldaten, eine ganze Menge davon“, erklärte Eris knapp, als er zu ihnen aufgeschlossen hatte. „Wir müssen schleunigst von hier verschwinden.“

Der Arzt verstand und unterdrückte im Gegensatz zu Eris seinen Fluch. Er nickte einfach nur und ging auf die Vordertür zu. „Tyler, zu mir ins Fahrerhaus. Halt den Kopf unten. Eris, Sal, auf die Ladefläche. Was immer da kommen mag, sorgt dafür, dass es nicht zu nah an uns herankommt. Und haltet euch verdammt nochmal gut fest.“

Er versicherte sich noch einmal, ob seine Begleiter verstanden hatten, dann packte er den Jungen an der Schulter und rannte mit ihm nach draußen. Sie erreichten den LKW und bestiegen das Fahrzeug in Windeseile. Perry betätigte die Zündung und der Motor röhrte auf.

Der Arzt machte sich nicht die Mühe, das schwere Fahrzeug wenden zu wollen, als er in den Spiegeln endlich einen Blick auf das hatte, was auf den Komplex zu jagte. Kurzerhand legte er brutal einen Gang ein und der LKW machte einen Satz nach vorne, fuhr auf den hohen Zaun am Rande des Parkplatzes zu. Verbissen griff er das Steuer mit beiden Händen und versuchte, auf der kurzen Strecke so viel Geschwindigkeit wie nur möglich aufzubauen. Als das Fahrzeug den Zaun traf, ging ein harter

Ruck durch den LKW. Einer der Zaunpfähle knickte zur Seite. Knirschend und knackend gab der Zaun nach. Perry riss das Steuer herum und versuchte sich einen Weg zwischen den riesenhaften Windrädern zu bahnen.

Tyler klammerte sich so gut wie möglich fest, doch konnte er nicht verhindern, dass die Kollision ihn durchschüttelte. Schmerzerfüllt stöhnte er auf, als er sich den Kopf dumpf anschlug. Sterne tanzten vor seinen Augen und Übelkeit schoss nach oben, doch der Junge bemühte sich tapfer, nicht die Kontrolle zu verlieren.

Ganz anders war es auf der Ladefläche. Eris klammerte sich mit beiden Händen fest, doch Sal gelang es nicht recht, sich festzuhalten. In dem Moment, in dem der LKW den Zaun schlichtweg niederwalzte und ein Schlag durch das Fahrzeug ging, verlor sie ihren Halt und strauchelte. Sie drohte, vollends das Gleichgewicht zu verlieren und vom Fahrzeug zu stürzen, doch Eris‘ behändes Eingreifen bewahrte sie vor dem Schlimmsten. Er ließ die Frau nicht mehr los und zog sie unter größter Anstrengung an sich heran, während sie sich am Gestänge der Ladefläche festklammerte.

Spätestens mit dem Durchbrechen der Absperrung war den Soldaten bewusst geworden, dass sie nicht allein waren. Während einer der LKWs weiter auf das Gelände zuhielt, scherte das zweite Fahrzeug aus und verließ die Straße, um den vieren den Weg abzuschneiden. Gleichzeitig fächerten die Reiter an der Spitze der Gruppe auf und lenkten ihre Pferde auch in Richtung des flüchtenden LKWs. Vereinzelt peitschten die ersten Schüsse, doch in dem Chaos und auf diese Entfernung etwas zu treffen, das war ein reines Glücksspiel.

Perry bemühte sich, vorausschauend zu fahren. Er konzentrierte sich auf das hohe Gras und versuchte, Unebenheiten und Bodenwellen so gut es nur ging zu umfahren. Alles, was sie Geschwindigkeit kosten konnte, galt es nun zu vermeiden. Der LKW wurde immer noch durchgeschüttelt, dennoch wagten Sal und Eris auf der Ladefläche, ihre verkrampften Griffe zu lösen,

und wandten sich ihren Verfolgern zu, die Pistolen in den Händen.
Perry versuchte, das Letzte aus dem Motor herauszuholen. Das schwere Aggregat dröhnte. Es gelang ihm so, die Distanz zu den Verfolgern aufrechtzuerhalten.
Gras und Dreck wurden aufgewirbelt, als die Reiter alles gaben, um näher an den LKW der Gruppe heranzukommen. Der verfolgende Militärlaster hingegen hielt gleichbleibende Distanz. Aus dem Augenwinkel konnte Sal erkennen, wie einer der Soldaten aus der Fahrerkabine ans Maschinengewehr kletterte und die Waffe schussbereit machte.
„Langsamer!", brüllte sie Perry zu.
Der Arzt verstand die Welt nicht mehr. Ging es nicht darum, möglichst schnell zu sein, um die Verfolger abzuhängen? Zuerst ignorierte er den Ruf der Schützin, dann aber sah er ihre wilden Gesten bei einem Blick in den Rückspiegel. Behutsam trat er auf die Bremse.
Der LKW verlor an Fahrt und die Reiter holten bedrohlich auf, sodass ihre entschlossenen Gesichter zu erkennen waren. Diese Gefahr hatte Sal jedoch völlig logisch kalkuliert. Sie ging nicht davon aus, dass der Soldat am Maschinengewehr das Feuer eröffnen würde, solange die Gefahr bestünde, die eigenen Männer zu treffen. Für den Moment schien ihre Rechnung aufzugehen.
Eris zielte mit seinem Revolver auf den ersten Reiter und drückte ab. Der Mann kippte nach hinten und stürzte aus dem Sattel, überschlug sich dabei mehrmals. Der nachfolgende LKW kam heran und überrollte den Gestürzten. Eris hatte keine Zeit, sich sein Werk anzusehen, er hielt einfach auf den nächsten Reiter und betätigte den Abzug, doch diesmal ging sein Schuss fehl. Wütend drückte er noch einmal ab und schaltete einen weiteren Verfolger aus. Aus dem Augenwinkel bemerkte er verwirrt, wie Sal gar nicht daran dachte, auf die Reiter anzulegen. Hastig reichte die Schützin ihm ihre Pistole und griff nach unten. Obwohl er nicht ganz verstand, arbeitete sein Körper mechanisch gedrillt. Er griff nach der zweiten Waffe. Während er nun ver-

suchte, das Gleichgewicht zu halten, feuerte er beidhändig. Einige Kugeln gingen daneben, andere trafen jedoch Pferde oder Reiter, sodass die Zahl der Verfolger weiter schrumpfte.

Sal hatte sich mittlerweile bemüht, eine Maschinenpistole zu greifen, und hakte sich umständlich mit ihrem Arm am Gestänge des LKWs ein. Während der Wagen schaukelte und rumpelte, Dreck aufspritzte und ihnen Kugeln um die Ohren pfiffen, versuchte sie das Kunststück, auf den Soldaten am Maschinengewehr zu zielen. Sie atmete ruhig und legte an, dann krümmte sich ihr Finger. Eine kurze Feuergarbe schlug aus der Maschinenpistole, ging aber an dem Schützen vorbei. Der Mann war nun alarmiert, ließ all seine Bedenken fahren und schwenkte die schwere Waffe in Richtung der Ladefläche, bereit, Tod und Verderben zu spucken. Sal biss sich auf die Unterlippe und drückt ein zweites Mal ab. Der Feuerstoß traf den Soldaten ins Gesicht, sein Helm flog davon und der Mann sackte unnatürlich verkrümmt nach hinten.

Eris war mittlerweile die Munition ausgegangen. Zwar hielt er sich noch gekonnt auf den Beinen, aber ohne eine Kugel im Lauf war das für sich genommen wenig wert. Er rammte die Pistolen in den Gürtel und griff schwankend nach dem Gestänge, fand wieder mehr Halt. Sal hingegen nutzte die Gunst der Stunde und legte auf die Fahrerkabine an. Die Waffe in ihrer Hand ratterte und die Kugeln sirrten dem Verfolgerfahrzeug entgegen. Splitternd schlugen sie in das Glas ein. Der Fahrer riss das Steuer herum und der LKW schlug unkontrolliert zur Seite aus.

Einer der Reiter war nah genug herangekommen und hatte seine Pistole gezogen. Er legte an und drückte gleich mehrfach ab. Wie ein Hammerschlag traf Sal die Kugel in die Schulter, warf sie herum. Sie wurde gegen die Fahrerkabine geschleudert, Schmerz pulsierte durch ihre Schulter und breitete sich in ihrem ganzen Körper aus. Die Maschinenpistole hatte sie verloren und tastete nun mit ihrer Hand nach dem Treffer. Ihre Finger fühlten warmes, klebriges Blut, und genau in diesem Moment, in dem ihr Geist wirklich realisierte, was gerade passiert war, in-

tensivierte sich der Schmerz. Schreiend kauerte sie sich auf den schlingernden Boden.
Der Schrei lenkte Eris ab, und für einen kurzen Moment sah er sich nach ihr um, entdeckte schockiert, dass sie getroffen war, sah das Blut. Fast schien es so, als ob die Welt um ihn herum in diesem Moment völlig egal sei, er wollte zu ihr stürzen, ihr helfen. Dann aber gewann die Realität. In dem Moment, in dem ihm der wache Teil seines Verstandes zubrüllte, im Hier und Jetzt zu bleiben, wurde er von einem schweren Schlag getroffen und von den Beinen gerissen. Einer der Reiter war nah genug herangekommen und in einer waghalsigen Aktion aus dem Sattel auf den LKW gesprungen.
Eris schlug hart auf der Ladefläche auf und die Luft wurde aus seinen Lungen gepresst. Noch bevor er überhaupt die Chance hatte, zu reagieren, trommelten die Schläge des Soldaten auf ihn nieder. Mühevoll stemmte er sich gegen das Gewicht des Angreifers, versuchte, ihn von sich herunterzubekommen. Die beiden Männer rollten ineinander verkrallt über die Ladefläche.
Perry, der die Situation aus den Augenwinkeln verfolgt hatte, fluchte innerlich und brüllte Tyler etwas zu. Der Junge, immer noch etwas benommen, wandte sich um und sah durch das Rückfenster, was auf der Ladefläche passierte. Er zog eine seiner Pistolen und schob das Fenster auf, legte an. Doch der schaukelnde und schlingernde LKW machte das Vorhaben des Jungen zu einem Glücksspiel. Viel zu groß war die Gefahr, Eris zu treffen.
Der Angreifer hatte mittlerweile wieder die Oberhand gewonnen und hockte mit seinem ganzen Gewicht auf Eris Brust. Seine behandschuhten Hände schlossen sich eisern um den Hals des Söldners, während Eris krampfhaft versuchte, den Griff des Mannes zu sprengen. Seine Luft wurde knapp, und Dunkelheit begann sich an den Rändern seines Sichtfeldes breit zu machen.
Tyler hielt die Waffe nun mit beiden Händen, versuchte sie stabil und ruhig zu halten. Dennoch traute er sich nicht zu feuern.
Eris‘ Gesicht lief mittlerweile rötlich an, während er vergeblich

nach Luft schnappte. Dieses Gesicht war es, was sich in Tylers Gedanken einbrannte und dafür sorgte, dass er mit zusammengekniffenen Augen abdrückte. Als er sie wieder öffnete, sah er, wie Eris mit letzter Kraft den toten Soldaten von seiner Brust schob und sich keuchend den Hals rieb.
Perry knurrte, hämmerte brutal auf die Gangschaltung und der LKW beschleunigte wieder. Mit röhrendem Motor schoss das Fahrzeug zwischen den Windrädern hin und ließ die Reiter hinter sich.

„Das wird schon wieder“, diagnostizierte der Arzt und wickelte eine Bandage um die durchschossene Schulter der Schützin. Abwesend lächelte Sal, dann verzog sie das Gesicht. Zwar hatte Perry ihr starke Schmerzmittel gegeben, doch vermochten die Medikamente nicht, den pochenden Schmerz vollends zu unterdrücken. Als er fertig war, belohnte er sich mit einem großzügigen Schluck aus seinem verbeulten Flachmann und reichte ihr pflichtschuldig den Schnaps. Mit verzerrtem Gesicht winkte Sal ab. Er zuckte mit den Schultern und war im Begriff, aufzustehen, da fasste sie ihn am Ellbogen.
„Danke, Perry.“
Er schüttelte den Kopf. „Nicht dafür. Das ist meine Aufgabe, schätze ich.“
„Trotzdem. Und wenn du nachher nochmal Zeit für mich findest …“, sagte sie leise. Ihr Blick ging über die Schulter des Arztes hinweg in Eris‘ Richtung, der einige Meter entfernt saß und sich immer noch den Hals rieb. Perry folgte ihrem Blick und zog die Augenbraue hoch, dann nickte er.
„Aber natürlich.“ Auch wenn er aus ihrem mysteriösen Verhalten nicht schlau wurde. Sie lächelte dem Arzt noch einmal zu, bevor er zu Eris ging.
„Wie geht es dir?“
Eris verdrehte die Augen und spie aus. „Was soll ich sagen. Der Kerl hat versucht, mich zu erwürgen. Viel hätte es nicht mehr gebraucht.“

„Aber du bist noch am Leben, oder?“
„Ja. Ja, sicher.“ Eris nickte.
Perrys Blick wanderte zur Seite. Dort saß Tyler, die Waffe immer noch in der Hand. Der Junge hatte die Wache übernommen, während der Arzt sich um die Verletzten kümmerte. Eris folgte dem Blick seines Freundes, dann sahen die beiden sich für einen Moment an. Er wusste genau, was der Arzt meinte. Stumm nickte er und stemmte sich in die Höhe.
Perry wartete einen Augenblick, dann schlenderte er zurück zu Sal. Er streckte sich und ließ sich dann neben ihr nieder, gähnte einmal. Einige Sekunden betrachteten die beiden stumm Eris und Tyler, dann ging sein Kopf in ihre Richtung.
„Was ist mit ihm?“ Er deutete dabei mit einer schwachen Bewegung seines Kopfes in Eris‘ Richtung.
Sal blickte ihn an und schüttelte den Kopf.
„Nicht mit ihm.“
„Sondern?“
„Mit mir.“
Perry Augen weiteten sich für einen Moment. Sein Geist begann zu arbeiten und innerhalb von Sekundenbruchteilen setzte sein Intellekt das zusammen, was die Frau wahrscheinlich meinte. Er war nicht blind gewesen, und, was das anging, auch nicht taub. Irgendwie hatte er gewusst, dass dieser Moment kommen würde. Für ihn war es ein Wunder, dass es nicht schon viel früher passiert war.
„Das ist kein Scherz, oder?“
Sie schüttelte den Kopf. „Nein. Ich schätze, ich bin schwanger.“
Perry holte tief Luft und sah sie für einige Sekunden an, dann lächelte er. „Glückwunsch! Weiß er davon?“
Sie schüttelte den Kopf. „Nein, noch nicht. Ich bin mir noch nicht ganz sicher.“
„Und nun willst du von mir wissen, ob es wirklich so ist?“
Sie nickte.
Er ging sich nachdenklich durch die Haare. „Und er soll davon erst einmal nichts wissen, oder?“

„Nein. Noch nicht. Solange ich es nicht genau weiß."
Perry lächelte.
„Gut. Das bekommen wir hin. Das unterwegs zu erledigen wird schwer. Aber im Institut sollte es gehen. Dort können wir ihm erzählen, dass ich dich einfach noch einmal untersuchen muss, dann sollte es nicht auffallen."
Ein dünnes Lächeln flog über ihre Lippen. „Danke."
„Wie ich schon sagte. Das ist meine Aufgabe."
Er betrachtete seine langjährige Wegbegleiterin von oben bis unten, dann lächelte er ehrlich.
„Und wie geht es dir dabei?"
Sie überlegte, als müsse sie sich für einen Moment noch ihrer Antwort sicher werden. „Ich denke, ich bin glücklich."

Kapitel 2

Frontenwechsel

Alexander wurde von Stimmen geweckt. Er öffnete die Augen, doch um ihn herum war nur Schwärze. Obwohl er genau wusste, dass ihn nur Finsternis erwartete, erschreckte ihn das jedes Mal. So musste es sich anfühlen, wenn man erblindete. Ein schockierendes Gefühl, bei dem er sich völlig hilflos vorkam. Dann reagierte sein Gehirn, erwachte mühselig aus dem Dämmerschlaf. Er war nicht erblindet – er befand sich einfach nur in absoluter Dunkelheit.

Stöhnend setzte er sich an der schroffen Wand auf, ganz vorsichtig. Der Raum, in dem er sich befand, war nicht groß genug, dass ein ausgewachsener Mann hier aufrecht hätte stehen können. Vielmehr war die Kammer klein und beengt, sodass es nicht nur unmöglich war, aufrecht zu stehen, sondern auch, sich der Länge nach auszustrecken. So blieb einem kaum etwas anderes übrig, als sich in einer auf Dauer unbequemen Position einzufinden.

Das hier, das war das Loch. Die Arrestzelle. Oft genug hatte er Soldaten unter seinem Kommando in diese Zelle werfen lassen und sie damit zur Besinnung gebracht, ihren Willen gebrochen, sie geschliffen. Doch er hätte nie damit gerechnet, dass er selbst einmal hier landen würde.

Während er sich langsam zurechtfand, registrierte sein Verstand die Stimmen vor der schweren Metalltür, die ihn geweckt hatten. Reflexartig presste er die Augen zusammen und versuchte, sich auf die Geräusche zu konzentrieren. Resigniert stöhnte er auf. Zwar konnte er die Geräusche eindeutig als Stimmen einordnen, doch darüber hinaus versagte seine Wahrnehmung.

Wie zur eigenen Bestätigung schüttelte er den Kopf und rieb sich die Müdigkeit aus dem Gesicht. Er wusste nicht, wie lange er schon hier verbracht hatte. Das war das Heimtückische an diesen Zellen: Sekunden, Minuten, Stunden, Tage – all das verschmolz hier drinnen zu einem unförmigen Brei. Draußen konnte es finstere Nacht oder helllichter Tag sein, er würde es hier nicht merken. Er wusste, dass er, seitdem sie ihn hier hineingeworfen hatten, achtmal aufgewacht war, doch das war wenig wert, denn er wusste ja nicht, wie lange er geschlafen hatte. Früher oder später würden auch diese Phasen der ungefähren zeitlichen Orientierung miteinander verschwimmen.

Die Dunkelheit, diese Ungewissheit, sie nagte langsam an seinem Verstand. Wenn man nicht aufpasste, dann waren Zellen wie diese der perfekte Ort, um wahnsinnig zu werden.

Um sich dieses Schicksal zu ersparen, rief er sich noch einmal die Ereignisse in Erinnerung, die ihn hierhergebracht hatten.

Nach der gescheiterten Belagerung von Station hatte er sich mit den überlebenden Soldaten – mehr als zwei waren es nicht gewesen – auf den Rückmarsch zum Stützpunkt gemacht. Zwar hatte er bei dem ihm erteilten Auftrag versagt, dennoch hatte er die Pflicht, seine Truppe – oder vielmehr das, was davon noch übrig war – wieder in die Heimat zu bringen. Vom ersten Moment an war ihm klar, dass er die Konsequenzen für sein Versagen würde tragen müssen, und obwohl er genau wusste, was das im schlimmsten Fall zu bedeuten hatte, war er den Weg gegangen.

Als sie sich dem Stützpunkt näherten, griff eine Patrouille sie auf. Er erstattete Bericht und es dauerte nicht lange, bis die Probleme anfingen. Kaum dass sie den Stützpunkt erreicht hatten, nahm man ihm Waffen und Ausrüstung ab. Ohne ein Wort der Erklärung brachte man ihn zu den Zellen und warf ihn in dieses Loch. Die Wachen gingen dabei nicht zaghaft mit ihm um und gaben ihm so einen Vorgeschmack auf das, was sicherlich noch folgen würde. Anstatt ihn einfach nur in diese Zelle zu stecken, trieben sie ihn unsanft mit Schlägen, Tritten und Stößen vor sich her. Im ersten Moment wollte er sich wehren, doch dieser Impuls verblasste. Irgendwo in ihm schlummerte die

Hoffnung, am Leben zu bleiben, irgendwie lebendig aus der ganzen Sache herauszukommen.
Wieder im Hier und Jetzt registrierte er, wie sein Magen knurrte und er Durst hatte. Seit er hier war, hatten sie ihm dreimal kärgliche Mahlzeiten gebracht. Hartes Brot und abgestandenes, faulig riechendes Wasser. Zuerst hatte er sich geweigert, davon etwas zu essen, dann aber hatten Hunger und Durst gesiegt. Vorsichtig hatte er aus dem steinharten Brot Brocken gebrochen und sie sich in den Mund gesteckt, immer ein Schluck Wasser dazu. So lange wie möglich ließ er diese Mischung in seinem Mund, um das harte Brot aufzuweichen. Satt machte ihn das freilich nicht. Es war außerdem sinnlos, anhand der Mahlzeiten abmessen zu wollen, wie lange er schon eingesperrt war. Aus eigener Erfahrung wusste er, dass die Wachen die Mahlzeiten unregelmäßig brachten und vor allem nicht täglich.
Sein Körper schmerzte. Er hatte einige Blessuren von der Flucht – Rückzug war das nicht zu nennen – davongetragen und dazu gesellten sich ein paar blaue Flecken und Schürfwunden des Empfangskomitees. Seine Muskeln waren aufgrund der unnatürlichen Haltung völlig verspannt.
Die Stimmen vor der Tür hatten aufgehört, miteinander zu sprechen. Alexander wäre fast augenblicklich wieder in seinen eigenen Gedanken versunken, doch dann fuhr er zusammen, als das schabende Geräusch des Riegels erklang. Mit einem kaum hörbaren Quietschen wurde die Tür aufgezogen und fahles Licht fiel in die enge Zelle. Der Lichtschein fiel auf ihn und augenblicklich brannten seine Augen. Schmerzerfüllt drehte er den Kopf zur Seite und merkte, wie sich ein Schatten in den Lichtkegel schob.
„Aufstehen und rauskommen!“, blaffte eine Stimme.
Mühsam stemmte er sich in die Hocke und wankte unsicher zum Lichtschein hinüber. Seine Augen hatten keine Zeit, sich an die Helligkeit zu gewöhnen, und er spürte, wie Tränen ihm zusätzlich die Sicht verklärten. Seinen Häschern war er nicht schnell genug. Sie packten ihn an den Schultern und zerrten ihn

aus der Zelle. Mit einem unterdrückten Stöhnen schlug er auf dem Boden auf, geistesgegenwärtig hatte er die Arme noch vor das Gesicht bekommen.
„Aufstehen, hab' ich gesagt!"
So schnell er konnte, kam er auf die Knie und versuchte, sich nach oben zu stemmen, immer noch zu langsam. Ein Stiefel sauste heran und traf ihn in der ungeschützten Seite. Mit einem Schmerzenslaut klappte er zusammen.
„Hoch mit dir, hab' ich gesagt, Arschloch!"
Er wurde von hinten gepackt und in die Höhe gezogen, der Kragen seines verdreckten Kampfanzugs schnürte ihm dabei die Luft ab. Kaum dass er auf den Beinen stand, wurde er in eine Richtung gestoßen. Alexander bemühte sich, auf den Beinen zu bleiben, denn ein Sturz bedeutete zwangsläufig mehr Schläge und Tritte. Seine Augen gewöhnten sich langsam an das Licht in der Baracke, und so konnte er insgesamt drei Soldaten erkennen. Während zwei ihn durch den Raum stießen und dabei auf ihn fluchten, stand die dritte Soldatin an der Tür, den Gummiknüppel in der Hand. Getrieben von ihren Ausbrüchen taumelte er Richtung Tür, und kurz bevor er sie erreichte, machte die dritte Wache sie auf. Als Alexander die Schwelle erreichte, sauste der Knüppel durch die Luft und donnerte ihm in den Rücken, sodass er nach vorn stürzte. Es war helllichter Tag, ein fast wolkenloser Himmel, und so explodierte nicht nur der Schmerz des Treffers in seinem Rücken, sondern auch stechender Schmerz in seinen Augen. Wimmernd versuchte er, die brennenden Augen mit dem Arm vor dem Licht abzuschirmen, als er auch schon wieder in die Höhe gezerrt und weitergestoßen wurde. Alexander torkelte noch einige Schritte, dann nahm er den Arm herunter, um das Gleichgewicht zu halten. Durch die verkniffenen Augen konnte er kaum mehr als ein paar Meter sehen. Links und rechts packten ihn kräftige Hände und führten ihn.
Der Boden unter seinen Stiefeln wurde hart und er wusste genau, wo er war. Auf dem großen Exerzierplatz inmitten des

Stützpunktes. Jetzt, da sich der Schmerz langsam legte, drangen die Geräusche zu seinem wankenden Verstand durch. Da marschierten schwere Stiefel über den Asphalt, Kommandos wurden gebrüllt. Irgendwo in der Entfernung hallten Schüsse von den Übungsbahnen wider. Es hörte sich für ihn an, als ob die gesamte Mannschaft zum Üben angetreten war.
Als sich sein Blick langsam klärte, seine Augen sich an das helle, stechende Licht gewöhnten, sah er vorsichtig nach links und nach rechts. Hunderte von Soldaten hatten sich auf dem Platz versammelt und übten mechanisch, warfen sich auf Kommando in den Dreck, kamen wieder in die Höhe, nur um dann wieder den Kopf einzuziehen. Die Offiziere bellten ihre Kommandos und niemand schenkte ihm Aufmerksamkeit. Bei einer so großen Übung stand etwas Wichtiges bevor, soviel war klar.
Seine Bewacher zogen ihn zu einer der Baracken am Rand des Platzes. Das schlichte Gebäude war groß genug, um mehr als hundert Offizieren bequem Platz zu bieten, und wurde normalerweise für Lagebesprechungen benutzt. Im Moment war der Saal jedoch verwaist, leere Stuhlreihen überall. Die Luft war abgestanden und verbraucht, stank nach Tabak und Schweiß.
Die Soldaten trieben Alexander über den Mittelgang auf das Rednerpult zu. Ein monoton summender Projektor warf eine Detailkarte in überdimensionaler Größe an die Leinwand hinter dem Pult, doch Alexander vermochte kaum zu erkennen, was dort präsentiert wurde. Sein verkniffener Blick ruhte vielmehr auf dem General.
Jonathan Banner stand gelassen am Pult und war in seine Aufzeichnungen vertieft. Erst als die Wachen den Gefangenen auf einige Meter herangebracht hatten, blickte der General auf. Für einen kurzen Moment trafen sich ihre Blicke und Alexander spürte den Hass in den kalten Augen seines Gegenübers. Instinktiv wollte er den Blick senken, wie er es immer getan hatte, doch er zwang sich, standzuhalten. Die Wachen packten Alexander harsch bei den Schultern und drückten ihn in einen der Klappstühle, blieben links und rechts von ihm stehen.

„Ich habe einen Fehler begangen", resümierte der General tonlos und schlug seine Notizen zu. Kopfschüttelnd ging er um das Pult herum, betrachtete Alexander eingehend von oben bis unten.
„Ich habe Vertrauen in dich gesetzt. Geglaubt, du hättest aus deinen Fehlern gelernt, und dir die Chance gegeben, deine Schande reinzuwaschen."
Abfällig schüttelte er den Kopf und schlenderte zu Alexander, baute sich vor dem verdreckten und geschundenen Mann auf.
„Und nun sieh dich an. Du hast nicht nur versagt, du hast auch noch die Unverfrorenheit, zu mir zurückzukommen. Und als ob das nicht genügt, wagst du es, in einem solchen Aufzug vor mich zu treten."
Alexander knurrte, doch augenblicklich wurde der Griff der Wachen auf seinen Schultern fester. Man hatte ihm nicht die Chance gegeben, sich zu waschen, die Kleider zu wechseln. Man hatte ihn wie einen Gefangenen behandelt. Banner genoss es, Salz in die Wunden seines gefallenen Paladins zu reiben.
„Also, was hast du zu sagen?", erklang Banners Stimme spöttisch vor ihm. „Hast du diese Siedlung dem Erdboden gleichgemacht, wie du es mir versprochen hast?"
Alexander spürte, wie die Wut in ihm aufschäumte. Er wollte aufspringen, diesem selbstgefälligen Bastard seine Fäuste ins Gesicht hämmern. Verstohlen blickte er nach links und nach rechts und seine Wut bekam einen Dämpfer. Es war aussichtslos.
„Die Siedlung steht noch", knurrte er verbissen.
„Und warum?" Banners Stimme war schlagartig zu brutalem Gebrüll angeschwollen, das schmerzhaft in den Ohren widerhallte. Alexander zuckte zusammen und verdammte sich sofort dafür.
„Weil sich die Leute dort verteidigt haben, weil sie …", begann Alexander.
„Falsch! Weil du unfähig bist. Vollkommen unfähig! Ich habe dir dreißig Soldaten anvertraut. Gut ausgebildete Männer und

Frauen. Ich habe dir Waffen gegeben, damit du in der Lage warst, das zu tun, was du mir versprochen hast. Und was hast du getan? Du hast deine Soldaten verheizt! Sie wurden niedergemacht. Nicht, weil sie auf einen überlegenen Feind stießen, sondern weil sie Opfer deiner Inkompetenz wurden!"
Die Stimme des Generals bebte vor Wut und seine Augen sprühten Hass. Zornig hob er die Hand und deutete auf Alexander.
„Nirgendwo gibt es Soldaten wie die meinigen. Sie sind perfekt ausgebildet, immer und immer wieder sind sie durch das Feuer der Ausbildung gegangen, um zu einer erstklassigen Waffe geschmiedet zu werden. Aber die beste Waffe bedarf guter Führung. Auch das beste Schwert ist unnütz, wenn es nicht richtig eingesetzt wird! Du! Du hast sie ins Verderben geführt!"

Alexander konnte die haltlosen Anschuldigungen des Generals nicht mehr ertragen und schrie zornig auf, stemmte sich gegen die Griffe der Wachen.
„Du bist ein elender Lügner, Banner! Du Bastard, du warst nicht dabei!"
Für einen kurzen Moment glitt ein raubtierhaftes Lächeln über die Lippen des Generals, dann war der Zorn zurück. „So? Und was hätte ich gesehen, wenn ich dort gewesen wäre?"
Alexander starrte den General an. Für einige Sekunden herrschte Schweigen in der Baracke, einzig durchbrochen von den Atemgeräuschen der Anwesenden.
„Du hättest gesehen, wie sich diese Leute dort verteidigt haben. Nicht so, wie du uns immer versuchst glauben zu machen. Sie waren nicht unkoordiniert, nicht kopflos. Sie wussten genau, was zu tun war."
Banner lachte und tat damit etwas, was Alexander am wenigsten erwartet hätte. Perplex blickte er den General an. „Was hast du denn geglaubt? Sie haben ihre Heimat verteidigt!"
„Sie haben es verstanden, wie Soldaten zu kämpfen!"
Banner schüttelte mit beißender Häme den Kopf.

„Schwachsinn. Wie sollten sie das getan haben? Sie sind nicht ausgebildet, ihnen fehlt es an Wissen. Sie mögen verbissen gekämpft haben, wie jeder, der mit dem Rücken zur Wand steht – aber das macht sie nicht zu Soldaten. Ich glaube vielmehr, dass du mit dieser Geschichte versuchst, deine Unfähigkeit zu vertuschen!"
Alexander knurrte böse auf und schüttelte den Kopf, der Griff seiner Bewacher wurde augenblicklich härter.
„Du hast nicht gesehen, wie sie Angriff um Angriff zurückgeschlagen haben!"
„Das ist richtig. Ich war nicht dabei. Aber ich habe dir einen Auftrag gegeben. Hast du ihn erfüllen können?"
„Nein", gab Alexander zerknirscht zu.
„Dann sag mir, gibt es etwas anderes als Resultate, die ich bewerten sollte? Das Resultat ist: Die Siedlung, von der du behauptet hast, du könntest sie mit dreißig meiner Soldaten dem Erdboden gleichmachen, steht noch. Nicht nur, dass die Angriffe unter deinem Kommando völlig ins Leere gingen, du hast auch noch einen Großteil meiner Soldaten dabei verloren. Das ist das messbare Resultat. Das ist das, was ich sehe. Ich frage mich, warum das so ist. Und ich komme zu dem Schluss, dass es dein Fehler sein muss. Du warst nicht in der Lage, den Auftrag zu erfüllen. Alles andere ist reine Spekulation und interessiert mich nicht."
Banner verschränkte die Arme hinter dem Rücken und schlenderte die Stuhlreihe auf und ab.
„Ich behaupte, es sei dein Fehler gewesen, du aber hältst dagegen, dass es die Stärke des Feindes war. Selbst wenn ich deiner Geschichte folgen würde, lässt sie mich nur zu einem Schluss kommen: Das Debakel war dein Fehler. Denn selbst wenn diese Hinterwäldler meinen Soldaten überlegen gewesen wären, dann wäre es deine Aufgabe als guter Offizier gewesen, das zu erkennen. Es ist die Aufgabe eines Offiziers, die Soldaten im Kampf zu lenken. Von ihm allein hängen Sieg oder Niederlage ab. Ist es nicht so?"

Niedergeschlagen blickte Alexander zu Boden. Banner hatte in seiner Argumentation recht. Wie er es auch drehte und wendete, die Perspektive änderte an dem Endergebnis wenig. Die Denkweise, die der General dort gerade exerzierte, war genau jene, die Alexander all die Jahre eingehämmert worden war, und so war es ihm schlichtweg unmöglich, aus den bekannten Kreisen auszubrechen. Resigniert nickte er.

„Gut. In einer Armee kann es für Fehler nur eine einzig richtige Antwort geben: Strafe. Strafe ist das Instrument, durch das gelernt wird. Strafe bessert Fehler aus, sie stellt Ordnung und Disziplin her. Die Strafe, die auf dein Versagen steht, wird dafür sorgen, dass deine Fehler nie wieder das Leben meiner Soldaten in Gefahr bringen. Und sie wird dafür sorgen, dass den anderen Offizieren bewusst wird, warum sie mit vollem Einsatz zu kämpfen haben."

Banner wandte sich von dem zermürbten Gefangenen ab und blickte die Wachen an.

„Schafft ihn weg. Seine Exekution erfolgt beim Morgenapell."

Nach der Unterredung mit dem General hatten sie ihn in eine andere Zelle gesteckt. Es war nun nicht mehr die enge, dunkle Isolationszelle, in der ein Mann innerhalb kürzester Zeit wahnsinnig werden konnte. Nein, hier hatte er ein wenig Platz, eine Pritsche, einen Tisch, ja sogar ein Waschbecken, obwohl seit Jahren kein Wasser mehr durch die matten Armaturen geflossen war. Gitterstäbe bildeten das eine Ende der Zelle, während am anderen Ende ein kleines, vergittertes Fenster war, durch das er hinaus auf den Exerzierplatz blicken konnte. Mittlerweile hatte die Abenddämmerung eingesetzt, doch noch immer jagten einige Offiziere ihre Soldaten im Flutlicht der Scheinwerfer über den ausgewaschenen Beton. Wie aus einem Maschinengewehr trommelten die bellenden Befehle der Offiziere auf die abgekämpften Soldaten nieder: Immer wieder mussten sie sich flach auf den Boden werfen, aufrappeln, einige Meter weit sprinten, wieder in Deckung gehen. Die Übung allein war schon kräfteaufreibend genug, doch die volle Ausrüstung, die jeder Mann zu schleppen hatte, machte den Drill zu einer wirklichen Tortur.

Alexander stand am Fenster und blickte nach draußen, rieb sich nachdenklich die Bartstoppeln. Er fragte sich, warum man ihm diesen relativen Luxus angedeihen ließ, wo doch klar war, was sie in einigen Stunden mit ihm machen würden. Beiläufig streifte sein Blick eine der Barracken. Im Licht der Scheinwerfer konnte er die Einschusslöcher an der Betonwand gut erkennen. Sie alle erzählten von vergangenen Exekutionen, waren ein Mahnmal für die Soldaten. Es war sicherlich kein Zufall, das Banner die Erschießungen am Exerzierplatz durchführen ließ. Die Betonwand des Gebäudes mit all ihren Löchern und Rissen, mit all den halb verwaschenen Flecken war Ansporn für alle Angehörigen des Regiments. Sie wussten, dass jeder, der nicht die volle Leistung erbrachte, jeder, der Befehle missachtete, dort landen konnte. Und damit sie das alle niemals vergaßen, machte Banner aus den meisten Exekutionen eine Pflichtveranstaltung. Meist ließ er große Teile des Regiments in voller Uniform antreten und strammstehen. Der Delinquent musste dann das Spalier seiner ehemaligen Kameraden abgehen, die Blicke ertragen. Dann wurde er an die Wand gestellt und das Erschießungskommando nahm Aufstellung. Doch das war nicht der Moment, in dem der Vorhang fiel. Der General nutzte die kurzen Minuten, um zu seinen Soldaten zu sprechen. Er beschwor ihren Kampfeswillen und nahm in seinen langen Monologen den Verurteilten auseinander. Wie ein Priester hielt er vor den versammelten Truppen eine Andacht, steigerte sich wie ein Mordbrenner in perfekte Aufwiegelung, während der zum Tode Verurteilte in die Läufe der Gewehre blicken musste. Viele Angeklagte hatten dieser Belastung nicht standgehalten, ihre Knie begannen zu zittern, gaben vielleicht unter ihnen nach. Einige nässten sich sogar ein. Auf diesen psychischen Kollaps baute der General. Es war der letzte Baustein, der fehlte, mit dem Banner die Verbindungen endgültig kappen konnte. Das, was dort an der Wand stand, war nicht länger einer von ihnen, es war ein

Haufen Dreck, kaum noch menschlich. Und erst, wenn sich diese Botschaft in den Köpfen der Soldaten eingebrannt hatte, erst dann gab er den Befehl.
Ob es ihm genauso gehen würde? Er hatte in seinem Leben oft genug dem Tod ins Auge blicken müssen, doch immer war der Ausgang offen gewesen, die Lage nie hoffnungslos. Morgen früh allerdings, da würde es keinen Ausweg geben. Er fragte sich, ob er sich den Befehl des Generals herbeisehnen würde, ob er all der Belastung auch nicht standhalten könnte. Er wusste es nicht, doch je mehr er darüber nachdachte, umso ungewisser wurde er sich. Seine Psyche machte Sprünge und er malte sich die Blicke seiner Kameraden aus. Kalt, vorwurfsvoll, wütend. Alexander schauderte und schüttelte hastig den Kopf, um die Bilder zu vertreiben. Er merkte, wie seine Beine etwas zittrig wurden, und setzte sich auf die Pritsche.

Sein Blick wanderte hinüber zu dem einfachen Tisch, auf dem ein zerbeulter Napf stand. Man hatte ihm tatsächlich etwas zu Essen gebracht, noch dazu war es warm. Seine Henkersmahlzeit. In seinem Magen rumorte es und der Hunger machte sich schmerzhaft bemerkbar. Doch er wehrte sich dagegen, zuzugreifen und zu essen. Irgendwie klammerte er sich an den Gedanken, seine Hinrichtung so lange aufschieben zu können, wie er es vermied, die Mahlzeit anzurühren. Die Logik seines Verstandes brüllte ihm zu, wie falsch der Gedanke war, doch Alexander befand sich am Rande der Vernunft. Fasziniert blickte er auf den Napf, betrachtete, wie die Dampfschwaden des heißen Essens nach oben stiegen, um sich dann zu verlieren. Seine Nase nahm den Duft auf und das Hungergefühl verstärkte sich, doch gleichzeitig krampfte sich etwas in seiner Magengrube zusammen, etwas, das es ihm verbot, die Hand auszustrecken und zuzugreifen. Wofür sollte er überhaupt noch etwas essen?
„Der General hat befohlen, dass niemand den Gefangenen sieht, Sir."
Alexander blickte auf.

„Und wenn sich der Zustand des Gefangenen so verschlechtert, dass er die Nacht nicht übersteht, erklären Sie das dann dem General, Soldat?"
Alexander kam in die Höhe und ging hinüber zum Gitter, presste sich daran, um mehr erkennen zu können.
„Er macht auf mich nicht den Eindruck, als ob das passieren könnte, Sir."
Die Stimme der Wache klang fest, aber eine Nuance der Unsicherheit war spürbar.
„Und Sie, Soldat, sind also Arzt genug, um das beurteilen zu können?", blaffte die erste Stimme.
„Nein Sir, natürlich nicht."
„Also. Dann lassen Sie mich verdammt nochmal den Gefangenen sehen. So wie ihr heute mit ihm umgesprungen seid, würde es mich nicht wundern, wenn er eine innere Verletzung behalten hätte."
„Aber ich habe strikte Anweisung …" Die Stimme der Wache wurde unsicherer.
„Soll ich also zu Protokoll geben, dass Sie sich der Anweisung eines Offiziers widersetzt haben? Wenn der Kerl über die Klinge springt, wird General Banner sicherlich wissen wollen, warum das passiert ist, oder? Muss ich ihm dann erzählen, dass Sie mich an der Ausübung meiner Pflicht gehindert haben, Soldat?"
Im Türrahmen des Vorraums tauchte die Wache auf und warf einen zaghaften Blick in Richtung von Alexanders Zelle. Die Verunsicherung war dem Mann ins Gesicht geschrieben.
„Aber Sir, er steht dort. Macht auf mich nicht den Eindruck, als ob es ihm schlecht gehen würde."
„Verdammt nochmal! Jetzt lassen Sie mich endlich zu ihm und veranstalten Sie hier nicht so einen Zirkus. Auf mangelnde Disziplin und Befehlsverweigerung stehen ein paar Tage Bunker!"
Die Wache wollte etwas erwidern, wurde aber unsanft in den Gang geschoben. Hinter dem Soldaten tauchte eine untersetzte, rundliche Gestalt auf. Der Mann war mindestens zwei Köpfe kleiner als die Wache und sicherlich doppelt so schwer. Er trug

das Haar kurz, sodass seine Kopfhaut matt durchschimmerte, und sein ordentlich gestutzter Vollbart stand im krassen Gegensatz dazu.
Alexander war erstaunt. Ryan Samson war Arzt im Lazarett. Das, was ihm zu einem guten Soldaten fehlen mochte, machte der Mann mit unglaublichem medizinischem Können wieder wett. Selbst Banner schien Respekt vor ihm zu haben, denn er ließ ihm das flapsige Auftreten und die unordentliche Uniform durchgehen. Alexander und Ryan kannten und schätzten sich seit der Grundausbildung, auch wenn ihre Karrieren in andere Richtungen verlaufen waren. Sie hatten gemeinsam Dreck fressen müssen, und diese Zeit hatte ein starkes freundschaftliches Band zwischen ihnen gewoben.
Die Wache hatte die Zelle erreicht und baute sich vor dem Gitter auf.
„Da ist er, Sir."
„Danke, das kann ich selber sehen. Und jetzt machen Sie die verfluchte Tür auf!"
„Aber Sir …"
„Quatschen Sie nicht rum! Ich kann den Kerl unmöglich untersuchen, indem ich ihn nur anstarre. Also los!"
Der Soldat griff nach den Zellenschlüsseln an seinem Gürtel, während Alexander instinktiv einen Schritt zurückging. Er wusste immer noch nicht, wie er diese Situation einzuordnen hatte. Mit einem metallischen Klacken entriegelte die Tür und scheppernd schob die Wache das Gitter zur Seite.
Der Mann drehte sich zu Ryan, um etwas zu sagen, doch in diesem Moment explodierte die Gewalt. Der Doktor warf sich nach vorn und riss den Soldaten von den Beinen. Der Wachmann stöhnte auf, als er auf dem harten Boden aufschlug, wusste nicht einmal, wie ihm geschah. Noch bevor er sich irgendwie zur Wehr setzen konnte, blitzte ein Messer in der fleischigen Faust des Arztes auf. Die Klinge fand ihr Ziel, und während der Soldat die letzten Sekunden seines Lebens aushauchte, blieb Ryan mit seinem ganzen Gewicht auf der Brust des Mannes sitzen.

Alexander war bis an die Wand zurückgewichen und starrte auf die Szenerie.
Fluchend kam der rundliche Arzt wieder auf die Beine, putzte das Messer an der Kleidung des Toten sauber und steckte es weg. Er blickte den glatzköpfigen Hünen an und schüttelte den Kopf.
„Altes Haus, du siehst beschissen aus!"
Fassungslos schnappte Alexander nach Luft. Er musste erst noch begreifen, dass er all das hier nicht träumte.
„Was zum Henker ...", brachte er mit brüchiger Stimme hervor.
„Ich kann doch nicht zulassen, dass sie dich erschießen." Ryan schüttelte den Kopf und ging auf Alexander zu, breitete die Arme aus. Die beiden alten Freunde umarmten sich brüderlich und die Berührung war es, die Alexander vollends ins Hier und Jetzt holte.
„Wenn du mal so gut bist", murmelte Ryan und zerrte den Toten in die Zelle hinein. Alexander ging ihm zur Hand und hob den leblosen Körper auf die Pritsche. Mit einigen schnellen Handgriffen löste er den Gürtel des Mannes und schnallte sich selbst die Pistole um, dann nahm er die dünne Wolldecke und zog sie dem Toten bis zur Nase. Ryan war währenddessen wieder auf den Gang hinausgetreten und spähte in Richtung des Vorraums. Wenn man sie jetzt überraschte, wäre diese Flucht genauso schnell vorbei, wie sie begonnen hatte.
Mit einem Scheppern zog Alexander die Tür hinter sich zu und spähte vorsichtig in den Vorraum.
„Und jetzt?", flüsterte er.
„Jetzt sehen wir zu, dass wir verschwinden. Ich hab 'nen Geländewagen bekommen können, der steht gleich um die Ecke. Wir müssen aus dem Stützpunkt, solange es noch dunkel ist."
„Und du glaubst, die lassen uns am Tor so einfach durch?"
„Uns sicher nicht. Aber ich werde das schon hinbekommen."

Der Geländewagen rumpelte durch die nebelverhangene, morgendliche Landschaft. Ryan fuhr vorsichtig und konzertierte sich auf die trüben Umrisse. Um sich nicht zu verraten, fuhren sie ohne Licht. Glücklicherweise kannte er die Gegend um den Stützpunkt gut genug, sodass sie einigermaßen sicher waren. Alexander warf immer wieder einen Blick zurück, doch sah er nichts als grauen Nebel. Er erwartete jeden Moment Schemen, die ihnen hinterherjagten. Der Zwerg bemerkte den Blick des Hünen aus dem Augenwinkel und schüttelte den Kopf. „Keine Angst. Die werden schon nicht hinter uns her sein."

Alexander konnte die Zuversicht seines Freundes nicht teilen und schürzte skeptisch die Lippen, ohne seinen Blick abzuwenden. „Und was macht dich so sicher, Ryan?"

„Banner hat angeordnet, das ganze Regiment marschbereit zu machen. Sieht ganz danach aus, als würde er in den Krieg ziehen."

Alexander blickte seinen alten Gefährten fragend an. „Das ganze Regiment? Du verarschst mich!"

„Nein. Nur eine Rumpfmannschaft hat Order bekommen, im Stützpunkt zu bleiben, der Rest sollte sich marschbereit machen."

„Und ist bekannt, wohin es gehen soll?"

„Natürlich. Du weißt doch, wie sehr er auf große Reden steht. Gestern hat er seine Pläne für die Zukunft vor dem Offizierskorps verkündet. Und ich sage dir: Verdammte Scheiße, es wird knallen!"

Alexander verdrehte die Augen und wandte sich nun vollends dem Fahrer zu.

„Weißt du, ich war nicht dabei. Vielleicht bist du so gut und erzählst mir alles."

Ryan warf ihm einen Seitenblick zu und nickte eifrig, bevor er sich wieder auf die Straße konzentrierte.

„Erinnerst du dich an den Windpark? Wir sind da früher einmal auf Patrouille gewesen. All diese riesigen Windräder aus der Zeit DAVOR – ein ganz schön großer Haufen Schrott, nicht wahr?"

„Ja, aber was hat das mit der Geschichte hier zu tun?"

„Lass mich einfach erklären! Banner erzählte, dass er nach all den Jahren endlich in den Besitz der Steuerprogramme gekommen ist. Und besser noch, die Programme sind mittlerweile installiert. Wenn das stimmt – und ich glaube nicht, dass er lügt –, dann ist der Windpark einsatzfähig. Wahrscheinlich braucht es noch eine ganze Menge Reparaturen, damit er mit voller Leistung laufen wird, aber im Grunde bedeutet das, dass der General damit eine fast unerschöpfliche Stromquelle an der Hand hat."

Schlagartig setzten sich die Mosaiksteine vor Alexanders geistigem Auge zusammen. Er verstand, warum Banner ihn auf die Jagd nach diesen Datenspeichern geschickt hatte, verstand, warum ihr Inhalt für den General so wichtig gewesen war.

„Und nicht nur das. Erinnerst du dich an die Geschichten über das Institut?"

„Ja. Das Institut ist eine Legende. Banners Vater hat schon danach gesucht und ist dabei fast wahnsinnig geworden. Eine ganze Menge Soldaten haben die halbe Region abgegrast auf der Suche danach. Ich glaube nicht, dass es existiert. Und Banner selbst hat das auch mal gesagt."

„Kann ich mir gut vorstellen. Gestern zumindest hat er die Geschichte anders verkauft. Er behauptete, er habe immer an den Traum seines Vaters geglaubt – und weißt du, warum?"

„Keine Ahnung. Sag mir nicht, an der Geschichte mit dem Institut ist doch etwas dran …"

„Doch. Haargenau. Gestern hat er berichtet, dass es einer Einheit gelungen sei, das Institut zu finden."

„Also zieht das Regiment aus, um das Institut zu erobern? Was erwartet er sich dort? Muss ja enorm wichtig sein."

Ryan schüttelte heftig den Kopf.

„Es geht ihm nicht um das Institut. Zumindest im Moment nicht."

„Und worum geht es ihm dann?"

„Um Kontrolle. Er will die Region kontrollieren. In seiner Rede sprach er von einem Traum, den er hatte. Er sprach von dem

Auftrag, dem Land wieder Ordnung zu bringen, es aus dem Chaos zu führen. Er will den Grundstein der Zivilisation legen, behauptete er."
Alexander verzog das Gesicht und blickte aus dem Fenster.
„Klingt für mich eher, als wolle er die Ausgangsbasis für Eroberungsfeldzüge schaffen …"
„Nenn es, wie du willst – es kommt aufs Gleiche heraus. Er hat nichts anderes vor, als diese Region zu kontrollieren."
„Aber dazu hätte er schon all die Jahre vorher Zeit gehabt. Er hat ein ganzes Regiment – ein paar tausend kampfwillige Soldaten. Warum hat er das nicht schon vorher gemacht?"
„Er behauptete, dass der Strom der Schlüssel zum Erfolg sei. Keine Ahnung. Aber ich kann mir vorstellen, dass es schwer wird, ein großes Gebiet zu beherrschen, wenn du es nicht zusammenhalten kannst."
„Und welche Rolle sollte da der Windpark spielen? Ich meine, auch andere Mächte haben ganze Reiche errichtet, lange bevor es Elektrizität gab."
„Ich sagte doch, ich verstehe es nicht. Er hat gestern zumindest genau das erklärt."
„Klingt nur nach der halben Wahrheit. Haben die Offiziere es geschluckt?", fragte Alexander.
„Oh, die? Die waren Feuer und Flamme. Banner versteht es, seine Bluthunde aufzustacheln und einzuschwören. Er hat sich über die Jahre Paladine herangezogen und die sind nun ganz wild darauf, endlich mordbrennend auf das Land losgelassen zu werden"
„Und wohin soll der Marsch gehen?"
„Das Ziel des Feldzugs ist die Eroberung von Yard."
Alexander zog die Augenbraue hoch.
„Clever. Damit hat er die größte Stadt der Gegend in der Hand. Und noch dazu hat er Strom – damit kann er vielleicht sogar die Züge dort wieder in Betrieb nehmen. Das ist ein enormer Sprung nach vorne. Damit legt er wirklich einen Grundstein und ist in der Lage, Truppen enorm schnell zu verschieben.

Außerdem schaltet er mit einem Schlag den größten Widersacher aus. Die anderen Siedlungen werden es sich überlegen, gegen ihn zu kämpfen, wenn Yard als Erstes fällt. Wahrscheinlich wird sie das so einschüchtern, dass sie gleich Bündnistreue schwören. Ist ja auch ganz verlockend, oder?"

„Ich weiß nicht, ob es so verlockend ist, wenn der General die Region kontrolliert."

Alexander lachte.

„Ich habe einmal anders darüber gedacht. Aber in Anbetracht der letzten Ereignisse glaube ich, du hast recht. Also, wo fangen wir an?"

Ryan bremste den Wagen ab und fuhr an den Straßenrand. Als das Fahrzeug zum Halten gekommen war, drehte er sich zu seinem alten Freund herum und zuckte mit den Schultern.

„Entweder wir setzten uns ab und lassen Banner hier freie Hand. Vielleicht geht sein Plan fehl und wir hören nie wieder was von ihm. Oder – und das halte ich für die wahrscheinlichere Variante – Banner schafft es wirklich, Yard zu erobern und die Region unter seine Kontrolle zu bringen. Dann werden wir uns früher oder später wieder mit ihm herumschlagen müssen."

„Also ziehen wir in den Krieg?"

„Bis uns etwas Besseres einfällt, ja."

+++

Annabell rieb sich die müden Augen, blinzelte und versuchte, wieder mit klarem Blick auf den Monitor zu schauen. Ihr Schädel brummte und ihr Nacken schmerzte von der unbequemen Position, in der sie schon lange saß.

Es gab noch keine Meldung von den vieren. Die Wissenschaftlerin fragte sich, was geschehen war. Offensichtlich hatte die kleine Truppe den Windpark erreicht und die Anlage wieder in Betrieb nehmen können – anders war der Anstieg der Netzspannung nicht zu erklären gewesen –, dann aber war jedes Lebenszeichen ausgeblieben. Es waren nun drei Tage seit dem

Spannungsanstieg vergangen und die Messdaten bewiesen, dass es sich nicht um ein zufälliges, zeitlich begrenztes Phänomen handelte. Nein, die Spannung nahm kontinuierlich zu, als würden der Reihe nach mehr und mehr Windräder den Betrieb aufnehmen.

Diese Fakten beunruhigten die Wissenschaftlerin. Keiner der vier hatte gewusst, wie mit der Technik umzugehen war, und es war schlichtweg undenkbar, dass sie innerhalb so kurzer Zeit in der Lage gewesen waren, eine so komplexe Anlage zu steuern. Es gab auch keinen Grund dazu. Vielmehr sollten Eris und die anderen nach der erfolgreichen Inbetriebnahme zurück zum Institut kommen. Sie hatte gehofft, in der Zwischenzeit den Aufsichtsrat zu überzeugen, eigene Techniker auszuschicken. Jetzt aber stellte sich ein ganz anderes Bild dar, und es gefiel ihr nicht. Letztlich musste sie trotz des sichtbaren, ja messbaren Erfolgs davon ausgehen, dass etwas völlig aus dem Ruder gelaufen war. Womöglich waren die vier in einen Hinterhalt geraten und der Feind hatte den Speicher in die Hände bekommen?

Resigniert schüttelte sie den Kopf und nahm einen Schluck ihres lauwarmen Kaffees. Angewidert verzog sie das Gesicht und rief eine andere Datei auf.

Nach den Schilderungen der kleinen Reisegruppe hatte Annabell einige Stunden damit zugebracht, in den Archiven des Großrechners zu suchen. Tatsächlich gab es den Aufzeichnungen nach zwei Armeestützpunkte in der Region. Ihre weiteren Recherchen ergaben, dass einer der Stützpunkte einige Jahre vor der großen Katastrophe aus wirtschaftlichen Gründen aufgelöst worden war - damit blieb nur der zweite Stützpunkt: Das Baker Army Depot.

Konzentriert studierte sie erneut die Informationen, die sie bisher hatte zusammentragen können. Ursprünglich hatte es sich bei dem Stützpunkt um ein kleines Versorgungsdepot gehandelt, wie es unzählige davon im ganzen Land gegeben hatte. Einige Jahre vor der Katastrophe jedoch änderte sich das. Nachdem der Stützpunkt einen neuen Kommandanten bekommen

hatte, einen gewissen General Marc Banner, begann eine kontinuierliche Aufrüstung. Der Stützpunkt wurde immer wieder verstärkt und ausgebaut. Die Gründe dafür waren in dem Chaos nach der Katastrophe vollends verloren gegangen. Sicher war nur, dass die Besatzung des Stützpunktes in relativ kurzer Zeit von einer Kompanie auf die Größe eines Bataillons anwuchs, um letztlich Regimentsstärke zu erreichen.
Connelly rief einen Querverweis auf, um die ihr unbekannten Begriffe mit Inhalt zu füttern. Schockiert weiteten sich ihre Augen, als sie die nachfolgenden Zeilen las. Die übliche Mannstärke eines Regiments lag zwischen 3000 und 5000 Soldaten. Sie schluckte. Allein die Vorstellung, einer derartigen Masse an Menschen gegenüberzustehen, schockierte sie. Dennoch: Seit der Katastrophe waren fast vier Jahrzehnte vergangen, und so lag es nahe, dass die Zahlen geschrumpft waren. Immerhin gab es in der Zeit DANACH keinen Nachschub, weder an Material, noch an Rekruten. Die Zahlen verschwammen vor ihren Augen. Aus wie vielen Soldaten mochte sich die Besatzung des Stützpunktes mittlerweile zusammensetzten? Zu was war ein solcher Feind in der Lage? Und vor allem, was konnte er mit einem intakten Windpark vorhaben?
Viel schlimmer war, dass der Feind nun wahrscheinlich den Standort des Instituts kannte. Sie war realistisch genug, um zu wissen, dass die Forschungseinrichtung niemals in der Lage wäre, dem Ansturm eines solchen Gegners zu widerstehen, ganz egal, wie dick der Fels und die Panzertüren auch sein mochten. Genau in diesem Moment verstand Annabell, warum ihr Vater das Institut in die Isolation geleitet hatte. Und sie konnte sich nur allzu gut vorstellen, wie der Aufsichtsrat reagieren würde, wenn er diese Informationen erhielt. Wahrscheinlich würden sie nach ihrer Absetzung schreien, sie verfluchen. Doch auf der anderen Seite würde auch der verknöcherte Rat einsehen müssen, dass es wahrscheinlich keinen Weg mehr zurück gab. Auch wenn Connelly ohne Zweifel einen Fehler begangen und sie alle in Gefahr gebracht hatte: Die Isolation war damit beendet.

Der Rat würde keine andere Chance haben, als die Initiative zu ergreifen oder aber sich dem Schicksal zu fügen, das dort draußen lauerte.

Sie lehnte sich in dem ächzenden Bürostuhl zurück. Zaghaft versuchte sie, den Schmerz aus ihren Schläfen zu massieren. Was konnte das Militär mit dem Windpark vorhaben? Sie hatte sich schon daran gewöhnt, „Feind" zu sagen, obwohl nicht einmal klar war, welche Absichten die Überlebenden des Baker Army Depots verfolgen mochten. Offensichtlich waren sie gewillt und in der Lage, für ihre Pläne über Leichen zu gehen, wie sie eindrucksvoll bewiesen hatten. Annabell überlegte, ob sie in einer vergleichbaren Situation nicht auch so gehandelt hätte. Wäre sie bereit gewesen, für die Informationen auf den Datenspeichern über Leichen zu gehen?

Für einen Moment horchte sie in sich hinein und suchte nach ihrem Bauchgefühl. Sie fand es, ohne lange danach suchen zu müssen. Tatsächlich bestand für sie kein Zweifel: Die Absichten der Gegenseite konnten keine guten sein.

Ihr Vater, Angus Connelly, hatte immer die Meinung vertreten, dass in keiner Form des Militärs etwas Gutes stecken konnte. Menschen, die bereit waren, ihre Ansichten mit der Waffe durchzusetzen, verabscheute der Wissenschaftler zutiefst. Als Pazifist, der er war, hatte er sich damals, in der Zeit DAVOR, dagegen gewehrt, dass es bewaffnetes Personal im Institut gab, und auch in der Zeit DANACH hatte er sein Möglichstes getan, um den Einfluss der Kriegstreiber – so nannte er sie ganz offen - klein zu halten. Die Tatsache, dass es unter anderem ihrem Vater zu verdanken war, dass die Erforschung der Naniten vorangetrieben wurde und letztlich Waffen daraus wurden, war eine Ironie der Geschichte. Es bestätigte aber genau das, was er ihr immer wieder eingeschärft hatte: Im Kern konnte eine Sache weder falsch noch böse sein. Erst der Mensch war in der Lage, seine Errungenschaften so zu instrumentalisieren, dass sie zu etwas Schlechtem wurden. Die Möglichkeiten, Naniten zu etwas Gutem einzusetzen, waren mannigfaltig. Und doch hatte die

Menschheit – die Regierung – in der Zeit DAVOR vornehmlich Interesse daran gehabt, neue, zerstörerische Waffen zu schaffen. Sie hatte ihren Vater einmal gefragt, warum er sich mit der Erforschung der Naniten befasste, wo er doch genau wusste, zu was diese kleinen Wunder eingesetzt werden sollten. Seine Antwort war verblüffend einfach und logisch gewesen: Hätte er nicht im staatlichen Einfluss geforscht, dann hätten es andere getan. Mit der Arbeit, die er im Institut leistete, blieb das Projekt zumindest ein Stück weit unter seiner Kontrolle.

Annabell hielt in ihren Gedanken inne und griff nach ihrer Tasse, nur um zu bemerken, dass der Kaffee mittlerweile vollkommen kalt war. Sie stellte den Becher beiseite und warf einen Seitenblick zur Thermoskanne. Zufrieden stellte sie fest, dass noch genügend da war, entleerte die kalte, braune Brühe in ein kleines Spülbecken und goss sich dampfenden Kaffee ein. Wie sie dort stand und einen Blick auf den Monitor warf, begann ihr Geist schlagartig zu arbeiten.

Das Institut hatte in der Zeit DAVOR unmittelbar für das Militär geforscht. War es möglich, dass die Überlebenden des Baker Army Depots davon wussten? Dass sie vielleicht sogar eine genaue Vorstellung davon hatten, welche Forschungen im Institut betrieben wurden? Wenn dem so war, würden sie jetzt nicht nur wissen, wo sich das Institut mit all seinen Daten und den mehr oder minder funktionstüchtigen Anlagen befand, nein, sie würden auch über genug Strom verfügen, um die ganze Anlage wieder in Betrieb zu nehmen.

Der Wissenschaftlerin wurde schwindelig und ihre Hand griff krampfhaft nach der Tischkante, während die Tasse in ihrer Hand zu zittern begann.

+++

Mit einem sanften Klicken schloss sich die Aufzugtür hinter Jonathan. Der General zog eine Magnetkarte aus der Brusttasche und wendete sie nachdenklich zwischen den Fingern, dann zog er sie durch den Schlitz. Seine Finger glitten behutsam über die kalten Metallknöpfe, dann gab er die Zahlenfolge ein. Kaum spürbar setzte sich der Aufzug in Bewegung, fast geräuschlos glitt die Kabine den Schacht hinunter. Nur wenn er sich genau konzentrierte, konnte er das Surren des Stahlseils hören. Sein Blick ging zum hellen Deckenlicht, während er wartete, dass der Aufzug ankam. Er atmete tief ein, als wolle er auch die Helligkeit hier in sich aufnehmen. Banner mochte den Ort, zu dem er unterwegs war, nicht. Es war die Dunkelheit, die ihm Unbehagen bereitete.

Der Komplex tief unter der Erde lag immer im schummrigen Halbdunkel der Notbeleuchtung, schon seit Jahrzehnten. Rational wusste er, dass es dort unten nichts Unnatürliches gab, dass seine Furcht vor der Dunkelheit in den kalten Kammern und Gängen vollkommen unbegründet war. Furcht jedoch war nie den Gesetzen von Logik und Rationalität unterworfen. Es war für ihn auch nicht genau greifbar, was ihn so an dieser Dunkelheit verängstigte. Vielleicht hatte es damit zu tun, dass er fernab des Tageslichts war, tief unter der Erde. Die Dunkelheit hier schien vollkommener, schwärzer, als sie an der Oberfläche sein konnte. Diese Panikattacken waren der Grund, warum Banner seit fast zwei Jahren nicht mehr hier gewesen war.

Der Aufzug hielt, und mit dem gleichen sanften Geräusch, mit dem sie sich geschlossen hatten, glitten die Türen auseinander. Das helle Licht des Fahrstuhls warf einen grellen Schein in die Dunkelheit. Ein letztes Mal sog er die Luft tief ein, dann machte er einen Schritt in den Lichtkegel hinein. Zitternd glitt seine Hand zu der Taschenlampe an seiner Brusttasche und Erleichterung durchströmte ihn, als der Lichtkegel aufglomm und die Dunkelheit um ihn herum vertrieb. Die Erleichterung hielt nicht lange an und mechanisch glitt seine Hand zur nächsten Tasche. Seine Finger spürten die Ersatzbatterien durch den Stoff der Uniform, doch er musste in die Tasche greifen, die kühlen Zylinder der Batterie mit den Fingerspitzen spüren. Sie waren dort, wo sie sein sollten, und so schöpfte er Kraft. Nachdem er

noch einmal einen langen Blick zurück in die hell erleuchtete Fahrstuhlkabine geworfen hatte, machte er einen ersten, zaghaften Schritt ins Halbdunkel.
In der allumfassenden Dunkelheit des Bunkers hallten die Geräusche seiner Stiefel dumpf wider, das Echo wurde von den massiven Wänden und Panzertüren zurückgeworfen. Jonathan hielt inne, um sich zu vergewissern, dass es nur seine eigenen Schritte waren.
Niemand außer ihm wusste von der Einrichtung hier unten, dafür hatte Banner nach dem Tod seines Vaters gesorgt. Und so war dieser Bunker mit den Jahren zu einem stillen Geheimnis geworden, dass nur er mit sich trug. Ein machtvolles Geheimnis, das gut bei ihm aufgehoben war. Ein Geheimnis, das ihn zum mächtigen und unangreifbaren Mann machen würde.
Es war Ironie des Schicksals, dass dieser Bunker so viele Jahrzehnte ungenutzt geblieben war. In den Monaten vor dem Zusammenbruch war der Koloss fertiggestellt worden. Zur vollen Einsatzbereitschaft der Anlage fehlte jedoch etwas Elementares: Der riesenhafte Reaktor im Zentrum verfügte noch nicht über den notwendigen Brennstoff. Und als die Krise in vollen Zügen herannahte, schien die Lieferung für den Armeekomplex irgendwo im Nirgendwo in Vergessenheit geraten zu sein. Was blieb, war eine hochmoderne Anlage ohne Stromversorgung.
Der General hatte nach all den Jahren das geschafft, woran sein Vater gescheitert war. Er hatte eine Stromquelle ausgemacht, die ausreichen würde, um die Anlage zu versorgen.
Seine Schritte endeten vor einer Tür. Jonathan streckte die Hand aus und befühlte das kalte Metall. Die Oberfläche war glatt, perfekt. Für einen kurzen Moment genoss er all das, dann griff er wieder nach der Magnetkarte und verschaffte sich Zugang. Dahinter lag ein Überwachungsraum mit zahllosen Monitoren und Schaltpulten. An der Stirnseite des Raums hing ein riesiger Bildschirm, seit Jahren schwarz. Nur ein sanftes Summen verriet, dass all diese Geräte noch funktionsfähig waren. Der General erreichte eine Art Plattform in der Mitte des

Raums. Drei Stufen führten nach oben. Von dort hatte man einen geradezu perfekten Überblick über den Raum. Ein schwerer Lehnsessel erwartete ihn, und mit einem Seufzen ließ Banner sich in das kalte Leder sinken. Wie ein König thronte man hier oben. Es gab eine Tastatur, zwei schwarze Bildschirme – und den Schaltkasten. Eine quadratische Glasabdeckung schützte einen roten Knopf, daneben gab es auf jeder Seite eine eigentümliche Vertiefung.

Behutsam streifte Banner eine Kette ab, an der zwei zylinderförmige Schlüssel hingen. Er umfasste den einen Schlüssel mit der linken, den anderen mit der rechten Faust, und genoss den Moment.
Ein kaum hörbares metallisches Klicken ertönte, als er die Schlüssel gleichzeitig umdrehte. Der schwarze Bildschirm vor ihm erwachte zum Leben. Schwach glomm eine blinkende Meldung auf.
„Silo inaktiv. Stromzufuhr nicht ausreichend."
Banner lächelte. Bald würde diese Meldung verschwunden sein. Und dann war er der unangefochtene Herrscher über diese Welt.

+++

„Und was ist, wenn sie zurückkommen?" Ian blickte den breitschultrigen Söldner ungläubig an.
Moody zuckte mit den Schultern.
„Dann ist das nicht mehr unser Problem."
Der dickbäuchige Händler schüttelte den Kopf.
„So einfach ist das?"
„So einfach ist das", bestätigte Moody fast gleichgültig.
„Du hast gesehen, was sie mit Station gemacht haben, und weißt genau, dass wir alle hier keine Chance haben, wenn sie wiederkommen – und es ist dir egal?"
„Scheißegal sogar", bestätigte der rothaarige Söldner ruhig.

„Sie würden hier keinen Stein auf dem anderen lassen. Was das für uns bedeutet, ist dir doch klar, oder?"
Moody nickte ruhig.
„Ich denke nicht, dass ihr euch noch einmal mit denen befassen müsst. Und wenn doch – dann habe ich mich geirrt. Aber dann ist es nicht mehr mein Problem."
Ian verzog verächtlich das Gesicht und seine Augen verengten sich in aufkeimendem Zorn.
„Das ist die Söldnerseele, was?"
„Vollends", räumte Moody ein. „Ich habe Eris versprochen, euch gegen diese Bedrohung zu schützen. Das habe ich getan. Ich habe meine Arbeit erfüllt und werde dafür so bezahlt, wie es ausgehandelt worden ist. Damit endet meine Schuldigkeit."
„Aber nach der Belagerung hierbleiben und medizinische Versorgung für dich und deine Leute nutzen, das war in Ordnung, was?"
„Ja, absolut."
„Und wie wäre es, wenn wir sie euch in Rechnung stellen?"
Diese Worte reichten, um Moody in Stimmung zu bringen. Er ließ seine massive Faust auf den Tisch donnern und schoss in die Höhe. Wütend funkelte er den sitzenden Händler an.
„Wir waren es, die für euch geblutet haben! Bei dem Kampf um euer verdammtes Kaff sind meine Leute verwundet worden. Ich habe Tote zu beklagen. Wir haben Blutzoll bezahlt, als wir den Arsch für euch hingehalten haben!"
Mit einem bösen Lächeln lehnte der Händler sich zurück.
„Aber ist es nicht genau das, was mit Eris ausgemacht war? War dir denn nicht bewusst, dass genau das passieren kann?"
Moody stieß ein tiefes kehliges Grollen aus und hob den Zeigefinger, deutete auf den lächelnden Händler.
„Überspann den Bogen nicht, Ian. Meine Leute können auch zu Ende bringen, was die Angreifer nicht geschafft haben."
„Vielleicht." Beiläufig goss Ian sich wieder ein, ohne den Blicken des breitschultrigen Anführers auszuweichen. „Ich glaube aber nicht daran. Nach dem, was ich mittlerweile von dir und

deinen Leuten weiß, unterscheidet euch eine Sache ganz erheblich von dem üblichen Abschaum, der sich Söldner nennt. Ihr habt euch ein Quäntchen Anstand und Moral bewahrt. Versuch nicht, mir etwas anderes weiszumachen! Jeder Begleiter, den du bei deinen Raubzügen im Sommer verlierst, ist eine unglaubliche Last für dich. Du hasst es, vor die Hinterbliebenen treten zu müssen und ihnen die schlechte Nachricht zu überbringen. Du setzt das Leben deiner Leute nicht leichtfertig aufs Spiel."
„Als ob ihr eine Bedrohung für meine Leute wärt!", donnerte Moody.
„Sicher nicht. Aber Wehrlose abschlachten, das ist nicht deine Art. Also trag nicht so dick auf, Söldner."
Moody knurrte und schien einen Moment unschlüssig. Dann schnellte seine Hand vor und er langte nach dem Glas, das der Händler sich gerade eben eingeschenkt hatte. Mit einem Zug leerte er es und setzte sich wieder.
„Es ändert nicht viel."
„Und warum die Eile, Moody?", fing Ian wieder an, als sich die Gemüter beruhigt hatten.
„Wir haben getan, worum man uns gebeten hat. Jetzt gilt es, Waren für die Heimat zu bekommen."
Der Händler schüttelte den Kopf und lachte leise.
„Ihr bekommt eine ganze verdammte Karawane voller Ausrüstung, Munition und Waffen, die ihr in Yard eintauschen könnt. Wenn mich nicht alles täuscht, ist das genug, um dein Dorf über den Winter zu bringen, oder?"
„Mehr schadet aber auch nicht."
„Hast du schon mal daran gedacht, dass du das ganze Zeug in die Heimat bringen musst? Wie viel sollen deine Leute denn noch schleppen? Wie viele Maultiere und Wagen willst du denn kaufen?"
Moody legte die Stirn in Falten, ein Zeichen dafür, dass er wirklich noch zu keiner Lösung für dieses Problem gekommen war. Als der Händler die Ungewissheit auf dem Gesicht des Söldners sah, lächelte er gewinnend.

„Moody, wenn ich von etwas Ahnung habe, dann sind es Waren. Dann ist es Transport und Lagerung. Sowas will gut überlegt sein. Was bringt es denn, wenn die Hälfte deiner Gewinne dafür draufgehen, dass du Transportmittel kaufst?"
„Und was schlägst du stattdessen vor?"
„Einfach. Ihr bleibt den Rest des Sommers hier. Zumindest so lange, bis wir die Siedlung wieder in Schuss gebracht haben und eure Karawane da ist. Dann geht es nach Yard, wo ich dafür sorgen kann, dass ihr zu guten Kursen tauscht."
Moody zog die Augenbrauen hoch.
„Das heißt?"
„Naja, zu besseren, als du es könntest, ganz einfach."
„Und damit ist Station fein raus, oder? Wir sitzen den Rest des Sommers hier fest und die Siedlung ist damit relativ sicher, hm?"
„Moody, du siehst das falsch. Ihr seid zwar hier, aber ihr befindet euch in einer relativen Sicherheit. Die Bezahlung kommt, so oder so. Warum also das Leben deiner Leute bei weiteren Raubzügen riskieren?"
„Wenn der Winter härter wird, dann …"
Ian schnalzte mit der Zunge, um den Söldnerführer zu unterbrechen, und es gelang ihm.
„Du weißt genauso gut wie ich, dass man für ein paar gute Gewehre dort draußen alles bekommen kann. Also erzähl mir keinen Schwachsinn. Wenn das, was Eris dir versprochen hat, auch nur im Ansatz stimmt, dann ist es völlig egal, wie hart der nächste Winter wird."
Moody knirschte mit den Zähnen.
„Mag sein."
„Also, was ist es dann?"
„Ich … ich kann nicht so lange untätig auf meinem Arsch herumsitzen, Mann!", fluchte der Rothaarige. „Fiona, das Kind, die beschissene Verletzung. Ich habe das Gefühl die ganze verkackte Welt hat sich im Moment gegen mich verschworen! Seit ich denken, auf eigenen Beinen stehen und eine Waffe halten kann,

war ich die Sommer immer auf den Beinen, immer unterwegs. Ich kann nicht anders – ich habe es nie anders gemacht."
Ian goss in beide Gläser nach und gluckste vor Lachen.
„Hast Angst, alt zu werden, was?"
„Vielleicht. Ich mag den Gedanken nicht, einzurosten. Wenn es nach mir geht, soll mein Leben immer so aussehen."
„Wie? Im Sommer raus in die Wildnis und auf Beutezug? Und was ist mit deiner Frau und deinem Kind? Du hast jetzt Verantwortung, du Starrkopf. Und – so oder so – du wirst auch nicht jünger. Vor ein paar Jahren hättest du dir bei der Belagerung wahrscheinlich nicht mal eine Verletzung zugezogen."
Moody schürzte nachdenklich die Lippen.
„Du hörst dich fast an wie Fiona, weißt du das?"
„Tatsächlich?"
„Ja. Hat sie dich darauf angesetzt, mir diese Geschichte zu erzählen?"
Ian schüttelte den Kopf, auch wenn der Gedanke ihm für einen Moment ein Lächeln auf die Lippen trieb.
„Nein, hat sie nicht. Aber schau mich an. Ich bin in die Jahre gekommen, habe wegen des Knies Probleme bei jedem Schritt. Ich bin – und das ist eine Tatsache, die ich auch nicht einfach akzeptieren konnte – alt geworden."
„So alt wie du bin ich noch lange nicht!"
„Natürlich nicht. Aber du verstehst, worauf ich hinauswill? Freunde dich damit an, dein Leben anders zu verbringen. Du hast jetzt eine Tochter, um die du dich kümmern musst. Du wirst am wenigsten wollen, das Fiona sich allein um sie kümmern muss, weil ihr Vater einfach starrköpfig auf Beutezug gegangen ist und nicht zurückkam, oder?"
Die Worte des Händlers hatten den Söldner nachdenklich gemacht und er starrte in die fast geleerte Flasche. Stille kehrte zwischen den beiden Männern ein und blieb für einige Minuten, dann sog Moody hörbar Luft zwischen den schiefen Zähnen ein.
„Das ist eine abscheuliche Vorstellung", flüsterte er.

„Dann ändere es, Moody."
„Ich soll also ruhig werden? Mich irgendwo niederlassen?"
„Glaubst du nicht, es wäre besser?"
„Ich glaube … ach, hör auf! Ich habe bisher alle Raubzüge in meinem Dorf geleitet. Da ist niemand, dem ich zutrauen würde, dass er es genauso hinbekommt. Ohne mich wird das nichts!"
„Ich habe dich für klüger gehalten. Niemand, wirklich niemand ist unersetzbar. Raubzüge hat man schon früher ausgeführt. Und glaubst du wirklich, dein Dorf hört auf zu existieren, wenn du es nicht mehr machst? Stell dir vor, auf einem der Züge passiert dir etwas. Du fängst dir eine Kugel, meinetwegen. Bist du wirklich der Meinung, deine Leute würden wie gelähmt herumsitzen und auf ihr Ende warten? Einen Scheißdreck würden sie. Natürlich schicken sie im nächsten Sommer wieder Leute aus. Das müssen sie, um zu überleben. Das werden sie auch tun, wenn du nicht da bist. Vielleicht sind sie nicht so gut, nicht so erfolgreich wie du. Aber sie werden trotzdem losziehen."
„Ich kann mir einfach nicht vorstellen, dass ich es aufgebe. Ich habe nie was anderes gemacht, verstehst du? Was soll ich denn dann die ganze Zeit tun? Ich roste ein, während ich immer älter und fetter werde."
„Wir werden alle älter, das ist eine Tatsache. Und ich glaube, du wirst genug zu tun haben. Lass andere auf Raubzüge gehen und übernimm stattdessen die Bewachung deines Dorfes. Da hast du doch eine Aufgabe, der du gewachsen bist, oder?"
Der Rothaarige winkte energisch ab.
„Meine Heimat liegt in beschaulicher Ruhe und Eintracht. Wir haben daheim nicht mal eine Palisade wie ihr. Hatten nie Probleme mit irgendwem in der Nähe. Es wäre eine Aufgabe, bei der ich nicht viel zu tun hätte."
„In deiner Heimat vielleicht", merkte Ian bedeutungsschwanger an.
„Willst du mich verarschen? Vor einer Minute sagst du mir, ich soll im Sommer nicht mehr auf Raubzüge gehen, weil es zu ge-

fährlich ist. Und jetzt schlägst du mir vor, im Sommer zu euch zu kommen und hier den Aufpasser zu machen? Und das ist weniger gefährlich?"

„Station bräuchte einen fähigen Aufpasser das ganze Jahr über, nicht nur im Sommer."

Moody blickte auf. Die Blicke der beiden Männer trafen sich, doch diesmal ohne Zorn.

„Ich kann meine Heimat nicht aufgeben und hier hinkommen. Die Leute dort verlassen sich auf mich, Ian."

„Ich habe nicht gesagt, dass du deinen Leuten den Rücken kehren sollst, Moody."

„Sondern?"

„Komm mit deinen Leuten nach Station. Unsere Siedlung kann frisches Blut gut gebrauchen."

„Das ist ein Scherz."

„Keinesfalls. Ich sehe nur Vorteile darin. Station liegt an einer wichtigen Handelsroute. Deine Leute können sich hier also als Söldner verdingen. Je größer diese Siedlung ist, umso mehr Menschen und Karawanen wird sie anziehen. Umso wichtiger wird sie. Station kann wachsen und wir haben alle etwas davon."

„Wir leben seit Jahrzehnten dort, wo wir leben. Außerdem gibt es hier keine Häuser, in denen meine Leute leben könnten. Ich bekomme sie nie im Leben dazu, ihre ordentlichen Hütten zu verlassen, um hier in Zelten und Baracken zu leben."

„Dafür kann man ja sorgen."

Moody schien nicht überzeugt.

„Und von was sollen meine Leute leben?"

„Wie ich schon sagte, als Söldner vielleicht. Außerdem gibt es in und um Station fruchtbare Böden für Landwirtschaft und das ein oder andere Vieh. Ich sage ja nicht, dass es alles furchtbar einfach wird und jetzt sofort funktionieren könnte, aber ich denke, es ist möglich."

„Das kann und will ich nicht jetzt entscheiden, Ian. Dafür brauche ich Zeit."

Der Händler nickte zustimmend und lächelte freundlich.

„Ich weiß, ich weiß. Sowas braucht Zeit. Aber je früher wir wissen, wohin es gehen soll, umso besser können wir damit umgehen, nicht wahr?"
„Wahrscheinlich", murmelte der Söldner.
„Aber du hast ja genug Zeit dafür. Bis die Lieferung für euren Einsatz hier ist, wird noch ein Weilchen vergehen. Und bis dahin gibt es ja genug zu tun."
„Tatsächlich?"
„Ja. Wir brauchen zum Wiederaufbau der Siedlung ein paar Dinge. Wir könnten auf die nächsten Karawanen warten und hoffen, dass sie alles dabei haben, was wir brauchen, aber das ist ein Glücksspiel."
„Und die Alternative?"
„Yard. Ich habe mit den Ratsmitgliedern gesprochen. Bestenfalls sollten wir bald aufbrechen und in Yard all das kaufen, was wir hier dringend brauchen. Werkzeug, Verbandsmaterial, Medikamente."
Der rothaarige Söldner begann zu grinsen, als er verstand, auf was der Händler tatsächlich hinauswollte.
„Wir, was?"
„Naja", gab Ian schmunzelnd zu. „Ich kann nicht gut laufen und wäre ein gefundenes Fressen für jeden auf dem Weg dorthin. Und in Yard erst recht. Ich würde mich freuen, wenn du und ein paar deiner Leute mitkommen würdet. Das macht alles viel einfacher. Der Rest deiner Leute, auch die Verletzten und vor allem deine Frau und deine Tochter, sind eingeladen, so lange unsere Gastfreundschaft zu genießen."
„Das klingt gut. Ich habe zwar das Gefühl, dass wir mit dir zusammen Wochen brauchen werden, bis wir in Yard sind, aber alles ist besser, als hier auf dem Arsch zu sitzen."

+++

Einen Tagesmarsch von Yard entfernt hatten die beiden ehemaligen Offiziere bei einer kleinen Ruine Halt gemacht. Der Tag

hatte gerade begonnen und ein Nebelschleier lag im dunstigen Grau über der grünen Ebene.
Ryan kaute, an die Motorhaube gelehnt, auf seinem Frühstück herum und blickte nachdenklich in den Nebel. Alexander mühte sich damit ab, Schrott und Müll zusammenzusuchen und ihn über den Wagen zu legen. Der untersetzte, rundliche Arzt warf einen Blick über die Schulter, nahm das arbeitssame Schnauben und Stöhnen seines Begleiters aber nicht als Zeichen, ihm zur Hand zu gehen.
„Glaubst du wirklich, wir sollten den Wagen hier stehen lassen?“, murmelte er zwischen zwei Bissen.
Alexander lehnte ein sperriges Stück verrostetes Wellblech gegen die Seite des Wagens und wischte sich den Schweiß von der Stirn.
„Sollten wir. Damit fallen wir in Yard auf wie bunte Hunde. Außerdem hätten wir unsere liebe Mühe, dafür zu sorgen, dass das Fahrzeug in einem Stück bleibt und nicht vor unseren Augen auseinandergenommen wird.“
„Und wenn wir uns schnell verdrücken müssen?“
„Wir nutzen unsere Beine. Oder wir besorgen uns dort Pferde.“
Ryan stieß ein verächtliches Schnauben aus. Der Gedanke, mehr als nötig laufen zu müssen, gefiel ihm nicht.
„Wo fangen wir an?“
„Schwer zu sagen. Ich war länger nicht mehr in Yard. Das kommt darauf an, wer dort das Sagen hat. Yard ist bestenfalls kompliziert. Die fünf Splittergruppen streiten sich dort immer um die Macht in der Stadt.“
Ryan nickte. Er war selbst noch nie in Yard gewesen, aber bisher hatte er auch noch nie das ehrliche Bedürfnis dazu gehabt. Dennoch hatte er Berichte über die Stadt immer wieder gelesen oder war ihnen interessiert gefolgt. Nach dem, was er bisher wusste, war Yard ein wahres Pulverfass mit offenen und verborgenen Streitigkeiten, mit Blutfehden, voller Verrat und Täuschung.
„Ich schätze, es wird schwer, die Fraktionen dort alle an einen Tisch zu bekommen und gemeinsam zu planen, oder?“

„Ich könnte mir etwas Einfacheres vorstellen, ja. Sie vertrauen sich allesamt nicht. Selbst wenn irgendwer im Moment mit dem anderen verbündet ist, vermutet er Verrat. Wir, die wir kommen und vor Banner warnen wollen, haben es noch schwerer. Jeder wird glauben, wir sind von der Gegenseite eingeschleust. Und keiner wird unsere Geschichte glauben, fürchte ich. Mal im Ernst. Wenn dir jemand etwas über eine Streitmacht von ein paar tausend Soldaten erzählen würde, würdest du ihn auch für verrückt erklären, oder?"
„Vorausgesetzt, ich hätte mein Leben anders gelebt und wäre nicht bei Banner gelandet? Ja, vermutlich."
Alexander rückte einige Stücke Schrott zurecht und ging ein paar Schritte zurück, legte den Kopf schief und betrachtete sein Werk, zufrieden mit seinem Ergebnis.
„Aber wenn es so eine beschissene Ausgangslage ist, warum sind wir dann hier?"
„Weil es keinen anderen Punkt für uns gibt, an dem wir einsteigen können. Wir wissen nicht, wo das Institut ist, und dort würde man uns wahrscheinlich noch viel weniger glauben. Wir können nicht zurück in die Basis und versuchen, die Leute dort zu überzeugen. Zum Windpark könnten wir, aber ich glaube nicht, dass das noch viel ändert. Abgesehen davon, dass wir zwei wahrscheinlich auch dort unsere Probleme mit den Wachen bekommen werden."
„Stattdessen also dieses Pulverfass hier. Ist ja nett."
„Ryan! Ich habe dir schon ein paar Mal gesagt, dass du es ruhig sagen kannst, wenn du eine bessere Idee hast. Von dir kam nichts, also nehmen wir meinen Ansatz. Und jetzt wäre ich dir dankbar, wenn du mir helfen würdest!"

Das neblige Grau des Morgens war zu strömendem Regen geworden, als sie die Tore von Yard erreichten. Unter einer gespannten Zeltplane erwartete sie ein gelangweilter Zugführer. Über seine große Schirmmütze war eine Plastikhülle gespannt, ein groteskes Relikt längst vergangener Zeit.

Mit einem gespielten Gähnen schlug er das große Buch vor sich auf.
„Name, Ware und Einreisegrund?"
Alexander warf einen Seitenblick zu seinem Begleiter, dann machte er einen kleinen Schritt vor und schob die Kapuze zurück.
„Alexander Leicester, Reisegepäck, Söldner und arbeitssuchend."
Der Mann begann zu schreiben, dann blickte er auf.
„Zollpflichtige Ware?"
„Nur Arbeitsgerät", sagte Alexander und tätschelte einmal das Sturmgewehr vor seiner Brust.
„Verstehe." Der Mann fuhr in aller Ruhe fort. Als er zu einem Ende gekommen war, blickte er noch einmal auf.
„Hör zu, Söldner. Diese Warnung ist kostenlos und es wird sie nur einmal geben. Wir mögen es nicht, wenn jemand von außerhalb in Yard mit seinen Waffen herumfuchtelt und auf Ärger aus ist. Wenn du Arbeit suchst, die Zugführer suchen immer nach fähigen Leuten."
„Ach, wirklich?"
Der ehemalige Offizier gab vor, überrascht zu sein. „Dann weiß ich ja, wo ich anfangen muss."
„Aber sicher", nuschelte der Zugführer. Umständlich nahm er seine Papierrolle hervor und riss einen Abschnitt ab, stanzte ihn dann mit der Lochzange einmal.
„Und damit du gleich damit anfängst und dich nicht verläufst, habe ich es dir einfach gemacht. Hiermit kommst du erstmal nur auf unsere Gleise."
Für den Bruchteil einer Sekunde wollte Alexander protestieren, doch dann nahm er die dargebotene Karte. Er verstaute die Karte in der Innentasche seines Regenmantels und zog die Kapuze wieder über die Glatze. Wie auf ein Zeichen tat Ryan einen Schritt nach vorne.
„Name, Ware und Einreisegrund?"
„Ryan Samson, Reisegepäck, Knochenflicker, und sein Begleiter."

Der dickbäuchige kleine Mann deutete mit einer Kopfbewegung in Alexanders Richtung.
Ohne aufzusehen, begann der Zugführer, die Angaben in sein Buch einzutragen.
„Knochenflicker oder Arzt?"
„Was?"
„Guter Mann: Entweder bist du Knochenflicker und kannst nur ein bisschen oder du bist Arzt und kennst dich aus."
„Ah. Dann eben Arzt."
„Soso", murmelte der Mann mit einer gleichgültigen Ruhe und trug die Angaben ein.
„Sonst noch was?", wollte Ryan wissen.
„In der Tat. Im Gegensatz zu deinem Freund haben wir keinen Bedarf an Ärzten im Moment. Nehme an, du wirst dich woanders nach Arbeit umsehen müssen. Und wo wir gerade dabei sind, bekomme ich noch die Gebühr von dir."
„Gebühr?", intonierte Ryan ungläubig.
„Ja, die Gebühr. Jeder, der einreist, muss eine Gebühr entrichten."
„Aber … er hat auch nichts bezahlen müssen." Ryan deutete auf seinen Begleiter.
„Er ist auch nützlich für uns. Und was dich angeht: Je mehr du quatschst, umso teurer wird es."
Ryan holte tief Luft und sein Kreuz schwoll um einige Zentimeter an, als er begann, sich vor dem Mann aufzubauen. Der Zugführer ließ sich davon nicht aus der Ruhe bringen. Alexander legte seinem alten Freund die Hand auf die Schulter und zog ein volles Magazin aus der Manteltasche. Mit einer lässigen Handbewegung warf er das Magazin auf das geöffnete Buch des Wachhabenden.
„Das wird genügen, oder?", fragte er beschwichtigend.
Der Zugführer nahm das Magazin in die Hand und drehte es prüfend zwischen den Fingern, dann nickte er.
„Aber sicher. Ich mache eben noch die Karte für deinen Freund fertig."

Zwei Stunden später bahnte sich Ryan allein den Weg durch die engen Gassen der Stadt. Sie waren ihr Gepäck bei der erstbesten Adresse auf den Gleisen der Zugführer losgeworden und Alexander hatte sich dann noch ein wenig Zeit genommen, ihm das Wichtigste über Yard zu erzählen. Der Plan war einfach. Alexander versuchte, Anstellung bei den Zugführern zu finden, während Ryan sich umsehen sollte.
Dabei wurde den beiden noch einmal klar, dass sie viel zu wenig in der Hand hatten. Zwar wussten sie, was Yard bevorstand, doch das richtige Ohr dafür zu finden, das glich der Suche nach der Nadel im Heuhaufen.
Der kleine, rundliche Mann bahnte sich nun missmutig seinen Weg durch die nassen Gassen der Stadt. Es regnete unaufhörlich und die Wassermassen, die vom Himmel kamen, hatten die meisten Einwohner ins Trockene getrieben. Yards Straßen waren daher erfreulich leer. Ryan hatte die Kapuze des Armeeregenmantels tief ins Gesicht gezogen und die Hände in den Taschen vergraben. Unsichtbar für seine Umgebung trug er in einer Manteltasche griffbereit eine Pistole.
Der seit Stunden andauernde Regen forderte langsam, aber sicher seinen Tribut. Nicht nur der matschige Boden unter den schweren Holzbohlen quoll auf, hier und da hatten sich riesige Pfützen gebildet. Sein Regenmantel war am Rande der Kapazität. Längst war die klamme Feuchtigkeit nach innen gedrungen und ließ ihn frösteln. Regentropfen hatten sich in seinem gestutzten Bart gefangen und trugen nicht dazu bei, seine Laune zu heben.
Seit einiger Zeit wanderte Ryan nun ziellos durch Yard, war hier und da stehen geblieben und hatte überlegt, in einer der unzähligen Kneipen Schutz vor dem Regen zu suchen. Als er jedoch sah, wie überfüllt die Hallen und Waggons waren, zog er es vor, in der nassen Kälte zu bleiben.
So wie Alexander es ihm geraten hatte, hielt er die Augen auf – doch da er nicht einmal wusste, auf was er genau achten sollte, war dieses Vorhaben eigentlich schon zum Scheitern verurteilt.

Er wusste einfach nicht, was in dieser merkwürdigen Stadt normal war und was nicht. Seine Beobachtungsgabe war unter diesen Voraussetzungen wenig wert.
Nur selten begegnete er einigen Einwohnern, und die meisten schienen eher damit beschäftigt, nicht allzu lange in diesem miesen Wetter stehen zu wollen, und huschten an ihm vorbei. Vielleicht hätte er sich gar nicht auf dieses Abenteuer einlassen sollen. Vielleicht hätte er Alexander die Flucht ermöglichen und stattdessen den Kopf unten halten sollen. Die wichtige Frage dabei wäre nur gewesen, wie gut ihm das gelungen wäre.
Murrend blieb er unter einem kleinen Vordach stehen und wischte sich den Regen aus dem Gesicht. Er hatte nicht einmal eine Ahnung davon, wo genau in Yard er war. Der Tag konnte kaum schlechter laufen, nun hatte er sich zu allem Überfluss auch noch verlaufen. Jemanden nach dem Weg zu fragen war ein genauso großes Glücksspiel, wie den Weg zurück in die warme Unterkunft selbst zu suchen. Zwar wusste er, dass ihre Unterkunft auf den Gleisen der Zugführer lag, aber Alexander hatte ihm auch eingeschärft, dass man nicht überall in Yard gut auf diese Fraktion zu sprechen war. Ryan fluchte lautlos, zog die Kapuze tiefer ins Gesicht und trat wieder hinaus in den strömenden Regen.
Völlig in Gedanken, den Kopf gesenkt, marschierte er die enge und dunkle Gasse hinab. Ihm war kalt, und alles, was er wollte, war, die nassen Klamotten loszuwerden, sich aufzuwärmen und etwas in den Magen zu bekommen, der sich langsam meldete. Banner und sein Krieg konnten ihm gestohlen bleiben!
„Pass doch auf, Arschloch!“, fluchte jemand.
Irgendetwas traf den untersetzten Mann an der Schulter. Er taumelte und fiel mit einem Platschen in die nächste Pfütze und brauchte ein, zwei Sekunden, um überhaupt zu realisieren, was passiert war. Als er merkte, wie die Feuchtigkeit der Pfütze seine Kleider durchweichte, stieg Wut in ihm auf. Die Hand um die Pistole in der Manteltasche verkrampfte sich, während er mit der linken durch den Schlamm tastete, um wieder auf die Füße

zu kommen. Seine Laune war an einem Tiefpunkt angekommen, sodass er geradezu darauf brannte, hier einen Streit vom Zaun zu brechen. Energisch schob er sich auf die Knie.
„Die ganze verdammte Gasse ist frei und du läufst in mich hinein! Pass das nächste Mal gefälligst auf!“, schimpfte jemand.
Gerade wollte Ryan zu einer Entgegnung ansetzen, da durchzuckte ihn ein Gedanke. Die Stimme kannte er. Instinktiv drehte er den Kopf leicht, um einen Blick auf die Person zu bekommen, doch war im trüben Halbdunkel kaum mehr als ein Schemen zu erkennen.
„Entschuldigung“, murmelte er verhalten, während er den Griff um die verborgene Pistole löste. Er versuchte, sich daran zu erinnern, warum ihm die Stimme so bekannt vorkam.
Ryan schob sich auf die Beine und wischte sich notdürftig den Schlamm vom Mantel. Schlagartig war sein Ärger über die bisherige Suche verflogen, der Hunger vergessen. Sein Gehirn begann zu arbeiten, während er dem Schemen in gehörigem Abstand folgte.

„Cassandra.“
Alexander machte ein fragendes Gesicht. „Wer?“
„Cassandra.“
„Dadurch, dass du es mehrmals sagst, wird es auch nicht besser, Ryan.“
Ryan genoss den Moment, nahm einen tiefen Schluck und grinste breit. Es waren diese kleinen Momente, die das Leben lebenswert machten, auch wenn er sich fragte, warum Alexander sich nicht an den Namen erinnerte.
„Cassandra. Sie war eine Offiziersanwärterin auf dem Stützpunkt. War offenbar nicht sehr geschickt und ist damals durch die Prüfung gefallen.“
Alexander legte die Stirn in Falten und fuhr sich über den kahlrasierten Schädel, doch so sehr er auch in seinen Erinnerung grub, ihm fiel nichts ein. „Entschuldigung. Immer noch nichts.“

„Sie war für ein paar Tage Gespräch im Stützpunkt. Obwohl sie die Prüfung nicht geschafft hatte, behielt Banner sie in seiner Nähe. Damals wusste keiner warum, und es wurde gemunkelt, dass er Gefallen an ihr gefunden hätte."
Alexander schüttelte den Kopf.
„Das war einer der Gründe, warum ich mich immer darum bemüht habe, so wenig Zeit wie möglich auf dem Stützpunkt verbringen zu müssen. Diese Art der Gerüchteküche nervte mich vom ersten Moment an. Ganz davon abgesehen, dass das Lagerleben einen weich macht." Dabei deutete er verstohlen auf den runden Bauch seines Freundes. Ryan seinerseits winkte ab und nahm die Stichelei einfach hin.
„Jeder wie er mag. Na, jedenfalls war ich ja damals da. Die Gute gab allen ein Rätsel auf. Keiner wusste, was das alles sollte. Du weißt, wie Banner ansonsten mit Anwärtern umgeht, die die Prüfung nicht bestehen."
Alexander nickte stumm und hörte weiter zu.
„Bei ihr war es anders. Keine Ahnung, ob sie ihre mangelnden Führungsqualitäten anders wettmachen wollte, wenn du verstehst. Dann, schlagartig, war sie verschwunden. Als es auffiel, dachten wir alle, Banner wäre ihrer überdrüssig geworden und hätte sie beseitigt. Wäre nicht das erste Mal gewesen, dass er so mit Leuten umgeht."
„Fragt ja keiner nach. Aber auf was willst du hinaus?"
„Cassandra ist hier."
„Wie?"
„Na, wenn ich es dir doch sage. Ich habe sie gesehen, vorhin. Zum Glück haben wir so ein beschissenes Wetter, dass sie mich nicht erkannt hat. Keine Ahnung, ob sie sich an mich erinnert."
„Erklär es mir." Alexander war neugierig.
„Ich war draußen unterwegs, ohne wirklich zu wissen, wohin die Reise gehen sollte. Irgendwie kam ich mir verloren vor, wusste nicht, wo ich anfangen sollte. Und als ich mich also gerade wieder auf den Weg zu dir machen will, laufe ich in jemanden hinein. Naja, lange Rede, kurzer Sinn, das war sie."

„Habt ihr gesprochen?"
„Ich wollte sie anblaffen. Weißt du, mir war gerade nach einem Streit zumute. Aber dann erinnerte ich mich an ihre Stimme und habe den Kopf runtergenommen. Wie gesagt, sie hat mich wahrscheinlich nicht erkannt. Dann bin ich ihr gefolgt."
Ryan machte eine Pause und nahm einen weiteren Schluck.
„Mach es nicht so spannend!"
Der untersetzte, rundliche Mann grinste vergnügt ob der Ungeduld seines Begleiters.
„Sie hatte eine Art Uniform an. Eine schwarze Sicherheitsweste, eine ordentliche Kopfbedeckung. Konnte ja kein Zufall sein, nicht? Ich bin ihr also hinterher, und wie es ihre Kleidung vermuten ließ, bahnte sie sich den Weg direkt zu den Gleisen der Sicherheitsleute. Ich verstehe ihre Rangabzeichen hier nicht ganz, aber offenbar hat sie einen hohen Titel. Die Wachen ließen sie alle ungehindert passieren und dann schlüpfte sie ins Hauptgebäude. Da habe ich es dann aufgegeben, war mir ein bisschen zu gefährlich."
Alexander kratzte sich am Hinterkopf.
„Was hat das zu sagen? Dass sie Banners Armee verlassen und nun ihr Glück offenbar hier gefunden hat?"
Ryan schüttelte energisch den Kopf.
„Niemand verlässt Banners Armee lebend."
„Sie arbeitet also noch für ihn?"
„Naheliegend. Und würde zu Banners Handschrift passen. Stell dir vor, wie viel einfacher es wäre, Yard unter Kontrolle zu bekommen, wenn man Verbündete in der Stadt hat."
Alexander stieß einen lauten Fluch aus.
„Die Sicherheitsleute stehen in dem Ruf, sich für einen Kampf um Yard bereitzumachen. Zumindest behaupten das die Zugführer. Angeblich haben sie die Lagerarbeiter auf ihre Seite gebracht. Nachweisen kann man ihnen bisher jedoch keine Vorbereitungen."
„Passt ja in die Ereignisse. Wenn Banner aufmarschiert, schlagen die Sicherheitsleute los."

Alexander dachte nach und schüttelte dann langsam den Kopf. „Unwahrscheinlich, glaube ich."
„Was dann?"
„Wenn sie losschlagen, wenn der Feind vor den Toren steht, dann haben sie schon so gut wie verloren. Dann schweißen sich die verfeindeten Gruppen zusammen und haben ihr Ende unterschrieben."
„Wie dann?"
„Ich weiß es noch nicht. Vielleicht ist aber auch genau das Banners Plan. So oder so sind die Bewacher von Yard dann beschäftigt und die Einnahme der Stadt ist ein Leichtes."
Ryan stellte sein Glas weg und schob sich vom Stuhl. Mit vor der Brust verschränkten Armen begann er, im kleinen Zimmer auf und ab zu gehen. Alexanders Blicke folgten ihm. Offenbar lief das Gehirn des Arztes auf Hochtouren. Er wollte etwas sagen, doch unterstand sich, seinen alten Freund zu stören. Nachdenklich durchdachte der untersetzte Mann alle Optionen, dann hielt er inne.
„Wie viele Sicherheitsleute gibt es in Yard?"
„Keine Ahnung", setzte Alexander an, bemerkte aber, dass die Antwort seinen Begleiter nicht zufriedenstellte. „Einige hundert vielleicht. Es sind weniger als die anderen Gruppen hier. Trotzdem hat man Respekt vor ihnen und hält sie für gefährlich."
„Aha!", triumphierte der Zwerg und hob beschwörend den Zeigefinger. „Da haben wir es."
„Da haben wir was?"
„Es sind wenige, aber sie haben einen guten Ruf. Spricht dafür, dass etwas dran ist. Ich schätze – nach allem, was ich gelesen und gehört habe –, dass die Ausbildung der Sicherheitsleute gut ist."
„Ja. Aber was hat das mit Banner zu tun?"
„Ist doch völlig offensichtlich. Er hat hier nicht irgendwelche Verbündeten, sondern offensichtlich die besten Soldaten, die es außerhalb seiner Armee gibt. Wie groß ist die Chance, dass er so fähige Truppen einfach so opfern wird?"

Wieder einmal legte Alexander die Stirn in Falten.
„Das wäre unwahrscheinlich. Er hätte mehr davon, wenn er die Truppen nach der Einnahme von Yard übernehmen könnte."
Ryan drehte sich auf dem Absatz um und lächelte seinen alten Freund an.
„Da siehst du es. Du bist auch auf die Lösung gekommen!"
„Dann opfert er sie nicht. Aber was dann?"
„Das ist die große Frage. Viel wichtiger ist aber eine andere Frage, Alexander."
„Welche?"
„Was können wir in so einem Fall machen?"

Kapitel 3

Entscheidungen

„Das sind die Fakten. Ich erwarte, dass Sie Ihre Entscheidung auf Basis der Ihnen gebotenen Informationen treffen, und nicht aufgrund von Emotionen."
Connelly beendete ihre Ansprache und blickte in die versteinerten Gesichter des Aufsichtsrates. Die Wissenschaftler hatten wie gebannt an den Lippen der jungen Frau gehangen, und während der letzten Minuten war fast jedes Nebengeräusch verklungen. Lediglich der Projektor erfüllte den Raum mit einem konstanten Summen. Annabell griff nach dem bereitgestellten Glas Wasser, benetzte ihre Lippen und befeuchtete ihre trockene Kehle. Sie konnte die Angst in den Gesichtern der Männer und Frauen sehen. Die Angst vor Veränderungen, die Angst vor der Zukunft. Die Angst vor den Gefahren, die außerhalb der schweren Panzertüren warteten.

Normalerweise hätte sie gewusst, wie eine solche Abstimmung ausgegangen wäre. Maximal eine kleine Minderheit hätte sich dafür ausgesprochen, die Tore zu öffnen und Kontakt mit der Außenwelt aufzunehmen. Doch diesmal war die Ausgangslage eine ganz andere.
Annabell hatte ihre Ansprache minutiös vorbereitet, jedes Argument abgewägt und geprüft. In Anbetracht der vorliegenden Fakten gab es für sie nur diese eine Lösung.
Wenn das Institut überleben sollte, dann gab es schlichtweg keine andere Möglichkeit. Das musste jedem in diesem Raum klar sein. Dennoch vermutete sie, dass es immer noch Mitglieder des Aufsichtsrats gab, die die Augen vor dem Unübersehbaren verschließen wollten. Sie mussten doch einsehen, was es bedeutete, jetzt nicht die Initiative zu ergreifen!

Die Aufsichtsratsmitglieder begannen, leise miteinander zu sprechen, wägten die Argumente ab. Schnell entbrannten hitzige Diskussionen. Annabell machte einen Schritt zurück ins Halbdunkel. Sie war Beobachterin in dem Chaos, das letzten Endes durch ihre Entscheidungen ausgelöst worden war. Mit einem schüchternen Seitenblick vergewisserte sie sich, dass vor der Glastür immer noch der Wachdienst stand.
Das wäre ihre letzte Alternative. In dem Moment, in dem der Aufsichtsrat sich gegen ihren Vorschlag stellte, bedeutete das Annabells Ende an der Spitze des Instituts. Sie war nicht bereit, ihren Posten einfach so aufzugeben und die Chancen ungenutzt verstreichen zu lassen. Sollte es wirklich so weit kommen, würde sie sich der Wachleute bedienen müssen. Für Notfälle trug sie eine kleine Pistole am Körper verborgen. Sie war sich sicher, dass keiner der Anwesenden sonst eine Waffe mit sich trug. Es waren immerhin Forscher und keine Soldaten – wie sie es eigentlich auch sein sollte.
Während die Debatte hitzig wurde, meldete sich ihr Gewissen erneut. Sie hatte die letzten Tage immer wieder mit sich gerungen, gerade was diese letzte Option anging. Die Frage, ob es richtig war, sich mit Waffengewalt durchzusetzen, nagte an ihr. Es war eine rein moralische Frage und ihre Beantwortung hatte letztlich nur mit dem persönlichen Standpunkt zu tun. Es hatte sie erschreckt, zu diesem Schritt bereit zu sein. Doch wenn die starren Ansichten des Aufsichtsrats die Zukunft des Instituts zu gefährden drohten, gab es dann eine Alternative? Durfte sie zulassen, dass sich diese zwölf Männer und Frauen für das sichere Ende des Instituts entschieden?
Annabell machte ein paar vorsichtige Schritte zurück, völlig unbeachtet von den Aufsichtsratsmitgliedern, und stieß gegen eine schmale Kommode. Mit zitternder Hand stellte sie ihr Glas ab und hielt sich an dem Möbelstück fest.
Die Frage nach richtig und falsch jagte durch ihren Kopf. Ein Kampf tobte, ein Sturm, und sie war mittendrin. Waren es nicht ihre Entscheidungen gewesen, die das Institut erst in diese Lage

gebracht hatten? Ohne ihre eigenmächtigen Entscheidungen, ohne die Suche nach den Steuerprogrammen – ohne all das gäbe es eine Debatte wie diese hier gar nicht.

Aber wie lange wäre das Institut dann noch in seiner Isolation gefangen gewesen? Jahre, Jahrzehnte? Man lebte hier in einem goldenen Käfig, voller Furcht vor der Welt dort draußen. Und wo gab es denn die Sicherheit, dass die Existenz des Instituts nicht früher oder später eh ans Licht käme? Sicher, sie trafen alle nur denkbaren Sicherheitsvorkehrungen, taten, was sie konnten. Aber dennoch, es war möglich. Und was dann? Dann würden sie hier sitzen, gefangen in ihrem Bunker, dem Schicksal völlig ausgeliefert.

Annabell stand der Schweiß auf der Stirn, während ihre Zunge sich pelzig anfühlte. Sie spürte, wie Übelkeit in ihr aufstieg, und kämpfte dagegen an. Die Geräusche im Raum rückten ein Stück von ihr weg.

Aber was war, wenn das Institut bei diesem vagen Vorstoß genauso verloren war? Was war, wenn das Wissen, das man hier so gewissenhaft gehortet hatte, in falsche Hände fiel? Ja, viel schlimmer: Was war, wenn die Fabrik und das Wissen über die Naniten in die falschen Hände fiel? Sie wusste nur zu gut, zu was Menschen in der Lage waren. Durfte sie zulassen, dass so mächtiges Wissen erneut auf die Welt losgelassen wurde?

Sie war immer davon überzeugt gewesen, dass es das Beste wäre, die Isolation zu beenden und sich der Welt zu stellen. Anders als die Generation ihres Vaters. Sie kannte die Welt DAVOR nur aus Aufzeichnungen, aus Erzählungen. Sie wollte die Welt dort draußen sehen, kennenlernen. Vielen, die hier im Institut geboren wurden, erging es so, das wusste sie. Die alte Generation – jene, die das Leben außerhalb der schützenden Betonmauern und Panzerschotts noch kannten – war da anders. Sie schien mit dem Leben in der Außenwelt abgeschlossen und sich hierhin geflüchtet zu haben, in eine bessere Welt, eine Art Utopia. Sie hatte alles Schlechte außerhalb der Panzerschotts gelassen – und nun holte es sie doch ein.

Connellys Herz begann zu pochen. Die Schläge steigerten sich, während das Blut in ihren Ohren rauschte. Ihre Kehle schnürte sich zusammen, sie hatte nicht erwartet, dass dieser Moment so schlimm werden würde. Auf der Suche nach Linderung kniff sie ihre Augen zusammen, doch das machte alles nur noch schlimmer. Farben begannen in der Dunkelheit vor ihren Augen zu tanzen, und ihre Knie wurden zittrig. Mit aller Macht riss sie ihre Augen wieder auf und schnappte nach Luft, klammerte sich weiter an der Kommode fest. Kaum zwei Schritte von ihr entfernt stand ein Lehnstuhl, und so wankte sie zittrig darauf zu, erreichte ihn mit Mühe und Not und ließ sich in das Lederpolster sinken.

Der Aufsichtsrat hatte mit seiner Debatte aufgehört. Vielmehr starrten die Anwesenden sie an.
„Doktor Connelly, ist alles in Ordnung?"
Annabell versuchte zu lächeln. Ihre Sicht verschwamm immer noch etwas, sodass sie nicht einmal sehen konnte, wer sie da angesprochen hatte.
„Doktor Connelly?" Es war Lisa Salvini.
„Ja. Ich bin da."
Annabells Stimme hörte sich dünn und brüchig an, und erst jetzt merkte sie, wie verschwitzt ihre Kleidung war.
„Ist alles in Ordnung mit Ihnen?"
„Ja. Ja, es geht schon. Nur mein Kreislauf, denke ich. Ich habe nicht viel geschlafen, wissen Sie", log Annabell in der Hoffnung, dass die Wissenschaftler ihr die Erklärung abnehmen würden. Sie konnte echte Besorgnis in einigen Gesichtern lesen, allen voran im Gesicht von Salvini. Die alte Wissenschaftlerin war aufgestanden und nach vorn gekommen, beugte sich nun über die sitzende Annabell. Ohne dass diese etwas dagegen tun konnte, fühlte Salvini ihren Puls und kontrollierte ihre Pupillen. Dann nickte sie und tätschelte Annabell die Schulter.
„Scheint der Kreislauf zu sein. Sie haben uns Angst gemacht, Ann", lächelte Salvini warm.

Connelly wusste kaum, was sie sagen sollte, und nickte nur verschüchtert. Die Situation war ihr offenbar entglitten, der Druck zu groß gewesen.

„Entschuldigung", murmelte sie.

„Schon in Ordnung. Sie haben unsere Entscheidung völlig verpasst."

Die Blicke der beiden Frauen trafen sich.

„Was? Wie?"

„Der Aufsichtsrat hat entschieden. Neun Stimmen für die Aufhebung der Isolation, zwei Gegenstimmen, eine Enthaltung. Doktor Connelly, nehmen Sie die Entscheidung des Rates an?"

Das war eine rein protokollarische Formfrage. Und dennoch blinzelte Annabell ungläubig, schaute sich langsam im Raum um und bemerkte, wie die Anwesenden sie erwartungsvoll anblickten. Sie schluckte.

„Ja. Die Isolation ist hiermit beendet."

+++

Perry wischte den Ultraschallsensor sorgfältig ab, während Sal ihn erwartungsvoll anblickte. Kommentarlos griff der Arzt ein Papiertuch und reichte es ihr. Die Schützin aber dachte gar nicht daran, sich das klebrige Kontaktgel vom nackten Bauch zu wischen.

„Und?", fragte sie.

Mit einer Seelenruhe reinigte der bärtige Mann den Sensor und blickte dabei auf den Bildschirm, auf dem ein für den Laien unkenntliches Gemisch aus Weiß- und Grautönen schimmerte.

„Perry." Ihre Stimme war eine Mischung aus Nervosität, Flehen und Gereiztheit. Er wiederum ließ sich nicht beirren und legte die Stirn in Falten. Als er mit der Reinigung des Sensors fertig war, wandte er sich der Anzeige zu, drückte einige Knöpfe. Das Gerät gab bei jeder Eingabe als Bestätigung ein Piepsen von sich. In Perrys Gesicht arbeitete es, während er langsam die vielfältigen Funktionen des Geräts begriff.

„Verdammt nochmal!“, knurrte sie und setzte sich auf.
Perry rollte auf seinem Stuhl zurück, drehte den Monitor in ihre Richtung und lächelte sie an. Ihr Blick wanderte zum diffusen Grau und Schwarz auf dem Bildschirm, doch so sehr sie sich anstrengte, sie konnte nichts erkennen.
„Meinen Glückwunsch“, schmunzelte der Arzt.
Obwohl sie eine solche Antwort erwartet hatte, schien alles aus ihrem Gesicht zu fallen. Sie kniff die Augen zusammen und starrte noch einmal auf den Bildschirm in der Hoffnung, etwas zu erkennen, doch an dem Bild hatte sich nichts geändert. Dann wanderte ihr Blick in Richtung ihres alten Begleiters, der freundlich lächelte.
„Also …“, brachte sie tonlos hervor.
„… bist du schwanger, meine Liebe“, beendete Perry den Satz.
Sie holte einmal tief Luft, blickte wieder ungläubig auf den Bildschirm und zurück in das gutmütige Gesicht des Arztes. Er streckte seine Hand aus und tätschelte aufmunternd ihr Knie.
„Komm erst einmal zu Atem. Und wenn du fertig bist, wisch dir endlich das Gel vom Bauch, ja?“
Sie wusste nicht, wie sie reagieren sollte. Zwar waren ihre Gedanken in den letzten Tagen immer wieder um dieses Thema gekreist und sie hatte sich auf eine solche Antwort eingestellt, ja sogar so etwas wie Freude empfunden. Der Gedanke, schwanger zu sein, war gar nicht so erschreckend gewesen wie noch vor einigen Monaten. Jetzt aber, wo es die Gewissheit gab, fegte sie die Nachricht doch von den Beinen. Mechanisch begann sie, sich das Gel vom Bauch zu wischen. Es war nicht das erste Mal, dass der Arzt derartige Botschaften überbrachte, doch es war das erste Mal, dass er sie einer langjährigen Freundin überbrachte. Was sie nun brauchte, war ein bisschen Zeit, bis ihr Verstand die Informationen verarbeitet hatte. In den letzten Tagen hatte er sich die Zeit genommen, sie zu beobachten, und er war zu dem Eindruck gekommen, dass Sal sich instinktiv auf diese Nachricht vorbereitet hatte, ja sogar freute. Der Arzt trocknete sich die Hände ab und drehte sich wieder zu ihr um. Sie war fertig

und spielte mit dem zerknüllten Papiertuch in ihren Händen. Der erste Schock war einem sanften Lächeln gewichen.
„Und, wie fühlst du dich?“, tastete er sich langsam heran.
Ihr war, als ob er sie aus einem Tagtraum gerissen hätte, und sie sah ihn an.
„Es … es fühlt sich gut an. Jetzt, wo ich die Gewissheit habe.“
Perry nickte und ließ sich in den Stuhl sinken. Aus seiner Brusttasche zog er den Flachmann, schraubte ihn auf und prostete ihr tonlos zu. Nach einem ordentlichen Schluck legte er den Kopf auf die Seite und sah sie vielsagend an.
„Dass ich das wirklich noch erlebe. Ihr beide.“
Sie lächelte schief, immer noch auf der Behandlungsliege sitzend.
„Hättest du es nicht erwartet?“
„Ganz ehrlich? Ihr beide habt mir in den letzten Jahren schon ein Rätsel aufgeben, Sal. Ich wusste niemals genau, woran man bei euch ist. Wobei – das wusstet ihr wahrscheinlich selbst nicht so genau. Aber wenn du es wirklich wissen willst: So oft, wie ihr über einander hergefallen seid, wundert es mich schon, dass es nicht viel eher passiert ist.“
Sie zuckte mit den Schultern.
„Vielleicht hatten wir Glück.“
Ihre Blicke trafen sich für einen Moment, dann schüttelte er entschieden den Kopf.
„Du weißt doch, wie ich dazu stehe. Es gibt kein Glück in dieser Welt.“
Sal verdrehte die Augen und kicherte, schob sich von der Liege hinunter. Für einen Moment ließ Perry sie dort stehen, ihre Kleider ordnen, dann stemmte er sich in die Höhe.
„Aber genug der düsteren Philosophie. Die hat hier nichts verloren.“
Die beiden umarmten sich.
„Ich freue mich für euch.“
Dankbar nickte Sal und sie lösten sich aus der Umarmung.
„Ich kann es immer noch nicht fassen, Perry.“

„Gib dem Gefühl einfach ein paar Stunden. Das kommt ganz von allein."

Sie strich sich ihre Haare zurecht, schien nach einer Antwort zu suchen und beließ es dann bei einem vorsichtigen Kopfnicken.

„Wann willst du es ihm sagen?"

Diese Frage hatte sie sich selbst schon einige Male gestellt. „Wenn der richtige Zeitpunkt ist."

Gequält verzog Perry das Gesicht. „Und wann soll das sein, Sal? In ein paar Wochen wird man deinen Bauch sehen können. Ist dann die richtige Zeit?"

Hilflos schaute sie ihn an. „Perry, ich weiß es wirklich nicht. Ich habe keine Ahnung, wie er reagieren wird."

Der bärtige Arzt zog die Augenbrauen hoch und musterte sie von oben bis unten. Stille kehrte für einen Moment zwischen ihnen ein, dann warf er seinen Kopf in den Nacken und lachte. „Das ist ein Scherz, oder? Du marschierst seit Jahren zusammen mit uns beiden und kennst ihn gut. Du weißt, dass er bereit ist, seinen Arsch für dich in die Schussbahn zu halten. Und nachdem der Idiot endlich mit der Sprache herausgekommen ist, weißt du auch, dass er dich liebt. Ich verrate dir jetzt einmal was, das du vielleicht schon lange weißt. Er liebt dich nicht erst seit ein paar Wochen. Ich glaube, vom ersten Moment an war es um ihn geschehen. Das einzige Problem war, dass er einfach nicht mit der Sprache herausrückte, warum auch immer. Dazu kamen noch die blöden Missverständnisse zwischen euch."

Er holte Luft, sammelte sich kurz.

„Alles in allem lief es nicht immer perfekt, aber was hast du denn erwartet? Probleme tauchen nun einmal auf, das ist der Lauf der Dinge. Ihr haltet es trotz der großen und kleinen Probleme seit Jahren miteinander aus, mal enger, mal weiter entfernt. Was brauchst du noch mehr? Dieser Mann, Sal, dieser Mann liebt dich. Was glaubst du denn, wie er reagieren wird?"

Unschlüssig wiegte Sal den Kopf hin und her.

„Ich … ich weiß nicht. Das ist alles so verdammt neu. Ein Kind … das bedeutet so viele Umstellungen. Wie werden kaum noch

durch die Gegend ziehen können, wie wir das sonst immer getan haben, Perry."
„Tatsächlich, ohne Frage. Aber wo soll das ein Problem sein, Sal?"
„Wird er bereit sein, darauf zu verzichten?"
Jetzt musste Perry laut lachen.
„Ach, daher weht der Wind! Was hast du denn gedacht? Dass er das Leben in der Wildnis der Sesshaftigkeit vorzieht? Alles, was Eris braucht, ist eine Aufgabe. Die hat er bisher noch nirgendwo in einer Siedlung gefunden. Seine Aufgabe war immer, unsere kleine Truppe anzuführen. Jetzt aber, jetzt wird er eine andere Aufgabe bekommen. Und glaub mir, nichts anderes als eine solche Aufgabe braucht er."
Sie dachte über seine Worte nach und nickte dann. „Du hast recht", stimmte sie ihm zu. „Er sollte es schnell erfahren."

+++

Interessiert blickte Tyler über die Schulter der Technikerin hinweg, die sich an dem großen Tornisterfunkgerät zu schaffen machte. Sie hatte die Abdeckungen des Geräts aufgeschraubt und arbeitete nun inmitten eines Gewirrs aus Platinen und Kabeln. Tatsächlich verstand Tyler von dem, was die Frau dort tat, überhaupt nichts, dennoch beobachtete er gespannt ihre Arbeit. Das Konzept funktionierender Technik war trotz der Erfahrungen der letzten Wochen noch so weit vom Verständnis des Jungen entfernt, dass es ihm nur wie ein Wunder vorkam, obwohl er sich bemühte, schnell zu lernen. Wo er nur konnte, schnappte er Informationen auf, sammelte Fakten, sog das alles wie ein Schwamm in sich auf und versuchte, die neuen Eindrücke zu verstehen.
Im Gegensatz zu seinen drei Begleitern fiel das dem Jungen ein gutes Stück einfacher, was nicht zuletzt an seinem Alter lag. Er konnte sich nicht helfen. Die Faszination an der Zeit DAVOR war gewachsen, seit er das Institut betreten hatte. Er hatte ver-

standen, wie wertvoll das Wissen aus der Zeit DAVOR war. Ein Interesse an dieser Zeit, die ihm nur aus Erzählungen überliefert war, das war freilich schon immer vorhanden gewesen. Doch ein gutes Stück davon war nicht mehr als Träumerei. Träumerei von einer besseren Zeit, in der sauberes Wasser aus den Armaturen in den Wänden kam, Strom kein knappes Gut, Nahrung im Überfluss vorhanden und das Leben nicht gefährlich war. Die Zeit DAVOR hatte für ihn etwas Mystisches, ja Paradiesisches. Er wusste nur zu gut, dass er sich von dem traumhaften Glanz nicht zu sehr blenden lassen durfte. Soweit er es verstanden hatte, war die Welt von DAVOR durch den Menschen zur Welt DANACH geworden. Es war also kein Utopia, dem er hinterherjagte, und er war Realist genug, um zu wissen, dass es so etwas gar nicht geben konnte. Dennoch war eine Welt, mit den Vorzügen aus der Zeit DAVOR und ohne die Schrecken, wie er sie kannte, erstrebenswert.
Er mochte diesen Ort. Es war ein Hort des Wissens. Wissen, dass es ermöglichen konnte, diese Welt besser zu machen. Er stolperte innerlich bei dem Wort, denn es traf den Kern nicht ganz. Besser? Lebenswerter? Er war sich nicht sicher. Eines wusste er jedoch. So er die Möglichkeit dazu hatte, wollte er hierbleiben. Das hatte er bisher noch nicht mit seinem Onkel besprochen und er sträubte sich innerlich, Perry einzuweihen. Er hatte schlichtweg keine Ahnung, wie der Arzt reagieren würde. Zwar hatte auch Tyler eine gewisse Faszination bei seinem Onkel bemerkt, wenn es um das Institut ging, aber da war noch etwas anderes. Eine Art von Argwohn, die dem Jungen Kopfzerbrechen bereitete. Perry schien einerseits völlig von dem Wunder der Naniten, die hier ihren Ursprung hatten, ergriffen, doch andererseits schien er sich auch davor zu fürchten. Vielleicht lag es daran, dass der Arzt schon einmal erlebt hatte, wie eine Welt vor die Hunde gegangen war, und sich fürchtete, das noch einmal erleben zu müssen. Tyler kam zu keinem zufriedenstellenden Ende, was das anging. Doch auf der anderen Seite? Es mochte auf der ganzen Welt kaum einen Ort geben, der sicherer

war als das Institut. Inmitten von gewachsenem Fels, geschützt von dicken Panzerschotts und Metern von Beton. Perry hatte ihn immer wieder davor gewarnt, wie gefährlich diese Welt dort draußen war – da konnte es ihm doch nur recht sein, dass sein Neffe hierbleiben wollte. Hier lief Tyler wenigstens nicht Gefahr, wegen einer Nichtigkeit über die Klinge zu springen, wie Perry immer sagte. Je mehr er darüber nachdachte, desto mehr konnte er sich mit dem Gedanken anfreunden, dass das Institut seine neue Heimat werden sollte.

Die Technikerin gab einen triumphierenden Aufschrei von sich und riss Tyler damit aus den Gedanken. Er versuchte zu entdecken, über was die Spezialistin sich gefreut hatte, konnte im Wirrwarr aus Kabeln und Platinen jedoch nichts erkennen.

„Es läuft!“, freute sich die Frau und wischte sich einige Schweißperlen von der Stirn.

Tyler blinzelte verwirrt und fragte dann unsicher: „Das ist gut, oder?“

„Das will ich wohl meinen. Die Kiste ist ordentlich durchgeschüttelt worden.“ Sie streckte sich und angelte nach ihren Zigaretten. „Eigentlich“, begann die Frau, nachdem sie einen genüsslichen Zug genommen hatte, „ist das militärische Hardware. Für harte Bedingungen konzipiert und genauso gebaut. Die Teile müssen ja zwangsläufig mehr aushalten als normale Geräte. Aber was soll ich sagen? Ein paar Jahre ohne Wartung hinterlassen ihre Spuren auch am besten Gerät. Hier war Einiges locker und bei den vielen Verbindungen war es ein Wunder, dass sie überhaupt noch funktionierten. Ich musste ein bisschen tricksen, aber jetzt läuft das Gerät wieder, wie es soll!“

Auch wenn Tyler nicht viel von dem verstand, was die Spezialistin sagte, so verstand er doch, dass das Ergebnis ein gutes war. Dankbar lächelte er sie an. Doch sogleich wurde das Lächeln wieder vertrieben.

„Und jetzt? Können wir etwas damit anfangen?“

Die Frau nahm einen tiefen Zug aus der glimmenden Zigarette und blies eine Dunstwolke aus.

„Schwer zu sagen. Wir haben immerhin die Möglichkeit, auf ihren Frequenzen mitzuhören. Das ist viel wert. Jetzt kommt es nur noch darauf an, ob sie sich sicher fühlen oder ob sie vorsichtig sind."

Tylers Gesicht musste verraten haben, dass er nicht verstand, was sie meinte, und so fuhr sie nach einer kurzen Pause fort.

„Einfach. Man kann mit einem Gerät offen arbeiten. Das heißt, du sprichst hinein, das Gerät wandelt es um und schickt es raus. Simpel. Der Nachteil ist, dass jeder, der über das gleiche Gerät verfügt und deine Frequenz kennt, mithören kann. Das ist nicht immer im Sinne des Erfinders. Es kann also auch sein, dass man verschlüsselt sendet. Das Gerät codiert die Nachricht dann, sodass man nicht einfach mithören kann."

„Und was machen wir dann?"

„Keine Codierung ist unknackbar, habe ich mal gehört. Aber das ist dann Arbeit für die Wissenschaftler. So wie ich das sehe, verwenden die Leute, zu denen das Funkgerät gehört, am wahrscheinlichsten einen militärischen Code. Mit Glück einen, der vor ein paar Jahrzehnten auch verwendet wurde. Gibt nach der Katastrophe ja eigentlich keinen Grund, was Neues zu entwickeln, nicht? Wie auch immer. Dann könnten wir Glück haben, dass der Schlüssel dafür irgendwo in den Datenbanken des Großrechners liegt."

„Und dann können wir mithören?"

„Wort für Wort."

Während Tyler verstand und fasziniert auf den Apparat blickte, stand die Technikerin auf und ging zu einem Wandtelefon hinüber. Offenbar wollte die Frau keine Zeit verstreichen lassen und forderte gleich die richtige Unterstützung an.

+++

Eris hielt ein dickes Protokoll in der Hand und überflog die Aufzeichnungen. Zuerst konnte er nicht viel damit anfangen, doch je weiter er sich vorarbeitete, desto klarer wurde das Bild.

Das Funkprotokoll, das er in den Händen hielt, lieferte klare Fakten. Der mutmaßliche Feind – Nachfahren einer Militäreinrichtung, wie Connelly ihnen geschildert hatte – war in der Tat extrem vorsichtig und verwendete einen Code, um seine Funksprüche zu verschlüsseln. Das sprach für ein hohes Maß an Paranoia, wenn man bedachte, wie gering die Chance war, dass in den heutigen Zeiten irgendwer überhaupt noch Funk abhören konnte. Doch auch der beste Code mochte wenig nutzen, wenn die Gegenseite über den richtigen Schlüssel verfügte. Zum ersten Mal erwies sich die riesige Datenbank des Instituts als wirklich nützlich für Eris, denn dort waren eine Vielzahl von Codeschlüsseln abgespeichert gewesen. Innerhalb weniger Stunden war es den Wissenschaftlern gelungen, den richtigen Code zu finden und in die Kommunikation des Feindes einzubrechen. Nun hörten sie tatsächlich mit – ohne dass der Feind davon auch nur die leiseste Ahnung hatte. Dies war der größte Vorteil, den man sich in einer Schlacht nur wünschen konnte.
Denn nichts anderes als eine Schlacht stand bevor. Je länger sie den Funkverkehr abhörten, desto klarer wurde das Bild. Bei dem mutmaßlichen Feind handelte es sich um die Nachkommen einer Militäreinheit, die über die Jahrzehnte offensichtlich wenig ihres Drills und ihrer Ausbildung verloren hatte. Alles deutete darauf hin, dass es sich um einige tausend ausgebildete und kampfkräftige Soldaten handelte. Der Gedanke an eine solche Übermacht reichte aus, um ein Gefühl der Ernüchterung und Ohnmacht zu hinterlassen. In seinem ganzen Leben hatte Eris nichts gesehen, was auch nur annähernd an diese Zahlen herangereicht hätte.
Außer vielleicht Yard. In den Jahren DANACH hatte Yard sich zur Heimat einiger tausend Überlebender entwickelt. Das Problem lag hier jedoch auf der Hand. Yard mochte einer solchen Bedrohung zahlenmäßig mindestens ebenbürtig, wenn nicht sogar überlegen sein, doch was vor allem fehlte – neben der Ausbildung –, war die Einigkeit. Yard war ein Wespennest, in dem keine Fraktion der anderen traute.

Ihr Feind schien sich der Situation in Yard sehr bewusst zu sein. Offensichtlich hatten die Militärs schnell erkannt, dass Yard der einzige Faktor war, der ihnen gefährlich werden konnte. Gemäß den Funkprotokollen hatte sich die Militärmaschinerie in Bewegung gesetzt, um die mögliche Bedrohung auszuschalten.
Ein Feind, dessen genaue Stärke also nur geschätzt werden konnte, marschierte in diesen Tagen in Richtung Yard, das unorganisiert und zerstritten war. Die Devise war eindeutig. Wenn Yard fiel, dann wäre die Herrschaft des Militärs in dieser Region so gut wie zementiert.
Nachdenklich legte der hochgewachsene Söldner die Papiere zur Seite und rieb sich die Schläfen. Die Erlebnisse der letzten Wochen und die Fakten auf dem Tisch vor ihm verschmolzen zu einem Bild. Tatsächlich war er nun in der Lage, vieles von dem, was in der letzten Zeit passiert war, zu verstehen. Doch genauso, wie sich ihm viele Fragen beantworteten, taten sich ihm im gleichen Atemzug neue Fragen auf. Er verstand nicht, warum das Militär so lange gewartet und all die Jahre fast im Verborgenen operiert hatte. Es passte nicht in sein Verständnis der Welt. Und irgendwie erschien ihm Macht als einzige Motivation für die Handlungen ihrer Gegner ein Stück weit zu lapidar. Der Zusammenhang erschloss sich ihm einfach nicht.
Die Tür quietschte leicht und er blickte zur Seite. Connelly, die einen völlig abgekämpften und übermüdeten Eindruck machte, kam in den halbdunklen Besprechungsraum. Sie grüßte ihn wortlos mit einem schüchternen Lächeln, dann ging ihr erster Weg zur Kaffeemaschine.
„Hast du die Protokolle sichten können?“, fragte sie mit einem dampfenden Becher in der Hand.
Er antwortete nicht, sondern nickte nur, griff nach seinem Becher mit mittlerweile kaltem Kaffee und lehnte sich zurück in den Sessel. Seinem Gesicht war zu entnehmen, dass er offenbar nicht erfreut über das war, was er gelesen hatte. Annabell setzte sich ihm gegenüber und begann, wahllos in den Papieren zu stöbern.

„Ich hatte bisher noch keine Zeit, sie mir genau anzusehen. Als unsere Leute den Code geknackt haben, war es mir wichtiger, dass du es dir als Erster ansiehst."

Seine Augenbrauen wanderten nach oben. „Ich? Und was verschafft mir diese Bevorzugung?"

Sie blickte ihn perplex an. „Was meinst du?"

„Na, im Ernst. Ihr habt Sicherheitsleute hier. Leute, die du kennst und denen du vertrauen solltest. Zumindest mehr als mir und den anderen. Wir kommen immerhin nicht aus dem Institut, das macht uns doch verdächtig." Er schüttelte den Kopf.

Sie nahm einen Schluck aus ihrer Tasse. Ihr Gesicht war nachdenklich.

„Eris, du und deine Begleiter haben doch schon längst unter Beweis gestellt, dass ihr vertrauenswürdig seid. Ihr habt viel für das Institut getan."

„Wenn auch nicht unbedingt erfolgreich", lächelte er zynisch.

„Ich schätze, es war nicht euer Fehler, dass die Anlage in die Hände von …" Sie suchte nach einem passenden Wort, überflog kurz die Dokumente. „… ihnen gelandet ist."

„Das nicht. Aber das erklärt immer noch nicht, warum du mir als Erstes die Protokolle hier zeigst und nicht etwa deinem Sicherheitschef."

Connelly schien nach den richtigen Worten für eine Antwort zu suchen.

„Mein Sicherheitschef kennt sich mit der Lage innerhalb des Instituts aus. Sein Horizont endet jedoch dort, wo die Panzertür zur Außenwelt ist. Er mag ein fähiger Mann sein, mutig und kräftig noch dazu. Aber er kennt nichts anderes als das Institut. Er hat mit einer Bedrohung wie der hier", sie tippte dabei auf die Papiere, „noch nie zu tun gehabt. Er ist mit einer Auseinandersetzung in diesem Maßstab und einem Kampf, wie er wahrscheinlich bevorsteht, völlig überfordert."

„Ach, und ich soll Ahnung haben?"

„Immerhin mehr als er. Das ist es, was zählt."

„Was immer du sagst. Viel wichtiger: Was soll das heißen, ‚mit einem Kampf völlig überfordert‘? Habt ihr vor, euch in einen Kampf um Yard einzumischen?“
Sie machte ein verwundertes Gesicht. Verwundert darüber, dass er eine solche Frage überhaupt stellen konnte.
„Ich halte es für die einzige Option, die wir haben, Eris.“
„Option wofür?“
„Um das Überleben des Instituts zu sichern.“
Der Söldner schwenkte den Becher in seiner Hand und blickte einige Momente nachdenklich an die Decke.
„Und wie hast du dir das vorgestellt? Wir marschieren feierlich aus dem Institut und hinunter nach Yard? Und was dann? Glaubst du, sie werden uns mit Hurra-Rufen empfangen? Glaubst du, sie werden uns vertrauen?“
Connelly schürzte die Lippen, nahm noch einen Schluck heißen Kaffee.
„Ich weiß es nicht, wenn ich ehrlich bin. Ich dachte, du könntest mir helfen. Sicher ist nur, dass wir verloren sind, wenn wir hierbleiben.“
„Verloren … Ich weiß nicht.“
„Das steht für mich völlig außer Frage. Das Militär wird sich Yard zuwenden, und wenn es die Siedlung in seinen Besitz bringen kann, werden Truppen vor unseren Toren aufmarschieren. Und sie werden nicht verhandeln.“
Eris zuckte mit den Schultern.
„Das würde ich in der Position auch nicht. Völlig logisch.“
„Und, was meinst du nun?“
„Wenn ihr nicht als Gefangene – oder schlimmer noch - als Zielscheiben enden wollt, dann ist der einzige richtige Weg der Sprung nach vorne. Es heißt, dass Angriff die beste Verteidigung ist. Nur weiß ich nicht einmal, mit was wir diesen Angriff führen sollen, Annabell. Wie viele kampffähige Männer und Frauen gibt es hier? Hundert? Vielleicht etwas mehr?“ Er griff nach dem Funkprotokoll und wedelte damit in der Luft herum. „Hier geht es nicht um einige Strauchdiebe. Das sind Soldaten!

Und nicht nur ein paar, nicht einmal ein paar Hundert, es geht um Tausende! Dagegen ist das, was wir haben, so gut wie nichts!"
„Und was ist mit Yard?", fragte sie, bevor sich die Stille zwischen ihnen ausbreiten konnte.
„Yard! Yard ist ein verdammtes Minenfeld! Ich habe keinen Zweifel daran, dass es dort genügend Leute gibt, um es zumindest zahlenmäßig mit den Soldaten aufzunehmen. Aber dazu müssten alle dort an einem Strang ziehen. Das tun sie nicht! Sie misstrauen sich. Sie bekämpfen sich. Seit Jahrzehnten."
„Selbst wenn ihre Heimat bedroht ist? Wenn ihre Freiheit bedroht ist?"
Eris hielt inne und legte den Kopf schief.
„Ich weiß nicht. Vielleicht kann dieses Argument dafür sorgen, dass man Seite an Seite kämpfen will. Aber wer sagt denn, dass sie uns glauben werden? Sie sind so zerstritten, dass sie uns für Agenten der Gegenseite halten werden. Ihr Misstrauen sitzt tief, da braucht es mehr als irgendjemanden, der vorbeikommt und etwas von einer Bedrohung von sich gibt. Wahrscheinlich werden sie ihr Misstrauen erst verlieren, wenn der Feind vor den Toren steht – dann aber ist es für eine konzentrierte Verteidigung schon zu spät."
„Ich habe keine andere Wahl, Eris. Ich kann nicht hierbleiben. Ich habe das Institut in diese Lage gebracht. Hierzubleiben und abzuwarten bedeutet, dem sicheren Ende entgegenzugehen. Das kann ich nicht verantworten. Wir müssen etwas tun. Wenn das bedeutet, dass ich allein nach Yard ziehen muss, dann werde ich das machen."
Seine Augenbraue wanderte skeptisch in die Höhe.
„Und wenn es bedeutet, dass man dich in Yard niederschießen und ausrauben wird?"
„Dann bin ich wenigstens bei dem Versuch gestorben, etwas zu verändern."
Eris ließ sich zurück in seinen Ledersessel sinken und schloss für einen Moment die Augen. Vor seinem geistigen Auge zogen Bil-

der vorbei. Er sah die letzten Jahre, die letzten Wochen. Er versuchte, sich die Zukunft vorzustellen, doch dort war nur trübes Grau. Keine Gewissheit, nicht einmal eine Ahnung. Es gab nichts, das ihm Sicherheit gab, nicht einen Hinweis darauf, welche Entscheidung die beste sein würde. Er musste das alles nicht tun. Er konnte das, um was sie ihn gebeten hatte, ausschlagen. Es wäre leicht, Sal, Perry und Tyler von seiner Entscheidung zu überzeugen. Für eine kleine Reisegruppe wäre es ein Leichtes, schnell die Gegend zu verlassen. Irgendwohin. Die Welt war groß und es gab sicher andere Orte, wo die vier unterkommen konnten. Einfach all das hier hinter sich lassen, sich aus diesem ungewissen Konflikt zurückziehen. Das war möglich.
Aber da gab es etwas anderes. Eris hatte sein halbes Leben in dieser Gegend verbracht. Er war weit gewandert, zu fernen Orten. Manchmal als Söldner, manchmal als Wächter einer Karawane, manchmal als Räuber. Doch immer wieder hatte es ihn hierher zurückgezogen. Nie hatte er das hinterfragt. Jetzt aber verstand er. Das alles hier – die versteckten Siedlungen, der riesige Wald, die grüne Ebene, die Berge, Yard – all das war Heimat. Seine Heimat. Konnte er wirklich seiner Heimat den Rücken kehren? Konnte er all jene, die er kannte, all seine Freunde und Bekannten hierlassen? Vor seinem geistigen Auge formten sich die Bilder all dieser Orte und all jener Menschen, die er in den letzten Jahren kennen und vielleicht sogar schätzen gelernt hatte. Flucht würde bedeuten, einen Teil von sich aufzugeben. In dem Moment, in dem er sich entschied, den Geschehnissen hier den Rücken zu kehren, würde ein Teil in ihm sterben. Unwiederbringlich.
Eris öffnete die Augen. „Du hast recht. Es gibt keine andere Option."
Annabell musterte ihn einige Sekunden, dann nickte sie. „Mach deine Wachen marschbereit. Wir dürfen keine Zeit mehr verlieren. Ich denke, wir haben eine Woche, vielleicht zwei. Es ist Zeit, Wunder zu vollbringen.

Im abgeschotteten Tal des Instituts herrschte reges Treiben. Gleich einer arbeitssamen Ameisenkolonie marschierten Männer und Frauen umher, schleppten Ausrüstung aus den Betongebäuden hinüber zum Tunnel. Alles, was man für den bevorstehenden Vorstoß benötigen konnte, wurde verladen. Die Wachleute trugen saubere Kampfanzüge, schwere Schutzwesten und Waffengürtel, die vollgestopft waren mit Ausrüstung. Eris hatte mit seiner Schätzung recht behalten. Das Institut verfügte über hundertzwanzig Wachleute. Zwanzig von ihnen sollten bleiben und die Sicherheit gewährleisten, während der Rest sich mit ihnen auf den Weg nach Yard machen sollte. Schon seit zwei Stunden wurden nun also Fahrzeuge startklar gemacht, betankt, bewaffnet und beladen.

„Die klügste Entscheidung ist es nicht", gab Perry zu bedenken. Die vier standen am Rande des Geschehens. Connelly hatte hier einige Tische und Stühle aufstellen lassen, und einige Mitarbeiter des Instituts überwachten von hier aus die Vorgänge. Eris hatte seine Begleiter bereits über das unterrichtet, was bevorstand. Dabei hatte er klargemacht, dass er Connelly nach Yard begleiten und versuchen würde, das Unmögliche möglich zu machen. Für Sal, Perry und Tyler konnte er dabei freilich nicht entscheiden.

„Klug nicht, aber die Alternativen sind keinen Deut besser." Eris warf seinem alten Freund einen Seitenblick zu. Der Arzt wiegte den Kopf hin und her, schien für sich selbst die möglichen Alternativen zu durchdenken.

„Naja, um was geht es denn genau, Eris?"

Der Hochgewachsene fixierte den Arzt eindringlich und schien einen Moment nach der passenden Antwort zu suchen.

„Im Grunde um Freiheit, Perry."

Perry lächelte lakonisch.

„Freiheit? Und wer sagt dir, dass es auf diesem Weg besser wird? Sicher, wir wissen jetzt in etwa, wie es um die Gegenseite bestellt ist. Wir glauben zu wissen, worum es geht. Aber im Grunde ist das doch nichts Neues. Der Stärkere kommt und weist den

Schwächeren in die Schranken. Das ist, für sich genommen, natürlich."
„Mag sein. Aber überlege dir, ob du in einer solchen Welt leben willst."
„Genau das ist es doch, was ich meine. Hier geht es darum, sich für eine Seite zu entscheiden. Was aber gibt dir die Sicherheit, dass das Institut die richtige Wahl ist?"
Eris' Augenbraue wanderte nach oben.
„Meinst du das ernst?"
„Absolut. Glaubst du denn nicht, dass es letztlich auch um Macht und Einfluss gehen wird? Die Leute aus dem Institut sind doch auch keine Heiligen, denen es nur darum geht, die Welt zu einem besseren Ort zu machen. Es geht um Macht und Einfluss – ganz einfach deshalb, weil es bei der Menschheit immer um genau diese Dinge geht."
Eris sog hörbar Luft durch seine Zähne, während er über die Worte des Arztes nachdachte.
„Schön und gut. Aber eines ist doch sicher. An den momentanen Gegebenheiten ändert das doch wenig. Wenn ich mich entscheiden muss zwischen einer Welt, in der das Institut den Ton angibt, und einer, in der das Militär den Ton angibt, besteht für mich überhaupt kein Zweifel, wie ich mich entscheide. Es mag um all diese Dinge gehen, da gebe ich dir recht. Aber ist es so sinnvoll, jetzt darüber zu sinnieren, zu was sich das Institut entwickeln kann? Ich für meinen Teil glaube daran, dass Freiheit ein hohes Gut ist. Und ich glaube auch, dass die Menschen auf der Seite des Instituts mehr Freiheit erfahren werden als unter der Herrschaft des Militärs. Wir alle sind doch lange genug Söldner, um zu wissen, wohin es führt, wenn Kämpfer sich zu Herrschern aufschwingen, oder?"
Perry presste die Lippen zusammen und verzog das Gesicht, dann nickte er vorsichtig.
„Dein Weg ist klar, Eris. Du hast dich bereits entschieden. Ich will diese Entscheidung gar nicht umstürzen, ich will lediglich anmerken, dass es auch andere Sichtweisen gibt. Wenn es um

mich geht, dann sage ich persönlich natürlich, dass ich genug von Mord und Totschlag habe. Ich bin alt und habe es satt, dauernd um irgendetwas kämpfen zu müssen. Ich liebe die Freiheit, die mein Leben mir bisher bescherte, und ich glaube, dass gerade das Militär nichts schaffen wird, womit ich den Rest meines Lebens glücklich verbringen kann. Insofern bin ich auf deiner Seite. Außerdem sieht es danach aus, als könnten Ärzte in der nächsten Zeit gut gebraucht werden." Perry bekräftigte seine Aussage, indem er seinem alten Freund aufmunternd auf die Schulter schlug. Eris lächelte ihn dankbar an und blickte Sal und Tyler fragend an. Die Schützin wiederum warf dem Jungen einen aufmunternden Blick zu. Tyler sah die drei nervös an, seine Blicke huschten über die Gesichter seiner Begleiter, als wolle er ablesen, welche Antwort man von ihm erwartete.
„Also", begann der Junge zögerlich, „für mich stellt sich die Frage nicht. Von dem Zeitpunkt an, an dem wir hier gelandet sind, war ich fasziniert vom Institut. Es ist ein Paradies, in dem das Wissen über die Zeit DAVOR gehortet wird! Hier gibt es so viel, aus dem wir lernen können, soviel, das wir weitergeben können! Das alles hier ist großartig. Wenn es schon darum geht, zu kämpfen, dann für diesen Ort."
So heißblütig seine Erklärung geklungen haben mochte, so unsicher blickte er danach in die Gesichter der anderen. Während er Sals Gesichtsausdruck wie so oft nicht zu deuten wusste, glaubte er, Zustimmung in Eris' Zügen zu finden – und Stolz im Gesicht seines Onkels.
„Tyler, es ist kein Geheimnis, dass du diesen Ort hier liebst. Er ist ein kleines Wunder in einer rauen Welt. Du siehst, welche Möglichkeiten es hier gibt. Mir wäre es in deinem Alter nicht anders gegangen. Eines will ich dir nur mit auf den Weg geben, Junge. Lass dich davon nicht zu sehr verblenden. Wissen ist Macht – und es wird Menschen geben, die versuchen werden, genau das gnadenlos auszunutzen", antwortete Perry und durchbrach dabei das für den Jungen nervenaufreibende Schweigen. „Aber du bist alt genug und hast wahrscheinlich

schon genug zu sehen bekommen, um nicht blindlings in dein Verderben zu rennen. Als deine Mutter dich mir anvertraute, habe ich geschworen, mich um dich zu kümmern. Vielleicht übertreibe ich es damit ein bisschen. Du hast bewiesen, dass du nicht immer eine strenge, schützende Hand brauchst. Das finde ich gut."

Der Arzt tätschelte dem Jungen fast väterlich die Wange und die Blicke der beiden trafen sich für einen langen Moment. Glück überströmte den Jungen und er warf sich lächelnd und stolz in die Brust.

Während die Szenerie Eris ein Schmunzeln entlockte, konnte Sal sich eines herzlichen Kicherns nicht erwehren.

„Dann bleibst nur noch du, Sal", meinte Eris.

Sie nickte. Ihr Blick wanderte einmal in Richtung Perry, der zu verstehen schien.

„Natürlich komme ich mit dir, Eris. Was für eine Frage. Aber da ist noch mehr."

Verwunderung war in seinen Zügen lesbar. „So? Was denn?"

Perry räusperte sich. „Wir beide werden einmal unser Gepäck zusammenpacken und sehen, ob wir noch ein paar Sachen aus dem Arsenal bekommen können. Ihr entschuldigt uns?"

Perry zog Tyler am Arm und die beiden entfernten sich. Eris sah ihnen irritiert hinterher.

„Was zum …?", begann er.

Sal warf den Davoneilenden keinen Blick mehr hinterher. Schlagartig wurde sie von Nervosität überrollt und begann, an den Knöpfen ihres Hemdes zu nesteln. Obwohl sie sich Gedanken darüber gemacht hatte, was sie ihm sagen wollte, sich vorbereitet und die passenden Worte zurechtgelegt hatte, war nun alles wie weggeblasen. Sie spürte, wie ihr Herz anfing, stärker zu schlagen, und mit jedem Schlag strömte mehr und mehr Adrenalin durch ihren Körper. Ein Rauschen breitete sich unaufhaltsam in ihren Ohren aus, während sie merkte, wie ihr Mund trocken wurde. Nur mühsam konnte sie das plötzlich aufkommende Zittern unterdrücken.

Eris war das offenbar nicht entgangen und er griff, ehrlich besorgt, nach ihrer Hand. „Was ist los?"
Ihre Lippen bebten und sie spürte, wie mit einem Mal Schweiß aus all ihren Poren zu strömen schien. Eine Hitzewelle überflutete sie bis in die letzte Zelle ihres Körpers, nur um von einem Kälteschauer abgelöst zu werden. „Wir ...", begann sie stotternd, „wir werden dich begleiten."
„Das habt ihr doch gerade schon alle gesagt. Ich verstehe nicht. Was ist los?"
Sie schüttelte energisch den Kopf und unterdrückte nur mit Mühe einen weiteren Zitteranfall.
„Nein, Eris, das meine ich nicht. Wir werden dich begleiten." Die Schützin betonte das erste Wort und führte seine Hand zu ihrem Bauch. Die Blicke der beiden trafen sich und sie konnte sehen, wie die Erkenntnis sich langsam, aber sicher in sein Gehirn eingrub. Ungläubig sah er sie an, schien erst nicht zu verstehen. Dann wanderte sein Blick hinunter zu seiner Hand auf ihrem Bauch. Sal nickte und presste seine große Hand sanft auf ihren Bauch.
„Oh verdammt", brachte er fast tonlos hervor, als die Gewissheit tatsächlich bis in den letzten Winkel seines Bewusstseins vorgedrungen war. Dann lachte er. „Du bist ...", begann er.
„Schwanger, ja", beendete sie seinen Satz.
„Das ... das ist großartig!", brachte er hervor und lächelte zufrieden. Er nahm die Hand von ihrem Bauch, umarmte Sal, zog sie an sich und küsste sie. Als die beiden sich lösten, blickte er strahlend in ihre immer noch unsicheren Augen.
„Ich liebe dich", hauchte er in ihr Ohr.
So schnell und unverhofft, wie die Nervosität und die Ungewissheit gekommen waren, so schnell vertrieb seine Reaktion sie auch wieder. Sal sah das Glück und die Zuversicht in den Augen ihres Begleiters und spürte, wie all ihre Bedenken fortgeschwemmt wurden. Wie ein Funke sprangen die Freude und der Optimismus von ihm auf sie über. Sie drückte ihn fest an sich und überhäufte ihn mit Küssen.

„Aber“, begann er, als sie sich wieder voneinander gelöst hatten, „dann solltest du nicht mit nach Yard kommen. Das ist viel zu gefährlich.“
Sal schmunzelte nur über seine Besorgnis.
„Es wird nicht gefährlicher als sonst auch, Eris. Und du solltest mich besser kennen. Ich werde mich davon nicht abbringen lassen. Das weißt du. Was ich mir einmal in den Kopf gesetzt habe, das wird auch gemacht.“
Tatsächlich hatte er gewusst, wie sie antworten würde. „Das stimmt. Aber du hast jetzt Verantwortung, Sal.“
Sie winkte ab. „Die hatte ich vorher auch schon. Immerhin muss ich seit ein paar Jahren immer wieder auf ein paar große Kinder aufpassen, nicht wahr?“
„Trotzdem wird es gefährlich. Ich will nicht, dass du dich in unnötige Gefahr begibst.“
„Mache ich nie. Außerdem könnt ihr eine gute Scharfschützin in Yard wohl gebrauchen, Eris.“

+++

Inmitten von Yard stand ein Turm aus Beton und Glas. In der Zeit DAVOR war das Gebäude das neuralgische Zentrum der gesamten Anlage gewesen, und die Zugführer hatten es schon lange für sich beansprucht. Von dort oben überwachten ständig einige Zugführer mit wachem Blick die Geschehnisse auf den Gleisen darunter. Inmitten des alten Bahnhofs gelegen, umgeben von den Gleisen der Zugführer, hatte der Turm einen hohen strategischen Wert. In den vergangenen Jahrzehnten war das Gebäude immer wieder schwer umkämpft gewesen, Einschusslöcher und abgeplatzter Beton waren die untrüglichen Spuren dieser Auseinandersetzungen. Die Aussichtsplattform an der Spitze des Turms glich einer kleinen Festung. Vor den meist zerschossenen Fenstern waren Sandsäcke und Metallplatten aufgetürmt worden, mit vier Maschinengewehren konnte alles rund um den Turm unter Feuer genommen werden.

Das eigentliche Herz der Zugführer schlug jedoch nicht in der Spitze des Turms, sondern weit darunter. Unter dem kantigen Bauwerk erstreckte sich ein weitläufiges, fast bunkerartiges System aus Gängen und Kammern. Hier hatte die erste Generation von Zugführern auch einen nie enden wollenden Vorrat an Uniformen und Schirmmützen gefunden und zum Erkennungszeichen der Fraktion gemacht. In den Tunneln wurden die wirklich wichtigen Entscheidungen getroffen.

Der breitschultrige Mann hatte die Hände hinter dem Rücken verschränkt und ging kerzengerade vor einer Karte an der Wand auf und ab. Gleich einem Feldherrn blickte er nachdenklich auf die Karte. Er trug eine makellose, gepflegte Uniform aus der Zeit DAVOR, matt schimmerten die Knöpfe seiner Jacke. Diese Uniform war das Vorrecht des Anführers und der Mann hatte sich dieses Privileg vor mehr als einem Jahrzehnt hart erkämpft. Seitdem führte er die Zugführer durch Siege und durch Niederlagen. Seine graumelierten Schläfen verrieten sein Alter, doch sein Körper schien noch in guter Form.

Ein Untergebener huschte heran, eine kleine Notiz in der Hand. Er las genau, was auf der Nachricht stand, reichte sie dann weiter an den Anführer und machte sich daran, einige der Markierungen auf der Karte zu verschieben.
„Bericht!“, tönte der Mann in Uniform.
Noch während der Untergebene konzentriert einige Markierungen verschob, begann er zu sprechen.

„Die Landstreicher sind außer Rand und Band. Es gibt Übergriffe an fast allen Übergängen auf ihre Gleise. Ein einheitlicher Schwerpunkt der Angriffe scheint bei uns und den Mechanikern zu sein.“
Der Anführer zog eine Augenbraue nach oben und betrachtete die Karte erneut.
„Was ist mit den Sicherheitsleuten?“

„Soweit sich das bisher sagen lässt, ist es bei denen auffallend ruhig. Es heißt, dass sie die Übergänge geschlossen und sogar Flammenwerfer aufgestellt haben."
„Wie sieht es auf den anderen Gleisen aus?"
„Auch bei den Lagerarbeitern ist es eher ruhig. Es gibt ein paar kleine Gefechte, aber nicht in der Schwere wie bei uns."
„Wie sieht die Situation an den Sperren aus?"
„Unsere Sperren halten bisher stand. Die Munition der Posten wird nur langsam knapp. Vier Tote, zwölf Verletzte bisher. Verluste auf Seiten der Landstreicher bisher nicht bekannt, aber wahrscheinlich wie immer hoch."
„Unsere Leute sollen mit genug Munition versorgt werden. Verringert die Torwachen, aber so, dass es nicht auffällt. Wir müssen dafür sorgen, dass die Landstreicher draußen bleiben. Wenn sie erst einmal einen Fuß auf unsere Gleise setzen, dann wird es schwer, sie wieder zu vertreiben."
„Ich werde mich darum kümmern. Bei den Technikern sieht es schlimmer aus."
„Wie schlimm?"
„Vor einer Stunde etwa ist eine ihrer Sperren durchbrochen worden. Seitdem sickern die Landstreicher auf das Gleis. Man bemüht sich, Sperrriegel zu setzen, aber alles in allem sieht es nicht gerade rosig aus. Die Techniker lassen uns wissen, dass drei Solarkollektoren in Gefahr sind, in die Hände der Landstreicher zu fallen. Sie erbitten Unterstützung."
Der Anführer biss sich auf die Unterlippe.
„Damit schwächen wir unsere eigenen Abwehrpositionen und die Landstreicher setzen sich vermutlich bei uns fest."
„Wenn die Solarkollektoren …"
Der Anführer hob die Hand und unterbrach den Untergebenen.
„Ich weiß. Ich will, dass unsere Gleise durchkämmt werden. Sucht kampffähige Leute, gebt ihnen Sonderrationen. Ich will, dass diese Freiwilligen an den Sperren eingesetzt werden, immer zusammen mit ein paar unserer Leute. Die Wachen, die da-

durch frei werden, sollen schwere Waffen bekommen und schnellstmöglich zu den Technikern ausrücken."
„Jawohl!" Der Untergebene nickte knapp und eilte davon, ließ den Anführer allein vor der Karte zurück.
„Das ergibt keinen Sinn", intonierte eine Frau ein Stück abseits. Sie hatte bis gerade eben einige Papiere durchgesehen, jetzt aber blickte sie von dem Stapel auf ihren Knien auf. Er wandte sich um und sah sie fragend an.
„Was?"
„Der Ausbruch der Landstreicher."
„Das passiert immer wieder. Die Geschichte Yards ist voll davon, Clara."
Sie lächelte vielsagend und strich sich eine ihrer Locken aus dem Gesicht.
„Das meine ich nicht. Warum stürmen die nicht die Gleise der Sicherheitsleute? Gerüchte über Flammenwerfer werden die Wut des Mobs doch kaum aufhalten."
Er schüttelte energisch den Kopf.
„Das glaube ich auch nicht. Da ist mehr im Spiel."
Für einen kurzen Moment trafen sich ihre Blicke, dann drehte er sich wieder um und starrte auf die Karte.
„Du hast also schon eine Idee?"
„Die Landstreicher bekommen Strom von uns, wir versorgen sie mit Wasser und Nahrung, wenn sie es brauchen. Zu fairen Preisen. Ein Hund beißt nicht in die Hand, die ihn füttert, denn damit schneidet er sich selbst ins Fleisch."
„Und trotzdem tun sie es."
„Wahrscheinlich gibt es Absprachen. So läuft das nun einmal in Yard."
Sie kicherte tonlos und legte den Stapel Papier weg.
„Marcus, wir reden von den Sicherheitsleuten und den Landstreichern. Bei allen anderen Fraktionen würde ich dir recht geben, aber bei dieser Konstellation? Das ist undenkbar. Die machen keine gemeinsame Sache. Für die die Sicherheitsleute sind die Landstreicher nur Dreck, und die Landstreicher wissen das.

Sie wissen genau, wie brutal in der Vergangenheit mit ihnen umgesprungen wurde."
Wieder einmal schüttelte er den Kopf und warf ihr einen fast lehrerhaften Blick zu.
„Vielleicht. Aber vielleicht hat man ihnen einfach ein paar Gleise versprochen. Mehr Gleise bedeuten mehr Macht, und darauf kommt es an. Oder aber", er hob beschwörend seine Hand, „sie erledigen nur die Drecksarbeit. Sie dünnen uns aus und sorgen dafür, dass wir schwächer werden und unsere Munition verschießen. Und wenn sich der Rauch dann legt und wir am Boden liegen, kommen die Sicherheitsleute."
Clara stand auf und streckte sich. „Glaubst du das wirklich?"
„Denkbar ist alles. Und seltsamerweise passt das, was passiert, genau ins Bild."
„In welches Bild?"
„Na, zu der Geschichte, die mir der glatzköpfige Söldner erzählt hat."
„Davon hast du mir gar nichts erzählt."
„Weil ich es da noch für total bescheuert gehalten habe."
Urplötzlich drehte Marcus sich auf dem Absatz um und deutete auf eine der Wachen bei der Tür. „Du! Bring mir diesen verdammten glatzköpfigen Riesen. Und wenn möglich, den kratzbürstigen Zwerg, der mit ihm in die Stadt gekommen ist, gleich mit! Sofort!"

„Hast du eine Ahnung, was das hier soll?", raunte Ryan seinem Begleiter zu.
Alexander sah seinen alten Freund für einen Moment an und schüttelte dann den Kopf.
„Na wunderbar!", fluchte der Arzt und wischte sich seine Finger an einem Lappen sauber. Bis vor wenigen Minuten war er noch im Lazarett gewesen und hatte sich um die Verletzten der Unruhe gekümmert, als eine der Wachen kam und ihn von seiner Arbeit wegholte. Ryan hatte protestiert, aber Ton und Auftreten des Wachmannes waren unmissverständlich gewesen. So hatte

er nicht einmal die Möglichkeit gehabt, die blutverschmierte Lederschürze abzulegen, und tat nun sein Bestes, mit einem feuchten Lappen die Spritzer von den Armen und aus dem Gesicht zu bekommen. Fluchend warf er den schmutzigen Lappen beiseite. Alexander trug einen dreckigen, verschwitzen Kampfanzug, die Schutzweste war halb geöffnet. Die beiden Freunde warteten in einem engen Raum unterhalb des Turms.
„Das ist doch eine ausgemachte Scheiße! Da draußen verbluten Leute und ich muss hier mit dir warten. Was hast du wieder verbockt?"
Alexander zuckte mit den Schultern.
„Ich weiß nicht. Aber so wie es aussieht, will irgendein hohes Tier mit uns sprechen." Er deutete dabei auf seinen leeren Holster.
„Klasse! Kann ja nur mit der Geschichte zu tun haben! Ich habe dir gesagt, wir müssen vorsichtig sein. Aber du – du gehst direkt zum nächsten hohen Tier, das du finden kannst, und erzählst ihm alles brühwarm, was?"
„Nun reiß dich zusammen!", blaffte Alexander. „Da draußen ist die Kacke am Dampfen. Wenn wir irgendwas ändern wollen, dann war das unsere einzige Chance."
Ryan biss sich auf die Unterlippe und schluckte die nächste Bemerkung. Nachdenklich brachte er seinen Bart wieder in Form und nickte dann zögerlich.
„Wahrscheinlich hast du recht. Wenn unsere Theorie stimmt und Banner die Sicherheitsleute nicht einfach nur wie Bauern opfern will, dann spricht alles dafür. Nur was fangen wir damit an?"
Alexander wischte sich den Dreck so gut es ging von der Glatze und aus dem Gesicht und lächelte schwach.
„Die Landstreicher stürmen immer wieder auf die Sperren ein. Unkoordiniert, fast planlos. Aber was auffallend ist: Sie haben ordentliche Waffen. Keine erstklassige Ware, aber eben Zeug, das ich bei ihnen nicht erwartet hätte."
„Was meinst du?"

„Automatische Waffen. Genügend Munition. Wenn die Landstreicher schon immer sowas hatten, dann macht es keinen Sinn, dass sie bis jetzt gewartet haben, um auszurasten. Dann hätten sie schon längst einen Krieg vom Zaun brechen können."
„Also beliefert sie wer?"
„Wahrscheinlich. Ich glaube, sie bekommen ihr Zeug von den Sicherheitsleuten. Und das lässt nur einen Schluss zu: Die Sicherheitsleute haben besseres Zeug."
„Glaubst du, Banner hat sie versorgt?"
„Wenn Cassandra bei denen die Führung übernommen hat, passt das wohl ganz sicher ins Bild, oder? Außerdem kann Banner auf ein paar Waffen verzichten. Das Arsenal der Basis ist vollgestopft damit."
Ryan legte den Kopf schief und rieb sich nachdenklich das Kinn.
„Aber natürlich! Überleg doch mal: Das Gerücht um die Flammenwerfer bei den Sicherheitsleuten. Wo sollen sie die denn sonst herhaben? Die Techniker wären vielleicht in der Lage, die Dinger zu bauen, aber die wären schön blöd, wenn sie sowas dann an die Sicherheitsleute weiterreichen würden. Da ist immer noch die Rechnung aus dem letzten Jahr offen."
Alexander lächelte jetzt gewinnend.
„Und nun müssen wir das alles nur noch den richtigen Leuten hier beibringen. Kinderspiel, oder?"

+++

„Verdammte Scheiße", kommentierte Moody tonlos.
Die kleine Gruppe war in einiger Entfernung von Yard am Rande der alten Straße zum Halten gekommen. Ian wischte sich den Schweiß von der Stirn und schirmte seine Augen gegen die tiefstehende Sonne ab. Einige Kilometer entfernt erhob sich die Silhouette von Yard. Kampfeslärm hallte durch die Ebene zu ihnen herüber und Rauchsäulen stiegen an mehreren Stellen aus der Stadt auf.

„Wir haben uns nicht den besten Zeitpunkt ausgesucht, Moody."

Der rothaarige Söldner spie aus und schüttelte den Kopf.

„Offensichtlich nicht. Das sieht nach einem Grillfest aus."

Ian öffnete seine Feldflasche und nahm einen tiefen Schluck.

„Was geht da vor sich?"

„Das Gleiche wie alle paar Jahre, nehme ich an. Sie prügeln sich mal wieder darum, wer in dieser verdammten Stadt das Sagen hat. Siehst du, das ist der Grund, warum ich meine kleine Siedlung großen Menschenansammlungen vorziehe."

„Nicht die beste Zeit, um Handel zu treiben."

Moody blickte den Händler an und schüttelte ungläubig den Kopf.

„Die haben was Besseres zu tun, ja."

„Also waren wir jetzt ein paar Tage umsonst unterwegs? So kurz vor Yard drehen wir wieder um und kehren mit leeren Händen nach Station zurück?"

„Mach dich nicht lächerlich, Ian. Du verlierst dein Gesicht, wenn du ohne irgendwas zurückkommen solltest. Der Rat ist eh nicht glücklich mit den letzten Ereignissen in Station und ich kann es den Ärschen nicht einmal verdenken. Auf sowas warten sie nur, um dich endlich aus der Siedlung zu jagen. Wenn es nach ihnen geht, hast du ihnen die Scheiße doch eingebrockt."

Ian presste die Lippen aufeinander, während seine Kiefer zu mahlen begannen. „Du hast wahrscheinlich recht. Was schlägst du vor?"

„Na, dass wir unsere Ärsche hochbekommen und nach Yard reinmarschieren. Ist nicht ganz ungefährlich, aber eigentlich sind solche Auseinandersetzungen immer Sache der Bewohner. Die können es sich nicht leisten, niemanden mehr in die Stadt zu lassen, Yard lebt vom Handel."

„Und wie groß ist die Chance, einfach so über den Haufen geschossen zu werden?"

„Größer als sonst, wenn du das meinst."

Ian lachte trocken auf.

„Super, auf was warten wir dann noch?"
Einige Minuten später setzte sich die kleine Gruppe wieder in Bewegung.

Kurz bevor sie die Tore von Yard erreichten, hatten sie noch einmal haltgemacht und die Schutzwesten aus dem Gepäck geholt. Ian gefiel es gar nicht, nun einerseits noch eine schwere Schutzweste zu tragen und andererseits vom Rücken des alten Pferdes, auf dem er einen Großteil des Weges geritten war, herunter zu müssen, doch Moody hatte nicht mit sich reden lassen. Dort oben, so hatte er argumentiert, war Ian eine viel bessere Zielscheibe.

Die Kontrolle am Tor war strenger als sonst. Ganz offensichtlich fürchtete man, dass das Kämpfen in der Stadt Aasgeier anlocken konnte, die einfach nur ein Stück vom Schlachtfest haben wollten. Es kostete Moody eine ganze Menge Überzeugungsarbeit, die nervösen Wachen dazu zu bringen, der kleinen Gruppe doch das Tor zu öffnen. Maßgeblichen Anteil an dieser Überzeugungsarbeit hatten einige Flaschen guten Schnapses.

Letztlich hatten sie es jedoch in die Stadt geschafft, und das war alles, was zählte. Yard glich einem Schlachtfeld. Überall waren in aller Eile Barrikaden errichtet und mit waffenstarrenden Kämpfern besetzt worden. Für einen Außenstehenden war es schwierig, dieses Chaos zu durchblicken, zu durchschauen, wer nun zu welcher Fraktion gehörte. Das Donnern von Schüssen schien nicht abzuebben, und zwischen dem ganzen Lärm waren gellende Schreie zu hören. Irgendwo brüllte ein Kind, dann war da das Schluchzen einer Frau, und andernorts brüllten sich die verfeindeten Fraktionen über die Barrikaden hinweg Beschimpfungen zu. Der Geruch von Feuer und Rauch lag in der Luft. In Yard schien die Hölle ausgebrochen.

„Wunderbar. Und wo fangen wir an?"

Die kleine Gruppe war bei einer Barrikade in der Nähe des Tors in Deckung gegangen. Moody hielt seine Schrotflinte lässig in

den Händen und spähte ruhig aus der Deckung, während er auf etwas kaute.
„Am besten einmal damit, dass wir runter von der Straße kommen. In den Gebäuden dürfte es sicherer sein."
Ian schüttelte wegen der Ruhe seines Begleiters ungläubig den Kopf.
„Hier herrscht Krieg! Welches Gebäude soll da schon sicher sein?"
„Das kommt ganz darauf an."
„Worauf?"
„Hast du den Wachen am Tor nicht zugehört? Das alles hier geht von den Landstreichern aus. Sie versuchen, ein Gleis dazuzubekommen, wie es aussieht. Und deshalb rennen sie gerade gegen die Techniker und die Zugführer an."
„Und was ist mit dem Rest?"
„Bei den Lagerarbeitern und den Sicherheitsleuten soll es noch ruhig sein. Aber das heißt nicht viel."
„Aber das ist gut. Die besten Händler sitzen bei den Lagerarbeitern, Moody. Wir müssen nur zu ihnen. Sollen sich die anderen nur die Köpfe einschlagen."
Kugeln surrten über die Barrikade hinweg und die beiden Männer nahmen ihre Köpfe herunter. Fluchend schob Moody seine Waffe aus der Deckung und gab ungezielt einige Schüsse ab.
„Und da fangen die Probleme an, alter Mann. Um zu den Gleisen der Lagerarbeiter zu kommen, müssen wir durch das Gebiet der Landstreicher. Und die sind im Moment nicht gerade freundlich zu Fremden, wie du merkst."
„Und jetzt?"
Moody schob seinen Haarschopf wieder aus der Deckung und suchte die Gegend ab. Sein Blick heftete sich an den großen Betonturm.
„Wenn es nach mir geht, haben wir doch ein bisschen Zeit. Es ist nicht das erste Mal, dass sowas passiert. In ein paar Tagen wird der Rauch sich legen. Dann gibt es zu viele Verwundete und irgendeiner Seite ist die Munition ausgegangen. Es wird

Verhandlungen geben, und spätestens danach können wir in Ruhe die Vorräte aufstocken."
Ian verzog säuerlich das Gesicht. „Das gefällt mir nicht. Aber es ist immer noch besser, als mir meine letzte Kniescheibe auch noch zerschießen zu lassen. Wo kommen wir also unter?"
Der rothaarige Söldner nickte in Richtung des großen Turms. „Ich würde auf die Jungs dort setzen. Sie herrschen im Moment über die Stadt. Ich denke, die bleiben im Sattel."
„Wollen wir hoffen, dass du recht hast."

+++

Marcus blies eine Rauchwolke aus, die zu dem Dunstschleier unter der Decke emporschwebte. Der Zugführer nahm den Zigarrenstumpen noch einmal an die Lippen und sog nachdenklich daran.
„Hätte ich die Geschichte unter anderen Umständen gehört, hätte ich sie bestenfalls für abstrus gehalten. So ist sie mir immer noch suspekt."
Er strich seine Uniform glatt und ging langsam auf und ab. „Doch im Moment passt einfach viel zu viel zusammen. Diese Schlampe Cassandra ist viel zu frisch bei den Sicherheitsleuten. Ich habe es bisher nicht verstanden. Dachte, sie ist die Gespielin von irgendwem, hätte die Beine breit gemacht, um an den Posten zu kommen. Aber unter den gegebenen Umständen sieht's vielleicht anders aus."
Der Zugführer hielt inne und blickte auf Alexander und Ryan hinab, die es sich auf einem verschlissenen Sofa bequem gemacht hatten.
„Sieht ganz danach aus, als ob ihr recht hättet. Auch wenn ich den Teil mit der Armee immer noch nicht ganz glauben kann. Da gibt es ein intaktes Armeelager dort draußen und niemand will davon gehört haben? Kann ich mir schwer vorstellen."
Ryan schien genug vom theatralischen Gebaren des Zugführers zu haben und ließ seine Faust auf den kleinen Beistelltisch don-

nern. Die Geste verfehlte ihre Wirkung nicht. Eines der Gläser wurde dabei vom Tisch gefegt und zerbarst.
„Verdammt nochmal!", polterte der untersetzte Arzt und schwang sich auf die Beine. „Entweder du glaubst uns und machst etwas, oder du erstickst an deinem verfluchten Misstrauen! Du kennst die ganze verdammte Geschichte, und wie du es auch drehst und wendest, Alexander und ich haben keinen Vorteil daran. Wir erzählen nicht irgendwelche Geschichten, um euch eins auszuwischen!"
Das massige Gesicht des kleinen Mannes war vor Zorn rot angeschwollen, eine Ader pulsierte gut sichtbar auf seiner Stirn. Alexander streckte die Hand nach der Schulter seines Freunds aus und zog ihn mit Nachdruck zurück auf die Couch, um Schlimmeres zu verhindern.
Marcus schien ungerührt vom Ausbruch des Arztes. Er hatte in den Jahren, in denen er mittlerweile am Steuer stand, gelernt, dass er keine Schwäche zeigen durfte.
„Das Problem ist", begann er ruhig, „dass mir all diese Geschichten nichts bringen. Yard ist ein Pulverfass und gerade eben explodiert es wieder einmal. Ich kann die anderen Anführer unmöglich an einen Tisch bekommen. Jeder misstraut dem anderen, gerade jetzt. Und dann sind da noch die ganzen Bündnisse, die verdammte Politik. Es gibt Absprachen."
„Du musst ihnen zu verstehen geben, dass ihr all das hier vergessen könnt, wenn ihr euch nicht an einen Tisch setzt. Das ist doch genau die Situation, die der General braucht! Ihr misstraut euch, schlagt euch gegenseitig die Schädel ein. Ihr vergeudet eure Kräfte, und wenn er mit seiner Armee kommt, ist kaum noch genug da, um ihn aufzuhalten. Glaubt ihr denn, er wird euch in Frieden lassen? Yard ist die einzige Siedlung in der ganzen Gegend, die ihm gefährlich werden kann. Er braucht hier keine Fraktionen, die ihre eigene Suppe kochen. Ihm steht der Sinn nach Macht. Und dabei wird er auf die Sicherheitsleute setzen. Für alle anderen gibt es dann hier keinen Platz mehr. Scheißegal, ob es Zugführer, Lagerarbeiter, Techniker oder Landstrei-

cher sind." Alexander bemühte sich, seiner Stimme Nachdruck zu verleihen, und hob mahnend den Zeigefinger. „Und glaub ja nicht, dass er euch einfach friedlich aus der Stadt abziehen lässt. Er weiß, dass er damit die Saat des Widerstandes säen wird. Er wird das im Keim ersticken. Und dann seid ihr alle dran. Frauen, Alte, Kinder. Jeder, der auch nur den Anschein erweckt, irgendwie an das zu glauben, was ihr verkörpert."
„Ich weiß, was auf dem Spiel steht! Aber verdammt nochmal, ich habe nichts in der Hand!", brüllte Marcus. Die Blicke von Ryan und dem Zugführer trafen sich zornig funkelnd. Beide hielten sich einige Sekunden stand, dann erhob Alexander seine Stimme.
„Das führt doch zu nichts! Es bringt uns nur noch weiter von einer Lösung weg!"
Die Streithähne ließen voneinander ab, schienen einzusehen, dass ihr Gebaren zu wenig führen konnte.
Clara, angelockt von dem Gebrüll, kam hinzu und blieb kopfschüttelnd im Türrahmen stehen. „Ihr seid eine Horde großer Kinder. Yard kann im Moment keine Kinder gebrauchen. Was diese Stadt zum Überleben braucht, sind Männer."
Fast gleichzeitig ruckten die Köpfe von Ryan, Alexander und Marcus in ihre Richtung, doch die Frau schob sich nur eine Locke aus dem Gesicht, lächelte spitz und drehte sich wieder um. Einigermaßen aus dem Konzept gebracht, blickten die drei Männer ihr nach.
„Sie hat völlig recht", murrte Marcus.
Ihre Blicke trafen sich für einige Momente und es war klar, dass sie alle einer Meinung waren. Es bedurfte keiner weiteren Worte, keiner Entschuldigungen. Was auch immer geschehen war und was die Gemüter erregt hatte, es war vergessen.
„Also, fangen wir von vorne an. Was wird bei den Sicherheitsleuten passieren, wenn Cassandra verschwindet?"
Marcus ließ die Worte auf sich wirken und schien sich seine Antwort gut zu überlegen, während er an dem Zigarrenstumpen zog und paffte.

„Wie ich schon sagte. Es gibt eine Menge altes Fleisch bei denen. Gefallen, Gegengefallen, Allianzen. Ich schätze, es wird Unruhe in ihr Lager bringen, und am Ende gewinnt der mit den meisten Muskeln – oder der, der schnell genug ist, seine Gegner kaltzustellen."
Ryan verdrehte die Augen. „Scheiße. Da lob' ich mir wirklich das Militär mit seinen Hierarchien. Da schert keiner aus der Reihe."
„Nicht ganz", wandte Alexander ein. „Banner hat es uns doch immer wieder eingeschärft. Töte den Anführer und du kannst die ganze feindliche Armee schlagen, ohne einen weiteren Tropfen Blut zu vergießen."
Der untersetzte Mann schob seinen Kiefer hin und her und wägte ab. „Gar keine blöde Idee, Alexander."
Marcus hob die Hand. „Moment mal. Geht es darum, den Anführer der Sicherheitsleute aus dem Weg zu räumen?"
„Wenn das Cassandra sein sollte, ja", kommentierte Alexander trocken.
„Ohne sie wird man sich bei den Sicherheitsleuten um den Posten schlagen", erklärte Ryan.
Marcus' Stirn legte sich in Falten, während die möglichen Ereignisse sich wie ein Bild vor seinem geistigen Auge entfalteten. „Ich verstehe", setzte er an. „Die Sicherheitsleute werden destabilisiert. Die Lagerarbeiter bekommen das mit und ihnen wird die Muffe gehen. Sie werden aufhören, Ausrüstung an die Landstreicher zu verschieben, weil sie Angst haben müssen, dass alles auseinanderbricht und sie selbst was abbekommen. Den Landstreichern geht das Material aus – und vielleicht wenden sie sich gegen die Sicherheitsleute, die wahrscheinlich mit sich selbst beschäftigt sind."
Ryan nickte.
„Und das ist genau der Moment, die anderen Fraktionen an einen runden Tisch zu holen."
Marcus lächelte kraftlos. „Ich weiß nicht, ob ihr es immer noch nicht verstanden habt. Dazu brauche ich Beweise. Mehr als eine

tote Anführerin der Sicherheitsleute, deren Geschichte nur ihr kennt. Mehr als irgendwelche Tagebücher, denn man wird glauben, die hätte ich gefälscht. Ich brauche etwas Handfestes."
Alexander und Ryan sahen sich an und nickten dann zustimmend.
„Das haben wir verstanden. Was du brauchst, sind Gefangene, am besten mit Ausrüstung und Uniform."
„Und wo bekomme ich die her, ihr Schlaumeier?"
„Banner ist nicht dumm. Der hat sicher ein paar Vorausabteilungen auf dem Weg. Die warten nur darauf, dass man sie einsammelt."
Marcus schien sich bei dem Vorschlag weit weniger sicher und starrte die beiden skeptisch an.
„Wie sieht euer Plan aus?"
„Ich kümmere mich um das Problem mit den Sicherheitsleuten", sagte Alexander.
„Und ich werde dir ein paar ordentliche Gefangene besorgen", schloss Ryan sich grinsend seinem Freund an.

+++

Der Fahrzeugkonvoi rollte in gleichmäßiger Fahrt auf Yard zu. Schwarze Rauchsäulen stiegen fast kerzengerade aus der Stadt in den Himmel empor.
Um Yard wurde gekämpft, soviel war sicher, aber der Kampf fand innerhalb der Mauern statt. So befremdlich es war, diese Erkenntnis war eine Erleichterung für sie alle gewesen, denn es bedeutete, dass sie noch nicht zu spät waren. Das Militär war noch nicht bis hierher vorgerückt, noch schien es so etwas wie Hoffnung zu geben. Trotzdem waren es bürgerkriegsähnliche Zustände, die sie in Yard erwarteten, und das verkomplizierte ihr Vorhaben ins Unermessliche.

Dennoch war ihr Entschluss eindeutig und die Beratung über ihr weiteres Vorgehen kurz. Andere Optionen, als sich mitten in

die umkämpfte Stadt zu wagen und dort das zu tun, wofür sie das Institut verlassen hatten, gab es schlichtweg nicht.
„Du hältst das immer noch für eine dumme Idee, nicht?“, erriet Eris die Gedanken seines alten Begleiters. Perry und er standen aufrecht im Führungsfahrzeug des Konvois und hielten sich am Überrollbügel fest, während ihnen der Wind durch die Haare ging. Ihre Blicke hingen wie gebannt an der Silhouette der immer größer werdenden Stadt.
„Ich frage mich nur die ganze Zeit, wie ich reagieren würde, wenn ein schwer bewaffneter Konvoi voller Kämpfer vor meiner Haustür aufkreuzen würde, Eris.“
Eris verzog das Gesicht und schob sich die große, verspiegelte Sonnenbrille zurecht. „Wenn mir das passieren würde, dann würde ich die Kerle zum Teufel jagen und versuchen, dass sie so viel wie möglich von ihrer Ausrüstung auf ihrer Flucht zurücklassen.“
Perry wandte sich von der Stadt ab und sah seinen Freund eindringlich an. „Eben. Was macht dich so sicher, dass die Kerle da drinnen nicht genau das Gleiche mit uns machen werden?“
„Gar nichts. Ich glaube nur, dass wir keine Zeit mehr haben, um lange zu verhandeln.“ Er deutete in Richtung der schwarzen Rauchsäulen. „Das ist wie ein Leuchtfeuer. Eine wunderbare Richtungsangabe für das Militär. Und wenn auch nur ein Teil von dem Gespräch stimmt, das Sal damals mithören konnte, dann bleibt uns nicht mehr viel Zeit.“
Perry nickte. „Ja, das verstehe ich. Aber es beantwortet meine Frage nicht. Was ist dein Plan, damit wir nicht alle über die Klinge springen?“
„Wir müssen eben improvisieren, alter Mann“, grinste Eris.
„Scheiße. Ich wusste, dass ich im Bett hätte bleiben sollen“, knurrte Perry über das Lachen seines Freundes hinweg.

Dutzende von Kämpfern mit gezückten Waffen empfingen sie. Es bestand überhaupt kein Zweifel daran, dass die Wachen mit den Raketenwerfern und schweren Maschinengewehren nur

darauf warteten, die Fahrzeuge zusammenzuschießen. Keine fünfzig Meter vom schwer bewachten Tor entfernt war der Konvoi zum Halten gekommen und bot nun ein wunderbares Ziel. Die Wachleute des Instituts waren aufgrund eines solchen Empfangs reichlich nervös und bezogen so gut es ging Stellung in und um die Fahrzeuge herum, die zittrigen Hände an den Gewehren. Es brauchte nicht viel, um die Situation aus den Fugen geraten zu lassen.
Eris hatte die Arme erhoben und marschierte auffallend langsam in Richtung des Tores. Seine Waffen hatte er am Fahrzeug gelassen. Die Geste war eindeutig, die Frage war nur, ob die Wachen auf der anderen Seite des Tores das nicht einfach nur als Einladung interpretierten.
„Wohow! Stopp da, wo du bist!", brüllte ein kräftige Stimme vom Tor aus.
Eris bemühte sich, einen Blick auf den zu bekommen, der ihn da gerade anrief, aber die Sonne schien ihm ins Gesicht, sodass er nur Umrisse sah. Er tat, wie von ihm verlangt, und ließ die Hände in der Luft.
„Ihr seht nicht aus wie die, die wir erwartet haben!", tönte es von der Mauer herab. „Trotzdem habt ihr euch einen beschissenen Zeitpunkt ausgesucht, um in die Stadt einzureisen! Wer seid ihr?"
Eris kniff die Augen zusammen, um den Sprecher auf der Mauer auszumachen, aber er kam trotz der Sonnenbrille nicht gegen die gleißenden Sonnenstrahlen an. „Das ist eine längere Geschichte!", rief er zurück.
„Das macht nichts. Ich habe Zeit!"
Eris knurrte kurz auf, schluckte seinen Zorn dann aber hinunter und spie einmal aus. „Vielleicht kannst du zu mir runterkommen? Dann muss ich nicht mehr so brüllen."
Seine Worte verklangen ohne Antwort und für einen Moment glaubte er, mit dieser Art der Verhandlung nicht weiterzukommen. Dann aber gab es das ächzende Geräusch von Metall auf Metall und eine kaum mannsgroße Luke am Tor öffnete sich.

Hinaus kletterte ein dickbäuchiger, untersetzter Kerl mit einem auffällig getrimmten Vollbart. Im Vergleich zu Eris war der Kerl ein Zwerg. Zur Verwunderung des großen Söldners trug der kleine Mann nicht die breite Schirmmütze der Zugführer. Eine runde Sonnenbrille verdeckte seine Augen, er trug einen dreckigen Kampfanzug. Es musste schlimm in Yard aussehen, wenn solche Leute die Führung übernommen hatten.
Grummelnd strich sich der Zwerg seine Kleidung glatt, nachdem der Ausstieg hinter ihm geschlossen worden war, und stapfte dem großgewachsenen Söldner entgegen.
„Du kannst deine Arme herunternehmen, auch wenn ich es lustig finde. Es gibt da oben genug Schützen, die dich in Stücke schießen, wenn du auf dumme Ideen kommst", sagte er auf halbem Weg zu Eris.
Eris betrachtete den seltsamen Wortführer von oben bis unten, wusste nicht, wie er ihn einzuordnen hatte. Zweifelsohne hatte der kräftige Zwerg hier etwas zu sagen, aber das Fehlen eines der üblichen Erkennungszeichen passte nicht ins Bild. Ohne ein Zeichen von Angst oder Vorsicht kam der kleine Mann auf Armeslänge an Eris heran und musterte den kräftigen Söldner, wozu er seinen Kopf in den Nacken legen musste.
„Scheiße, warum müssen es immer die Riesen sein?", murrte Ryan.
Die Bemerkung entlockte Eris ein knappes Grinsen, während er seine Schultern rollen ließ.
„Dann leg los. Und hoffe, dass mir deine Geschichte gefällt, Fremder", sagte Ryan und verschränkte seine Arme vor der Brust.

Die vier folgten Ryan durch die engen Gassen von Yard. Ein Trupp bewaffneter Zugführer eskortierte sie, und es war klar, dass die Wachen einerseits dafür zu sorgen hatten, dass die vier lebendig durch die umkämpfte Stadt kamen, andererseits aber auch Sorge dafür tragen würden, dass sich keiner von ihnen verlief und womöglich abhanden kam.

Annabell war mit dem Rest ihrer Leute bei den Fahrzeugen geblieben, für den Moment gab es keine Chance, sie in die Stadt zu bekommen. Eris hatte nur eingewilligt, mit dem Zwerg zu gehen, wenn seine drei Freunde ihn begleiten durften. Ryan schien das herzlich egal gewesen zu sein, doch eine Bedingung hatte er gestellt. Keiner von ihnen durfte seine Waffen mit in die Stadt bringen. So kam es, dass die vier noch mehr auf den Schutz der Zugführer angewiesen waren und in den Augen des Zwergs gleichzeitig nur eine geringe Gefahr darstellten.
Relativ zügig erreichten sie die Gleise der Zugführer, ohne dass sie in größere Schwierigkeiten geraten wären. Um sie herum wurde zwar gekämpft, doch offensichtlich hatten ihre Bewacher eine sichere Route gewählt, sodass ihnen, abgesehen von Schusslärm und dem Pfeifen einiger verirrter Kugeln, das Schlimmste erspart blieb.
„Also gut“, fing Ryan an, als sie im Schatten des Turms standen. „Du erzählst dem Boss am besten deine Geschichte, lass nichts aus. Er ist immer noch ein bisschen skeptisch, verstehst du?“
Eris nickte, auch wenn ihm die Rolle des kleinen Mannes in der ganzen Angelegenheit nicht klar war. So wie er das sah, wusste der auffällige Kerl eine ganze Menge über das, was Yard bevorstand.
Ryan passierte mit ihnen die Wachen am Eingang und führte sie eine Treppe hinab in die Keller unter dem Turm. Überall standen Zugführer zusammen, unterhielten sich, versuchten, ein bisschen Ruhe zu bekommen. Ihnen schien es überhaupt nicht zu gefallen, dass Ryan weitere Fremde in ihr Allerheiligstes gebracht hatte, und so schlugen der kleinen Gruppe eisige, misstrauische Blicke entgegen. Mit einigen wüsten Beschimpfungen schmetterte der Zwerg die meisten der Blicke ab und bahnte ihnen zielsicher einen Weg tiefer in die Innereien der Kelleranlagen. Je weiter sie vordrangen, desto offensichtlicher wurde es, dass sie auf dem Weg zu jemand Wichtigem waren. Auf den Gängen standen bald nur noch Wachen auf ihren Posten, niemand lungerte hier einfach herum. Niemand, über den sie hin-

übersteigen mussten oder der ihnen einen misstrauischen Blick zuwarf. Je weiter sie vordrangen, desto mehr nahmen die Nebengeräusche ab. Vom Lärm an der Oberfläche war bald nichts mehr zu hören. Stattdessen umgab sie das monotone Surren des elektrischen Lichts.

Was Eris und die anderen anging, so war keiner von ihnen jemals auch nur bis hierhin vorgedrungen. Sie alle wussten freilich, dass der Turm das Herz der Zugführer war, aber genau deswegen war es Fremden eben untersagt, auch nur einen Fuß in die Nähe des Gebäudes zu setzen. Interessiert begutachteten sie die schroffen Betonwände, auf denen die Überreste vergilbter Poster klebten. Im Vergleich zum Institut wirkte das alles hier so trostlos.

Ryan führte sie zu einem Durchgang, der mit einem schweren Vorhang verhängt war, und schob ihn kommentarlos zur Seite. Dahinter verbarg sich ein großer Raum, der eine Mischung aus Arbeitszimmer, Wohnzimmer und Konferenzsaal zu sein schien. An einer der Wände hing eine übergroße Karte der Stadt, auf der bunte Markierungen angebracht waren. In einem gemütlich anmutenden Sessel saß eine ältere Frau mit einem wilden Lockenschopf. Sie mochte älter sein als Eris, dennoch hatte sie sich ein gutes Stück ihrer Schönheit bewahrt. Als sie die Neuankömmlinge bemerkte, legte sie einen Papierstapel beiseite und blickte verwundert in Ryans Richtung. In der Nähe der Karte standen zwei Männer zusammen. Der eine trug eine ordentliche Uniform und rauchte Zigarre, der andere war hochgewachsen und seine polierte Glatze schimmerte im Licht.

Und dann ging alles ganz schnell.

„Scheiße!“, fluchte Eris, als er den glatzköpfigen Söldner erblickte. Blitzschnell langte er an Ryan vorbei und zerrte die Pistole des Zwergs aus dem Holster, noch bevor dieser wusste, was überhaupt passiert war. Während der Zwerg gerade einen Fluch hervorbringen wollte, traf ihn Eris‘ Stiefel unsanft an der Hüfte und schleuderte ihn zu Boden.

Sal hatte ebenso schnell geschaltet wie Eris und drehte sich auf dem Absatz um, entwand einer der ahnungslosen Wachen vor dem Vorhang ihre Maschinenpistole und donnerte dem verdutzten Mann den Kolben ins Gesicht. Mit blutender Nase und einem unterdrückten Schrei taumelte der Kerl zurück, doch für die zweite Wache reichte es nicht mehr. Die Frau hatte ihre Waffe in Anschlag gebracht. Sal und die Zugführerin standen sich nur einige Armeslängen entfernt gegenüber, die Waffen aufeinander gerichtet.

Eris hatte keine Zeit, sich um seine Begleiterin zu kümmern. In einer fließenden Bewegung riss er die Pistole hoch und richtete sie auf Alexanders Brust. Der glatzköpfige Söldner war nicht weniger schnell gewesen und hatte seine Pistole auch schon im Anschlag.

Es schien, als breitete sich für eine halbe Ewigkeit eisiges Schweigen im Keller aus. Ganz so, als ob das nächste Geräusch unweigerlich dafür sorgen müsste, dass es hier unten eskalierte. Perry verfluchte sich innerlich dafür, nicht mehr über die gleichen Reflexe wie noch vor einigen Jahren zu verfügen, beließ es aber dabei, keine falsche Bewegung zu machen, die das Fass zum Überlaufen bringen konnte. Tyler blickte unsicher zwischen den beiden Parteien hin und her.

Der breitschultrige Mann in Uniform hatte seine Hand am Holster, zog sie jedoch vorsichtig wieder zurück, um die Situation nicht noch weiter eskalieren zu lassen.

„Was soll der Mist?", fragte er ruhig und machte vorsichtig einen Schritt zurück, um aus dem Gefahrenbereich der beiden Männer zu kommen, die sich bedrohten. Als er keine Antwort bekam, straffte er sich und seine Stimme wurde lauter.

„Was fällt euch ein, in meinem Heim aufeinander loszugehen? Ihr seid Gäste! Fremde! Ein verdammter Schuss und ich schwöre, niemand von euch wird diesen Raum lebendig verlassen."

Seine Stimme war voller Autorität, gewohnt, Befehle zu geben. Draußen auf dem Gang kündigte das Trappeln von Stiefeln an, dass Wachen auf dem Weg waren.

„Was macht der Kerl hier?“, fragte Eris, ohne die Waffe herunterzunehmen.
Der Uniformierte warf dem glatzköpfigen Söldner einen Blick zu. „Er ist ein Verbündeter.“
„Das letzte Mal, als ich deinen Verbündeten gesehen habe, stand er auf der Seite des Feindes. Und sagte mir, er würde mich umbringen, wenn wir uns nochmal über den Weg laufen würden“, knurrte Eris.
Alexander legte den Kopf schief. „Seitdem hat sich einiges geändert, Eris.“
„Ist das so?“
Zwischen den beiden Männern kehrte Schweigen ein, während sich ihre Blicke wieder trafen. Keiner von ihnen schien sich aus der mörderischen Situation lösen zu können, jeder fürchtete, der andere würde genau diesen Moment der Schwäche ausnutzen.
„Verdammt nochmal!“, polterte der Mann in Uniform.
„Noch ist das meine verdammte Stadt! Im Moment bürge ich für Alexander.“
Eris drehte den Kopf leicht und musterte den Zugführer, dann nickte er knapp. „Gut. Ich bin bereit, wenn er es ist.“
Alexander nickte, und beide Männer senkten zeitgleich und vorsichtig die Waffen.
„Wunderbar. Und jetzt lasst uns alle zur Ruhe kommen“, kam es von dem Uniformierten.
Um sicherzugehen, streckte er die Hand nach Alexanders Pistole aus und der Söldner reichte sie weiter, ohne seinen Blick von Eris zu lassen. Kaum dass Eris die Waffe gesenkt hatte, war der grummelnde Ryan heran und entwand sie ihm unsanft, rammte sie missmutig in sein Holster.
Auf dem Gang legte Sal vorsichtig die Waffe zu Boden, nachdem sie sich versichert hatte, dass auch sie unter dem Schutz des Uniformierten stand.
„Stellen wir uns vor, das wäre alles nicht passiert. Lasst uns reden“, sagte Marcus.

„Du vertraust ihm nicht, was?“, fragte Marcus und schwenkte sein halbvolles Glas dabei in Richtung des Durchgangs, durch den Alexander vor ein paar Minuten verschwunden war. Seitdem herrschte Schweigen zwischen den Anwesenden.
Eris blickt auf, musterte den Uniformierten und verzog vielsagend das Gesicht.
„Wenn dir jemand so gedroht hätte, wärst du auch vorsichtig. Außerdem hat er bis vor Kurzem noch für den Feind gearbeitet.“
Marcus nahm einen guten Schluck und blickte an die graue Decke, dann nickte er zustimmend.
„Kein Zweifel, ja.“
„Das macht es nur nicht besser“, mischte Perry sich kopfschüttelnd ein. Der bärtige Mann stand auf und streckte sich, dann ging er einige Schritte durch den Raum, blieb vor der Karte stehen. Die Blicke der anderen folgten ihm.
„Es sorgt für das gleiche Problem wie das, das ihr hier in Yard habt. Man vertraut sich nicht wegen Dingen, die vorgefallen sind, wegen Drohungen, die ausgesprochen wurden. Für sich kann ich das verstehen, ich bin manchmal auch nachtragend. Im Moment aber ist es das Schlimmste, was uns passieren kann. Es geht darum, Einigkeit herzustellen und gemeinsam gegen einen Feind vorzugehen. Wie aber soll es uns gelingen, die Fraktionen hier in Yard an einen Tisch zu bekommen, wenn wir uns selbst die Köpfe einschlagen?“

Die meisten der Anwesenden – sogar Ryan, der hiergeblieben war – nickten zustimmend. Eris besah sich die Reaktionen und schüttelte den Kopf.
„Im Grunde hast du recht. Ich kann mir aber nicht helfen, irgendwas an Alexanders Art schmeckt mir nicht …“
„Jetzt hör aber auf!“ Ryans Stimme überschlug sich, als er mit einem Satz aus dem Sessel sprang. Der Zwerg machte ein paar Schritte auf Eris zu, blieb dann aber in gebührendem Abstand stehen.

„Ihr habt euch unter den falschen Umständen getroffen. Gut. Dabei hättet ihr euch beinah den Kopf eingeschlagen. Auch gut. Jetzt aber sind es wieder andere Umstände. Entweder ihr zieht an einem Strang und wir haben eine – wenn auch geringe – Chance, Banner in den Arsch zu treten, oder ihr schlagt euch jetzt die Köpfe ein. Und wenn wir dabei sind, kann das doch eigentlich jeder hier in Yard machen. Dann können wir Banner auch gleich die Tore öffnen. Ist es das, was du willst?"
Eris starrte den kampflustigen kleinen Offizier an. Dem Mann stand echte Wut ins Gesicht geschrieben, seine Augen funkelten zornig und seine Lippen bebten. Betont langsam hob er beide Hände.
„Also gut. Vergessen. Wenden wir uns den wirklich wichtigen Sachen zu."

Kapitel 4

Einigkeit

Es war nicht mehr als ein gut hörbares, metallisches Klicken, dann gingen mit einem sanften Sirren die Lichter aus. Die Mechaniker hatten Wort gehalten, und das, obwohl sie auf ihren Gleisen die Hauptlast des Konflikts zu tragen hatten. Pünktlich hatte irgendjemand den Schalter umgelegt, und die Gleise der Sicherheitsleute von der Stromversorgung getrennt. Es würde einige Zeit dauern, bis die Notaggregate angelaufen waren – und selbst dann würde die Leistung nicht ausreichen, um überall für genügend Strom zu sorgen.

Das verlöschende Licht war das Zeichen für Alexander. Vorsichtig schob er sich aus seinem Versteck und duckte sich in den Schatten. Der glatzköpfige Offizier hatte den dreckigen, verschwitzten Kampfanzug gegen einen grau-schwarzen Overall und eine leichte Schutzweste getauscht. Er trug enganliegende Handschuhe, eine Sturmmaske und selbst die noch sichtbare Hautpartie um seine Augen war geschwärzt.

Es dauerte nicht lange, bis die ersten verwirrten Rufe von den Wachtposten zu ihm herüber hallten. Verwirrung machte sich breit, und hier und da flackerte eine einsame Taschenlampe auf. Mit kräftigen Schritten sprintete er zu der Barrikade. In einer fließenden Bewegung ließ er sich auf den Bauch fallen und zog sich zwischen das Laufwerk des Waggons. Zwischen dem Waggon und dem alten Gleisbett herrschte eine besorgniserregende Enge. Mühsam schob er sich Zentimeter um Zentimeter vorwärts. Im Waggon über ihm polterten Stiefel und er hielt instinktiv den Atem an. Als er sich sicher war, dass die Schritte von einer nichtsahnenden Wache kamen, die dort oben auf Posten stand, atmete er erleichtert aus und schob sich weiter. Vorsichtig spähte er zwischen den großen Spurkränzen des Wag-

gons hinaus. Draußen herrschte immer noch Dunkelheit. Immer wieder zuckten die Lichtkegel von Taschenlampen durch die Nacht. Den Wachen behagte die Situation nicht. Sie blieben auf ihren Posten, in Deckung gedrückt, und sahen angestrengt in die Dunkelheit vor ihren Barrikaden, immer in Erwartung eines Angriffes. Für den Moment war es viel wichtiger, was vor ihnen passierte als hinter ihrem Rücken. Alexander mühte sich damit ab, unter dem Waggon hervorzukommen. Er passte den richtigen Moment ab und huschte zum nächsten dunklen Flecken. Man hatte ihm erklärt, wo Cassandra sich normalerweise aufhalten musste, und er hatte versucht, sich den Weg so gut es ging einzuprägen. Dort, wo die Dunkelheit am tiefsten war, hielt er kurz inne, um Atmung und Herzschlag zu kontrollieren. Er presste sich in die Finsternis, wenn Wachen fluchend an ihm vorbeistolperten. Der Stromausfall hatte die Gleise mit voller Härte getroffen, und die Sicherheitsleute schienen völlig unvorbereitet. Hier, auf dem eigenen Boden, hatte man sich sicher gefühlt, hatte offenbar nicht damit gerechnet, dass es zu solchen Zwischenfällen kommen konnte.
Alexander verharrte in seiner Position, bis zwei Wachen an ihm vorbei waren. Er bekam ihr Gespräch mit, und tatsächlich schienen sie eher von einem unbedeutenden Zwischenfall auszugehen. Das war umso besser für das, was er vorhatte. Der Offizier kam aus der Deckung und arbeitete sich bis zur nächsten Waggonreihe vor. Ein kurzer Satz, und seine Hände klammerten sich an der Dachkante fest. In einer raschen Bewegung zog er sich vorsichtig über die Kante und hielt einen Moment inne, wartete auf den erstaunten Aufschrei einer Wache, aber nichts passierte. Vorsichtig eilte er über die Waggondächer. Von hier oben hatte er einen viel besseren Überblick und konnte sogar schemenhaft sein Ziel erkennen. Das Gebäude lag zentral inmitten der von den Sicherheitsleuten kontrollierten Gleise. Schmucklos, kantig. Ein einfaches, zweistöckiges Gebäude aus Beton, mit kleinen Fenstern und einem Flachdach. Beherzt arbeitete er sich von Dach zu Dach vor. Die Gefahr, entdeckt zu

werden, wenn das Licht wieder anging, war enorm, aber hier oben kam er einfach besser voran als unten auf den Gleisen.
Mit einem Mal ging ein Scheinwerfer rechts von ihm wieder an, und mit einem unterdrückten Fluch auf den Lippen warf der Söldner sich auf den Bauch, presste sich flach auf das Waggondach. Offenbar waren mittlerweile eigene Generatoren hochgefahren und versorgten das Gebiet notdürftig mit Strom. Die Leistung konnte unmöglich ausreichen, um die Gleise vollständig zu versorgen, und so wurde Strom gespart, wo es nur ging. Der Scheinwerfer erlosch wieder, während irgendwo hinter Alexander, an der Barrikade, das künstliche Licht die Dunkelheit durchschnitt. Scheinbar hatten die Sicherheitsleute bisher immer noch nicht ausmachen können, was zu dem Stromausfall geführt hatte, und erwarteten daher umso mehr einen Angriff auf ihre Stellungen. Das verschaffte Alexander zwar bei seinem Vorhaben hier Luft – jedoch graute ihm schon davor, sich wieder absetzen zu müssen.
Vorsichtig arbeitete er sich weiter vor. Bald schon hatte er das Ende der Waggonreihe erreicht, legte sich flach auf den Bauch und beobachtete. Vor ihm lag in einiger Entfernung das Zielgebäude und der Weg dorthin würde nicht einfach werden. Um den massiven Betonklotz herum gab es nur wenig Deckung. Die Scheinwerfer hier wurden mit Strom versorgt und tauchten die Umgebung in grelles Licht. Die Sicherheitsleute nutzten diesen Platz offensichtlich zum Trainieren – Alexander erkannte mehrere Stationen einer Hindernisbahn auf dem Platz. Er konnte sich nur allzu gut vorstellen, wie hier tagsüber Ausbilder ihre Truppen über den Parcours jagten und immer bessere Leistungen von ihnen verlangten. Das Ganze glich den Übungsplätzen der Militärbasis, nur eben in viel kleinerer Form. Letztlich hatte er jedoch keinen Zweifel daran, dass das permanente Training auch auf dieser kleinen Hindernisbahn kompetente Kämpfer hervorbringen konnte. Jetzt, mitten in der Nacht, war der Parcours verlassen und leer, wahrscheinlich war jeder Rekrut, der schon mit einer Waffe umgehen konnte und nicht zwingend auf

anderem Posten gebraucht wurde, an der Barrikade eingesetzt worden. Lediglich vor dem Eingang in das Gebäude lungerte eine kleine Wachgruppe herum. Man stand hier zwar auf Posten, schien die Aufgabe aber nicht sonderlich ernst zu nehmen. Die Männer und Frauen waren eher vertieft ins Kartenspiel, als ein Auge für die Umgebung zu haben.
Mit aller Vorsicht schob Alexander sich behutsam über die Kante, hing einen Moment regungslos in der Luft, um sich dann fallen zu lassen und in einer durchgehenden Bewegung abzurollen. Die Wachen schienen von seiner akrobatischen Einlage keine Notiz genommen zu haben und waren in ihr Spiel vertieft. Auf dem schäbigen Klapptisch zwischen ihnen stapelte sich ein ansehnlicher Haufen unterschiedlichster Einsätze. Der maskierte Offizier robbte auf das nächste Hindernis des Parcours zu, näher an das Gebäude heran. Gerade als er dort angekommen war, schien die Spielpartie zwischen den Wachen ihren Höhepunkt erreicht zu haben. Einige Flüche, gepaart mit hämischem Gelächter, klangen durch die Nacht zu ihm herüber. Ein Blick bestätigte das Gehörte. Eine der Wachen strich den Gewinn ein, während der Rest mehr oder minder frustriert seinem Zorn Luft machte. Einer von ihnen stand polternd auf und verfluchte den Gewinner, packte eilig seine Waffe und marschierte wütend davon. Behutsam zog Alexander eine Pistole aus dem Holster, zog einen Schalldämpfer hervor und schraubte ihn auf die Waffe. Sein Blick schweifte einmal über das Areal und blieb dann an einem Scheinwerfer am äußersten Rand hängen. Der Lichtkegel lag genau im Blickfeld der Wachen, sodass es ihnen auffallen musste, wenn das Licht verlosch. Mit zwei, drei Atemzügen begann er sich zu konzentrieren, legte an, zielte genau auf den gleißenden Lichtbogen des Scheinwerfers. Die Waffe in seiner Hand klickte zweimal mechanisch, dann tauchte Alexander wieder in die Deckung ab. Am anderen Ende des Platzes hatten die Kugeln ihre Wirkung nicht verfehlt. Mit einem Klirren zerbarst die Schutzscheibe, dann regneten Funken zu Boden, als der Lichtbogen erlosch. Die beiden verbleibenden Wachen

schauten irritiert auf und kamen in die Höhe. Es vergingen kaum zwei Sekunden, dann hasteten sie mit ihren Gewehren im Anschlag in Richtung des dunklen Scheinwerfers. Alexander schnellte in die Höhe und sprintete auf den Eingang des Gebäudes zu.

Erst kurz davor kam er zum Stehen. Die schwere Metalltür war einen Spalt breit geöffnet und aus dem Innern fiel ein schmaler Lichtkegel nach draußen. Er presste sich an die kalte Betonwand und lauschte. Von drinnen drangen leise Musik und einige Wortfetzen an seine Ohren, aber nichts, was darauf schließen ließ, was hinter der Tür auf ihn wartete. Mit einem Seitenblick entdeckte er, dass die abgelenkten Wachen in diesem Moment den Scheinwerfer erreicht hatten und zu begutachten begannen. Viel Zeit blieb ihm nicht mehr.

Wie zur eigenen Bekräftigung schob er die Tür so weit auf, dass er gerade hindurchschlüpfen konnte, und schob sie hinter sich wieder zu, die Pistole gezückt. Ihn erwartete ein Raum von der Grundfläche des Gebäudes, in dem einige Tische herumstanden. Offenbar war dies eine Art Kartenraum, auf dem die Entwicklungen in Yard verfolgt und akribisch eingetragen wurden. Die Regale an den Wänden waren vollgestopft mit Büchern und Akten, während im hinteren Bereich des Raumes eine einsame Wache saß und in das Studium einiger Papiere vertieft war. Der Mann saß mit dem Rücken zur Tür und hatte das Hereinkommen des Offiziers nicht bemerkt, ganz in seiner Nähe dudelte eine abgenutzte Musikanlage vor sich hin. In einer instinktiven Bewegung legte Alexander auf den Rücken des Mannes an und drückte zweimal ab, noch bevor sein Geist logisch nach Alternativen gesucht hatte. Für den Moment wurde Alexander von den jahrelang antrainierten Reflexen geleitet – alles, was er tat, geschah nach einem festen Ablaufplan, auf den er nur wenig Einfluss nehmen musste. In diesem Fall war die Entscheidung einfach. Der Mann war eine mögliche Bedrohung und gefährdete die gesamte Aktion. Also musste er sterben.

Die Wache sackte mit einem dumpfen Stöhnen nach vorne über und blieb reglos auf der Tischplatte liegen. Alexander verharrte in seiner Position noch einige Herzschläge, um notfalls noch eine Kugel nachzusetzen, aber die Notwendigkeit ergab sich nicht. Konzentriert ließ er seinen Blick durch den Raum schweifen. Da gab es eine gewundene Metalltreppe, die ins Obergeschoss führte, und eine Kellerrampe, die irgendwo in die unzähligen Tunnel unter Yard führte. Innerlich fluchend wägte er ab, während sein Blick immer wieder zwischen dem einen und dem anderen Weg hin und her huschte. Ausschlaggebend für seine Entscheidung waren die Geräusche. Von oben drang eine Unterhaltung die Metalltreppe herunter. Alexander presste sich im Halbdunkel an die Wand und wartete, bis er genügend verstehen konnte. Klar und deutlich machte er mindestens vier Personen aus, die sich im Obergeschoss besprachen, und eine Stimme gehörte dabei unverkennbar einer Frau. Das allein reichte ihm aber nicht. Erst als er dem Gespräch in der oberen Etage einige Minuten gelauscht hatte und den Befehlston der Frau erkannte, war er sicher, dass es Cassandra war.

Die Gewissheit warf aber ein weit größeres Problem auf. Dort oben waren mindestens vier Personen, und allesamt waren sie wahrscheinlich bewaffnet. Die Chance, sie alle tödlich zu treffen, bevor einer an seine Pistole kam oder etwas schreien konnte, war verschwindend gering. Alexander kannte seine Fähigkeiten, und mit drei unvorbereiteten Gegnern kam er auf so engem Raum wahrscheinlich noch zurecht - alles darüber war blanker Selbstmord. Nachdenklich zog er eine Handgranate aus der Tasche und wog den Sprengkörper ab. Sein Blick ging dabei immer wieder zur Tür am Ende der Treppe. Je länger er wartete, umso größer war die Chance, entdeckt zu werden.

Er arbeitete sich behutsam Stufe für Stufe vor und kam vor der Tür zum Stehen. Sie war aus massivem Metall und würde einer Explosion mit großer Wahrscheinlichkeit standhalten. Mit der Pistole in der Hand drehte er am Türknopf, zog die Tür ruckartig einen Spalt weit auf und rollte mit der anderen Hand die

Granate in den dahinter liegenden Raum. Dann knallte er die Tür zu und warf sich mit seinem ganzen Gewicht dagegen. Das Gespräch auf der anderen Seite der schweren Tür erstarb augenblicklich, dann gab es noch so etwas wie einen erschrockenen Aufschrei. Die darauf folgende Explosion rollte über den Aufschrei hinweg, und der Knall schien alle anderen Geräusche zu verschlucken. Die Druckwelle war augenblicklich heran und brandete an die schwere Tür, während die Splitter gegen das Metall prasselten. Alexander zählte nach der Explosion ruhig einige Zahlen herunter, dann kam er in die Höhe und riss die schwere Tür entschlossen auf. Mit der Pistole im Anschlag trat er in die tiefschwarzen Rauchschwaden hinein und versuchte, sich an den Geräuschen zu orientieren. Der Explosionsknall hatte auch in seinen Ohren ein schwaches Pfeifen hinterlassen, doch er konzentrierte sich auf das Stöhnen und die Schmerzensschreie möglicher Überlebender. Es dauerte nicht lange, bis er zwischen den Trümmern und dem Rauch fündig wurde. Zwei Kugeln erledigten, was die Explosion nicht vermocht hatte. Nur um sicherzugehen, suchte er auch nach den anderen Opfern, doch die Zeit saß ihm im Nacken. Es würde nicht mehr lange dauern, bis die ersten Wachen hier waren. Fluchend brach er die Suche ab und glitt durch den beißenden Rauch zur Tür. Kaum dass er die Treppe erreicht hatte, sah er, wie zwei Wachen, von der Explosion aufgeschreckt, hineinkamen. Noch bevor sie die Situation erfassen und verarbeiten konnten, hatte er sie mit gezielten Schüssen zu Boden gebracht.
Alles, worauf es jetzt ankam, war Geschwindigkeit. Noch während er die Metalltreppe hinuntersprang, riss er sich die Sturmhaube vom Kopf und wischte sich die schwarze Tarnschminke so gut es ging aus dem Gesicht. Als er die beiden Toten erreicht hatte, kniete er sich zu der ersten hinab und öffnete die Weste, die Tür immer im Blick. Eilig schlüpfte er in die Sicherheitsweste und griff nach der blutverschmierten Schirmkappe der Wache. Für einen Moment hielt er inne und betrachtete das Blut an seinem Handschuh, dann tauchte er die Finger in die noch

warme Blutlache und schmierte sich das Blut ins Gesicht. Gerade hatte er dem Toten die Maschinenpistole entwendet, da flog die Tür auf und eine Gruppe Sicherheitsleute stürmte in das Gebäude. Alexander versuchte den Blick unten zu halten und deutete mit der blutüberströmten Hand die Treppe hinauf.
„Schnell“, brachte er mit einiger schauspielerischer Kunst hervor, während er selbst zitterig auf die Beine kam. Man schenkte ihm nicht viel Aufmerksamkeit und stürmte die Treppe empor. Alexander nutzte das allgemeine Durcheinander und schlüpfte nach draußen.

Die Umgebung des Gebäudes war zum Leben erwacht. Alarmsirenen heulten durch die Nacht und überall hasteten Männer und Frauen durch die Dunkelheit. Keiner schien zu wissen, was passiert war, und das machte die ganze Angelegenheit noch viel schlimmer. Der Offizier blieb in seiner Rolle und humpelte in die nächste Deckung. Einige Sicherheitsleute kamen ihm entgegen, doch mit hastigen, fuchtelnden Gesten überzeugte er sie, von ihm abzulassen, und dirigierte sie zum Gebäude. Als er sich sicher war, für einen kurzen Moment Ruhe zu haben, wischte er sich das Blut aus dem Gesicht, richtete seine Kleider und fiel in einen regelmäßigen Laufschritt.

+++

Die Nacht war perfekt für eine Aktion wie diese. In der Dunkelheit war es viel einfacher, Wachen zu überrumpeln und Gefangene zu nehmen. Das Problem war nur, wo fing man an? Wie weit war der Feind vorgedrungen? Die Chance, dass die ersten Spähtrupps schon in direkter Nähe zu Yard operierten, war groß – aber wo würden sie sich verstecken? Es gab in der ganzen Gegend genügend Orte, die einer kleinen Truppe ausreichend Schutz boten.
Ryan kratzte sich am Kopf, als er das umliegende Gelände betrachtete. Es war eine Sache, zu versprechen, dass man Gefange-

ne einbringen würde – eine ganz andere war es aber, diese Gefangenen auch möglichst schnell zu machen.
Er kniff seine Augen zusammen und sein Blick blieb an der alten Straße hängen. Wie ein dunkles Band zog der aufgebrochene Asphalt sich durch die mondbeschienene grüne Ebene, um irgendwo mit der nächtlichen Dunkelheit zu verschwimmen. Wahrscheinlich würde Banner die Straße wählen, um sich an Yard heranzuarbeiten, gerade wegen der Fahrzeuge. Also war es nur logisch, dass die Voraustrupps dort Stellung bezogen hatten und die Straße überwachten. Das gab Ryan zumindest einen Ansatz, auch wenn es ihm nicht direkt half. Immerhin würden die Soldaten nicht so dumm sein und mit einem offenen Feuer in der Nacht auf sich aufmerksam machen.
Der Zwerg winkte einen der Zugführer herbei, die man ihm für diese Aktion zur Seite gestellt hatte, deutete in Richtung der Straße und erkundigte sich nach Gebäuden entlang des alten Weges. Nach kurzem Überlegen konnte der Mann ihm einige nennen und mit einem Nicken bedankte Ryan sich knapp. Er presste den Feldstecher an seine Augen und suchte die beschriebenen Gebäude in der Dunkelheit. Erst nach einigen Versuchen konnte er die schwachen Konturen in der Nacht erkennen. Nachdenklich betrachtete er die Bauwerke, suchte nach einem Anhaltspunkt.
Erst nach einigen Minuten fiel ihm ein schwacher, kaum merklicher Lichtschein bei einem alten Schuppen auf, ganz in der Nähe der Straße. Das Licht schimmerte grünlich, fluoreszierend, wie bei Knicklichtern üblich. Jetzt war Ryan sicher, auf der richtigen Spur zu sein. Er verständigte sich flüsternd mit seinen Begleitern, dann machte sich der kleine Trupp in weiter Formation auf den Weg durch die nächtliche Ebene.
Als sie auf hundert Meter an das Gebäude heran waren, fielen sie auf ihre Bäuche und robbten durch das feuchte Gras weiter voran. Klar und deutlich war nun zu erkennen, wie zwei Soldaten vor dem Gebäude Wache hielten. Ryan krabbelte nun von Begleiter zu Begleiter, gab flüsternd und mit Handzeichen seine

Anweisungen, dann setzten die Kämpfer sich wieder in Bewegung. Zaghaft schoben sie sich an das Gebäude heran, umstellten es unentdeckt. Nach einigen Sekunden der Ruhe sprang Ryan auf und eilte auf den alten Schuppen zu. Das war Zeichen genug für seine Begleiter. Die Männer und Frauen taten es dem Zwerg gleich und sprangen aus ihren Deckungen. Einige Schüsse donnerten und streckten die Soldaten nieder, noch bevor diese überhaupt wussten, was da um sie herum passierte. Mit gezogener Pistole stürzte Ryan, gefolgt von drei Zugführern, ins Innere des Schuppens.

Kein weiterer Schuss löste sich. Die ganze Aktion hatte kaum mehr als eine Minute gedauert, doch als die Zugführer sich nach Yard zurückzogen, hatten sie drei Gefangene im Schlepptau.

+++

Die Sonne hatte ihren höchsten Stand bereits hinter sich, als die Verhandlungen in Yard begannen. Es war ein kleines Wunder, dass es so schnell gelungen war, die Anführer der einzelnen Fraktionen an einen Tisch zu bekommen. Nur ein Stuhl blieb dabei unbesetzt. Es war jener der Sicherheitsleute.

Derartige Verhandlungen waren in Yard nichts Neues – sie waren in der Vergangenheit schon häufig vorgekommen und fester Bestandteil der politischen Kultur in der Stadt. Traditionell wählte man dafür ein verfallenes Gebäude knapp vor den Mauern der Stadt. Dieser Ort trug dem Wunsch Rechnung, dass keine Partei aus solchen Verhandlungen ihren Vorteil schlagen konnte, weil in ihrem Einflussgebiet verhandelt wurde.

Die Verhandlung selbst oblag strikten Regeln. Verhandeln durften nur die designierten Anführer der jeweiligen Fraktionen, und die mussten sich unter dem Schutz der weißen Fahne, allein und unbewaffnet, in dem alten Gebäude einfinden. Jeder Verhandlungsführer durfte bis zu zwei Zeugen mitbringen, doch auch für sie galt das Waffenverbot. Während verhandelt wurde, durfte sich niemand auf einige hundert Meter dem Gebäude nähren. Tatsächlich gab es kein Gremium, keine übergeordnete Instanz, die die Einhaltung all dieser gewohnheitsmäßigen Regelungen prüfte. Doch jedem war klar, dass ein Verstoß gegen diese Traditionen zwangsläufig zu harten Konsequenzen führte. Die Anführer bürgten immerhin mit ihrer Ehre und ihrem Ansehen.

„Wir haben uns hier eingefunden, um dem Blutvergießen in unserer Stadt Einhalt zu gebieten. Lasst uns verhandeln", begann Marcus mit der traditionellen Eingangsformel. Er trug eine geradezu makellose Uniform mit goldenen Knöpfen und eine prächtige Schirmmütze.

Die Anführerin der Landstreicher, deren bunt zusammengewürfelte Kleider und alte Panzerweste einen starken Kontrast zu Marcus' Uniform bildeten, hatte ihre ausgetreten Stiefel nonchalant auf dem Tisch abgelegt und deutete mit der Stiefelspitze auf den leeren Stuhl. „Wir sind noch nicht vollzählig. Wir können noch nicht anfangen."

Marcus warf der Frau einen Blick zu und schüttelte dann den Kopf. „Die Sicherheitsleute haben abgelehnt, an dieser Verhandlung teilzunehmen."

Ein Raunen ging durch den Raum, gefolgt von heftigem Kopfschütteln einiger Anwesenden.

„Dann ist diese Versammlung null und nichtig, Marcus!", ereiferte sich ein Mann mit prächtigem Vollbart. Als wolle er seinen Worten Nachdruck verleihen, schlug er dabei auf den Sicherheitshelm, den er vor sich auf den Tisch gelegt hatte.

Marcus wartete, bis der erste Sturm der Entrüstung sich gelegt hatte, und hob beschwichtigend die Hände.

„Ich kann euer Erstaunen verstehen. Aber lasst mich erst erklären, bevor Ihr vorschnell urteilt!" Der Zugführer legte eine Pause ein und wartete, bis die Unterhaltungen und Wortfetzen im Raum verstummt waren, dann nickte er kurz bestätigend. „Die Sicherheitsleute können im Moment nicht an diesen Verhandlungen teilnehmen. Für den Moment sind sie damit beschäftigt, einen neuen Anführer zu wählen.“

Die Worte verfehlten ihre Wirkung nicht. Erstaunen war in den Gesichtern der Versammelten zu sehen und schon wieder stieg der Geräuschpegel. Die Anführerin der Landstreicher hob die Hand zur Wortmeldung, doch niemand schien sie zu beachten. Die Frau blickte sich um und wartete immer noch auf eine Reaktion. Als diese ausblieb, ließ sie ihre schweren Stiefel ein paar Mal auf die Tischplatte donnern. Schweigen machte sich breit.

„Danke“, lächelte sie dünn und fuhr fort. „Es geht das Gerücht, dass es in der letzten Nacht einen Anschlag auf die Sicherheitsleute gab. Was ist da dran, Marcus?“

Marcus bemühte sich, betont lässig mit den Schultern zu zucken.

„Davon weiß ich nichts. Die Sicherheitsleute und die Zugführer waren sich seit den letzten Verhandlungen nicht besonders grün. Sie haben uns nicht auf ihre Gleise gelassen und wir sie nicht auf unsere. Ich kann dir also nicht sagen, was letzte Nacht passiert ist.“

Die Blicke der beiden hefteten sich ineinander fest, und es schien, als würde jeder die Wahrheit in den Augen seines Gegenübers suchen. Dann nickte die Frau. „Die Zugführer haben mit diesem Zwischenfall – wenn er denn passiert ist – nichts zu tun?“

Marcus straffte sich, und seine Stimme wurde um eine Nuance lauter, als er antwortete. „Die Zugführer sind an Stabilität in Yard interessiert. Das sollten wir alle sein! Uns ist daran gelegen, diesen Konflikt beizulegen und Einigkeit zu erlangen, sodass der Status Quo in der Stadt wieder Bestand hat. Niemand von uns gewinnt, wenn wir uns gegenseitig die Köpfe einschlagen und uns immer mehr schwächen!“

Der Anführer der Techniker – ein hagerer, schmächtiger Bursche in tadellosem Overall – mischte sich ein. „Daran besteht kein Zweifel. Diese Weitsicht müssen wir immer haben. Uns allen geht es darum, das Blutvergießen zu beenden, soviel ist doch

klar. Uns ist nicht daran gelegen, Unmengen an Blut zu verlieren."
Marcus hob beschwörend die Hand. „Wenn uns allen daran gelegen ist, dann verratet mir, warum wir alle, wie wir hier sitzen, in den letzten Tagen Blut verloren haben, während die Sicherheitsleute fast keine Toten zu beklagen hatten!"
Unbemerkt von den anderen trafen sich die Blicke des Zugführers und des Lagerarbeiters für einen Sekundenbruchteil. Der Lagerarbeiter schien nichts dagegen zu haben, wie sich diese Unterhaltung entwickelte, und dass der Kelch offenbar an ihm vorbeiging.
„Wie sehen denn die Fakten aus? Wir Zugführer haben dreiundzwanzig Tote zu beklagen und mehr als fünfzig Verletzte! Wie ist es mit euch?"
Er hatte die Frage in den Raum gestellt, doch die Anführerin der Landstreicher war diejenige, die sie als Erste aufgriff.
„Die Kämpfe der letzten Tage haben uns mehr als neunzig Tote aus unseren Reihen gebracht, dazu kommen ebenso viele Verletzte. Wir können aber weiterkämpfen, wenn es sein muss!"
Niemand ging auf die versteckte Drohung ein. Es bestand kein Zweifel daran, dass es die Landstreicher waren, die Verluste am besten kompensieren konnten. Es war jedoch auch ein ungeschriebenes Gesetz, dass ihr Blutzoll meist am höchsten war.
„Wegen der Kämpfe der letzten Tage haben wir vierundvierzig Todesopfer zu beklagen, während mehr als achtzig von uns verwundet wurden", gab der hagere Techniker zu Protokoll.

Alle Anwesenden wandten sich dem Anführer der Lagerarbeiter zu, der bis jetzt geschwiegen hatte. Der Mann räusperte sich. „Auch bei uns gab es Tote und Verletzte. Ich kann die genauen Zahlen jedoch nicht beziffern."
Marcus lächelte schwach. „Das ist eine Lüge! Erzähl mir nicht, dass ihr, die ihr über jeden Kleinscheiß Listen führt, bei so etwas Wichtigem wie euren Verlusten nicht genau das Gleiche macht!", sagte er ruhig und durchdringend.

Der Lagerarbeiter besah sich einmal die Gesichter der Anwesenden und nickte dann zaghaft. „Also gut. Wir haben in den letzten Tagen zwei Tote und sechs Verletzte zu beklagen gehabt. Es war eben ruhig auf unseren Gleisen."
„Und warum war es so ruhig?"
„Weil der Angriff eher euch und den Technikern gegolten hat."
Marcus schüttelte den Kopf. „Das ist Schwachsinn, und das weißt du. Das weiß jeder hier. Wir kontrollieren zusammen mit den Technikern die Hälfte der Stadt. Warum sind die Landstreicher nicht auf euch losgegangen? Bei euch gibt es all den Kram, den man so braucht, im Überfluss: Nahrung, Wasser, Alkohol, Kleidung und Munition. Warum also auf uns einschlagen, wenn sie es bei euch viel einfacher haben? Selbst wenn etwas an der Allianz zwischen euch und den Sicherheitsleuten dran ist, das würde immer noch drei Gleise gegen sechs Gleise bedeuten. Eine bessere Ausgangslage als drei Gleise gegen neun, oder?"
„Das ist ja alles schön und gut, Marcus. Aber was willst du uns beweisen? Kämpfe in Yard liefen schon immer so. Es gab Bündnisse mit dem Ziel, die bestehenden Verhältnisse zu ändern. Vielleicht war es diesmal genauso?", kicherte die Anführerin der Landstreicher spöttisch. „Willst du uns nun etwa glauben machen, dass solche Versuche verboten sind? Das ist lächerlich!"
Marcus holte tief Luft, bevor er erneut das Wort ergriff.
„Das ist Schwachsinn, und das habe ich auch nicht behauptet. Seit Generationen werden Streitigkeiten in der Stadt so geklärt, das weiß ich auch. Aber ein paar Sachen passen nicht ins Bild."
Die Anwesenden sahen ihn herausfordernd an. Wahrscheinlich hatte sich jeder bis zu diesem Punkt schon sein eigenes Bild gemacht, wollte aber nicht als Erster sprechen.
„Das ist doch alles ganz einfach. Aus welchem Grund sollten sich die Sicherheitsleute mit euch Landstreichern zusammentun? Ich kann verstehen, warum es ein Bündnis zwischen den Lagerarbeitern und ihnen gegeben hat, aber welche Rolle spielt ihr denn dabei? Für die Sicherheitsleute seid ihr nicht mehr als Dreck, und das wisst ihr ganz genau. Und trotzdem habt ihr

euch offensichtlich einspannen lassen. Ihr habt in den letzten Tagen auf den Gleisen gekämpft – aber wo waren denn die Sicherheitsleute oder die Lagerarbeiter? Die haben sich schön auf ihren Gleisen verbarrikadiert und euch die Drecksarbeit machen lassen. Was haben sie euch versprochen? Ein Gleis? Vielleicht zwei? Bist du wirklich so dumm, nicht zu sehen, was dahinter steckt? Den Sicherheitsleuten wäre es am liebsten, wenn es euch in Yard nicht gäbe. Das haben sie in der Vergangenheit immer wieder bewiesen. Sie betrachten euch nicht einmal als Menschen, schlachten euch wie die Tiere ab. Und jetzt auf einmal sind sie eure Freunde? Verkauf mich nicht für dumm. So wie es aussieht, haben die Sicherheitsleute euch mit Waffen und Munition versorgt, die Lagerarbeiter mit der restlichen Ausrüstung. Und ihr habt sie dankbar entgegengenommen, um in den Krieg zu ziehen. Hast du auch nur einmal darüber nachgedacht, was passiert wäre, wenn dieser Krieg gelaufen wäre? Die Lagerarbeiter hätten euch den Hahn abgedreht, keine Waffen und keine Munition mehr von den Sicherheitsleuten. Und noch mehr. Während sie keine Verluste gehabt hätten, wärt ihr mindestens angeschlagen gewesen. Angeschlagen und abgekämpft. Und schon sind die ausgeruhten Truppen der Sicherheitsleute und der Lagerarbeiter zur Stelle, um euch den Rest zu geben. Was ich sage, sieht ein Blinder. Du aber, du hast dich völlig den leeren Versprechungen hingegeben, die Cassandra dir gab!"

Gerade auf den letzten Absätzen war seine Stimme immer grollender, immer bedrohlicher geworden, und als er endete, kehrte für einen Augenblick schwere Stille ein.

„Das ist ausgemachter Schwachsinn", murrte die Landstreicherin und spie verächtlich aus.

„Das ist die verdammte Wahrheit!", brüllte Marcus und ließ seine flache Hand auf die Tischplatte knallen.

„Jeder von euch hätte das Gleiche getan wie ich!", setzte er ruhiger an. „Jeder von euch hätte in der Situation gleich gehandelt und die Anführer der gegnerischen Seite aus dem Weg geschafft. Ja! Ich habe veranlasst, dass es passiert. Kein Zwischenfall, ein

Attentat. Ich gebe es gerne zu. Ihr alle wisst, dass ich recht habe. Keiner von euch hätte in einer ähnlichen Situation gezögert, mir einen Attentäter auf den Hals zu hetzen. Ich habe es aber nicht nur getan, weil ich Angst davor habe, dass meine Vormachtstellung in Yard bedroht ist. Ich habe es getan, um uns alle an einen Tisch zu bekommen! Was in den letzten Tagen passiert ist, ist nur ein Vorgeschmack auf das, was uns in den kommenden Tagen blühen wird!"

Die Anwesenden schienen erstaunt über das Geständnis des Zugführers. Insgeheim hatte jeder gewusst, dass der angebliche Zwischenfall nichts anderes war als ein Attentat, aber damit, dass dies wirklich zugegeben wurde, war schlichtweg nicht zu rechnen. Es war der bärtige Lagerarbeiter, der als Erstes wieder zur Sprache fand. „Was willst du damit sagen, Marcus? Was steht uns bevor?"

Marcus zog einen Zigarrenstummel hervor und zündete ihn an, nahm sich alle Zeit der Welt dafür. Als die ersten Rauchschwaden gen Decke schwebten, sagte er: „Cassandra hat es gut verstanden, unsere Situation zu ihrem Vorteil zu nutzen. Dabei ging es ihr in erster Linie gar nicht darum, die Sicherheitsleute wieder zur treibenden Kraft in Yard zu machen. Zumindest nicht so, wie wir uns das vorstellen. Was ihr vorschwebte, war die Auslöschung aller anderen Gruppierungen und eine Eingliederung unserer Heimat in eine Macht von außen."

„Mit Verlaub", setzte der Techniker an, „aber das klingt sehr weit hergeholt, Marcus. Gibt es Beweise für deine Behauptung?"

Betont langsam nickte der Zugführer.

„Und ob es die gibt. Ich habe die Beweise, die es braucht. Cassandra stand im Bündnis mit Leuten von außerhalb. Schritt für Schritt hat sie in den letzten Jahren auf diesen Konflikt hingearbeitet. Es ging ihr darum, uns in Yard zu destabilisieren, und wenn wir am meisten mit uns selbst beschäftigt wären, dann würde der eigentliche Feind vor unsrer Tür stehen. Wir wären von dem Konflikt, in den sie uns getrieben hätte, kaum in der

Lage, Widerstand zu leisten. Und wir hätten nicht nur den Feind vor den Mauern, sondern auch die Sicherheitsleute im Innern, die dann losschlagen würden."

Der Techniker schüttelte den Kopf. „Das sind einfach nur mögliche Spielzüge, mehr nicht. Es gibt keinen einzigen Beweis für das, was du da behauptest. Wenn das stimmt, was du sagst, dann haben wir ein wirklich großes Problem vor der Nase. Aber bis das bewiesen ist, sind deine Aussagen für mich erst einmal haltlose Behauptungen."

Marcus legte den Kopf schief. „Ich bin kein Idiot. Ich würde nicht vor euch treten und sowas behaupten, wenn ich es nicht beweisen könnte."

„Dann zeig endlich, was du auf der Hand hast, Mann!", meldete sich die Landstreicherin wieder zu Wort.

„Ich habe Funkprotokolle. Ich habe Gefangene. Und ich habe ein funktionierendes Funkgerät des Feindes. All diese Dinge beweisen, dass ich mir die Geschichte nicht einfach nur ausgedacht habe. Ein unbekannter Feind marschiert gerade in diesem Moment auf unsere Heimat zu. Und wenn wir nicht in der Lage sind, Einheit zu beweisen, dann hört unsere Heimat schon jetzt auf zu existieren. So einfach ist das."

„Und wo sind deine Beweise?", wollte der Lagerarbeiter wissen.

„Mit eurer Erlaubnis bringe ich sie hierhin. Es entsprach nicht dem Protokoll, gleich mit ihnen hier aufzutauchen, außerdem wusste ich nicht, wie ihr nach dem Vorfall letzte Nacht wirklich reagieren würdet."

Die Anwesenden überlegten kurz, dann nickten die Anführer zustimmend. Marcus wandte sich zu einem seiner Begleiter um und gab die notwendigen Anweisungen.

+++

Eris saß hoch oben auf der Mauer und ließ seine Beine baumeln. Skeptisch betrachtete er durch seine Sonnenbrille das verfallene, unscheinbare Gebäude vor der Siedlung. Es war kaum vorstellbar, dass an einem solch schäbigen Ort derartig wichtige Politik gemacht wurde. Es war eine von vielen Ruinen aus der Zeit DAVOR, in der Reisende vielleicht Unterschlupf suchten. Aber ein Ort, wo über die Zukunft einer ganzen Stadt entschieden wurde?

In einigem Abstand zu dem Gebäude hatten Bewaffnete Stellung bezogen. Die Zugführer, die Techniker, die Lagerarbeiter und die Landstreicher. Diese Truppen dienten eindeutig dem Schutz ihrer Anführer, aber sie bargen auch große Gefahr. Wahrscheinlich hätte ein Schuss, vielleicht sogar nur eine nichtssagende Geste ausgereicht, um die Situation eskalieren zu lassen. Die Nerven lagen nach den Unruhen der letzten Tage blank.

Von hier oben war gut zu erkennen, nach welchen klaren Regeln eine solche Verhandlung ablaufen musste. Die Bewaffneten hatten allesamt in gleicher Entfernung zu dem Gebäude Stellung bezogen, sodass sie im Falle eines Falles alle gleich schnell eingreifen konnten. Es waren klare, offene Drohgebärden. Wenn sich die eine Gruppe dem Gebäude auch nur einen Schritt näherte, zogen die anderen Bewacher automatisch nach, um in gleicher Entfernung zu bleiben. Wahrscheinlich befand sich dort unten genügend Feuerkraft, um mehr als nur einen kleinen Schusswechsel zu führen. Aus dem Innern des heruntergekommenen Gebäudes freilich gab es nur wenige Lebenszeichen. Offenbar wurde nun schon stundenlang hart verhandelt, und nur manchmal war eine schemenhafte Bewegung in den Fenstern zu erahnen.

Eris‘ Blick löste sich von der Szenerie und ging zum Horizont. Irgendwo dort in der Ferne war General Banner – nun hatte er endlich einen Namen – auf dem Weg nach Yard. Er fragte sich, wie lange es noch dauern würde, bis die ersten Staubwolken gen Himmel steigen und unheilvoll von der Ankunft der Armee künden würden. Nicht mehr zu lange, darauf deuteten die Funkprotokolle und die Gefangenen hin, die Ryan gemacht hatte. Mit etwas Glück blieben ihnen noch einige Tage, um sich auf die Armee vorzubereiten. Mit Pech könnte der Feind morgen schon in Sichtweite von Yard seine Zelte aufschlagen. Für den Moment wünschte Eris sich nichts mehr als Zeit. Zeit, das alles hier vorzubereiten.

Je mehr er über den Feind erfuhr, umso mehr schwand auch seine Zuversicht. War es wirklich möglich, so gut organisierten und trainierten Soldaten Einhalt zu gebieten, oder standen sie alle hier auf verlorenem Posten? Könnte Yard der Fels in der Brandung sein, der die gegen ihn ankommenden Wellen brach – oder war Yard vielleicht nicht mehr als eine Sandburg, unbedeutend, der Vernichtung durch die Wellen schutzlos ausgeliefert?

Eris schüttelte den Kopf und betrachtete das verfallene Gebäude zu seinen Füßen erneut. Jede Stunde, die dort gesprochen und verhandelt wurde, war eine verlorene Stunde. Missmutig spie er aus und stand auf. Er sah sich hier oben auf der Mauer um, suchte Sal. Doch zwischen dem ganzen rostroten und braunen Metall der jahrzehntealten Barrikaden konnte er sie nicht ausmachen. Das immer schwächer werdende Licht der Abenddämmerung tat ein Übriges und gemahnte ihn an seine Nachtblindheit. Mechanisch nahm er die Sonnenbrille von der Nase, verstaute sie sorgfältig in seiner Brusttasche und zog die Schirmmütze tiefer, um sich gegen die Abendsonne zu schützen. Wahrscheinlich war Sal mit dem Feldstecher unterwegs und suchte den Horizont ab. Obgleich er sich noch viel verantwortlicher für die Schützin fühlte, seit er wusste, dass sie schwanger war, verwarf er den ersten Gedanken, nach ihr zu suchen. Sie würde schon allein zurechtkommen, so viel war klar.

Er wanderte auf dem Wehrgang entlang, vorbei an den Zugführern. Sie saßen hier oben auf ihren Posten und blickten wie gebannt in die Ebene, unterhielten sich gedämpft. Er nickte ihnen zu, wenn er sie passierte, doch die meisten der Männer und Frauen beäugten ihn eher skeptisch. Es dauerte nicht lange, da entdeckte er den glatzköpfigen Alexander. Der Hüne stand aufrecht, mit beiden Händen auf die Brustwehr gestützt, und starrte nachdenklich auf die Ebene hinab. Instinktiv tastete Eris nach seinem Revolver, doch dann entspannte sich seine Hand wieder. Es mochte Differenzen zwischen den beiden Männern geben, und was ihn anging, so vertraute er dem ehemaligen Offizier kein Stück. Doch für den Moment wäre mit einer Auseinandersetzung niemandem geholfen. Alexander hatte seinen Wert bewiesen, mit Cassandras Beseitigung war er beträchtlich im Ansehen der Zugführer gestiegen. Vielleicht war es wirklich so, dass der ehemalige Offizier sein altes Leben hinter sich gelassen hatte und nun versuchte, auf der richtigen Seite zu stehen. Dennoch. Eris konnte sich kaum an den Gedanken gewöhnen, dem Mann zu vertrauen. Er blieb in einigem Abstand stehen und räusperte sich.

Langsam drehte Alexander seinen Kopf in Eris' Richtung. Er hatte erwartet, Bitterkeit oder Hass im Blick des Mannes zu sehen, doch da war nichts dergleichen. Tatsächlich schien der Offizier ehrlich überrascht.
„Oh, du“, bemerkte er leise.
Eris nickte und kam näher, stellte sich neben den Mann. Er schaute hinaus in die Ebene, versuchte zu entdecken, wonach der Glatzkopf geschaut hatte.
„Ja, ich. Was ist dort draußen?“
„Das Schlachtfeld“, bemerkte er knapp.
Eris legte den Kopf schief.
„Und was hast du gesehen?“
„Dass wir immer noch keine Stellungen vor den Mauern haben.“ Die Augenbraue des Söldners wanderte nach oben.
„Stellungen vor den Mauern? Reichen die Mauern etwa nicht?“
Alexander schüttelte den Kopf. „Das ist der Unterschied zwischen einem Söldner und einem Offizier. In der Welt des Söldners, in der es keine Armeen und keine Truppenverbände gibt, reichen die Mauern hier völlig aus, ja. Ich muss dich nur leider enttäuschen. Banners Armee ist kein Söldnerhaufen. Da wird anders gekämpft.“

Eris hatte sich nie wirklich mit Kriegsführung in diesem Maßstab auseinandergesetzt. Dazu hatte auch nie Notwendigkeit bestanden. „Tatsache. Von Krieg in diesen Dimensionen verstehe ich wohl zu wenig“, stellte er nüchtern fest.
Alexander lächelte dünn. „Was habt ihr ein Glück, dass eure Reihen durch uns verstärkt wurden.“
Eris presste die Unterlippen aufeinander, verkniff sich die erste Entgegnung, die ihm in den Sinn kam. Für einen Moment blickten beide Männer hinaus auf die grüne Ebene, die noch so friedlich da lag.
„Ernsthaft. Was glaubst du, wie unsere Chancen stehen?“, durchbrach Eris das Schweigen zwischen ihnen.
Der ehemalige Offizier kniff die Augen zusammen und spähte noch einmal in die abendliche Dämmerung, dann wandte er sich zu dem Söldner um. „Alles in allem? Beschissen. Wir mögen Kämpfer und Waffen haben, aber im Gegensatz zu dem, was Banner auffahren wird, ist das nicht besonders viel. Uns fehlt die Ausbildung. Banners Armee ist gedrillt. Seit Jahren. Die Soldaten haben nichts anderes getan, als immer und immer wieder zu üben. Banner hat eine Waffe in der Hand und er hat sie in den letzten Jahren immer wieder geschliffen, immer gefährlicher gemacht. Seine Soldaten brennen darauf, endlich loszuschlagen, ihre Moral ist gut.“
Eris antwortete nicht gleich und ließ die Worte des Mannes auf sich wirken. „Und warum bist du dann hier?“
Alexander zuckte mit den Schultern. „Weil ich mich nicht damit abfinden kann, vor Problemen wegzulaufen. Was mich angeht, so ist die ganze Angelegenheit einfach. Entweder es gelingt uns, Banner hier zu stoppen, oder wir werden alle bei dem Versuch draufgehen. Lassen wir ihn gewähren, dann kommen harte Zeiten auf dieses Land zu.“
Jetzt war es Eris, der lachte. „Härter, als sie jetzt schon sind?“
„Du hast ja keine Ahnung, zu was Banner fähig ist. Ihm geht es einzig und allein um Macht. Er ist … ein charismatischer Tyrann.“ Alexander schwieg, wirkte nachdenklich.

„Aber du bist ihm doch viele Jahre gefolgt, nicht?"
Der Glatzkopf setzte sich und nickte langsam. „Ja. Er hat mich zu dem gemacht, was ich heute bin. Mehr oder minder."
„Warum steht du dann auf unserer Seite, wenn du doch seinen Idealen gefolgt bist?"
Ihre Blicke trafen sich.
„Die Kurzform? Banner wollte mich erschießen lassen."
Eris machte ein ehrlich erstauntes Gesicht. „Interessante Wendung."
„Nur, wenn man die Gangart in seiner Armee nicht kennt. Ich war nicht in der Lage, einen seiner Befehle auszuführen. Banner deutete in diesem Verhalten Verrat – und Verräter verdienen den Tod."
„Dann waren wir es, die dich in diese Situation gebracht haben?"
„Nicht direkt. Schon für das erste Versagen habe ich mir einen Rüffel abgeholt. Banner aber zeigte sich großherzig und gab mir die Chance, mich noch einmal zu bewähren. Er verlangte, dass das Dorf, wo wir das erste Mal auf euch trafen, dem Erdboden gleichgemacht werden sollte."
Eris starrte den sitzenden Mann an, während seine Hände sich zu Fäusten ballten. Alexander hatte davon noch nichts bemerkt, blickte gedankenverloren in Richtung der Stadt. „Also bin ich wieder mit einer Truppe los, Banners Befehl zu folgen."
Irgendetwas in Eris explodierte. Mit einem wütenden Aufschrei war er über Alexander, packte ihn am Kragen und zerrte ihn in die Höhe, nur um ihm dann einen Haken in die Magengrube zu verpassen. Der ehemalige Offizier hatte den Bruchteil einer Sekunde zu spät erkannt, wie ihm geschah, und bekam die Hände nicht mehr völlig zur Abwehr nach oben. Stattdessen traf ihn der Schlag, die Luft aus seinem Körper presste. Er taumelte und mit einem weiteren Schwinger brachte Eris ihn zu Boden.
„Du verdammtes Arschloch!", brüllte Eris. Bebend stand er über Alexander, holte zum Tritt aus. Der glatzköpfige Mann hatte den ersten Schreck nun überwunden und fing den wuchtigen

Stiefel mit seinen Händen ab. Die Schlägerei war nicht unbemerkt geblieben, die Männer und Frauen in der Nähe sprangen auf und eilten johlend zu ihnen herüber.

„Hör doch auf, verdammt!“, schrie Alexander und versuchte, in die Höhe zu kommen. Er blieb defensiv, immer bereit, den nächsten wilden Angriff abzufangen. Eris funkelte den ehemaligen Offizier zornig an.
„Wir haben es nicht dem Erdboden gleichgemacht!“, brachte Alexander hervor und wischte sich mit dem Handrücken Blut aus dem Gesicht.
Nach einigen Sekunden ließ Eris die Fäuste sinken.
„Schon gut, schon gut. Zurück auf eure Posten!“, bellte Alexander zu den neugierigen Zugführern hinüber und ließ sich dann wieder auf eine Kiste sinken. Eris waren die Blicke der Wachen egal, er starrte Alexander wütend an.
„Was ist in Station passiert?“, zischte er.
„Ich sage doch. Wir haben die Siedlung nicht dem Erdboden gleich gemacht. Wir haben es versucht. Haben das Kaff für ein paar Tage belagert. Aber irgendwie …“ Alexander betastete seine aufgeplatzte Lippe. „Irgendwie ist es denen gelungen, die meisten unserer Angriffe zu überstehen und abzuschlagen. Dann haben wir das Tor gesprengt und sind rein. Und damit fing der Spaß erst richtig an. Plötzlich waren überall Explosionen und von allen Seiten wurden meine Soldaten unter Feuer genommen. Schlagartig hat sich das Blatt gewendet. Noch bevor der Rauch sich gelegt hatte, war ich mit den paar Überlebenden auf der Flucht.“

Die Erklärung des Offiziers trug nicht unbedingt dazu bei, Eris zu beruhigen. Er erwartete mehr.
„Ich kann mir immer noch nicht erklären, was dort eigentlich passiert ist. Meine Soldaten berichteten von einem rothaarigen, irren Teufel, der sie aus der Siedlung vertrieben hat.“
Für einen kurzen Moment hellten sich Eris Züge auf.

„Ich kann verstehen, dass du wütend bist. Aber ich kann es nicht ändern. Es ist schon passiert. Damals bin ich eben Banners Befehlen gefolgt."
„So einfach ist das?", fragte Eris spöttisch.
„So läuft das in der Armee? Jemand anderes sagt etwas, gibt einen Befehl, und damit ist man aus der Verantwortung? Gibt das Denken auf?"
„Mach dich nicht lächerlich. Es gibt da draußen genug Söldner, die genau das Gleiche getan hätten. Ohne mit der Wimper zu zucken. So ist eben das Leben in dieser Welt. Du weißt genauso gut wie ich, dass solche Überfälle immer wieder vorkommen – das einzige, was hier anders ist, ist, dass du dich offenbar der Siedlung verbunden fühlst."
„Mag sein", knirschte Eris, „aber das macht die Sache auch nicht besser."
„Du musst mich nicht mögen. Dafür sind wir eh unter den falschen Vorzeichen aufeinander getroffen. Es ist einiges an Scheiße passiert, und keiner von uns kann sowas wieder gutmachen. Aber es ist auch niemandem damit geholfen, wenn wir uns jetzt aufeinander stürzen und uns das Leben aus den Schädeln prügeln. Lass uns das hier überstehen, und dann sehen wir weiter."
Eris sah den ehemaligen Offizier skeptisch an.
„Ist das also so etwas wie eine Waffenruhe?"
„So in der Art."
Alexander streckte ihm die Hand entgegen. Einen Moment überlegte Eris noch, dann griff er zu.
„Also gut."
Sie sprachen noch einige Zeit über das, was Yard bevorstand, wobei Eris eher die Rolle des Zuhörers einnahm und Alexander aufmerksam lauschte.
Der ehemalige Offizier war Spezialist auf seinem Gebiet und bedachte in seinen Ausführungen Dinge, die Eris nicht im Entferntesten bedacht hätte. Ein Ruf unterbrach Alexander in seinen Ausführungen.
„Eris! Hey, Eris!"

Der Gerufene wandte sich zur Treppe und blickte hinab. Am Fuße der Stufen stand Perry mit einem breiten Grinsen. Fragend blickte Eris den Arzt an. „Was ist los?“
„Du wirst nicht glauben, wen ich in diesem elenden Drecksloch aufgegabelt habe!“
Perry fuchtelte mit seiner Hand in Richtung eines Gebäudes in der Nähe. Eris folgte der Bewegung und kniff die Augen zusammen, doch die zunehmende Dunkelheit ließ ihn nur zwei Schemen erkennen.
„Was“, brachte er noch hervor, da brüllte eine der schemenhaften Gestalten zu ihm herüber.
„Eris, du verdammter Hurenbock!“
Sofort erkannte er die Stimme. Echtes Erstaunen lief über sein Gesicht. Ohne Alexander ein Wort der Erklärung zu geben, hastete er, so gut es ihm möglich war, die Treppe hinunter, vorbei an dem immer noch grinsenden Arzt.
„Moody, du Kotzbrocken! Unglaublich!“
Der breitschultrige Söldner war derweil seinem alten Freund entgegengegangen, seine feuerroten Haare wackelten beinah komisch auf und ab. Moody breitete seine Arme aus, packte Eris und stemmte ihn, gleich einem Begrüßungsritual, in die Höhe.
„Was macht ihr denn hier?“, wollte Moody wissen, nachdem er Eris wieder auf die Füße gestellt hatte.
Eris, einen Moment nach Luft ringend, winkte ab. „Das ist eine viel zu lange Geschichte, um sie dir jetzt zu erzählen. Und sie ist so unglaublich, dass du Alkohol dafür brauchen wirst. Eine ganze Menge.“
Moody lachte derb. „Dann ist es eine Geschichte ganz nach meinem Geschmack! Wann fangen wir an?“
Eris warf einen nachdenklichen Blick hinauf auf die Mauer, dann drehte er sich mit einem Lächeln auf den Lippen zu seinem alten Freund. „Gleich. Es gibt da erst noch etwas zu erledigen.“
Ohne Moody Weiteres zu erklären, schritt Eris wieder zurück zur Mauer und legte seinen Kopf in den Nacken.

„Hey! Alexander! Hier ist er, dein rothaariger, irrer Teufel!"
Perry, immer noch am Fuße der Treppe, schaute seinen alten Freund fragend an.
„Das wird bestimmt interessant."

+++

Mit den ersten Strahlen der Morgensonne verbreiteten sich die Nachrichten in Yard wie ein Lauffeuer. Die Anführer waren zu einer Übereinkunft gekommen. Die Menschen von Yard atmeten auf, denn das konnte nur Frieden bedeuten. Schnell aber zeigte sich, dass diese Übereinkunft sich von den vielen anderen in der Geschichte der Stadt unterscheiden musste. Zum ersten Mal seit der Gründung von Yard hatten die Anführer ihre Getreuen zu einer großen Versammlung gerufen – vor den schützenden Mauern der Stadt. Skepsis und Neugierde gleichermaßen folgten der Erleichterung über den mutmaßlichen Frieden auf dem Fuß. Was konnte eine solche Versammlung bedeuten, was würde es für ihrer aller Zukunft heißen?
In den ersten Stunden nach Sonnenaufgang strömten die Bewohner der merkwürdigen Stadt durch die Tore. Zuerst nur in kleinen Gruppen, dann wurden es immer mehr. Während am Anfang einzelne Fraktionen immer noch klar zu erkennen waren, vermischte sich das Bild zusehends. Da standen Zugführer dicht an dicht mit Landstreichern, dazwischen Techniker und Lagerarbeiter. Nur von den Sicherheitsleuten fehlte jede Spur. Unruhig wogte die Menge hin und her, jeder fragte sich, was diese Versammlung zu bedeuten hatte. Gerüchte sprangen von Mund zu Mund, einige verschwanden schnell in der Masse, andere fanden immer neue Anhänger. Da hieß es, man habe die Vernichtung der Sicherheitsleute beschlossen, denn immerhin seien das ja die Einzigen, die nicht erschienen waren. Ein anderes Gerücht besagte, dass die großen Fraktionen sich zusammengeschlossen hätten. Viele der Gerüchte waren kaum mehr als Wunschträume.

Irgendwann schien wirklich fast jeder Bewohner von Yard vor den Mauern versammelt, ganz egal ob jung oder alt, ob Mann oder Frau, ob verwundet, krank oder gesund. Nur von den schwarzen Westen der Sicherheitsleute fehlte immer noch jede Spur. Und mit jeder Minute, die die Bewohner warten mussten, stieg ihre Unruhe. In dem Moment, als die Anspannung spürbar ihren Höhepunkt erreichte und zu kippen drohte, erschienen vier Gestalten auf den Mauern von Yard. Schon aus der Ferne konnte man sie anhand ihrer Kleidung gut erkennen. Ein Zugführer mit prächtiger Schirmmütze und ordentlicher Uniform, eine Landstreicherin mit einem farbprächtigen Halstuch, ein kräftiger, bärtiger Lagerarbeiter mit dem markanten blauen Sicherheitshelm und ein hagerer, fast schmächtiger Techniker in tadellosem Overall. Als die Masse ihrer ansichtig wurde, verstummten die Menschen langsam. Wie gebannt richteten sich einige tausend Augenpaare auf die vier Gestalten.
Marcus kniff die Augen vor den hellen Strahlen der Sonne zusammen und blickte hinab auf die Menschenmassen. Ihre schiere Anzahl verschlug ihm für einen Moment den Atem. Er lebte in Yard, solange er denken konnte – und doch hatte er noch nie ein derartiges Bild gesehen. Dieses Bild erfüllte ihn zugleich mit Stolz und Furcht. Er schluckte einmal, um Herr über seine Stimme zu werden, dann machte er einen vorsichtigen Schritt nach vorne. Hier hatten die Techniker die ganze Nacht über gearbeitet und ein altes Lautsprechersystem installiert. Links und rechts auf den Mauern prangten große Lautsprecher. Der Zugführer trat an das Mikrofon und seine behandschuhten Finger tasteten zu einem Kippschalter. Er warf einen letzten Seitenblick zu dem hageren Techniker, der ihm mit einem Kopfnicken signalisierte, das alles funktionieren sollte. Marcus nickte zur Bestätigung, drehte sich zu den Massen um und legte den Schalter um.
Ein lautes Knacken drang aus den Lautsprechern und schwoll über die Köpfe der Menschenmenge hinweg. Einige Sekunden verstrichen, in denen das Warten unerträglich wurde. Marcus

sog, hörbar für tausende Zuhörer, die Luft ein, dann begann er zu sprechen. Seine Stimme rollte über die Menschenmenge hinweg.
„Bewohner von Yard! Der Kampf, der die letzten Tage in unserer Stadt tobte, ist vorbei! Wir, die Anführer, sind zusammengekommen und haben über den Frieden beraten. Und das Blutvergießen in unserer Heimat soll ein Ende haben! Wie schon unsere Väter vor uns haben wir uns geeinigt und Frieden beschlossen!"
Marcus legte eine Pause ein und seine Stimme hallte über der Menschenmasse wider. Nur langsam machte sich die Gewissheit zwischen den Anwesenden breit und verhalten erklang Jubel. Dann schlug der Jubel über, griff wie ein Feuer um sich. Aus hunderten, tausenden Kehlen erklang das Gebrüll und schwoll zu einem unheimlichen Getöse an. Marcus hob die Rechte, um der Menge Einhalt zu gebieten. Langsam ebbten die Schreie ab.
„Aber wir sind nicht nur vor euch getreten, um gute Nachrichten zu verkünden! Eine solche Versammlung, wie ihr sie heute erlebt, hat es in der Geschichte bisher niemals gegeben. Es waren besondere Umstände, die uns dazu brachten, euch alle vor die Tore unser geliebten Stadt zu rufen!"

Gebannt hing die Menge an den Lippen des Zugführers, kaum ein anderer Ton als der Widerklang seiner Stimme schallte durch die grüne Ebene.
„Seht sie euch an, unsere geliebte Stadt! Seht sie euch an, unsere Heimat! Yard ist Zuflucht, Yard ist Geborgenheit, Yard ist der Traum unserer Väter und Mütter, Yard ist Zukunft unserer Kinder! Schaut genau hin! Prägt euch alles genau ein! Es könnte das letzte Mal sein, dass wir unsere Heimat in diesem friedlichen Glanz sehen. Es könnte das letzte Mal sein, dass einige von uns diese Stadt sehen!"
Noch während er sprach, machte sich Aufregung unter der Menschenmasse breit. Furchtsam blickte man nach rechts und nach links, verwirrt starrte man die Mauer empor. Marcus

streckte seine Hand aus und deutete mit seinem Finger zum Horizont.

„Es sind dunkle Wolken, die aufziehen! Ein Sturm naht heran, um über unserer Stadt zu toben! Krieg! Krieg! Unserer Heimat droht der Krieg!“

Die theatralische Geste des Zugführers trug nicht dazu bei, die Fragen der Menschen aus dem Weg zu räumen.

„Ihr werdet einen Anführer in unserer Mitte vermissen: Den der Sicherheitsleute! Sie sind ohne Anführer! Die Sicherheitsleute hetzten uns unter seiner Führung alle gegeneinander auf. Sie bauten auf unser Misstrauen, bauten auf das böse Blut, das seit Jahren zwischen uns allen geflossen ist! Sie brachten den Kampf der letzten Tage über uns, warteten nur, wie wir unser Blut vergossen – und wollten im richtigen Moment zuschlagen!“

Als die Worte die Menge erreichten, schlugen die Emotionen um, Wut machte sich breit, als die Anwesenden realisierten, von was der Mann sprach. Marcus ließ der aufgepeitschten Menge keine Zeit, einen klaren Gedanken zu sammeln, und sprach weiter, seine Stimme hatte etwas Verschwörerisches.

„Die Sicherheitsleute haben sich mit einem Feind von außerhalb verbündet! Ihr Plan war kein geringerer, als dass wir alle uns im Kampf um die Gleise ausbluten sollten – und wenn wir dann am schwächsten gewesen wären, hätten sie zugeschlagen, zusammen mit ihren Verbündeten hier draußen!“

Marcus‘ Hand deutet‘ wieder anklagend zum Horizont.

„Wir haben den Verrat an uns allen aufdecken können, bevor zu viel Blut vergossen wurde! Die Sicherheitsleute sind geschlagen, und ich schwöre, so wahr ich hier stehe, die gerechte Strafe für den Verrat an uns allen wird sie ereilen!“

Die Schreie der Massen schwollen an und übertönten Marcus‘ Stimme trotz der Lautsprecher. Die Menschen schrien nach Rache, nach Vergeltung, nach Mord. Der Zugführer hob beschwichtigend beide Hände.

„Glaubt mir, ich würde liebend gerne zu euch hinabsteigen und mit euch auf ihre Gleise marschieren! Jeden von ihnen für ihren

Verrat richten! Aber dafür ist jetzt nicht die Zeit! Nur weil wir ihren Verrat aufdecken konnten, heißt das nicht, dass die Bedrohung vorüber ist! Der Feind ist auf dem Weg hierher. In gerade diesem Moment marschiert er mit seiner Armee auf unsere Heimat zu. Er wird sich nicht davon abhalten lassen, dass wir seine Verbündeten vernichtet haben. Er marschiert, und er baut auf unsere Uneinigkeit. Er baut auf unseren Zwist!"
Marcus holte Luft, während der Lärmpegel der Menschenmasse wieder abschwoll.
„Unsere Uneinigkeit war es, die uns in diese Situation gebracht hat! Einigkeit ist das Einzige, das uns vor der Vernichtung retten kann! Wir sind es, die jetzt zusammenhalten und unsere Heimat schützen müssen! Vergesst das böse Blut, das zwischen uns geflossen ist. Vergesst die Beleidigungen, vergesst die Übergriffe! Vergesst sie oder wir sind dem Untergang geweiht!"
Ein ungläubiges Raunen ging durch die Menschenmasse. Niemand schien glauben zu wollen, was der Zugführer da gerade verkündete. Marcus drehte sich halb zu den anderen Anführern herum und reichte ihnen seine Hand. Alle drei ergriffen sie.
„Was wir brauchen, ist Einigkeit! Einigkeit, um zu überleben!"
Wie zur Bekräftigung der Geste brüllten die Anführer nacheinander das einfache Wort zur Masse hinab. Einigkeit. Das Wort fand Gehör, schien mit Bedeutung gefüllt zu werden und schallte wider. Zuerst schwach, dann nahmen immer mehr Kehlen den Ruf auf. Wie im Takt schwoll der Ruf an, Forderung und Schlachtruf zugleich.

+++

Moody wiegte seinen Kopf anerkennend hin und her. „Eines muss man ihm lassen, Reden schwingen kann er."
Eris bedachte den grobschlächtigen Söldner mit einem Seitenblick und nickte nachdenklich.
„Nur gewinnt man durch schöne Worte keinen Krieg", fügte der Rotschopf hinzu.

Eris schürzte die Lippen. „Und was glaubst du, wie unsere Chancen stehen?“
Moody brauchte nicht lange, um zu einer Antwort zu kommen. „Bis gestern hätte ich noch gesagt, unsere Chancen sind bestenfalls beschissen. Weißt du, als wolltest du ein Rudel Wölfe mit nichts anderem als einem dürren Ast verjagen. Du schlägst vielleicht ein oder zwei von ihnen in die Flucht, der Rest fällt dann aber über dich her. Jetzt hingegen … ich weiß nicht. Die Leute hier scheinen inbrünstig zu sein. Eine hohe Moral macht einiges wett, auch wenn sie niemals Taktik und Waffen schlagen kann. Aber es ist ein Anfang.“
Eris verdrehte die Augen. „Seit wann gibt es eigentlich kryptische Antworten von dir?“
Moody grinste. „Ist ja schon gut. Was Stärke und Moral angeht, machen wir einiges an Boden gut. Mies sieht es wahrscheinlich mit der Bewaffnung und der Munition aus. Auch ohne mir die Waffenkammern angesehen zu haben, behaupte ich einfach mal, dass wir einem militärischen Feind da unterlegen sind. Was die Taktik angeht, können wir auf die Fähigkeiten des Überläufers bauen. Er scheint was von dem zu verstehen, was er da erzählt.“
Eris sah Moody skeptisch an.
„Du vertraust dem Kerl?“
Moody zuckte mit den Achseln. „Du glaubst, ich sollte eher nachtragend sein, was?“
„Immerhin hat er ein paar von deinen Leuten auf dem Gewissen, von Station einmal ganz zu schweigen.“
Der grobschlächtige Söldner schüttelte den Kopf. „Ich sehe das von der beruflichen Seite aus und da mache ich mir nun mal nichts vor. Mensch, Eris, wir sind Söldner. In unserem Handwerk kommen nun mal Menschen um, zwangsläufig. Dein Problem ist dieser Blick von Gut und Böse. Der kann manchmal hilfreich sein, aber im Grunde werden überall Siedlungen überfallen und überall sterben dabei Menschen. Ich nehme ihm das nicht übel – es war sein Auftrag. War bei uns doch auch so.“

„Und dass du im Herbst ein paar mehr Witwen die traurige Botschaft überbringen musst, das ist dir egal?"
„Überhaupt nicht. Das macht mich unheimlich wütend. Aber die Welt ist, auf der anderen Seite, wie sie ist. Es wäre schön, wenn man in ihr nicht Gefahr laufen würde, wegen irgendwelcher Kleinigkeiten über den Haufen geschossen zu werden. Wie du weißt, ist die Realität da ganz anders. Und was meine Wut angeht, so habe ich doch gestern ein ganz schönes Ventil dafür gefunden, oder?"

Eris lächelte, als er sich zurückerinnerte. Es hatte nicht lange gedauert, da war Moody über Alexander hergefallen. Die beiden hatten gekämpft wie die Löwen, hatten mit Fäusten und Tritten aufeinander eingeprügelt. Erst nach einer halben Ewigkeit hatten die Streithähne voneinander abgelassen und sich getrennt. Von diesem Moment an war es gut. Moody hatte Alexander lautstark erklärt, dass nun alles zwischen den beiden Männern geklärt war – und der ehemalige Offizier hatte nickend akzeptiert.
„Es war ein schöner Kampf", meinte Eris anerkennend.
„Ja, kämpfen kann das Arschloch, muss ich sagen. Seit langem habe ich keinen Gegner mehr gehabt, der so fit war. Aber es wäre noch besser gewesen, wenn der Auslöser für den Kampf nicht die Geschichte in Station gewesen wäre."
„Ja, wahrscheinlich."
Schweigen kehrte für einen Moment ein, während sie auf die Menschenmassen vor den Toren blickten.
„Wie geht es nun weiter?" Moody deutete mit dem Kopf auf einen Platz hinter dem Tor. Dort standen Alexander und Ryan in Kampfmontur, um sie herum eine Truppe bunt gemischter Wachen.
„Marcus schickt den Offizier und seinen Begleiter aus, um die Angelegenheit zu klären. Er kann sich nicht erlauben, die Sicherheitsleute in Ruhe zu lassen."
„Wie wird das laufen?"

„Wahrscheinlich wird er sie zur Aufgabe auffordern. Wenn sie nicht einwilligen, wird es schnell und blutig ablaufen, um Ruhe in den Laden zu bringen. Wie ich die Sache sehe, werden die Sicherheitsleute einwilligen, wenn sie nicht völlig bescheuert sind. Wahrscheinlich bekommen sie die Chance, ihren Namen in der Schlacht wieder reinzuwaschen, wenn du verstehst, was ich meine."

„Das kann ja heiter werden."

Moody winkte ab. „Die ganze Sache ist jetzt eh schon zum Selbstläufer geworden. Alles, was wir nun noch machen können, ist, zu versuchen, die Richtung anzugeben."

„Du hast wahrscheinlich recht. Lass uns nur hoffen, dass wir die Sache dabei nicht gegen eine Wand setzen."

„Ach komm. Wie schlimm kann es schon werden? Wir sitzen hier mitten auf dem Präsentierteller, in einer Stadt voller Frauen, Kinder und alter Leute. Unser Feind ist besser bewaffnet und besser ausgebildet. Alles halb so wild."

Die beiden Männer starrten sich an, dann begannen sie, laut zu lachen.

+++

Es kam, wie Moody es prophezeit hatte. Aus Angst vor der Rache des aufgepeitschten Mobs willigten die Sicherheitsleute ein und ließen sich entwaffnen. Auch wenn sie ihre Unschuld noch so sehr beteuerten, es half wenig, das Vertrauen war verloren. Missmutig öffneten sie also ihre Arsenale und begaben sich in die Hände ihrer Bewacher.

Noch während diese Übergabe in vollem Gang war, erwachte Yard an anderer Stelle zu unerwarteter Aktivität. Vor und auf den Mauern der Stadt begannen die einst verfeindeten Bewohner, nun durch einen äußeren Feind zusammengeschweißt, Hand in Hand mit den Schanzarbeiten. Es war ein emsiges Treiben, gleich einer Ameisenkolonie in Höchstform. Überall wurden Stellungen ausgehoben, Sandsäcke gefüllt und geschleppt.

Die meterhohen Mauern von Yard, ein Sammelsurium aus dem Schrott der vergangenen Jahrzehnte, wurden mit noch mehr Schrott und Sandsäcken verstärkt. Irgendwo aus den Untiefen ihrer Hallen hatten die Lagerarbeiter Stacheldraht hervorgeholt und verstärkten damit die eilig errichteten Barrikaden. Ganz Yard glich einer riesigen Baustelle: Man arbeitete nicht nur vor der Stadt oder auf den Mauern, auch drinnen bereitete man sich auf den bevorstehenden Kampf vor. Munitionsvorräte wurden aus den Arsenalen geholt und zu den Stellungen geschleppt, schwere Waffen wurden auseinandergenommen und an anderer Stelle wieder bereitgemacht.

Unter der Führung von Perry und Ryan wurde eine der Lagerhallen geräumt und ein Lazarett eingerichtet. Medizinische Vorräte wurden herbeigeschafft, Feldbetten aufgestellt. Es gelang den beiden Medizinern sogar mühsam, eine Art Operationsraum einzurichten, auch wenn fraglich war, ob sie überhaupt in der Lage sein würden, schwere Verletzungen zu behandeln. Letztlich fehlte ihnen einfach die Zeit und keiner von ihnen gab sich Illusionen hin. Das, was sie in kurzer Zeit hier auf die Beine stellten, konnte nur ein Tropfen auf den heißen Stein sein, nicht mehr. Während Perry sich daran machte, sich einen Überblick über die Bestände zu machen, war es an Ryan, Sanitäter zu suchen. In einer Stadt wie Yard gab es genügend Männer und Frauen, die sich als Ärzte verstanden, doch den meisten fehlte das fachliche Wissen. Sie hatten das Handwerk letztlich nie gelernt und mit dem gearbeitet, was sie sich aneignen konnten oder aufgeschnappt hatten. Doch was in der Zeit DAVOR höchstens rudimentäre Kenntnisse gewesen wären, war in der Zeit DANACH ein unschätzbares, kostbares Gut. Jeder von ihnen hatte schon Schnittverletzungen, Knochenbrüche und Schussverletzungen behandelt, das stand außer Frage. Doch Krieg hatte die Angewohnheit, weit schlimmere, weit kompliziertere Verletzungen hervorzurufen. Ryan wählte drei Ärzte – zwei Frauen, einen Mann – aus, denen er wirklich zutraute, auch mit schlimmeren Verletzungen fertig zu werden. Den Rest

teilte der Militärarzt als Sanitäter ein. Ihm war bei der Planung nicht ganz wohl – aber es war das Beste, was er in so kurzer Zeit erledigen konnte.
Ian hatte sich als wahrer Glücksgriff erwiesen. Der Händler hatte Marcus seine Fähigkeiten angeboten, kaum dass beide sich vorgestellt wurden. Der Zugführer schien das Talent in dem alten Händler zu erkennen und verwies ihn an die Lagerarbeiter. Es hatte keine Stunde gedauert, da machte Ian sich mit Unmengen an Inventarlisten vertraut, unterstützte die Logistik in Yard nach bestem Wissen und Gewissen. Der Händler hatte dabei ein Auge fürs Detail, bedachte, die Stellungen nicht nur mit ausreichend Munition und Nahrung, sondern auch mit Wasser und Alkohol zu versorgen. Ian war es zu verdanken, dass man einige Vorratsdepots in der Nähe der Mauern anlegte, um einfach von den kurzen Wegen zu profitieren.

Aus Moody und Alexander war trotz – oder gerade wegen – ihrer anfänglichen Differenzen schnell ein gutes Team geworden. Der grobschlächtige Söldner und der ehemalige Offizier arbeiteten Hand in Hand. Die taktischen, strategischen und planerischen Fähigkeiten der beiden Männer, die unterschiedlicher kaum hätten sein können, ergänzten sich dabei nahezu perfekt. Während Alexander derjenige war, der die Verteidigung von Yard hoch oben von den Mauern aus plante, marschierte Moody durch die Reihen der Arbeitenden. Er trieb zu härterer Arbeit an, lobte dort, wo es angebracht war, und war sich nicht zu schade, auch selbst einmal Hand anzulegen. Die Kraftreserven des rothaarigen Muskelbergs schienen schier unendlich, und die Männer und Frauen nahmen sich an ihm ein Beispiel, gingen an ihre Grenzen.
Sal hatte bei der Vorbereitung auf die bevorstehende Schlacht eine ebenso tragende Rolle. Die Schützin saß Tag und Nacht auf dem Dach des höchsten Gebäudes von Yard, in ihren Händen einen Feldstecher. Immer wieder nahm sie das Fernglas an die Augen, suchte den Horizont nach verräterischen Anzeichen ab.

Gleich in der Nähe der Schützin hatten die Mechaniker eine große Sirene aufgestellt. Der Klang des alten Geräts würde ausreichen, um wirklich jeden in der Stadt aufzuschrecken. Doch für den Moment gab es einfach keine trügerischen Anzeichen, nichts, was von der Ankunft der Armee kündete. Es war die sprichwörtliche Ruhe vor dem Sturm.
Eris hingegen wurde sich darüber bewusst, wie ihm die Situation immer mehr und mehr entglitt. Obwohl er zusammen mit Sal, Tyler und Perry große Entwicklungen in Gang gebracht hatte, fühlte er sich jetzt viel mehr wie ein machtloser Beobachter. Die Dinge hatten ihre Eigenenergie entwickelt, waren rasend schnell geworden, und Eris war sich nicht mehr sicher, ob er Schritt halten konnte. Während fast alle seiner Freunde irgendwie ihren Platz in der Verteidigung der Stadt gefunden hatten, schwebte er haltlos über den Dingen. Er war sich nicht sicher, wo er sich einbringen konnte. Ihm fehlte das militärische Geschick, das Moody und Alexander auszeichnete, er war auch kein Arzt, wie Perry oder Ryan es waren. Seine Augen waren – vergleichen mit denen von Sal – ein Trümmerfeld. Die bevorstehende Schlacht war viele Nummern größer als alles, was er bisher in seinem Leben erlebt hatte. Immer noch war er sich sicher, dass es sich lohnte, für all das zu kämpfen, doch wusste er nicht, wie er am besten kämpfen sollte.
Tyler kam sich noch verlorener vor als Eris. Perry hatte seinem Neffen verboten, eine Waffe in die Hand zu nehmen und bei der Verteidigung der Stadt zu helfen, und gleichzeitig gab es im Lazarett auch keine wirkliche Einsatzmöglichkeit für den Jungen. Wütend über die Vorschriften seines Onkels streifte der Junge durch die lebendige Stadt. Es fühlte sich nicht richtig an, zur Untätigkeit verdonnert zu sein, und obwohl er die Bedenken seines Onkels nachvollziehen konnte, regte sich in seinem Inneren doch etwas dagegen. Tyler sah Jugendliche, die ein oder zwei Jahre jünger waren als er, sah, wie sie sich bewaffneten und Posten auf den Mauern bezogen. Er sah andere Jugendliche, die sich bei den Schanzarbeiten beteiligten, und er entdeckte ein

paar halbstarke Kinder, die Sandsäcke zu den Stellungen schleppten. Je mehr er sah, umso größer wurde der Kloß in seinem Hals. Perrys Vorschriften machten ihn zusehends wütender, und so beschloss er, sie zu missachten. Es dauerte kaum eine halbe Stunde, da hatte der Junge ein Gewehr umgehängt und beteiligte sich rege an den Bauarbeiten.

+++

Marcus betrachtete die Wissenschaftlerin eingehend und rieb sich nachdenklich das Kinn. Die Müdigkeit stand dem Zugführer ins Gesicht geschrieben, er hatte kaum mehr als eine Stunde geschlafen.

„Mit Verlaub. Die hundert Soldaten in allen Ehren, aber über mehr würde ich mich wirklich freuen."

Annabell machte ein gequältes Gesicht, nickte dann zustimmend.

„Das ist mir bewusst. Leider war es mir nicht möglich, mehr als das zu bringen. Für den Moment."

„Das ist doch nichts anderes als eine Floskel." Marcus schüttelte den Kopf. „Gerade im Moment brauchen wir mehr Truppen, mehr Ausrüstung. Zu einem späteren Zeitpunkt ist es wahrscheinlich – genau, das sagt das Wort – zu spät. Bekräftigungen bringen mir aktuell wenig."

„Auch das weiß ich. Daher habe ich eine Nachricht an das Institut abgesetzt, die Lage hier geschildert. Ein weiterer Konvoi mit Truppen und Material wird in diesen Stunden bereit gemacht und schleunigst in Bewegung gesetzt."

Die müden Gesichtszüge des Anführers hellten sich ein wenig auf.

„Wollen wir hoffen, dass diese Leute noch rechtzeitig nach Yard kommen."

Annabell nickte pflichtschuldig.

„Aber nichtsdestotrotz", fuhr der Zugführer fort und zog eine Zigarre aus seiner Brusttasche, wendete sie bedächtig zwischen

den Fingerspitzen, „frage ich mich, was uns dieses Bündnis tatsächlich einbringt."
Die Blicke der beiden trafen sich und während er nicht von ihr abließ, steckte er sich die Zigarre in den Mundwinkel und zündete sie an. Annabell lächelte schwach.
„Das ist offensichtlich. Wir haben einen gemeinsamen Feind."
„Oh? Haben wir den wirklich?"
„Ich verstehe nicht?"
„In eurem Institut seid ihr doch vor der Welt hier draußen gut geschützt. Niemand hat gewusst, wo ihr wirklich gelebt habt. Es gab Gerüchte, ja, aber mehr auch nicht. Ihr wart eine Legende."
„Ich weiß. Doch wie es scheint, hat Banner mittlerweile erfahren, wo sich das Institut befindet. Daran habe ich so gut wie keinen Zweifel. Und in dem Moment, in dem er beschließen wird, sich das Institut zunutze zu machen, wird er vor unseren Toren stehen. Unsere stärkste Verteidigung war immer, dass niemand wusste, wo wir waren. Diese Verteidigungslinie ist nun eingerissen worden. Es ist nur eine Frage der Zeit, bis er auch vor unseren Toren steht. Und glaub mir, wir hätten allein nicht die geringste Chance gegen diese Armee. Wir sind Wissenschaftler."
Marcus legte den Kopf schief. „Dafür sind eure Leute aber wahnsinnig gut bewaffnet."
„Das ist letztlich egal. Gegen Banners Armee ist es nichts. Allein ihre zahlenmäßige Stärke wäre viel zu gering."
„Und weil ihr Angst vor eurer Vernichtung habt, kommt ihr zu uns?"
Annabell presste die Lippen aufeinander.
„Teils, teils. Ich hatte immer den Traum, das Institut wieder zu öffnen, hinaus in die Welt zu gehen. Das Wissen des Instituts ist kostbar, und so haben wir die Macht, diese Welt wieder bewohnbar zu machen. Die Umstände mit Banner haben den Prozess beschleunigt."
Marcus schüttelte den Kopf und lachte heiser. „Das hört sich so an, als wäre diese Welt zu einem giftigen Sumpf geworden, in dem niemand mehr überleben könnte."

„Natürlich nicht. Aber diese Welt ist seit der Katastrophe hart geworden. Die Menschheit hat viel verloren. Mit dem Wissen des Instituts können wir das Leben einfacher machen, sicherer. Die Möglichkeit, die Menschheit wieder in eine Zivilisation zu führen, in der der tägliche Überlebenskampf nicht an erster Stelle stehen würde. Der Grundstein für eine besser Welt, wenn du so willst."

„Das sind große Worte", kommentierte er nachdenklich und blies eine große Rauchwolke aus.

„Ich weiß. Das klingt pathetisch. Aber ich habe immer geglaubt, dass wir die Möglichkeiten dazu haben. Es liegt in unserer Hand, davon bin ich fest überzeugt."

„Gehen wir davon aus, es würde funktionieren. Nehmen wir an, es gelingt uns, Banner aufzuhalten. Was kommt dann?"

„Das Institut liefert Wissen und Technologie. Zusammen mit der Elektrizität, die der Windpark dann liefern wird, haben wir die Möglichkeit, etwas ganz Neues aufzubauen. Strom wäre endlich kein knappes Gut mehr. Elektrizität im Überfluss."

Genüsslich blies der Zugführer eine Rauchwolke aus und goss sich einen Fingerbreit ein.

„Ich habe die Kolosse ein paar Mal gesehen. Relikte aus einer längst vergangenen Zeit. Hätte nicht gedacht, dass die irgendjemand einmal wieder zum Einsatz bringen könnte."

„Nun", räumte die Wissenschaftlerin ein, „das ist Nichts, was von einem Tag auf den anderen funktionieren würde. Die Anlagen müssen gewartet und überholt werden, bis sie auf voller Leistung laufen können. Das Netz müsste repariert werden. Im Moment ist es ein Trümmerfeld, aber mit der richtigen Portion Arbeit und Wissen kann das schnell gehen."

„Und die Arbeitskraft dazu gibt es natürlich in Yard", lächelte Marcus vielsagend und stürzte seinen Drink hinunter.

„Ich würde lügen, wenn ich etwas anderes behaupten würde. Aber es ist ja nicht so, dass Yard davon nicht auch profitieren würde. Ihr gewinnt Strom über Solarkollektoren. Das reicht schon lange nicht mehr, um die Stadt zu versorgen. Der Wind-

park liefert mehr als genug und Yard könnte über seine heutigen Grenzen wachsen."
„Das ist schön und gut. Aber es gibt genügend Stimmen in dieser Stadt, denen es lieber wäre, wenn Elektrizität ein knappes Gut bleiben würde."
„Das ist nicht weitsichtig gedacht. Aber wenn es wirklich darum geht: Nur, weil genügend Strom da wäre, bedeutet das nicht, dass man ihn nicht regulieren könnte."
Marcus verzog säuerlich das Gesicht.
„Dann gäbe es aber immer noch ein Problem. In Yard regieren die Fraktionen. Wachstum würde bedeuten, dass unser bestehendes System irgendwann veraltet wäre. Das sehen die anderen Anführer sicher nicht gerne. Niemand sieht Machtverlust gerne."
Connelly zuckte mit den Schultern.
„Nichts ist so stetig wie der Wandel. Wir haben die Möglichkeit, etwas Neues zu schaffen. Jeder, der diese Chance nicht wahrhaben will, ja, ignoriert, der hat es nicht besser verdient, als vom Fortschritt überrollt zu werden. Denk doch nach! Yard ist nur der Anfang. Mit Strom wärt ihr in der Lage, die Eisenbahn wieder in Gang zu bekommen. Yard wäre dann das Zentrum, von dem eine neue, eine bessere Zukunft ausgehen könnte."
Geschmeichelt nickte Marcus. „Dieser Gedanke ist verlockend, ja."

Zwei Tage hielt das rege Treiben in Yard noch an. Das Wetter war gut und so kamen die Verteidiger schnell voran, auch wenn sie keine Wunder bewirken konnten. Die Vorbereitungen, die sie trafen, waren in aller Eile entstanden, dennoch war der Fortschritt durchaus respektabel.
Man hatte getan, was man konnte, und die Männer und Frauen waren teils an ihr Äußerstes gegangen, hatten fast Tag und Nacht gearbeitet. Marcus hatte die Arbeiten in Schichten organisiert, schließlich war die Gefahr, dass der Feind vor der Stadt aufmarschierte, groß.

Auch am dritten Tag hatten die Arbeiten planmäßig begonnen, doch kurz vor Mittag war es vorbei damit. Die Alarmsirene erscholl. Schlagartig kam alles zum Erliegen und für einige Momente schien es, als ob die Zeit ihre Bedeutung verloren hatte. Tausende von Augenpaaren blickten voller Furcht hinauf zum höchsten Gebäude, von wo der Alarm erscholl. Doch dort oben war niemand zu erkennen. Also wanderten die Blicke an den Horizont. Für den Moment lag die grüne Ebene noch still und unberührt.
Aus Sals Perspektive sah das alles freilich anders aus. Die Schützin hielt den Feldstecher mit ruhiger Hand an die Augen und konzentrierte sich. Es bestand kein Zweifel. Sie blickte auf einen Punkt am Horizont. Eine Staubwolke lag knapp über der Horizontlinie und nahm langsam an Größe zu. Die Schützin bewegte sich nicht einen Millimeter, befeuchtete sich ihre trockenen Lippen und blickte wie gebannt durch den Feldstecher.
Vereinzelte Schreie von den Mauern her kündeten davon, dass die Wachen dort nun auch die Staubwolke entdeckt haben mussten. Die Wolke wuchs empor und schon konnte Sal winzige, sich schnell bewegende, schimmernde Punkte am Horizont ausmachen. Fahrzeuge, ganz eindeutig.
Die Alarmsirene dröhnte währenddessen weiter und die Bewohner von Yard fielen aus ihrer Starre. Einige verfielen in Panik, stürmten angsterfüllt durch die Gassen und suchten Schutz in den Gebäuden und Waggons. Andere wiederum verstanden den Alarm als Signal, griffen zu ihren Waffen und bezogen ihre Stellungen. Die Arbeiten kamen von einem Moment zum anderen zum Erliegen, man tauschte Spaten und Spitzhacke gegen Gewehr und legte sich grimmig, abwartend in Deckung.
Das Schauspiel hielt an. Die Staubwolke wuchs empor und füllte bald einen schmalen Streifen am Horizont.
Von ihrer Position aus konnte Sal viel mehr Details erkennen. Schnelle Fahrzeuge bildeten die Spitze der Armee, danach folgten Reiter. Dann wiederum rollten langsamere Fahrzeuge heran, denen sich Marschkolonnen anschlossen. Zum Schluss rollten

die langsamen und verwundbaren Versorgungsfahrzeuge. Bisher war Banners Armee kaum mehr als eine Zahl gewesen. Es war schwer, nur anhand einer Zahl die wirklichen Dimensionen zu begreifen. Jetzt aber war mit einem Schlag offenkundig, welche Bedrohung von der Armee ausging. Sals Hals schnürte sich langsam zu, während sie auf die schier unglaubliche Masse an Menschen und Material starrte.

+++

Banner hatte seinen Wagen auf einer kleinen Anhöhe halten lassen. Mühsam war der untrainierte Mann auf das Dach des Fahrzeugs geklettert und hatte sich von seinem Adjutanten das Fernglas reichen lassen. Nun stand er dort oben und betrachtete durch die Okulare die Stadt in einigen Kilometern Entfernung. Als vor einigen Tagen nicht nur der Funkkontakt zu Cassandra abgebrochen war, sondern sich auch eine der Vorausabteilungen nicht mehr planmäßig meldete, hatte ihn schon ein ungutes Gefühl beschlichen. Dennoch hatte er immer noch die vage Hoffnung gehabt, dass es sich bei den Kommunikationsaussetzern schlichtweg um technische Fehler gehandelt hatte. Tatsächlich war die Chance, dass zwei Funkgeräte zur selben Zeit ausfielen, unheimlich gering. Insgeheim hatte er von diesem Moment an gewusst, dass etwas nicht stimmte, dass seine Pläne nicht reibungslos ablaufen würden. Jetzt hatte er Gewissheit.

Es gab keine Rauchsäulen, die aus Yard aufstiegen. Nichts kündete von einem Kampf innerhalb der Stadt. Viel schlimmer. Durch den Feldstecher konnte er erkennen, wie vor den Mauern der Stadt Gräben ausgehoben und Barrikaden errichtet worden waren. Die Mauern – riesige Berge aus Schrott – waren verstärkt worden. Und in den Stellungen warteten Bewaffnete.

Ein tonloser Fluch kam über seine Lippen, doch Banner entschied sich, die aufkeimende Wut nicht hochkochen zu lassen. Er war sich sicher, dass Yard nicht in der Lage sein würde, seiner Armee standzuhalten. Die verzweifelten Verteidiger würden ihn vielleicht für einige Zeit aufhalten, aber letztlich nichts ausrichten können. Seine Soldaten waren erstklassig bewaffnet, gut trainiert und befanden sich bei bester Moral. Er hatte keinen Zweifel daran, dass es sich nur um wenige Tage handeln würde, bis Yard erobert war. Und dann gab es wirklich nichts mehr, das ihn aufhalten würde. Dann würde es mit großen Schritten in eine neue Welt gehen.

Der General reichte seinem Adjutanten das Fernglas und winkte einen Melder herbei.

Die junge Frau salutierte knapp und nahm Haltung vor dem Oberkommandierenden an.

„Meldung an die Truppenteile. Stellungen beziehen mit Angriffsrichtung gen Yard. Die Offiziere sollen ihre Männer maximal drei Kilometer vor der Stadtgrenze in Stellung bringen und weitere Befehle abwarten. Artillerie in dritter Stellungsreihe bereitmachen."

„Sir, jawohl, Sir!" Die Frau nickte, salutierte noch einmal und rannte davon.

Umständlich kletterte Banner vom Dach des Geländewagens herunter. Sein Adjutant war zur Stelle und reichte dem hageren Befehlshaber als Stütze seine Hand, doch Banner ignorierte die Geste und mühte sich weiter allein ab. Als er wieder festen Boden unter den Füßen hatte, zog er mit ein paar Handgriffen seine Uniform zurecht.

„Geben Sie Befehl an die Spähabteilung. Vorfühlen entlang der Straße mit zwei schnellen Fahrzeugen."

Der Adjutant nickte und eilte um das Fahrzeug herum zum Funkgerät.

+++

Hoch oben auf der Mauer, inmitten der Verteidigungslinie, hatte Alexander seinen Kommandostand errichten lassen. Schwere, brusthohe Sandsäcke, Stahlträger und Wellblech bildeten einen respektablen Unterstand. Während draußen in der Ebene Ban-

ners Armee ihre Stellungen bezog, hatten sie sich alle hier eingefunden.
Alexander und Marcus betrachteten regungslos das großangelegte Manöver in der Ebene, während Ryan einen fast schon gelangweilten Eindruck machte. Der bärtige Zwerg hatte es sich auf einigen Sandsäcken bequem gemacht und prüfte gelassen seine Ausrüstung. Sal und Eris standen an der Brustwehr und blickten neugierig hinunter. Er hatte den Arm um ihre Hüfte geschlungen. Beide hatten noch nie im Leben so viele Kämpfer gesehen und waren von der Präzision der Soldaten in einigen Kilometern morbide fasziniert. Perry hatte gleich zu seinem treuen zerbeulten Flachmann gegriffen, als er der Truppenmasse vor der Stadt ansichtig geworden war, hatte ungläubig den Kopf geschüttelt und sogleich den ersten Schluck hinuntergestürzt. Dies wiederholte er nun in einer stoischen Regelmäßigkeit, begleitet von Kopfschütteln. Gleich neben ihm stand Tyler, der seine angsterfüllten Blicke nicht von dem Schauspiel abwenden konnte. Seine Hände zitterten und die Knie des Jungen waren weich, aber so richtig schien niemand Notiz davon zu nehmen. Etwas abseits wartete Annabell. Die Wissenschaftlerin war mit einer Situation wie dieser mehr als nur überfordert, und das sah man ihr auch mit nur einem schnellen Blick an. Nervös strich sie immer wieder ihre Kleidung glatt, während ihr Blick von einem Anwesenden zum nächsten huschte. Einzig und allein Ian und Moody machten genauso wenig Aufhebens um die Situation wie Ryan. Der Händler war immer noch mit einem dicken Bestandsbuch beschäftigt, schien völlig in seiner eigenen Welt versunken. Für ihn gab es offenbar wichtigere Dinge als die aufziehende Armee vor der Stadt. Moody hingegen hatte die Füße hochgelegt und war damit beschäftigt, einen dickflüssigen Eintopf aus seinem Napf zu löffeln, wobei er unappetitliche Geräusche von sich gab. Der grobschlächtige Söldner schien nur an seinem Essen interessiert.
Perry kam endlich zur Vernunft und nahm einen letzten, tiefen Schluck aus dem Flachmann. Er strich sich aufgekratzt durch

seinen Vollbart. „Ich habe damit gerechnet, dass es hart wird, aber jetzt, wo ich es sehe, wird mir ganz anders …", murmelte er halblaut.
Einzig Tyler und Ryan reagierten auf seine Aussage. Die Worte seines Onkels erschreckten Tyler und der unruhige Junge fühlte, wie ein dicker Kloß in seinem Hals wuchs. Wenn selbst sein Onkel, der so weit gereist war und so viel gesehen hatte, vom Feind überwältigt war, dann schien alle Hoffnung verloren. Ryan hingegen blickte bei den Worten des bärtigen Arztes auf und schüttelte den Kopf. „Mach dir nicht ins Hemd, Mann!", blaffte der Zwerg. „Das sind auch nur Menschen."
„Aber es sind so unglaublich viele! Sie haben Waffen, sie sind ausgebildet …", begann Perry.
„Wir haben auch Waffen. Und wir haben ausgebaute Stellungen." Genervt legte der Zwerg seine Ausrüstung beiseite und sprang von seinem Platz. Energisch stapfte er zu dem älteren Mann herüber.
„Ich glaube nicht, dass …", murmelte Perry wie in Trance, den Blick immer noch auf den Feind gerichtet.
Ryan knurrte, packte den Arzt am Hemd und zerrte ihn zu sich herum. Verstört sah Perry den untersetzten Mann an.
„Schwachsinn!", knurrte Ryan und schüttelte Perry einmal kräftig. „Ich will nichts davon hören! Das ist Psychologie! Damit gewinnt man Kriege. Banner baut darauf, dass wir von diesem Anblick eingeschüchtert werden, er hofft darauf, Furcht in unseren Herzen zu säen. Er will die Moral knacken, und wenn die einmal gebrochen ist, dann ist es nur eine Frage der Zeit, bis wir wirklich aufgeben. Verstehst du? Reiß dich am Riemen! Letzten Endes sind das dort hinten auch nur Menschen. Durch ihre Adern fließt das gleiche Blut wie durch unsere Adern, sie sind auch nur aus Muskeln und Knochen! Wenn du sie verwundest, dann bluten sie, und wenn du ihnen eine Kugel durch den Kopf jagst, dann sind auch sie tot. Es sind Menschen und keine Übersoldaten! Merk dir das! Die Verteidiger dieser Stadt schauen auf uns. Sie betrachten uns als Anführer. Wenn sie sehen, dass einer

von uns zweifelt, werden auch sie zweifeln. Hast du mich verstanden?"
Perry schien langsam zurück in die Realität zu finden. Der Arzt schüttelte seinen Kopf leicht, um seine Gedanken zu ordnen, sein Blick klärte sich. Zögerlich nickte er. „Jaja. Entschuldigung", nuschelte er, als ihm klar wurde, was er gerade gesagt hatte.
Mit einem bekräftigenden Laut nickte der Zwerg und ging zurück zu seinem Platz.
Eris dachte über die Worte des kleinwüchsigen Arztes nach und erkannte, wie recht Ryan doch hatte. Krieg bedeutete nicht nur, den Feind mit überlegener Gewalt in die Enge zu treiben und letztlich zu besiegen, Krieg bestand ebenso aus Psychologie und Täuschung.
„Da tut sich etwas", bemerkte Sal und deutete mit dem Kopf an eine Stelle im feindlichen Lager. Wieder einmal hatte die Schützin ihre guten Augen unter Beweis gestellt. Erst nach ihrem Hinweis erkannten die anderen, was sie genau meinte. Zwischen den Stellungen der Soldaten kamen zwei Geländewagen in Bewegung. Die Fahrzeuge rollten gemächlich heran und passierten die vorderste Linie von Banners Armee, dann beschleunigten sie und beschrieben einen weiten Bogen in Richtung der alten Straße, die auf Yard zuführte. Mit einigem Abstand zueinander erreichten die leicht gepanzerten Geländewagen den brüchigen Asphalt und hielten auf Yard zu.
„Wie aus dem Lehrbuch", bemerkte Alexander mit einem gewinnenden Lächeln. „Er fühlt mit Spähfahrzeugen vor."
Moody unterbrach sein Schmatzen, sah aber nicht von seinem Napf auf. „Von wo kommt er?"
„Von der Straße."
„Gut, gut. Das ist ja fast zu einfach", meinte Moody vielsagend und wandte sich wieder seinem Napf zu. Den grobschlächtigen Söldner schien nichts aus der Ruhe bringen zu können.
Verwirrt blickte Eris zwischen den beiden Männern hin und her. Er konnte nicht verstehen, wie sie so ruhig bleiben konnten.

Die Fahrzeuge rollten in schnellem Tempo über den Asphalt, die Distanz zu Yard verkürzte sich zusehends. Obwohl beide Wagen längst in Schussreichweite waren, wurde das Feuer nicht eröffnet.

„Warum wird nicht geschossen?“ Eris löste sich von Sal und wandte sich zu Alexander.

„Weil ich den Befehl dazu gegeben habe, das Feuer nicht zu eröffnen“, bemerkte Alexander knapp, ohne seinen Blick von den Fahrzeugen zu nehmen.

„Was? Warum …“, begann Eris geschockt.

Moody erhob sich, stellte seinen Napf beiseite und legte Eris die fleischige Pranke auf die Schulter. „Keine Angst. Das ist alles in Ordnung.“

Verwirrt blickte Eris ins Gesicht des grobschlächtigen Söldners, konnte aber keine Antwort finden. „Ich verstehe nicht …“

„Dann pass einfach auf.“

Immer noch missmutig betrachtete Eris weiter das Schauspiel vor den Toren der Stadt. Ihm war dabei nicht wohl. Die Geländewagen hatten sich nun auf einen Kilometer genähert und es schien nichts zu geben, das sie aufhielt. Eris bemerkte, wie mit jedem weiteren Meter, den die Fahrzeuge heranrollten, seine Anspannung wuchs. Schon waren die Geländewagen auf einen halben Kilometer heran. Es war nicht mehr weit bis zu den ersten Schützenlöchern und Gräben und Eris musste daran denken, was für eine Zerreißprobe es für die Nerven der Männer und Frauen dort unten sein musste. Da hielten feindliche Fahrzeuge in voller Fahrt auf ihre Stellungen zu und man hatte ihnen untersagt, das Feuer zu eröffnen. Er selbst verstand den Sinn dieses Befehls nicht und er zweifelte daran, dass die Kämpfer dort unten in ihren Stellungen es taten.

Plötzlich ein greller Lichtblitz, dann rollte eine markerschütternde Explosion heran. Das Führungsfahrzeug verschwand für den Bruchteil einer Sekunde in einer Fontäne aus Asphaltbrocken und Staub, dann wurde es in einem Feuerball einige Meter in die Luft geschleudert, trudelte, kam auf und überschlug sich

mehrmals, bevor es brennend zum Liegen kam. Der Fahrer des zweiten Wagens reagierte blitzschnell und riss das Lenkrad herum, der Geländewagen scherte aus und rollte von der alten Straße herunter. Für ein Moment schien es, dass sein Manöver von Erfolg gekrönt sei, dann ertönte eine zweite Explosion. In einer grellen Feuerwolke wurde das Fahrzeug in Stücke gesprengt. Lodernde Trümmerteile regneten herab.
Die Explosionen verhallten und für einige Sekunden machte sich schmerzende Stille breit. Dann erklang ein lauter Jubelschrei aus den unzähligen Kehlen der Kämpfer in ihren Stellungen.
Ian war bei der ersten Explosion zusammengezuckt und hatte sich schnell erhoben. Der Händler war es, der offenbar als Erster zur Sprache zurückfand. „Da sind die zwei Dutzend Minen also geblieben. Und ich habe schon geglaubt, die Bestandslisten wären fehlerhaft."
Langsam realisierte auch Eris, was gerade passiert war, und drehte sich zu Moody, der seine wilde Haarpracht in Ordnung brachte. „Ich habe es doch gesagt", meinte der Söldner mit einem breiten Grinsen und warf einen herausfordernden Blick zu Alexander. Der ehemalige Offizier nickte anerkennend.
„Die Sicherheitsleute haben bewiesen, dass sie immer noch zu Yard stehen. Ich rate, sie wieder zu bewaffnen und in die Verteidigung einzugliedern."
Seine Worte galten Marcus. Der Zugführer schien schnell begriffen zu haben, was der glatzköpfige Mann meinte.
„Wenn die Sicherheitsleute wirklich dafür verantwortlich waren, die Straße zu verminen, dann reicht mir das als Beweis. Ich mache den Befehl fertig."
Alexander nickte. Marcus tippte sich an die Schirmmütze und ging davon, um die entsprechenden Anweisungen zu geben. Perry setzte sich hin. Der Arzt war immer noch mitgenommen und nervös, doch die Worte des Zwerges schienen eine gewisse Wirkung auf ihn gehabt zu haben. Tyler spürte, wie seine Anspannung von Sekunde zu Sekunde zunahm. Der Junge stützte

sich mit beiden Armen auf die Sandsäcke und spähte auf die Ebene hinaus.
„Irgendeine Idee, wie es nun weitergehen wird?“, meldete sich Annabell endlich zu Wort und machte unsicher einige Schritte nach vorne. Die beiden Explosionen schienen sie völlig aus dem Konzept gebracht zu haben.
„Das kommt ganz darauf an, Frau Doktor“, meinte Alexander. „Nach meiner Einschätzung wird Banner erst einmal seine Truppen in Stellung bringen. Seine Armee hat einen langen Marsch hinter sich und wird nun Zeit brauchen, um sich zu organisieren.“
Die Wissenschaftlerin verzog das Gesicht. „Logisch. Aber was kommt danach?“
„Wenn ich genau wüsste, was unser Feind als nächstes tut, dann wäre diese Schlacht viel einfacher für uns. Dennoch lässt sich begrenzen, welche Optionen Banner nun hat. Wenn er sich an seine eigenen Strategien hält, dann wird folgendes passieren: Es wird heute vielleicht noch ein paar Späheinsätze geben. Diesmal natürlich ohne Fahrzeuge. Er wird austesten, wo die Verteidigung ihre Schwachpunkte hat. Alles in allem ist aber nicht von einem Großangriff auszugehen. Heute Nacht könnte es haarig werden. Im Schutz der Dunkelheit kann er seine Späher viel näher an unsere Linien schieben. Wenn er bis dahin schon einen Schwachpunkt hat, kann er sogar zu einem Angriff ansetzen.“
Die Wissenschaftlerin legte den Kopf schief, während sie über das Gesagte nachdachte, nickte dann nur stumm.
„Dann warten wir ab?“, schaltete Eris sich ein.
„Das ist der Nachteil von Schlachten. Manchmal muss man warten, was der Gegner macht, um angemessen zu reagieren. Aber wenn du so fragst, ja und nein.“
„Bitte so, dass ich es verstehe.“
„Einfach: Wir müssen erst einmal verhindern, dass es heute Nacht irgendwelche Überraschungen gibt. Also müssen wir Spähtrupps von unseren Stellungen fernhalten.“
„Und wie hast du gedacht, das anzustellen?“

Alexander drehte seinen Kopf zu Sal und deutete mit einem Nicken auf die Schützin. „Niemand sieht so gut wie sie. Und ich schätze, wir werden auch in der ganzen Stadt keinen besseren Scharfschützen finden."
Sal verzog bei dem Vorschlag des ehemaligen Offiziers kaum eine Miene, doch Eris straffte sich. „Sal ist schwanger! Ich werde nicht zulassen, dass sie nach draußen geht und sich in Gefahr begibt!"
Alexander schüttelte den Kopf. „Eris, es ist Krieg. Da ist es nun einmal gefährlich. Ihr habt gewusst, auf was ihr euch einlasst, als ihr nach Yard gegangen seid."
Eris funkelte den ehemaligen Offizier böse an, sagte jedoch nichts. Zwischen den beiden Männern knisterte die Luft. Es war Sal, die die Wogen glättete. Sie legte Eris sanft die Hand auf die Schulter. „Mach dir mal keine Sorgen. Ich muss nicht aus der Stadt dafür." Sie deutete auf das schwere Präzisionsgewehr. „Damit treffe ich auch auf ein paar hundert Meter."
Eris sah sie an, wägte ihre Worte kurz ab, dann nickte er. „Wahrscheinlich gibt es eh kein Argument, mit dem ich dich abhalten kann, was?"
Die Schützin antwortete ihm nicht, sie drückte ihm stattdessen einen Kuss auf die Lippen.
„Also dann. Wollen wir uns mal langsam auf die ersten Verletzten einstellen, hm?", meinte Ryan und kam wieder auf die Füße. Perry sah den Militärarzt fragend an und erhob sich dann auch. Das ungleiche Paar machte sich auf den Weg.
Tyler scharrte noch einen Moment mit den Füßen, bis er sich sicher war, dass Perry aus Sicht- und Hörweite verschwunden war, dann griff er hastig nach einem Gewehr, das er vor den Augen seines Onkels versteckt hatte. Mit zittrigen Fingern prüfte er die Waffe. Er bemerkte Eris' vielsagenden Blick und lächelte nur schüchtern. Bevor er in die Verlegenheit kam, eine passende Antwort formulieren zu müssen, drehte er sich auf dem Absatz um und eilte davon. Der hochgewachsene Söldner sah dem Jungen hinterher und schüttelte nur den Kopf.

„Das wird Perry gar nicht gefallen", murmelte er.
Moody, der die Szenerie verfolgt hatte, hob beschwichtigend die Hände. „Mach dir mal keine Sorgen. Ich werde ein Auge auf den Jungen haben, dafür sorgen, dass er nur in meinem Abschnitt eingesetzt wird."

Kapitel 5

Die Schlacht um Yard

Zwei Tage waren vergangen, seit Banners Armee vor Yard aufgezogen war. In der Folgezeit war es so gekommen, wie Alexander prophezeit hatte. Kleine Spähtrupps fühlten bis zu den Verteidigungsstellungen von Yard vor. Sal leistete mit ihrem Präzisionsgewehr hierbei unschätzbare Dienste, immer wieder machte die Schützin die kleinen Trupps aus und nahm sie dann unter Feuer. Dennoch gelang es einigen Soldaten, bis an die Stellungen heranzukommen. Was folgte, waren kurze und brutale Gefechte. Bisher hatten die Verteidiger von Yard sich behaupten und jeden dieser Vorstöße abschlagen können.

In den Nächten war es ähnlich gewesen. Im Schutze der Dunkelheit arbeiteten sich Soldatentrupps an die Verteidigungsstellungen heran und versuchten, in die ersten Schützenstellungen einzudringen. Bisher war es auch des Nachts gelungen, den Feind abzuwehren, dennoch besaßen die nächtlichen Gefechte eine ganz andere Qualität. Es waren viel mehr Soldaten und die Kämpfe waren unübersichtlich. Nicht selten kam es vor, dass in der Hitze des Gefechts die eigenen Leute getroffen wurden. Schnell entwickelten sich die Nächte zu einem Albtraum für die Verteidiger. Sie saßen ohne Licht in ihren Stellungen, um sich nicht an den Feind zu verraten, und starrten und horchten in die Nacht hinaus. Die Nerven lagen blank, denn sie erwarteten jeden Moment einen neuerlichen Vorstoß des Feindes. Da reichte ein verräterisches Geräusch oder eine kaum deutbare Bewegung in der Dunkelheit aus, um den Abzug zu drücken.

Banners Truppen mochten kampfstark sein, doch ihre Zahl reichte bei Weitem nicht, um Yard vollständig zu umschließen. Der General schien mit dieser Situation pragmatisch umzugehen. Während der Hauptteil seiner Truppen auf der einen Seite

der riesigen Stadt in Stellung gegangen war, errichtete er mit kleinen Truppenkontingenten Sperrriegel entlang der alten Straße. Zwar war es einzelnen Personen oder kleinen Gruppen immer noch gut möglich, Yard zu verlassen, aber einem groß angelegten Ausfall oder gar einer Flucht war damit vorgebeugt.
In Yard selbst kehrte so etwas wie Alltag ein. Den unzähligen Bewohnern der Stadt war völlig klar, in welcher Situation sie sich befanden, jedoch war davon bisher wenig in die Stadt selbst gedrungen. Hin und wieder klang der Lärm der Schusswechsel herüber und immer wieder wurden Verletzte durch die Gassen zum Lazarett geschleppt, aber davon abgesehen ging das Leben in der Stadt noch seinen geregelten Lauf.
Am dritten Tag änderte sich das schlagartig.
Kaum dass das Morgengrauen hereingebrochen war, beendete die Artillerie ihr tagelanges Schweigen. In schneller Abfolge blitzten die Geschütze auf und schon hagelten die ersten Granaten auf Yard zu. Explosionen erschütterten die Stadt, als die ersten Geschosse vor den Mauern einschlugen und die Erde umpflügten. Die Verteidiger drückten sich, starr vor Schock, flach in ihre Stellungen, als Erde und Splitter auf sie niederregneten. Salve um Salve verschossen die Geschütze, und mit jedem Schuss schienen die Treffer präziser zu werden. Das Artilleriefeuer trommelte auf die Stellungen vor Yard ein. In schmutzigen Fontänen spritzte das Erdreich auf, während die Explosionen Mensch und Material zerfetzten. Der Trümmerregen tat ein Übriges, um die Moral der Kämpfer auf den Nullpunkt zu bringen. Noch während ihre Stellungen unter Feuer lagen, sprangen die ersten Männer und Frauen aus ihren Gräben, ließen Waffen, Munition und Ausrüstung zurück und rannten um ihr Leben.

Auf die Flüchtenden freilich nahmen die Artilleriesalven keine Rücksicht. Unbarmherzig sausten die Geschosse heran und richteten ein Gemetzel unter den panischen Verteidigern an. Yard selbst wurde nur von einigen verirrten Granaten getroffen, die Hauptlast des Angriffs lag auf den Stellungen vor der Stadt.

Die Absicht war so eindeutig, dass es kein großes strategisches Geschick brauchte, um den Plan zu durchschauen. Banner hatte offenbar vor, zuerst die vorgelagerte Verteidigung zu zerschlagen, damit seine Soldaten danach die eigentlichen Stadtmauern durchbrechen konnten.
Der Feuerzauber dauerte kaum mehr als einige Minuten, doch er schien wie eine Ewigkeit. Aber so plötzlich, wie er hereingebrochen war, endete der Feuerüberfall auch.

+++

Jonathan Banner betrachtete die Verwüstung, die seine Geschütze anrichteten, aus sicherer Entfernung. Er hatte ein Fernglas in der Hand, doch das Schauspiel war so monumental, so grandios, dass er den Feldstecher gar nicht benötigte. Mit unbändiger Gewalt durchwühlten die Granaten das Feld vor der Stadt, immer neue Fontänen aus Staub und Erdbrocken spritzten in den morgendlichen Himmel. Das Bild war ein Symbol der Überlegenheit, daran hatte der General keinen Zweifel. Die Menschen in Yard hatten es gewagt, sich ihm entgegenzustellen, und nun mussten sie die Rechnung dafür tragen. Es war ein ungleicher Kampf. Dem Geschützfeuer hatten sie nichts entgegenzusetzen. Banners Soldaten konnten die Stadt aus sicherer Entfernung kurz und klein schießen. Kein Stein würde auf dem anderen bleiben, wenn es sein musste.

Doch so verlockend der Gedanke auch war, seine Macht zu demonstrieren und eine ganze Stadt vom Erdboden zu tilgen – das durfte nicht passieren. Banner war mit seiner Armee aus mehreren Gründen nach Yard gekommen. Um den Widerstand zu brechen und um den Eisenbahnknotenpunkt in Besitz zu nehmen. Yard sollte Ausgangspunkt für die Zukunft werden. So gern er es befohlen hätte – es ging nicht. Yard musste intakt bleiben. Banner tröstete sich damit, dass er in Zukunft noch oft genug die Chance haben würde, seine Gegner völlig auszulöschen.

Wenn Yard erst einmal gesichert war und der Windpark genügend Strom für das Silo lieferte, dann würde es nichts mehr geben, das ihn aufhalten konnte. Seine Soldaten würden von hier aus sein Imperium errichten, und seine Feinde würden unter seinen Raketen zu Staub werden.
Das Donnern der Geschütze hatte aufgehört. Der General nahm das Fernglas an die Augen und betrachtete das Werk der Artillerie mit einem zufriedenen Lächeln. Eine Staubwolke lag vor Yard, doch nach dem, was er erkennen konnte, hatte der Feuerüberfall seine Wirkung nicht verfehlt. Von einer durchgehenden Verteidigungslinie konnte nicht mehr die Rede sein.
„Angriffsbefehl für die erste Linie, bevor die sich wieder sammeln können", befahl er seinem Adjutanten ruhig. Der Mann nickte zur Bestätigung und ging hinüber zur Melderin.

+++

„Haltet die Linie, ihr Hurensöhne!" Moody stapfte durch die zerklüfteten Stellungen und versuchte, Ordnung in die demoralisierten Kämpfer zu bringen. Der rothaarige Muskelprotz trug eine schwere Schutzweste und hatte sich sein Gewehr über die Schulter gehängt.
Es war die Hölle. Die Granaten hatten das Gros der Stellungen vor Yard zerschlagen, die Erde förmlich umgegraben. Männer und Frauen waren in ihren Stellungen verschüttet worden, andere wiederum lagen blutend und schreiend in der Kraterlandschaft. Tote überall. Die Explosionen hatten einige Kämpfer regelrecht zerrissen, ihre blutigen Körperteile lagen in der aufgewühlten Erde. Panisch taumelten die zerlumpten Kämpfer durch die Trichterlandschaft. An einigen Stellen jedoch formierte sich langsam Widerstand. Dreckige, blutende Gestalten kletterten aus ihren Löchern und krochen in die Granattrichter, die Gesichter entschlossen und grimmig.
Aus Yard strömten die Helfer herbei. Man zog Schwerverletzte aus den Trümmern, versuchte, die Verschütteten mit bloßen Händen

zu befreien. Wer nicht mehr laufen konnte, wurde von seinen Kameraden hinter die schützenden Stadtmauern geschleppt.
In diesem Chaos sammelte Moody die Kämpfer um sich und versuchte zu retten, was zu retten war. Er trieb sie an, fluchte, schimpfte und lobte, um die Kämpfer wieder auf Kurs zu bringen. Nicht alle folgten ihm, es gab immer noch genügend, die völlig von Panik erfüllt ihr Heil in der Flucht suchten.
„Verflucht nochmal! Haltet die Stellung oder Yard ist verloren!", brüllte Moody.
Allein seine Stimme vermochte kaum, die panisch zurückströmenden Menschen aufzuhalten. Wütend knurrte er und sprang in einen Granattrichter. Inmitten der Trümmer lag ein Maschinengewehr, wie durch ein Wunder intakt. Moody zog es aus dem Dreck, hievte es auf den Kraterrand und entsicherte die schwere Waffe. Noch einmal richtete er sich auf und drehte sich zu den Flüchtenden um.
„Dann rennt doch, ihr Arschlöcher! Wenn es sein muss, halte ich die Dreckskerle allein auf!"

Einige der Flüchtenden blieben stehen, blickten scheu zurück. Sie sahen den rothaarigen Söldner mit wildem, entschlossenem Blick dort stehen. Während sie davonrannten, war er bereit, sich dem Feind zu stellen. Die ersten Kämpfer drehten um. Mit zitternden Knien wankten sie zurück, griffen sich ihre Waffen und drückten sich in die Trichter. Moody hatte mit seinem Beispiel etwas ausgelöst, das wie eine Welle durch die Flüchtenden ging. Die meisten von ihnen blieben stehen, schienen einen Moment zu zögern und kamen dann zurück. Moody war es gelungen, die Auflösungserscheinungen einzudämmen. Wütend wandte er sich in Richtung des Feindes.
Noch konnte er in der aufgewirbelten Staubwolke leidlich wenig erkennen, aber für ihn bestand kein Zweifel daran, dass Banner die Chance nutzen würde. Ganz sicher hatte er seine Soldaten schon in Bewegung gesetzt, um in die geschlagene Bresche einzudringen.

Der Trichter, in dem er hockte, füllte sich nach und nach mit Kämpfern, die Gesichter verkrustet von Dreck und Blut. Er konnte die Furcht in ihren Augen sehen, doch immerhin hatten sie sich entschieden, nicht feige davonzurennen. Dieser Haufen war bunt gemischt. Männer, Frauen, Junge und Alte. Er erkannte an ihnen die Zeichen der Zugführer, der Sicherheitsleute, der Landstreicher, der Techniker und der Lagerarbeiter. Jene, die sich noch vor wenigen Tagen bis auf das Blut gehasst hatten, seit Jahrzehnten in tiefer Feindschaft miteinander lebten und lediglich Verachtung füreinander empfanden, lagen hier nun zusammen und waren bereit, gemeinsam für ihre Heimat zu kämpfen. Ja, wahrscheinlich sogar bereit zu sterben.
Zynisch lächelte Moody über die Wendungen des Lebens und spähte weiter in die Staubwolke hinaus.
„Glaubst du, das wird nun ein großer Angriff?"
„Ja, sicher", nickte Moody und warf einen Blick zur Seite, um zu sehen, wer ihn da ansprach. Erschrocken riss er die Augen auf, als er Tyler entdeckte.
Der Junge kauerte einige Meter weiter und hatte den Kopf knapp über den Trichterrand geschoben. In seinen Augen lag gleichermaßen Angst wie Entschlossenheit.
„Scheiße!", fluchte Moody. „Was macht du denn hier?"
Tyler umklammerte sein Gewehr fester und versuchte, die Angst in seiner Stimme zu überspielen. „Ich bin es leid, in der Stadt auf meinem Hintern zu sitzen und tatenlos zuzusehen."
„Bist du denn wahnsinnig? Das ist kein Spielplatz hier draußen!"
„Und ich bin kein Kind mehr!", zischte der Junge wütend zurück.
„Das ist mir scheißegal! Dein Onkel wird mir die Eier abschneiden, wenn er herausbekommt, dass du hier draußen bist!"
„Mein Onkel hat das nicht zu entscheiden. Ich bin alt genug!"
„Jetzt hör auf, dich aufzuspielen! Du nimmst jetzt dein Gewehr und dann schiebst du deinen verdammten Arsch zurück in die Stadt, ist das klar?"

Tylers Zuversicht schien zu schwinden. Wenn schon Moody die Situation hier für gefährlich hielt, war es vielleicht wirklich besser, auf den Söldner zu hören. Er fragte sich ernsthaft, was ihn dazu gebracht hatte, nach dem Artilleriefeuer hierhin zu kommen. Was das anging, so hatte er sich überschätzt. Das hier war Krieg, kein schnelles Abenteuer. Und die wenigen Bilder, die sich unwiederbringlich auf dem Weg aus der Stadt heraus in seinem Kopf eingebrannt hatten, sprachen nur eine Botschaft. Krieg war die Hölle.

„Ich …“, begann Tyler verunsichert, konnte den Blicken des Söldners kaum mehr standhalten.

„Da kommen sie!“, brüllte es aus einem Schützenloch ganz in der Nähe.

Moody fluchte und schwang sich ans Maschinengewehr. Durch die Staubwolke konnte er schemenhafte Gestalten erkennen, die gebückt laufend auf ihre Stellungen zuhielten. Er wollte Tyler noch etwas zubrüllen, doch dann begann das Abwehrfeuer. Sein Ruf verklang ungehört im Donnern und Rattern der Gewehre. Verbissen umklammerte er den Griff des Maschinengewehrs und schickte dem Feind kurze Feuerstöße entgegen.

+++

Gegen Mittag ebbte der Kampf ab. Die Verteidiger hatten sich verbissen an jeden Fußbreit Boden geklammert und Welle um Welle der Angreifer zurückschlagen können. Der Preis dafür war auf beiden Seiten hoch. Im Trümmerfeld vor der Stadt lagen unzählige Tote und Schwerverletzte beider Seiten. Jeder Verwundete, der sich noch mit eigenen Kräften auf den Beinen halten konnte, taumelte in den trügerischen Schutz der Mauern zurück. Die anderen wurden von ihren Kameraden gestützt, auf Bahren davongetragen.

Oben auf der Mauer standen Alexander und Marcus im Unterstand. Der ehemalige Offizier las aufmerksam die Lageberichte, die ihm minütlich hereingereicht wurden, während der Zugführer bleich auf das Schlachtfeld hinabblickte. Der Anführer hatte die Auswirkungen eines solchen Kampfes ganz offensichtlich unterschätzt, hatte nie und nimmer mit einer solchen Dimension des Blutvergießens gerechnet. Nervös wandte er sich dem Tisch mit den Meldungen zu und überflog die Liste der Verwundeten und Gefallenen. Die Zahlen tanzten vor seinen Augen, erreichten eine Höhe, bei der ihm schlecht wurde. Übelkeit begann, aus seinem Magen aufzusteigen, während ein Kloß in seinem Hals wuchs.

Alexander studierte eine weitere Meldung, legte das Stück Papier auf den Stapel und wandte sich einem Melder zu.

„Das Vorfeld soll geräumt werden. Die Männer und Frauen werden zurückgenommen auf die Mauern, sie sollen sich erholen."

Kaum dass er die knappen Anweisungen zu Ende gesprochen hatte, war der Melder schon losgelaufen. Völlig entgeistert blickte Marcus dem Mann hinterher, dann sah er den ehemaligen Offizier an. „Wir haben die Stellungen da vorne gehalten und teuer bezahlt. Wenn wir uns jetzt zurückziehen, dann war unser Opfer doch vergebens."

Alexander zog die Augenbraue nach oben und schüttelte den Kopf. „Schwachsinn. Unser Opfer ist erst dann völlig unnütz gewesen, wenn Yard fallen sollte. Für den Moment reorganisieren wir uns."

Marcus wollte die Logik hinter dieser Entscheidung nicht begreifen. Noch nie in seinem Leben hatte er einen Kampf so geführt. In Yard ging es darum, Gleise zu erobern, sich darin zu verbeißen und diese Gleise gegen den feindlichen Ansturm zu halten, verbissen um jeden Zentimeter Boden zu kämpfen. Ein Rückzug war immer gleichbedeutend mit einer Niederlage gewesen. „Aber warum haben wir uns denn dann überhaupt dort zum Kampf gestellt?"

Die Augen des ehemaligen Offiziers verengten sich zu Schlitzen. „Wir sind überrascht worden. Als der Artilleriebeschuss losging, war es mir nicht mehr möglich, die Kämpfer auf die Mauer zu-

rückzunehmen. Und als der Beschuss vorbei war, lagen da draußen genug Verletzte, die wir nicht zurücklassen konnten. Sie haben wir aus den Stellungen geholt, als der Angriff kam."
„Aber viele von ihnen werden in den nächsten Tagen keine Waffe mehr halten können."
„Ist das so? Hätte ich die Kämpfer dort unten einfach liegen lassen sollen? Hast du auch nur die geringste Vorstellung davon, wie sich sowas auf die Moral auswirkt? Wenn wir unsere eigenen Leute zurücklassen? Wenn sie dort unten im Niemandsland liegen und vor Schmerzen schreien? Reihenweise würden die Verteidiger ihre Waffen niederlegen!" Die Stimme des glatzköpfigen großen Mannes war lauter geworden, als er sich vor dem Zugführer zur vollen Größe aufrichtete.
Marcus hielt seinem Blick noch stand. „Aber unsere Verluste sind riesig! Noch ein paar Angriffe mehr mit diesen Verlusten und wir sind am Ende!"
Ohne etwas zu sagen, packte Alexander den Zugführer an der Schulter und zerrte ihn zu den Sandsäcken. „Da, sieh dir das an! Was glaubst du, wer dort unten noch liegt? Unser Feind hat heute eine ganze Menge Soldaten verloren. Nicht so viele wie wir, ja! Aber auch er hat Verluste hinnehmen müssen. Es gibt Tote und Verletzte! Aber so, wie es uns getroffen hat, hat es auch den Feind getroffen. Jeder Tote ist ein Verlust für Banner! Und jeder Verletzte schwächt die Schlagkraft seiner Armee! Seine Verwundeten binden Ressourcen, werden nach und nach zu einer immer größeren Belastung werden."
Marcus riss sich aus dem Griff des ehemaligen Offiziers und zog seine Uniform zurecht. Er funkelte sein Gegenüber böse an. „Das war nicht abgesprochen! Du willst Banner und seine Armee ausbluten lassen? Ist es das? Was soll am Ende übrigbleiben? Eine Stadt voller Verletzter und Krüppel? Noch ein paar solcher Angriffe wie heute und wir können die Stadt gleich aufgeben! Der Blutzoll ist einfach zu gewaltig!"
„Wenn du eine bessere Idee hast, dann sag sie mir! Du bist zu mir gekommen und hast um meinen Rat gefragt! Ich habe ein-

gewilligt, die Verteidigung von Yard zu koordinieren. Nichts anderes tue ich, mit den besten mir zur Verfügung stehenden Mitteln." Alexanders Stimme grollte.
„Die Stadt verteidigen? Zu welchem Preis denn? Du opferst unsere Kämpfer einfach so, weil du glaubst, Banners Armee abnutzen zu können!"
Drohend hob Alexander die Hand zum Schlag, doch im letzten Moment besann er sich.
„Wie kannst du es wagen? Ich tue, was getan werden muss! Wirf mir nicht noch einmal vor, dass ich irgendjemanden unnötig opfern würde!"
An der Schläfe des kahlköpfigen Mannes war eine Ader pulsierend hervorgetreten, während Marcus' Lippen bebten. Die Blicke der beiden Männer waren zornig, fast hasserfüllt, die Luft zwischen beiden war knisternd, drohte sich jeden Moment zu entladen. Marcus holte tief Luft und trat einen Schritt zurück, um die Situation zu entspannen. Er fürchtete, zu viel zu verlieren, wenn er sich jetzt mit Alexander überwarf. Er zweifelte daran, dass irgendjemand in Yard über das militärische Geschick und die Kaltblütigkeit verfügte, die nun einmal notwendig waren. Es war besser, jetzt über den eigenen Schatten zu springen, als Yard vollständig zu riskieren.
„Ich muss mich entschuldigen", brachte er hervor.
Alexander musterte den Zugführer, dann nickte er kaum erkennbar.
„Gibt es ehrliche Einwände gegen meine Pläne?", wollte er wissen.
„Erklär mir, warum du das Vorfeld räumen lässt, nachdem wir es heute so verbittert verteidigt haben. Wofür sind unsere Kämpfer gestorben?"
Alexander machte eine Geste, als versuche er, mit seiner Hand die Einwände beiseite zu wischen. „Banner hat das Vorfeld nicht nehmen können. Er wird es wieder beschießen lassen. Ich halte es daher für klüger, unsere Truppen zu schonen und sie in der Stadt zu positionieren. Erst wenn ein neuer Angriff heranrollt,

sollen sie das Vorfeld besetzen. Das erspart uns ein Debakel wie heute Morgen."
Marcus wägte das Argument des ehemaligen Offiziers ab und blickte wieder hinaus auf das umgepflügte Feld. Von den ordentlichen Stellungen, die sich noch im Morgengrauen vor der Stadt erstreckt hatten, war kaum mehr etwas übrig. Vielmehr lag dort ein Trichterfeld und zwischen den Trichtern zertrümmerte Ausrüstung und Waffen, Leichen überall. Die Kämpfer hatten hier und da Sandsäcke zu den Trichtern geschleppt und so improvisierte Stellungen errichtet.
„Und wenn der Angriff gleich nach dem Beschuss kommt? Solange die Geschütze auf das Vorfeld schießen, können wir keine Kämpfer in Stellung bringen. Banner kann dabei aber sehr wohl seine Männer schon viel näher heranbringen."
Der kahlköpfige Mann verzog anerkennend das Gesicht. „Das ist ein Problem, ja. Ich arbeite noch an einer Lösung."
„Und bis dahin?"
„Brauchen wir Glück. Sobald die Abenddämmerung eingesetzt hat, werde ich Befehl geben, Minen zu verlegen. Das sollte ein schnelles Vorgehen des Feindes abhalten."
Marcus schüttelte skeptisch den Kopf. „Ich weiß nicht ob das eine so gute Idee ist. Immerhin können die Dinger durch Beschuss unkontrolliert durch die Gegend fliegen."
„Wie gesagt, ich arbeite noch daran."
„Was machen wir eigentlich, wenn Banner beschließt, uns von einer ganz anderen Seite in die Mangel nehmen zu wollen?"

Marcus hatte damit einen wunden Punkt in Alexanders Verteidigungsstrategie gefunden. Alexander verzog das Gesicht, als ob er in eine Zitrone gebissen hätte. „Davor graut es mir. Unsere Stellungen sind nur auf dieser Seite der Stadt wirklich ausgebaut. Überall anders sind wir schlecht aufgestellt, hatten einfach nicht die Zeit, Stellungen auszuheben oder die Mauern zu verstärken. Wir können einem Angriff nur hier etwas entgegensetzten."

„Und was machen wir, wenn Banner seine Armee umgruppiert und uns von der Seite her angreift? Oder seine Truppen aufteilt und es von zwei Seiten versucht?"
„Dann sind wir geliefert. Unser Vorteil ist immer noch, dass er nicht genau weiß, wie viele Kämpfer wir zur Verteidigung zur Verfügung haben. Ich glaube, er scheut sich davor, seine Armee aufzuteilen. Das ist ja auch der Grund, warum er Yard nicht vollständig umschließen kann. Dazu fehlen ihm die Soldaten."
„Das beantwortet meine Frage nicht. Was machen wir, wenn er wirklich seine Stellungen aufgibt, um uns an einer schwachen Stelle anzugreifen?"
Alexanders Miene wurde düster. „Dann bleibt uns nichts anderes, als ihm auf dem Schlachtfeld entgegenzutreten."
Beide Männer schwiegen. Sie wussten, dass eine solche Wendung nichts Gutes bedeuten konnte.

+++

Seit dem morgendlichen Feuerüberfall und dem nachfolgenden Angriff waren die beiden Ärzte nicht mehr zur Ruhe gekommen. Ein schier unüberschaubarer Strom an Verwundeten strömte nach den ersten Minuten des Feuerüberfalls zum Lazarett, immer wieder wurden neue Verletzte herangebracht.

Die beiden Männer hatten in unzählige schmerzerfüllte Gesichter geschaut, hatten die Panik und die Todesangst der Schwerverletzten gesehen, in ihren Ohren hallten die Schmerzensschreie stechend wider. Sie arbeiteten wie Maschinen, durften sich nicht eine ruhige Minute gönnen. Völlig entkräftet behandelten sie wie im Akkord, kaum dass sie die Operation an einem Verletzten abgeschlossen hatten, wurde schon der nächste auf den Operationstisch gehoben. Längst lastete die Müdigkeit schwer auf den beiden Männern und sie spürten, wie sie ans Ende ihrer Kräfte gerieten. Zwar wurden sie von den anderen Ärzten und Sanitätern nach Leibeskräften unterstützt, aber auch

dabei handelte es sich nur um Menschen mit begrenzten Kraftreserven.
In der Lagerhalle roch es nach kaltem Schweiß und an vielen Stellen war der Boden glitschig von großen Blutlachen. Helfer eilten umher und streuten Sägespäne und Sand aus. Die Betten in der Lagerhalle waren den Schwerverletzten vorbehalten. Schon der erste Angriff hatte gereicht, um die Kapazitäten des behelfsmäßigen Lazaretts an die Grenzen zu treiben, nur noch wenige Betten waren frei. Die Sanitäter hatten schnell reagiert und vor der Lagerhalle einen Verbandsplatz für die Leichtverletzten eingerichtet.
Mit zittriger Hand legte Perry die blutige Knochensäge beiseite und wischte sich die Handschuhe an der ebenso blutigen Lederschürze ab. Gerade hatte er einer jungen Kämpferin beide Hände abnehmen müssen. Das Mädchen, kaum älter als sein Neffe, hatte in einer Stellung gelegen, als eine Granate einschlug. Sie war die Einzige, die man lebend aus dem Krater geborgen hatte. Vielleicht wäre es besser gewesen, wenn sie es nicht überlebt hätte – denn ein Leben in dieser rauen Welt ohne fremde Hilfe war von nun an ausgeschlossen.

Er holte einmal tief Luft, während die Sanitäter die Patientin vom Operationstisch hoben. Perry schloss die Augen für einen kurzen Moment und merkte, wie sich alles zu drehen begann. Übelkeit schoss in ihm hoch und zusammen mit der bleiernen Müdigkeit in seinen Knochen war dies eine unheilvolle Mischung. Er riss die Augen wieder auf, griff nach der Kante des Operationstisches, um das Gleichgewicht nicht zu verlieren. Einige Atemzüge später hatte er sich gesammelt und registrierte erstaunt, wie kein neuer Patient auf den Tisch gehoben wurde. Irritiert sah er sich um. Einige Meter weiter hatte Ryan sich schwer atmend auf den Boden fallen lassen, alle Glieder von sich gestreckt, die Augen geschlossen. Fragend sah er einen der Sanitäter an, und in deren müden Augen entdeckte er Gewissheit. Das Mädchen war seine letzte Patientin gewesen.

Sobald sein Verstand diese Gewissheit registriert hatte, wurden seine Knie weich. Er klammerte sich an der Tischkante fest und ließ sich schwerfällig auf eine Lagerkiste in der Nähe sinken. Er schloss die Augen, um Kraft zu sammeln, versuchte, die schrecklichen Bilder aus seinem Kopf zu vertreiben.

„Perry!“

Der Schrei holte ihn zurück in die Realität, ohne dass er wusste, wie lange er die Augen geschlossen hatte. Schlagartig war er wieder hellwach, die Müdigkeit war wie weggeblasen. Blitzartig schoss er in die Höhe, sah sich um.

Durch das weit aufgerissene Tor der Lagerhalle kam Moody herein. Der rothaarige Söldner war über und über mit Dreck und Blut besudelt. In seinen Armen trug er einen Verwundeten. Perry erkannte am Gesicht des Söldners, dass die Lage ernst sein musste, und schob sogleich die Operationsgeräte beiseite, machte Platz auf dem Tisch. Als Moody den Verwundeten daraufgelegt hatte, verstand Perry das ernste Gesicht des Rothaarigen.

Dort lag Tyler. Das Gesicht des Jungen war blass, die Lippen dünne blaue Striche. Eine große Wunde klaffte knapp oberhalb seiner Hüfte.

+++

Connelly hockte hinter den Sandsäcken und wagte es kaum, den Kopf zu heben. Auch wenn Sal ihr mehrfach versichert hatte, dass es hier oben relativ sicher war, wollte die Wissenschaftlerin nicht die Probe aufs Exempel machen und die Zielscheibe für irgendeinen übereifrigen Heckenschützen abgeben.

Sie war Sal auf das höchste Gebäude der Stadt gefolgt und spähte nun über den Rand der Sandsäcke hinweg. In der Ferne zeichneten sich die Berge am Horizont ab und es schien, als würde sie in eine ganz andere Welt blicken. Hier lag friedlich die grüne Ebene, nicht das geringste Anzeichen der blutigen Auseinandersetzungen. Es war widersprüchlich, denn wenn sie ih-

ren Kopf nur um wenige Zentimeter drehte, konnte sie auf das große Heerlager einige Kilometer vor der Stadt blicken.
Für den Moment jedoch lag ihre Aufmerksamkeit auf einer kleinen Staubwolke in der nachmittäglichen Sonne. Die Wolke bewegte sich entlang der alten Straße aus den Bergen und hielt geradewegs auf Yard zu. Ein Blick durch die verstaubten Linsen des Fernglases verschaffte der Wissenschaftlerin Gewissheit – es handelte sich um Fahrzeuge aus dem Institut. Das war die Verstärkung, die sie Marcus versprochen hatte. Als Zeichen der Bestätigung nickte sie Sal stumm zu, doch die Schützin hatte längst erkannt, was die Wissenschaftlerin mit ihrer Kopfbewegung bestätigte. Umso verstörender war es für Connelly, als Sal ihr Präzisionsgewehr auf die Sandsäcke legte und behutsam an den Stellschrauben des Visiers drehte. Annabell verstand nicht, was die Scharfschützin da tat, ja fürchtete im ersten Moment sogar, ihre wortkarge Begleiterin würde das Feuer auf den kleinen Konvoi eröffnen. Noch einmal nahm sie das Fernglas an die Augen in dem Versuch, etwas zu entdecken, was sie bisher vielleicht übersehen hatte. Konnte es wirklich sein, dass sie sich so geirrt hatte? Waren es am Ende gar keine Fahrzeuge aus dem Institut? Sie strengte sich an, betrachtete die immer größer werdenden Fahrzeuge eingehend. Es gab keinen Zweifel.

Gerade wollte sie etwas zu der Schützin sagen, sie auf ihren Irrtum hinweisen, da nahm sie am Rand ihres Sichtfelds eine schwache Bewegung war. Annabell richtete das Fernglas aus und stellte die Vergrößerung scharf. Ihre Augen hatten ihr keinen Streich gespielt, da waren Bewegungen links und rechts der alten Straße. Ihre Augen erkannten Konturen und schnell hatte sie die kleine Soldatengruppe in Tarnuniformen entdeckt. Offenbar hatte die Truppe den Auftrag, die Straße für Ausbrüche aus Yard zu sperren, und die Soldaten hatten scheinbar nicht damit gerechnet, dass jemand das Manöver von der anderen Seite probieren würde. Hastig wandten sie sich in ihren Positionen herum und zerrten ihre Maschinengewehre in Stellung.

Der kleine Konvoi raste unterdessen unbeirrt weiter die Straße entlang. Connellys erster Reflex war, den Fahrzeugen eine Warnung zuschreien zu wollen, doch dann schaltete sich die Logik in ihrem Kopf ein, denn die Wagen waren viel zu weit entfernt, als dass man ihre Stimme hätte hören können. Sie biss sich auf die Lippen, suchte verzweifelt nach einer Lösung und kam sich so unheimlich hilflos vor.
Sal war es, die eine Lösung präsentierte. Mit einem Donnern löste sich der erste Schuss aus ihrer Waffe. Es dauerte nur Sekundenbruchteile, dann hatte die Schützin ihre Waffe wieder ausgerichtet und jagte eine weitere Kugel hinaus. Verblüfft betrachtete Annabell das Geschehen. Die Kugeln der Schützin schlugen zwischen den Soldaten links und rechts der Straße ein. Ob Sal mit ihrem Feuer jemanden getroffen hatte, vermochte Annabell nicht zu erkennen, aber darum ging es gar nicht. Kugel um Kugel jagte zwischen die Soldaten. Die stoben wie ein aufgescheuchter Schwarm Vögel auseinander, suchten Deckung vor dem unsichtbaren Angreifer.
Jetzt endlich schienen die Fahrer des kleinen Konvois die Geschehnisse auf der Straße vor ihnen zu bemerken und taten das einzig Sinnvolle. Sie erhöhten ihre Geschwindigkeit, hatten gar nicht die Absicht, sich auf ein Scharmützel einzulassen. Mit brüllenden Motoren jagten die Fahrzeuge an den niedergehaltenen Soldaten vorbei, Yard entgegen.
Annabell legte das Fernglas beiseite, spürte, wie das Adrenalin durch ihren Körper jagte. Hastig eilte sie zum Treppenaufgang und lief in Richtung des Tores.
Als sie einige Minuten später das Tor erreichte, hatte der kleine Konvoi die Stadt längst erreicht. Die Kolonne bestand aus vier Fahrzeugen und sie schätze, dass es sich bei dem Geländewagen und den drei LKWs um die letzten einsatzfähigen Fahrzeuge des Instituts handelte. Die Wissenschaftlerin drückte sich durch die Menschentraube und hielt auf einen der Fahrer zu. Der Mann wirkte in diesem Chaos verloren und völlig überfordert, stand in der geöffneten Tür seines Wagens und wischte sich den

Schweiß aus dem Gesicht, seine Haare klebten nass an seinem Schädel. Der Blick des Mannes klärte sich, als er Connelly entdeckte, unsicher und erleichtert lächelte er. Der Fahrer hatte das Institut in seinem ganzen Leben nicht einmal verlassen und erlebte gerade einen regelrechten Kulturschock.
Annabell bemühte sich um ein möglichst freundliches Lächeln und nickte dem Mann anerkennend zu. „Schön, dass Sie es geschafft haben, Captain!"
„Miss Connelly, wir hätten nicht damit gerechnet, dass die Lage schon so ernst ist."
„Die Ereignisse der letzten Tage haben sich überschlagen."
Er strich sich eine schweißnasse Strähne von der Stirn und deutete mit dem Daumen zurück zum Tor. „Da draußen sieht es ja wirklich übel aus. War ziemlich knapp an der Straßensperre. Hätten die beinah übersehen."
„Ich weiß. Wir haben unser Möglichstes getan, damit Sie durchbrechen konnten."
„Hat funktioniert. Wie sehen die Befehle aus?"
Die Wissenschaftlerin sah sich ein wenig verloren um. „Sammeln Sie ihre Männer und gönnen Sie sich ein bisschen Ruhe. Ich werde so schnell wie möglich mit dem Kommandanten sprechen, damit wir wissen, wo Sie am besten einzusetzen sind."
Der Mann straffte sich in seiner Uniform.
„Jawohl."
Er gab die Befehle an seine Leute weiter und angelte ein Päckchen Zigaretten aus dem Kampfanzug.
„Haben Sie mitgebracht, worum ich gebeten habe?", fragte Annabell, bevor der Mann vom Wagen steigen konnte.
Der Fahrer zündete sich seine Zigarette an und nickte unmerklich.
„Ja, natürlich. Der Aufsichtsrat war nicht unbedingt erfreut mit Ihrer Entscheidung, Miss Connelly."
„Der Aufsichtsrat sitzt auch in der Sicherheit des Instituts und hat keine Ahnung, was hier draußen passiert. Außerdem waren sie schon immer misstrauisch."

Er zuckte gleichgültig mit den Schultern. „Trotz alledem soll ich Ihnen von diesem Unmut berichten.“
Jetzt war Annabell diejenige, die lässig die Schultern hob. „Zur Kenntnis genommen.“

+++

Eris, Moody und Sal standen schweigend im geöffneten Tor der Lagerhalle und blickten in das provisorische Lazarett. Einige Meter entfernt im Halbdunkel stand Perry regungslos an einem Krankenbett, sein Gesicht war fahl und kraftlos. Der bärtige Arzt hatte immer noch seine blutbesudelte Kleidung an. Seine Hände ruhten auf dem verrosteten Bettgestell, seine Knöchel traten weiß hervor. Einige Schritte neben ihm stand Ryan. Der Zwerg hatte sich im Gegensatz zu Perry mittlerweile gewaschen und trug saubere Kleidung. Auch in seinem Gesicht war die Anspannung zu erkennen.

In dem Bett lag Tyler. Der Junge war blass, sein Gesicht wirkte eingefallen, die Lippen waren kaum mehr als ein dünner Strich. Schweiß stand ihm in dicken Perlen auf der Stirn, seine Haare klebten am Schädel. Der Oberkörper des Jungen steckte in einem dünnen Hemd, doch knapp oberhalb des Bauchnabels begann ein Gewirr aus dicken Bandagen und blutigen Verbänden. Der Zwerg räusperte sich und trat in Perrys Blickfeld. Der Bärtige schien einen Moment zu brauchen, um den kleinen Mann überhaupt zu bemerken. Die Blicke der beiden Ärzte trafen sich eindringlich, dann blinzelte Perry einmal zustimmend. Ryan nickte verstehend, krempelte sich die Ärmel hoch und machte sich an einem Beistellwagen zu schaffen. Der Militärarzt suchte aus den Instrumenten eine Spritze heraus und zog aus einem kleinen Fläschchen eine milchige Flüssigkeit auf. Sorgsam betastete er danach den Unterarm des schwerverletzten Jungen und setzte die Spritze an.
„Was macht er da?“, fragte Moody leise.

Weder Sal noch Eris verstanden viel von Medizin, für sie war das Handwerk ihres langjährigen Begleiters immer ein Rätsel geblieben. Eris schüttelte schwach den Kopf. „Ich habe keine Ahnung."

„Sieht nicht gerade vertrauenerweckend aus", murmelte Moody. Der Rotschopf hatte sich den gröbsten Dreck aus dem Gesicht gewaschen, auf alles andere jedoch keinen gesteigerten Wert gelegt. Seine Haare waren von Undefinierbarem verklebt und braunrötliche Flecken überzogen den Kampfanzug und die Schutzweste. Er roch nach Schweiß, Erde, Blut und Erbrochenem. Sal, die normalerweise Einiges gewohnt war, rümpfte die Nase und drehte ihren Kopf leicht von ihm weg.

„Es sind Spezialisten. Sie werden schon sehr genau wissen, was sie tun, und das Richtige tun, da habe ich keine Zweifel", flüsterte sie. Dann funkelte sie Moody an.

„Und jetzt tu mir endlich den Gefallen und wasch den Dreck runter. Das ist ja kaum auszuhalten!"

Moody schien im ersten Moment verdutzt, dann hob er den Arm und schnüffelte einmal gekünstelt. „Du kannst dich auch anstellen, Süße."

„Moody, mach einfach, was sie dir gesagt hat. Gönn dir ein bisschen Ruhe. Ich habe das Gefühl, dass wir dich frisch und ausgeruht auf der Mauer brauchen und nicht hier."

Moody setzte zu einer Antwort an, doch Eris schien schon erraten zu haben, was er sagen wollte. „Tyler ist hier in guten Händen. Mach dir nicht zu viele Vorwürfe. Die beiden kümmern sich jetzt um ihn, und das ist das Beste, was wir hier in Yard bekommen können. Allein mit deiner Anwesenheit kannst du auch nicht viel ändern."

Der Grobian schien einen Moment über die Worte nachzudenken. Er streckte sich mit einem unterdrückten Stöhnen. „Stimmt schon. Ein bisschen Ruhe kann ich echt gebrauchen!"

Ohne ein weiteres Wort zu sagen, drehte er sich um, hob die Rechte noch einmal zu einem Abschiedsgruß und ging davon. Zurück blieben Sal und Eris. Die Schützin sah Eris schweigend

und eindringlich an. Als Moody außer Hörweite war, begann sie zu sprechen. „Er macht sich Vorwürfe."
„Ich weiß. Er glaubt, es ist seine Schuld, dass es Tyler erwischt hat."
„Und was glaubst du?"
Eris presste nachdenklich die Lippen aufeinander, während sein Blick in die Ferne ging. Nach einigen Sekunden des Abwägens schüttelte er mit Nachdruck den Kopf. „Ich glaube nicht, dass es seine Schuld war. Wie denn auch? Moody ist kein Kindermädchen und er hat nicht den Auftrag bekommen, sich um Tyler zu kümmern. Ich schätze, sowas kann eben passieren, wenn Krieg ist. Nein, ihm sind keine Vorwürfe zu machen. Aber ich mache mir selbst welche."
Ihre Augen weiteten sich einen Moment, dann berührte sie sanft seine Wange. „Weil du dem Jungen nichts gesagt hast?"
„Ja. Genau. Ich habe doch gesehen, dass er ein Gewehr hatte, und ich hätte mir denken können, dass er das nicht einfach so zum Spaß hat."
„Das ist Schwachsinn. Du hast ihm doch nicht angesehen, dass er sich draußen in die Schützengräben legen wird. Er hätte genauso gut auf den Mauern stehen können."
„Selbst wenn es nur das gewesen wäre. Ich habe mitbekommen, wie Perry es dem Jungen verboten hat. Ich habe es gewusst. Und trotzdem habe ich nichts gesagt. Ich …"
Sal legte ihren Finger auf seine Lippen und bedeutete ihm, zu schweigen.
„Unsinn. Der Junge hat nicht auf seinen Onkel gehört, warum hätte er auf dich hören sollen? Überhaupt, was hättest du denn machen können? Ihm das Gewehr abnehmen? Dann hätte er sich ein neues besorgt. Die ganze Zeit auf ihn aufpassen? Das wäre auch nicht gegangen. Was bliebe sonst noch? Ihn einsperren? Auch unmöglich. Eris, Tyler ist kein kleines Kind mehr. Er ist fast erwachsen und hat in den letzten Wochen viel mit uns erlebt."
„Aber …", begann er.

„Nein, lass mich ausreden. Wenn er sich in den letzten Woche eine Kugel gefangen hätte, was wäre dann gewesen? Hättest du dir auch Vorwürfe gemacht und dich gefragt, ob du es hättest verhindern können?“

Man sah Eris an, wie es hinter seiner Stirn arbeitete. Schwermütig wiegte er den Kopf von links nach rechts. „Nein, aber da wäre immer einer von uns dabei gewesen. Wir hätten auf ihn aufpassen können.“ Die Worte kamen über seine Lippen, aber es war allzu offensichtlich, dass er ihnen selbst nicht glauben konnte.

„Meinst du das ehrlich? Es hätte damals auch Tyler und nicht François erwischen können. Wo waren wir da? Wie haben wir auf ihn aufgepasst?“

Eris sagte nichts, dachte über ihre Worte nach. Die beiden verfielen in Schweigen und wandten sich wieder der Szenerie zu. Ryan hatte die Spritze mittlerweile beiseitegelegt und horchte mit einem Stethoskop an der Brust des Jungen. Der Zwerg schien ganz zuversichtlich und warf Perry so etwas wie ein aufmunterndes Lächeln zu. Perry zeigte jedoch keine Regung, seine Miene war immer noch wie versteinert. Der Militärarzt wischte sich einmal seine Hände ab und ließ Onkel und Neffen dann allein. Langsamen Schrittes erreichte er Sal und Eris. Die Müdigkeit stand dem kleinen Mann ins Gesicht geschrieben und in seinem Bart klebten einige dunkle Spritzer. Mit einem schwachen Lächeln blieb er bei den beiden stehen und holte einmal tief Luft, dann deutete er mit einer Kopfbewegung an, dass sie ihm folgen sollten. Draußen ließ er sich auf den Boden sinken und schloss die Augen für einige Sekunden, während Eris und Sal sich zu ihm setzten.

„Es könnte besser sein“, meinte Ryan, ohne dass ihm eine Frage gestellt worden war. Er öffnete die Augen und sah sie an. „Den Jungen hat es übel erwischt, hat eine ganze Menge Blut verloren. War ein Granatsplitter, den haben wir rausbekommen. Das Ding hat aber ziemlich viel getroffen. Wir können es nicht genau sagen, aber mit Pech hat es Organe erwischt, vielleicht fängt er an, innerlich zu verbluten. Das ist aber nicht einmal das Schlimmste. Der Splitter ist bis an die Wirbelsäule heran. Uns fehlen die Geräte, um jetzt schon Genaueres sagen zu können, aber wenn es wirklich eine Rückenmarksverletzung ist, dann kann es gut sein, dass er nie wieder laufen kann."

Eris murmelte einen tonlosen Fluch. Sal griff seine Hand fester und sah den übermüdeten Arzt erschrocken an. „Und was passiert jetzt?"

Ryan kratzte sich am Kinn und verzog das Gesicht. „Wir haben ihn ins künstliche Koma versetzt. Damit sind die Chancen, dass er es übersteht, ein bisschen besser."

„Wie lange soll er darin gehalten werden?"

„Scheiße, ich habe keine Ahnung. Wir wissen eben nicht weiter. Hier können wir keine so schweren Eingriffe durchführen. Alles, was wir gerade machen, ist, auf Zeit zu spielen. Wenn sich seine Verletzung auch noch entzündet, dann haben wir ein echtes Problem."

„Also muss er am besten raus aus Yard?"

Der kleinwüchsige Arzt blickte die Schützin ernst an und nickte dann. „Ja, aber damit ist es nicht getan. Ich bräuchte einen richtigen OP mit ordentlichen Geräten für ihn. Ich kenne nur einen Ort, wo es sowas gibt, und Banner wird uns nicht in seine Basis lassen."

Eris horchte auf. „Ich kenne noch einen anderen Ort."

Die Augenbraue des Arztes zuckte ein gutes Stück nach oben, seine Stimme klang skeptisch. „So?"

„Ja. Das Institut. Ich denke, dort können sie ihm helfen."

„Das wäre eine Möglichkeit, ja. Wahrscheinlich die einzige, die wir haben. Ich weiß nicht, wie gut der Junge einen Transport überstehen kann. Aber wenn er hierbleibt, ist die Chance, dass es ihn erwischt, groß."

Ohne zu zögern erhob sich Eris. „Ich spreche mit Annabell", erklärte er kurz und war schon auf dem Weg. Sal sah ihm einen Augenblick nach. Mit dem Kopf deutete sie vorsichtig auf das Innere der Lagerhalle. „Und ich werde mit Perry reden."

Keine Stunde war vergangen, da standen sie alle beisammen an Tylers Krankenbett. Aus der Nähe betrachtet, wirkte der Junge noch schwächer, noch kränklicher. Sein Leben hing an einem seidenen Faden, und um das zu erkennen, musste man wahrlich kein Fachmann sein. Connelly war damit beschäftigt, den Schwerverletzten oberflächlich abzutasten.
„Ja. Er muss dringend hier weg", schloss sie ihre kurze Untersuchung ab.
Wortlos blickten die drei anderen – Eris, Sal und Ryan – Perry an. Der Arzt stand immer noch wie versteinert am Fußende des Bettes, seine Hände um das Gestell gekrampft. Sein Blick war leer. Sie erwarteten eine schnelle Reaktion, eine Entscheidung, aber ganz offensichtlich schien ihr alter Weggefährte nicht in der Lage, eine Entscheidung zu treffen.
„Verdammt nochmal, Perry! Jetzt sag was!", polterte Eris los, als das Schweigen nicht mehr aushielt. Der vollbärtige Arzt jedoch antwortete nicht, starrte nur weiter abwesend auf das blasse Gesicht seines Neffen. Eris machte einen Schritt nach vorne, packte den Freund am Kragen und schüttelte ihn durch. „Perry! Verdammt nochmal! Perry!"
Erst mehrmaliges heftiges Schütteln brachte den Arzt in die Realität zurück.
„Was?", brachte er mit brüchiger Stimme hervor.
„Eine Entscheidung, Perry. Wir brauchen eine Entscheidung!", zischte Eris, während er Perry immer noch am Kragen hielt.
Es schien, als ob jetzt erst die Informationen der letzten Stunde in Perrys Verstand ankamen und verarbeitet wurden. „Ja. Ja. Wenn es eine Chance für Tyler gibt, dann im Institut." Der Arzt fuhr sich durch die Haare, schien nachdenklich. „Ich weiß nicht, ob es die richtige Entscheidung war. Ich habe seiner Mutter versprochen, auf ihn aufzupassen. Und was passiert?"
Er streckte seine zittrige Hand aus, deutete auf die Kompressen und Verbände. Seine Augen wurden feucht, eine erste Träne fand ihren Weg aus seinem Auge, rann über seine Falten hinweg und verschwand im dichten Gewirr seines Barts.

Eris ließ vom Kragen des Arztes ab und legte dem alten Freund die Hand auf die Schulter. Perry begann am ganzen Leib zu zittern und unkontrolliert zu schluchzen, während immer neue Tränen über seine Wangen flossen. Eris umarmte seinen alten Freund. „Es ist ganz sicher nicht dein Fehler", erklärte er mit fester Stimme.

Von der anderen Seite kam Sal heran und legte dem Arzt auch ihre Hand auf die Schulter, drückte sanft. „Perry, wir stehen das durch. Wir haben so viel in den vergangenen Jahren durchgestanden, wir werden auch hiermit fertig."

Zögerlich, immer noch schluchzend, nickte der Arzt, wischte sich mit dem Handrücken die Tränen aus dem Gesicht. Es war ein sinnloses Unterfangen, rollten doch die nächsten sogleich nach. „Dann muss er hier weg. Schnell", sagte er mit zitternder Stimme.

Eris drückte seinen alten Freund noch einmal zur Bestätigung und wandte sich dann Annabell zu. „Wie bekommen wir ihn am schnellsten dorthin?"

„Mit einem der Fahrzeuge, die heute durchgekommen sind", sagte sie, ohne zu zögern. „Ich kann das sofort veranlassen."

„Bitte mach das."

Sie drehte sich um, verharrte jedoch in der halben Drehung und sah sich noch einmal fragend um. „Was ist mit dir, Perry?"

Der Arzt schaute auf, dann blickte er noch einmal hinab auf seinen Neffen. Tränen verklärten immer noch seine Sicht und ein unterdrücktes Schluchzen entrann aus seiner Kehle. Perry rang mit sich, wollte das Angebot annehmen. Er musste nun bei seinem Neffen bleiben, dafür sorgen, dass der Junge überlebte. Alles andere war unverzeihlich. Doch sogleich kam auch wieder die Ungewissheit. Er war den Ärzten im Institut sicher keine Hilfe. Dort gab es wirkliche Spezialisten, gegenüber denen seine Fertigkeiten wie die eines blutigen Anfängers wirken mussten. Brauchte man ihn nicht auch in Yard? Er wusste ganz genau, dass Ryan nicht allein mit allen Verwundeten fertig werden konnte. Der Militärarzt war ohne Frage kompetent, aber er war

auch nur ein Mensch, der am Rande seiner Kräfte arbeitete. Und ein Mensch, der eben nur zwei Arme besaß. Noch so ein Angriff wie heute und der Mann war gnadenlos überfordert. Das hieße, es würde Verletzte geben, denen man einfach nicht helfen konnte. Männer und Frauen, die sterben würden. Für einen Moment waren all die Geräusche, all die Gesichter des heutigen Tages wieder vor seinem geistigen Auge. Er realisierte, dass sie alle wahrscheinlich gestorben wären, wenn er nicht da gewesen wäre. Mühsam, mit einem Wimmern in der Stimme, schüttelte er den Kopf. Nein. Er hatte hier Verantwortung. Er konnte all diese Kämpfer, die bereit waren, ihr Leben zu riskieren, nicht im Stich lassen. Das war er ihnen schuldig.
„Ich bleibe hier“, flüsterte er leise.
Keiner sagte mehr etwas. Sie alle akzeptierten die Entscheidung des Arztes, auch wenn sie diese nicht sofort verstehen mochten.

Die Nacht brach an. Es hatte keinen zweiten Angriff gegeben. Die Verteidiger von Yard harrten in ihren Stellungen und auf ihren Posten aus, blickten nervös hinüber zum Armeelager. Sie erwarteten jeden Moment das Aufblitzen der Artillerie oder Schatten, die von nahenden Soldaten kündeten. Für den Moment aber blieb es ruhig.
Alexander hatte die Kämpfer im Wechsel von zwei Stunden eingeteilt. Der vergangene Tag war hart für alle gewesen, und jeder, der konnte, versuchte, sich mit einigen Stunden Schlaf genügend Kräfte für den kommenden Tag zurückzuholen. Denn sie alle wussten, dass der vergangene Tag nur ein kleiner Vorgeschmack auf das war, was ihnen noch blühte.
Erst kurz vor Morgengrauen hatten sie Tyler transportbereit bekommen und in einen Geländewagen gelegt. Ryan nahm sich trotz seiner Müdigkeit – er hatte bisher noch kein Auge zugemacht – die Zeit, den Wachleuten immer wieder einzuschärfen, wie sie sich zu verhalten hatten. Augenscheinlich waren die sechs Wachleute aus dem Institut recht froh darüber, doch so unverhofft zurück in die Heimat zu kommen. Sie lauschten den

Worten des Militärarztes konzentriert und schärften sich seine Anweisungen immer und immer wieder ein.
Der Plan sah vor, noch vor dem Sonnenaufgang Yard durch ein dem Feind abgewandtes Tor zu verlassen und ohne Licht einen weiten Bogen durch die grüne Ebene zu fahren, um Spähtrupps und Beobachtern zu entgehen. Begleitet wurde das Fahrzeug von einigen ortskundigen Kämpfern, die Geleitschutz geben sollten. Die Kämpfer hatten die Order, das Fahrzeug einige Kilometer bis in die relative Sicherheit zu eskortieren und dann zurückzukehren.
Bei schwachem Licht wurde das Tor geöffnet. Die schwerbewaffnete Eskorte machte den Anfang zu Fuß, dann rollte der Geländewagen heran. Eris, Sal, Moody und Perry standen dich zusammen und betrachteten die Szenerie stumm. Als das Fahrzeug durch das Tor war, rollten noch einige Tränen über Perrys Gesicht. Er machte sich gar nicht die Mühe, seine Trauer zu verbergen, wusste, dass er sich im Kreis seiner Freunde nicht zu verstellen brauchte. Als das Tor geschlossen wurde, ging die Gruppe mit schnellen Schritten die schmale Treppe zur Mauer hinauf und blickte dem Wagen hinterher. Es dauerte nur wenige Minuten, da war das Fahrzeug im Zwielicht verschwunden. Obwohl selbst Sal schon bald nichts mehr erkennen konnte, bohrte Perry seinen Blick weiter in die Dunkelheit. Ganz langsam schien die Anspannung von ihm abzufallen.

+++

Der Morgen begann mit einem neuerlichen Artilleriebeschuss. Diesmal jedoch rauschten die Granaten nicht in einer so schnellen Folge heran, das Feuer war weniger intensiv. Dank Alexanders Vorplanung wurden die Verteidiger am Morgen des vierten Tages nicht von dem Beschuss überrascht, vielmehr verlief alles planmäßig. Nachdem die ersten Granaten den Boden aufgewühlt hatten, zogen sich die wenigen Kämpfer aus dem Vorfeld in die trügerische Sicherheit der Mauern zurück, noch bevor die

Geschütze sich eingeschossen hatten. Das Schauspiel dauerte keine fünf Minuten, dann verebbte der Kanonendonner.
Dem kümmerlichen Artillerieschlag folgte auch keine Angriffswelle. Im feindlichen Lager gab es keine Bewegungen, die auf einen erneuten Sturmangriff hindeuteten. Das war allemal verwirrend, und die Verteidiger von Yard wurden unruhig, begannen sich zu fragen, was Banners nächster Zug sein würde und wie sie am besten darauf reagieren konnten. Allen voran trieb Alexander diese Frage um, sie ließ ihn nicht zur Ruhe kommen. Der ehemalige Offizier hatte nervös Posten in seinem Beobachtungsstand bezogen und suchte mit einem Fernglas immer wieder die gegnerischen Stellungen nach einem Hinweis ab. Doch so verbissen er auch suchen mochte, er fand nichts, das ihm einen Anhaltspunkt gab.
Eine gute Stunde nach dem kurzen Bombardement wurden die Stellungen im Vorfeld der Stadt wieder besetzt und das Warten begann erneut. Sie alle hatten mit heftigen, brutalen Kämpfen um Yard gerechnet, umso verwirrender war nun die Ruhe, von der der Konflikt getragen wurde. Es schien, als ob die gefürchtete Belagerung von Yard zu einem Sitzkrieg werden würde. So unvorstellbar es auch sein mochte, offensichtlich stellte Banner sich auf eine langwierige Belagerung der Stadt ein. Damit wiederum gab er seinen Vorteil aus der Hand.

Gegen Mittag desselben Tages trafen sich die Anführer der geeinten Fraktionen. Marcus hatte sich in den letzten Tagen vor einem solchen Treffen gedrückt, hatte immer wieder neue Ausreden gefunden, um die anderen Anführer zu vertrösten, doch nun waren ihm die Ausreden ausgegangen. Es war offensichtlich. Man machte sich Sorgen um die Stadt, verlangte nach Antworten. Dem Zugführer war es kaum möglich, diesen Gesprächen noch weiter auszuweichen, obwohl er den anderen nicht viel mehr sagen konnte, als sie eh schon wussten. Ihm war ebenso klar, dass er mit seinem Verhalten die Einigkeit, die zwischen den ehemaligen Feinden herrschte, zu gefährden drohte. Die

Anführer der anderen Fraktionen mussten sich übergangen vorkommen, ja, vielleicht sogar entmachtet. Ihre Kämpfer starben bei der Verteidigung der Stadt, und doch mussten sie das Gefühl haben, persönlich bei der Verteidigung nur eine untergeordnete Rolle zu spielen. So sehr sie alle angesichts eines gemeinsamen Feindes für Einigkeit plädiert hatten, so wichtig war es ihnen jetzt, auch eine bedeutende Rolle bei der Verteidigung der Stadt zu spielen. Dabei ging es ihnen nicht um Ruhm und Ehre auf dem Schlachtfeld, sondern vielmehr um die Zukunft. Ein Anführer, der sich aktiv an der Verteidigung der Stadt beteiligt hatte, würde in der Zeit danach natürlich auch viel besser dastehen. Marcus wusste noch nicht recht, wie er mit diesen Strömungen umzugehen hatte.

„Es ist eine Schweinerei!", regte sich die Anführerin der Landstreicher auf und machte eine beleidigende Geste. „Meine Leute werden in Stücke geschossen und ich bin dazu verdammt, untätig herumzusitzen!"

„Ist dir eigentlich klar, wie wir vor unseren Leuten dastehen?", schlug der Lagerarbeiter in die Bresche, noch bevor Marcus die Chance hatte, überhaupt zu antworten. „Für sie sieht es so aus, als müssten sie durch die Hölle gehen, während wir uns feige verkriechen. Mit jeder Minute verspielen wir das Ansehen bei ihnen! Sie wollen keine Feiglinge als Anführer!"

Marcus schüttelte heftig den Kopf und hob beide Hände, um sich Gehör zu verschaffen.

„Das ist doch völliger Blödsinn!", kritisierte er die Frau scharf. „Nicht nur deine Leute sind in Stücke geschossen worden, wir alle haben Verluste hinnehmen müssen. Ich verbitte mir die Behauptung, dass der Blutzoll von jemandem höher ist als der von anderen. Und was die Untätigkeit angeht: Niemand hat euch befohlen, nichtstuend in euren Quartieren zu warten! Es steht euch frei, auf die Mauern zu gehen, in die Stellungen zu kriechen und dort, an der Seite eurer Leute, zu kämpfen."

Er holte kurz Luft und wandte sich zu dem vollbärtigen Lagerarbeiter herum, deutete mit einer wütenden Geste auf ihn.

„Oder war es anders? Hast du versucht, zu deinen Leuten zu kommen, und bist von irgendjemandem mit vorgehaltener Waffe daran gehindert worden? Hat man es dir unmöglich gemacht?"
Der Mann grummelte irgendetwas Missmutiges in seinen Vollbart, schüttelte dann aber den Kopf. „Und wie ist es mit den anderen? War es bei euch so?"
Herausfordernd blickte er in die Runde, und plötzlich war es still in dem kleinen Raum. Der Protest schien wie fortgewischt. „Soll ich euch sagen, warum ihr noch nicht bei euren Leuten wart? Weil ihr Angst habt! Angst davor, dass es euch erwischen könnte. Eine verirrte Kugel oder eine Granate, und schon wäre es aus mit euch! Doch während eure Leute nicht weniger Angst haben als ihr, überwinden sie ihre Furcht und sind bereit, dieses Risiko einzugehen. Ihr hingegen nicht. Und jetzt sitzt ihr hier und klagt mich für etwas an, für das ich nicht verantwortlich bin!"
Die Anführer schwiegen, blickten teils peinlich berührt zu Boden. Marcus setzte gerade an, etwas zu sagen, da rollte von den Mauern her der Donner einer Explosion heran, und der Boden erzitterte. Die Blicke der anderen gingen nervös zum Fenster. Der Zugführer machte einige Schritte zum Fenster, spähte hinaus. Mittlerweile waren weitere Explosionen zu hören, dazu das schrille Pfeifen der heransausenden Artilleriegranaten.
„Was ist das?", fragte der Anführer der Techniker und machte sich keine Mühe, die Angst in seiner Stimme zu verbergen.
Marcus sah durch das kleine Fenster nicht viel. Von den Mauern her stiegen Wolken aus Staub und Rauch auf, während die Erschütterungen nun umso stärker zu spüren waren. „Wahrscheinlich wird das Vorfeld wieder beschossen", sagte er, ohne eine wirkliche Erklärung parat zu haben.
Die Anführerin der Landstreicher setzte offenbar zu einer weiteren Tirade an, doch was sie sagen wollte, wurde von einer nahen Explosion und einer starken Erschütterung davongerissen. Diesmal musste Marcus sich am Fenstersims festhalten. Sein

Blick ging nach draußen und er sah, wie ein Gebäude ganz in der Nähe getroffen wurde. In diesem Moment verfluchte er sich dafür, dass diese Besprechung nicht in einem der unterirdischen Räume abgehalten wurde. Dort wären sie vor solchen Zwischenfällen sicher gewesen.
Noch bevor er ein weiteres Wort sagen konnte, fegte eine weitere Granate heran. Das Geschoss durchschlug das Dach des Gebäudes wie Papier und eine markerschütternde Explosion folgte dem Volltreffer. Die Druckwelle riss das kleine Gebäude auseinander.
Marcus wurde von der Druckwelle erfasst und von den Beinen gerissen. Wie eine Flickenpuppe wurde er herumgeschleudert, während ein Feuerball heranwuchs und ihn umschloss. Er merkte noch, wie er mit dem Rücken gegen einen Widerstand knallte, dann umfing ihn Schwärze.

Als die Geschütze ihr Feuer eröffneten, erkannte Alexander endlich, welchen Grund der kurze Beschuss am Morgen gehabt hatte. Er diente nicht etwa einem Angriff oder war Teil eines Ablenkungsmanövers, vielmehr waren die Kanonen eingeschossen und ausgerichtet worden. Mit dem ersten Treffer war offensichtlich, dass es diesmal nicht darum ging, das Vorfeld der Stadt mit Feuer zu belegen. Die erste Granate schlug oberhalb in die Mauer ein und riss den aufgeschichteten Schrott auseinander, dann folgten die nächsten Treffer. Es ging darum, eine Bresche zu sprengen. Granate um Granate heulte heran, und mit jedem Treffer wurde der Beschuss zielgenauer. Trümmerteile und Schrott wurden durch die Luft geschleudert, Männer und Frauen gingen in den donnernden Explosionen unter. Die Verteidiger handelten instinktiv, als sie sich panisch vom Wall zurückzogen, Schutz in den nahegelegenen Gebäuden suchten. Alexander kämpfte indes erfolgreich gegen diesen Reflex an, blieb in seinem Kommandostand, während die Welt um ihn herum im Chaos versank. Der ehemalige Offizier bemühte sich, auf den Beinen zu bleiben, doch die schweren Treffer brachten

die ganze Mauer zum Wanken. Das Geräusch der Explosionen und des ächzenden Schrotts vermischte sich zu einem unheimlichen Getöse, bei dem es unmöglich war, ein Geräusch vom anderen zu trennen.
Eine Explosion riss den glatzköpfigen Mann von den Beinen und er brachte es gerade noch fertig, seine Arme schützend vor das Gesicht zu nehmen. Eine Staubwolke umhüllte seinen Kommandostand und Ausrüstungsteile und Trümmer regneten auf ihn herab. Benommen kam er wieder auf die Füße und blinzelte gegen die Staubwolke an. Noch bevor er die Orientierung völlig wiedergefunden hatte, rollte die nächste Erschütterung heran. Der ehemalige Offizier taumelte zum Ausgang, dem schwachen Lichtschein entgegen. Tastend griff er nach den Sandsäcken, fand Halt und zog sich nach draußen. Seine Ohren klingelten und der Staub brannte in seiner Lunge, das grelle Tageslicht draußen blendete ihn im ersten Moment. Er kämpfte die Verwirrung nieder und zog sich nach draußen auf die Mauer. Hustend schnappte er nach Luft, versuchte, einen besseren Überblick zu bekommen. Die riesige Staubwolke machte es ihm unmöglich, mehr als nur ein paar Meter weit zu sehen. Mit einem Fluch auf den Lippen wankte er vorsichtig hinüber zur Treppe. Das Letzte, was er jetzt noch brauchen konnte, war, in dem ganzen Chaos mehrere Meter tief zu stürzen. Er erreichte die erste Stufe und beeilte sich, von der Mauer herunterzukommen. Als er festen Boden unter den Füßen hatte, begann er zu laufen, obwohl er immer noch nicht viel sehen konnte. Irgendwann tauchte im staubigen Halbdunkel vor ihm eine Wand aus Wellblech auf. Alexander tastete sich mit den Händen daran entlang, fand eine Tür und stolperte förmlich ins Innere. Draußen nahm das Donnern der Granaten noch einmal an Intensität zu, fast im Sekundentakt zerrissen die Explosionen nun die Luft. Er stürzte in Deckung. In diesem Moment wurde ihm bewusst, wie klein und unbedeutend der Einzelne doch in einer Auseinandersetzung wie dieser erschien. Es gab schlichtweg keine andere Möglichkeit, als den Kopf unten zu halten und zu

warten, bis der Beschuss verebbte. Erst dann würde sich wieder das Gefühl einstellen, Herr der Lage zu sein. Für den Moment war er in die Rolle des hilf- und machtlosen Zuschauers gedrängt worden, und das war eine Rolle, mit der er sich überhaupt nicht abfinden wollte.

Im Innern der kleinen, dunklen Hütte hatten auch andere Menschen Unterschlupf gesucht, und zusammen mit dem ehemaligen Offizier kauerten sie nun hier, warfen sich ängstliche Blicke zu.

Als die Explosionen abebbten und die Erschütterungen schwächer wurden, hatte Alexander völlig das Zeitgefühl verloren. Er konnte nicht sagen, wie lang der Feuerüberfall nun gedauert hatte, obwohl ihm die Logik aus einem Teil seines Gehirns zubrüllte, dass es kaum mehr als einige Minuten gedauert haben konnte. Dankbar darüber, nicht mehr zur Tatenlosigkeit verurteilt zu sein, verließ er den Unterstand.

Sofort war er wieder von der Staubwolke umhüllt, auch wenn er nun deutlich weiter sehen konnte. Er zog sich sein Halstuch vor Mund und Nase und bewegte sich in die Richtung, in der er die Mauer vermutete.

Was er vorfand, waren Trümmer. An der Stelle, an der der Schrott zu einer meterhohen, unüberwindbaren Mauer aufgetürmt worden war, lagen nun Trümmerteile verstreut. Die Granaten hatten eine große Bresche in die Mauer geschlagen. Zielstrebig hielt er auf dieses Chaos zu, kletterte darüber hinweg. Der Staub legte sich langsam und gab immer mehr vom Bild der Zerstörung preis. Die Barrikade war an mehreren Stellen auf einer Länge von vielen Metern einfach auseinandergesprengt worden. Auch wenn die Berge an Schrott und Trümmern ein Vorankommen erschwerten, gab es nun für einen entschlossenen Angreifer kein nennenswertes Hindernis mehr vor der eigentlichen Stadt. Alexander kletterte auf ein schwankendes Mauerteil hinauf, rutschte dabei beinah ab. Ein Stück Schrott löste sich und rauschte polternd in die Tiefe. Es ging dem ehemaligen Offizier gar nicht darum, sich einen Überblick über das Ausmaß der Zerstörung zu machen, seine Sorge galt vielmehr dem Feind. Denn der würde eine solche Chance ganz sicher nicht ungenutzt verstreichen lassen. Gerade als er den höchsten Punkt des Trümmerbergs erreicht hatte, lichtete sich die Staubwolke und er hatte einen klaren Blick auf das feindliche Lager. Hunderte von Soldaten hatten sich in kleinen Gruppen und weit gestreuter Formation in Bewegung gesetzt, marschierten direkt auf die Bresche zu.

Moody war von den dumpfen Explosionen aus dem Schlaf gerissen worden. Der rothaarige Söldner hatte die Nacht bei den Kämpfern verbracht, hatte ihnen Mut zugesprochen. Irgendwie schienen die Männer und Frauen Gefallen an dem grobschlächtigen Mann gefunden zu haben, spätestens seit seinem Einsatz beim ersten Großangriff von Banners Armee war er für sie so etwas wie ein Held. Auf seine eigene Art wirkte Moody sogar charismatisch. Die Kämpfer mochten und bewunderten ihn, und es tat ihnen gut, wenn er zu ihnen kam und mit ihnen sprach. Moody hielt die Verteidiger mit seinen Anekdoten bei Laune, erzählte die eine oder andere Geschichte mit dem nötigen Maß an Übertreibung. Wahrscheinlich wussten seine Zuhörer, dass er es mit der Wahrheit nicht immer genau nahm, dennoch hingen sie an seinen Lippen. Nach der Verabschiedung vom schwerverletzten Tyler hatte er gespürt, wie die Müdigkeit bleiern auf seinen Gliedern lastete. Tatsächlich hatte er sich das nächste ruhige Plätzchen gesucht, sich auf dem Rücken ausgestreckt – und war wenige Minuten später schnarchend eingeschlafen.
Mit den ersten Explosionen jedoch war er wieder hellwach. Er brauchte nur wenige Sekunden, bis er sich orientiert hatte, dann griff er seine Waffen und eilte in Richtung der Detonationen. Je näher er dem Ort des Geschehens kam, desto schwerer wurden die Explosionen, desto heftiger waren die Erschütterungen. Gerade als er um die Ecke einer langgezogenen Baracke bog, gab es an der Mauer vor ihm eine dröhnende Explosion. Der rothaari-

ge Muskelberg schmiss sich flach auf den Boden und merkte, wie die Splitter über seinen Kopf hinwegfegten, wie die Trümmer in seiner Nähe herabregneten. Als er die Augen wieder öffnete, rollte unaufhaltsam die Staubwolke heran und verschluckte ihn. Kriechend brachte er sich im nächsten Gebäude in Sicherheit, spähte immer wieder durch einen Bretterspalt nach draußen. Irgendwann hörte das Donnern auf, doch Moody beschloss, noch einige Momente zu warten, bis der Staub sich gelegt hatte. Als kurz darauf die ersten Schüsse ganz in der Nähe knallten, wusste er genau, was los war. Mit einem lautstarken Fluch warf er sich mit der Schulter voran gegen die dünne Tür, stolperte nach draußen und lief in Richtung des Gefechtslärms. Je mehr er von seiner Umgebung wahrnehmen konnte, umso mehr verschlug es ihm den Atem. Die Mauer war an vielen Stellen regelrecht zusammengeschossen worden und breite, ungedeckte Schneisen gaben nun die Stadt preis. Zwischen den Trümmern begann sich zaghafter Widerstand zu formieren, immer wieder sah er verstaubte, blutende Kämpfer, die sich hinter dem Schutt verschanzten und feuerten.

Moody verstand genau. Dies war der kritische Punkt. Jetzt galt es, trotz der Zerstörung, trotz der Verwirrung den Angriff zurückzuschlagen. Er wusste es sofort. Würde es ihnen nicht gelingen, die Masse, die im Begriff war, gegen die Stadt zu branden, zurückzudrängen, dann wäre der Kampf um Yard verloren. Grimmig griff er seine Schrotflinte fester und suchte sich eine gute Position.

Eris stürmte durch das enge Gewirr von Gassen, die ersten Verwundeten wankten ihm schon entgegen. Sie sahen schlimm aus, befremdlich. Über und über waren sie mit Staub bedeckt, wirkten wie von einer anderen Welt. Das tiefrote Blut, das aus ihren Wunden lief, stand in starkem Kontrast zu der weißen Staubschicht.

Als der Angriff begann, hatte Eris mit Sal auf dem Dach des höchsten Gebäudes gesessen. Mit der ersten Explosion waren

die beiden in Deckung gesprungen. Eigentlich hatte alles in Eris' Innerstem danach geschrien, den exponierten Punkt so schnell wie möglich zu verlassen, aber Sal hatte sich dagegen gewehrt. Es gab schlichtweg keinen besseren Überblick über die Stadt als von dort oben, und als absehbar war, dass der Feuerschlag der Mauer galt, gab Eris seinen Widerstand auf und sie beide kamen aus der Deckung.
Von dort oben hatten sie einen klaren Blick auf das höllische Schauspiel am Rande der Stadt, sahen genau, wie Mauerstücke auseinandergerissen wurden und Trümmer in alle Richtungen davonflogen. Die langsam aufsteigende Staubwolke raubte ihnen die Sicht, und aus den Augenwinkeln erkannte er, wie einige Granaten über ihr Ziel hinausgeflogen waren und auch Gebäude trafen.
Noch während die Geschütze aus einigen Kilometern Entfernung feuerten, war zu erkennen, wie die Soldaten in Banners Heereslager sich formierten und sich langsam in Richtung der unter Feuer liegenden Stadt auf den Weg machten. Kaum dass die letzte Granate detoniert war, sprang Eris mit dem Gewehr in der Hand auf. Sein und Sals Blick trafen sich für einen kurzen Moment, dann drückte er ihr einen Kuss auf die Lippen und rannte los. Die Schützin wiederum brachte ihr wuchtiges Präzisionsgewehr in den Anschlag.
Einige Minuten später erreichte er in vollem Sprint die Mauerbresche. Die ersten Schüsse waren mittlerweile zu tosendem Lärm angeschwollen, Querschläger pfiffen umher und ununterbrochen donnerten Waffen. Ohne zu zögern, rannte er in Richtung des ersten Widerstandsnests, warf sich unsanft auf den Bauch und nahm das Sturmgewehr in Anschlag. Es dauerte nicht lange, da hatte er das erste Ziel ausgemacht und sein Finger betätigte den Abzug.

Gedeckt durch ein halbes Dutzend bewaffneter Panzerfahrzeuge griffen Banners Soldaten Yard an. Der Angriff ging ohne Hast vonstatten, vielmehr arbeiteten sich die Soldaten Meter für

Meter vor, suchten Widerstandsnester und bekämpften diese dann konzentriert. Da der Artilleriebeschuss die Verteidigungslinie um Yard herum vorerst zerschlagen hatte, gab es wenig, was man dieser Zermürbungstaktik entgegensetzen konnte. Hinzu kam, dass es einfach an schweren Waffen mangelte. Das vorhandene schwere Gerät war beim Granatenbeschuss entweder zerstört oder stark in Mitleidenschaft gezogen worden. Der Versuch, die Panzerfahrzeuge zu bekämpfen, war damit völlig zwecklos.
Die Moral der Verteidiger kam immer mehr ins Wanken, ein scheinbar aussichtsloser Kampf hinterließ seine Spuren. Was es brauchte, war Zeit, damit sich eine konzentrierte Widerstandslinie formieren konnte. Alexander war das vom ersten Moment klar gewesen, und so scharte er alle Kämpfer um sich, deren er habhaft werden konnte, und begann einen verbissenen Abwehrkampf. Die zähen Verteidiger krallten sich in den Trümmerbergen fest und schlugen alle Angriffe gegen ihren Bereich wütend ab. Das änderte sich, als eines der Panzerfahrzeuge heranrollte und das Feuer eröffnete. Dumpf spie die Maschinenkanone Feuer und die Garben jagten zwischen die Verteidiger, forderten ihren Tribut. Der ehemalige Offizier war wieder einmal machtlos, sodass ihm nichts anderes übrig blieb, als unter schwerem Feuer zurückzuweichen. Nicht mehr lange, dann würden die Verteidiger bei diesem Verlauf wortwörtlich mit dem Rücken an der Wand stehen, sie zogen sich immer weiter auf die Gebäude der Stadt zurück.

Moody hatte eine ganz andere Taktik gewählt. Auch er hatte einige Kämpfer um sich geschart und war in Stellung gegangen. In seinem Abschnitt jedoch schärfte er den Kämpfern ein, das Feuer auf den Gegner nicht zu eröffnen. Sie sollten sich entweder versteckt halten oder tot stellen und Banners Soldaten nah genug herankommen lassen. Sein Plan war einfach. Er wollte den überlegenen Feind in einen Nahkampf verwickeln und somit seines Vorteils berauben. Denn die Panzerfahrzeuge konn-

ten unmöglich in die heftigen Nahkämpfe eingreifen, ohne Gefahr zu laufen, ihre eignen Leute zu erwischen.
Die ersten Soldaten marschierten an seiner Position vorbei, doch Moody rührte sich nicht. Er kontrollierte seine Atmung, spürte, wie das Adrenalin seinen Körper flutete, wie die Anspannung zunahm. Dann handelte er, ganz mechanisch, ohne nachzudenken. Blitzartig hob er die Schrotflinte und jagte dem erstbesten Soldaten zwei Ladungen in den Rücken, richtete die Waffe wieder aus und drückte immer wieder ab. Sein Angriff war gleichermaßen Zeichen für die Kämpfer in seiner Nähe. Die Männer und Frauen sprangen auf, feuerten auf alles, was sich bewegte. Schnell entbrannten erbarmungslose Nahkämpfe, ausgetragen mit Fäusten, Messern, Gewehrkolben, Pistolen und Metallstangen. Wild und ungestüm fielen die Verteidiger mit dem Mut der Verzweiflung über die Soldaten her, richteten ein brutales Blutbad an. Gnade gab es keine, was zählte war die schnelle Reaktion, die über Leben oder Tod entschied.

Aus zweiter Reihe unterstützte Eris mit gezielten, kurzen Feuerstößen die Abwehr, so gut er nur konnte. Immer wieder flogen ihm die Kugeln um die Ohren, und Staub und Splitter spritzten empor, als die Garben in seiner Nähe einschlugen. Trotz seiner Bemühungen, gezielt zu schießen, dauerte es nicht lange, bis er sein letztes Magazin einrasten ließ. Als er kurz darauf die letzte Kugel verschossen hatte, legte er das Sturmgewehr beiseite. Alles, was ihm jetzt noch blieb, waren der schwere Revolver und das Messer. Entschlossen umklammerte er die klobige Pistole und spähte aus der Deckung. Ganz in seiner Nähe hatte sich ein kleines Widerstandsnest gebildet. Der Söldner wartete den richtigen Moment ab, sprang in die Höhe und rannte in Richtung der Verbündeten. Salven schlugen um ihn herum ein und Querschläger pfiffen nah an ihm vorbei, doch wie durch ein Wunder erreichte er die Verteidiger und warf sich der Länge nach in Deckung. Ohne dass viele Worte nötig gewesen wären, griff er sich eine Waffe und nahm den Kampf wieder auf.

Sal hatte ihre Position nicht gewechselt. Geschützt durch Sandsäcke lag sie flach auf dem Bauch, visierte immer wieder neue Ziele an und schoss. Auf dem Boden der kleinen Aussichtsplattform rollten alsbald die Patronenhülsen umher, doch die Schützin wurde nicht müde. In weiser Voraussicht hatte sie genügend Munition hier hinaufbringen lassen, um notfalls stundenlang feuern zu können.
Von hier oben hatte sie einen guten Blick über die Situation. Die Mauer war an zwei Stellen auf der Länge von vielen Metern zusammengestürzt. Zwischen den Breschen ragte ein wackeliges Stück Mauer immer noch in den Himmel. Auf dem Stück Restmauer hatte sich mittlerweile ordentlicher Widerstand formiert, der aus allen Waffen auf den anstürmenden Gegner feuerte. Banners Soldaten wiederum versuchten, die Mauer unter Sperrfeuer zu halten und gleichzeitig links und rechts an diesem Hindernis vorbeizukommen. Die Breschen wurden von Moody und Alexander verteidigt. Beide gaben ihr Möglichstes, um einen feindlichen Einbruch in die Stadt zu verhindern. Unter dem feindlichen Druck litt Alexanders Abschnitt am meisten. Hier hatten mittlerweile drei Panzerwagen das Feuer auf die Verteidiger eröffnet und sie gezwungen, ihre Köpfe unten zu halten. Im Deckungsfeuer der Fahrzeuge wiederum arbeiteten sich die Soldaten vor. Sal konzentrierte sich auf diesen Abschnitt und feuerte immer wieder, zwang ihrerseits die Angreifer, ihren Vorstoß zu verlangsamen. Ewig konnte es nicht so weitergehen, das war der Schützin klar. Früher oder später würde man ihre Position ausmachen und alles tun, um ihr Störfeuer zu unterbinden.

Moody schob den sterbenden Soldaten von sich und rang für einen Moment nach Luft. Diesmal war es wirklich knapp gewesen, nur mit Mühe und Not war es ihm gelungen, den Kerl zu erledigen. Sein ganzer Körper schrie vor Schmerz und Belastung, doch der rothaarige Söldner konnte dem Ruf unmöglich nachgeben. Stechender Schmerz pulsierte aus seinem Bein und mit einem Blick stellte der Söldner fest, dass eine tiefe Wunde in seinem rechten Oberschenkel klaffte. Wütend zog er einen der Toten heran, nahm ihm den Gürtel ab und schnürte sich das Bein ab, während um ihn herum immer noch gekämpft wurde.

Dann angelte er nach dem leichten Maschinengewehr eines Toten, lud es durch und stemmte sich in die Höhe. Die Waffe in seinen Händen spie Tod und Verderben und hielt reiche Ernte unter dem Feind. Als er seine Munition verschossen hatte, ließ er sich schwerfällig in Deckung sinken. Seine Wunde machte ihm zu schaffen, doch immerhin schien es, als würde sein Abschnitt dem Ansturm standhalten. Der Nahkampf war den Schusswechseln auf kurze Distanz gewichen. Der Feind blieb in den Trümmern stecken, formierte sich neu.

Die Panzerwagen rollten herum und positionierten sich, um die vorrückende Infanterie effektiver zu unterstützen. Moody war klar, dass sie schleunigst einen Weg finden mussten, die Panzerwagen auszuschalten. Verbissen übersah er die toten Soldaten in seiner Nähe und fand tatsächlich, was er suchte. Einer der Toten trug seitlich an seinem Sturmgepäck einen zusammengeklappten leichten Raketenwerfer. Doch jetzt, wo er eine Lösung ihrer Probleme entdeckt hatte, tat sich das nächste Problem auf: Mit seiner Verletzung war er weder in der Lage, die Waffe zu bergen, noch nah genug an die umschwenkenden Panzerwagen heranzukommen. Hastig blickte er sich um und entdeckte keine fünfzig Meter entfernt Eris. Der Söldner kauerte in Deckung und feuerte auf den Gegner.
„Eris, hey, Eris!“, brüllte Moody aus Leibeskräften.
Eris hielt einen Moment inne und sah sich um. Moody winkte hastig. Als der mutmaßlich richtige Zeitpunkt gekommen war, sprang Eris in die Höhe und lief los. Auf halbem Weg schlug ihm ungezieltes Feuer entgegen und er warf sich auf den Bauch, robbte den Rest hinüber zum rothaarigen Söldner.
„Du siehst übel aus“, bemerkte er sachlich, während er neben Moody in Stellung ging und seine Waffe in Anschlag brachte.

„Mach dir um mich mal keine Sorgen!“, brüllte Moody über den Gefechtslärm hinweg. „Wir haben viel größere Probleme mit den verdammten Fahrzeugen da vorne!“
„Ich habe es schon bemerkt“, sagte Eris zwischen zwei Salven. „Aber die Dinger sind einfach nicht zu knacken!“
„Vielleicht doch.“ Damit deutete Moody in Richtung des Toten. Eris folgte der Bewegung und erkannte schnell, was gemeint war. „Kannst du damit umgehen?“
„Wie schwer kann das schon sein? Ausrichten, visieren und abdrücken, nicht?“
Ohne ein weiteres Wort der Erklärung legte Eris das Gewehr beiseite und zog den Revolver.
„Dann hol dir das Ding. Danach musst du näher an die Fahrzeuge heran. Ich schätze, es müssen mindestens fünfzig Meter sein, besser dreißig oder zwanzig.“
Eris atmete schwer aus und nickte dann angespannt. „Dann pass auf meinen Arsch auf!“
Moody grinste. „Nichts leichter als das.“
Er ließ einen neuen Munitionskasten in das Maschinengewehr einrasten, lud durch und stemmte sich wieder in die Höhe. Als der erste Feuerstoß ratterte, war Eris schon auf dem Weg. Bei dem Toten ließ er sich auf den Boden fallen und zerrte die Waffe aus dem Gepäck, dann ging es auf dem Bauch robbend weiter. Stöhnend und ächzend arbeitete Eris sich voran, schob sich schwerfällig über Trümmer, Trichter und Tote hinweg. Mutig schob er sich an einen Trichter heran, sammelte noch einmal Atem und setzte beherzt zum Sprung an. Mit einem Satz war er über den Rand des Trichters hinweg und rollte sich ab, den Revolver im Anschlag. Ein Soldat hatte hier Schutz gesucht und schien von dem Vorstoß völlig überrascht. Noch bevor er sein Sturmgewehr herumreißen konnte, drückte Eris aus nächster Nähe dreimal ab. Der Soldat zuckte getroffen, dann blieb er reglos liegen und rutschte langsam die Kraterwand hinab.
Eris war schon weiter, presste sich an die gegenüberliegende Seite des Kraters und schob vorsichtig seinen Kopf nach oben. Kei-

ne dreißig Schritt von ihm entfernt rumpelte ein Panzerwagen langsam heran. Hastig zog er seinen Kopf zurück, erwartete einen Schrei, doch offenbar hatte ihn niemand bemerkt zu haben. Umständlich und mit zittrigen Fingern klappte er den Raketenwerfer auseinander. Schlagartig wurde ihm klar, dass er nur diesen einen Versuch hatte. Wenn er es vermasselte, dann wäre nicht nur jede Chance auf einen zweiten Versuch vertan, auch konnte er dann von seinem Leben Abschied nehmen. Sorgsam zielte er, während der Panzerwagen näher kam. Als er den Auslöser betätigte, jagte die Rakete zischend aus dem Rohr und zirkelte auf das Panzerfahrzeug zu. Die dumpfe Explosion riss Stahl und Panzerplatten auseinander, fast augenblicklich schoss eine meterhohe Flammenlohe aus dem Fahrzeug. Eris hatte keine Zeit, das ausbrennende Fahrzeug zu betrachten. Achtlos warf er das Rohr fort und rutschte wieder in Deckung.

Sal zuckte zusammen, als eines der Panzerfahrzeuge in einem Feuerball aufging. Nervös schwenkte sie ihre Waffe herum und betrachtete das Geschehen durch ihre Zieloptik. Als sie Eris in einem der Krater in der Nähe entdeckte, war sie gleichermaßen stolz und angsterfüllt.
Durch die Vergrößerung ihrer Waffe besah sie sich eines der Panzerfahrzeuge in der Nähe, das nun langsam zurückrollte, aus dem Gefahrenbereich heraus. Es war unmöglich, das Fahrzeug mit einem Treffer ernsthaft zu beschädigen, aber die großkalibrigen Kugeln ihres Präzisionsgewehrs vermochten durchaus Schaden am Geschütz anzurichten. Behutsam richtete sie die Waffe auf das Fahrzeug aus, zielte auf die Maschinenkanone und die dazugehörige Zieloptik. Der erste Schuss löste sich und schlug Funken. Ohne das Resultat bemessen zu können, schoss sie ein zweites Mal. Auch dieser Schuss hatte gesessen, aber ob sie damit erreicht hatte, was sie wollte, das stand in den Sternen. Nach den beiden Treffern gewann der Panzerwagen an Geschwindigkeit, rollte nicht mehr gemächlich zurück, sondern machte einen regelrechten Satz und schien aus der Gefahrenzo-

ne zu fliehen. Die Schützin nahm dies als Zeichen ihres Erfolgs und suchte sich den nächsten Panzerwagen heraus. Auch hier ging sie nach gleichem Schema vor, diesmal traf sie das Fahrzeug gleich dreimal.
Einer der Panzerwagen brannte und eine dicke, schwarze Rauchschwade stieg gen Himmel, die anderen Fahrzeuge begannen mit dem Rückzug. Offenbar hatte es ein Kommando gegeben, denn auch die Soldaten zogen sich kämpfend zurück auf ihre Ausgangspositionen. Die Verteidiger feuerten ihnen verbissen noch einige Salven hinterher, dann brachen sie in Jubel aus.
Sie hatten auch diesen Angriff überstanden.

+++

Die Besprechung fand unter freiem Himmel statt. Banner hatte seine Offiziere antreten lassen und erging sich in einer minutenlangen, vor Wut überschäumenden Tirade. Immer wieder steigerte sich seine Stimme zu geiferndem Brüllen, während die Männer und Frauen seinen Ausbruch über sich ergehen ließen. Keiner wagte es, zu widersprechen, niemand wagte es auch nur, sich zu bewegen, während der General Gift und Galle spie. Der Höhepunkt seines Wutausbruches war, als er seine Pistole griff und dem Verantwortlichen für den fehlgeschlagenen Angriff fast beiläufig ins Gesicht schoss. Gurgelnd und zuckend kippte der Offizier um, und während er starb, tobte und brüllte der General weiter.

Die Mahnung verfehlte ihre Wirkung nicht. Die Männer und Frauen waren merklich zusammengezuckt, als der Schuss sich gelöst hatte, doch wagten sie es nicht, auch nur einen Blick auf den Sterbenden zu werfen. Sie hielten ihren Blick geradeaus, inständig hoffend, dass der Zorn ihres Vorgesetzten bald verrauchte. Banner beendete seinen Vortrag und wies die Versammelten schroff an, den Toten fortzuschaffen. Die Offiziere wa-

ren dankbar darüber, endlich entlassen zu werden, packten die Leiche bei den Stiefeln und schleiften sie davon.
Mit eisiger Miene blieb der General zurück, blickte hinüber zu dem in der Abenddämmerung liegenden Yard. Schwache Rauchsäulen stiegen aus der Stadt empor. Aus der Entfernung waren die Schäden des heutigen Angriffes gut zu erkennen, dennoch hatte die Stadt einem weiteren Großangriff standhalten können. Damit bewiesen die Verteidiger von Yard wieder einmal, dass sie nicht die erhoffte leichte Beute für den General waren. Innerlich schäumte Banner vor Wut. Das Ziel lag zum Greifen nah, es fehlte nicht mehr viel. Doch jetzt, hier, auf den letzten Metern, begann sich ein Problem zu entwickeln, mit dem er so niemals gerechnet hätte. Für einen Moment fragte er sich, ob er den Feind unterschätzt hatte, doch so schnell wie der Gedanke kam, war er auch schon wieder verschwunden. Die Ereignisse, die Niederlage des heutigen Tages lag für ihn nicht etwa an einem starken Feind oder an schlechter Planung – für ihn lagen die Fehler eindeutig bei den Offizieren, die nicht in der Lage waren, seine Anweisungen umzusetzen.
Wortlos stellte sich sein Adjutant einige Meter hinter ihm auf, die Hand zum Gruß am Scheitel. Banner ließ den Mann eine gefühlte Ewigkeit warten, drehte sich dann doch um und musterte ihn eisig. Der junge Offizier hatte einen Ordner unter dem Arm, den Blick starr geradeaus gerichtet, doch der General konnte seine Furcht förmlich riechen. Das freute ihn, dann hatte sein Exempel seine Wirkung nicht verfehlt.
„Was gibt es?“, knurrte er.
„Sir, hier sind die Sanitätsberichte, die Sie angefordert hatten, Sir!“
Der General streckte seine Hand aus und der junge Offizier reichte ihm den Ordner. Sogleich schlug er die Seiten auf und überflog die Angaben. Die Zahlen waren vernichtend. Die Angriffe der vergangenen Tage hatten für dreihundertneunundzwanzig eigene Verluste gesorgt, hinzu kamen sechshundertzwölf Verletzte. Gemäß den Unterlagen würden mehr als ein

Viertel der Verwundeten für längere Zeit ausfallen. Geräuschvoll schlug Banner den Ordner zu und schleuderte ihn achtlos auf den Kartentisch. Die Verluste dieser Operation waren viel zu hoch, und rein logisch wäre dies der Punkt gewesen, die eigene Taktik zu überdenken. Dennoch: Yard war die letzte Hürde. Der General war bereit, die Mehrzahl seiner Soldaten zu opfern, um die Stadt in seinen Besitz zu nehmen. Danach würde es schlichtweg nichts mehr in der Region geben, das ihm gefährlich werden konnte. Yard war das letzte Mosaikstück in seinem Plan, der letzte Arbeitsschritt am Fundament seiner Macht. Yard sollte der Ausgangspunkt zukünftiger Expansionen werden, das Zentrum einer neuen Macht, die auszog, der Welt ihren Stempel aufzudrücken. Die Stadt war aber auch noch viel mehr. Der alte Rangierbahnhof war ein Knotenpunkt, über den die Elektrizität des Windparks verteilt wurde. Nur wenn es ihm gelang, Yard zu kontrollierten, konnte er das Baker Army Depot mit Strom versorgen.

„Munitionsvorräte der Artillerie?", erkundigte er sich knapp, die Arme hinter dem Rücken verschränkt, den Blick auf der umkämpften Stadt.

Der Adjutant zog einen Notizblock hervor und suchte fieberhaft nach einem Eintrag.

„Noch vierhundertsechsundneunzig Granaten, Sir."

„Gut. Morgen ab acht Uhr Trommelfeuer auf die Mauer. Ich will, dass diese lächerlichen Verteidigungsstellungen eingestampft werden."

„Jawohl! Was ist mit der Infanterie?"

Banner dachte kurz nach, dann winkte er ab.

„Kein nachfolgender Angriff. Die Züge sollen in Bereitschaft gehalten werden. Über einen Angriff entscheide ich dann."

+++

„Unsere Verluste sind viel zu hoch! Noch ein paar solcher Angriffe wie heute und wir können einpacken."

Moody rieb sich den dicken Verband um seinen Oberschenkel. Es war lange her, dass er ernstlich verletzt worden war, und er hatte bisher nicht begriffen, wie er so viel Glück haben konnte. Perry hatte ihm eingeschärft, dass er mit einer solchen Verletzung keine Belastungen eingehen durfte, aber beide Männer wussten nur zu genau, dass das schlichtweg unmöglich war.
„Das Lazarett platzt aus allen Nähten. Wir haben keinen Platz für noch mehr. Ganz davon abgesehen gehen uns Verbandsmaterialien und Medikamente langsam aus. Sie räumen eine zweite Lagerhalle für uns, wenn ich das richtig verstanden habe, aber das hilft uns auch nur bedingt. Ein ganz anderes Problem sind übrigens die Toten. Solange die hier in der Stadt liegen, sind sie ein Risiko für uns alle. Die müssen schleunigst unter die Erde. Noch ein paar warme Tage und der Gestank wird nicht zu ertragen sein."
Perry kratzte sich während seiner Schilderung gedankenverloren einige Blutspritzer aus seinem Bart. Es war nicht sein eigenes Blut, vielmehr waren es untrügliche Anzeichen für die Arbeit der letzten Stunden. Sein Blick war müde, sein Gesicht wirkte grau, er war völlig überarbeitet.
„Ihr werdet es wahrscheinlich besser wissen als ich, Leute, aber in der Mauer klaffen zwei Breschen von mehr als fünfzig Metern. Die Stellungen davor sind so gut wie unbrauchbar. Wie gut lässt sich das noch verteidigen?", warf Eris ein.
„Bei noch so einem Angriff? Nicht lange. Ich nehme an, zwei oder drei massive Angriffe, wie wir sie heute erlebt haben, und Banner steht mit seiner Armee in der Stadt", antwortete Alexander nüchtern. Der ehemalige Offizier trug einen Kopfverband und machte einen desorientierten Eindruck. Der Feuerhagel der Artillerie war nicht spurlos an ihm vorbeigegangen.
„Was ist mit den Anführern?", hakte Eris nach.
Ryan hob den Kopf und verzog das Gesicht.
„Das war ein Volltreffer. Die haben die Trümmer nach Überlebenden durchsucht, aber nur Tote bergen können. Der Einzige, der es überstanden hat, ist Marcus, wenn auch schwer verletzt.

Das bringt uns alle in eine beschissene Situation."
„Glaubst du, jetzt werden Machtkämpfe ausbrechen?"
Der Zwerg zuckte mit den Schultern. „Schon möglich. Sicher kann man sich da nicht sein. Schon ein komischer Zufall, findet ihr nicht?"
Die Anwesenden sahen den Zwerg an, aber keiner sagte etwas. Schnell war dieser Gesprächspunkt übersprungen.
„Was die Vorräte angeht", begann Ian, mehr aus dem Drang, auch etwas beisteuern zu wollen.
„Bei gleichbleibendem Bedarf haben wir noch für sechs oder sieben Tage Munition. Verbandsmaterial und Medikamente sind fast weg, wie Perry schon sagte. Nahrung und Wasser ist noch genug da. Mit leerem Magen werden wir wohl nicht kämpfen müssen."
„Immerhin etwas", bemerkte Sal und wandte sich dann Alexander zu. „Was sieht die Planung nun vor?"
„Banner wird wieder zu einem Angriff ansetzen. Er wird bemerkt haben, wie sehr wir mit dem Rücken zur Wand stehen. Seine Verluste stehen auf einem anderen Blatt, ich denke, damit hat er nicht gerechnet. Wahrscheinlich wird er seine Truppen nun vorsichtiger einsetzen. Keine Nachtangriffe, schätze ich."
„Und wir warten nun einfach auf den nächsten Angriff?"
„Ich arbeite noch daran, aber für den Moment habe ich keine bessere Idee. Seine Artillerie wird uns zusammenschießen, wenn wir aus der Deckung kommen. Und kommen wir nicht aus der Deckung, schießen seine Kanonen eben unsere Deckung zusammen."
„Dann müssen wir die Geschütze ausschalten."
Alexander starrte Sal einen Moment entgeistert an, dann lachte er hysterisch. „Ach, was du nicht sagst. Darüber habe ich auch schon nachgedacht."
„Dann hör auf, darüber nachzudenken, und lass uns endlich handeln", schloss sie kalt. Ihr Blick war herausfordernd. Der ehemalige Offizier blickte auf und schob den Verband an seinem Kopf zurecht, dann funkelte er sie böse an.

„Es ist ein verdammtes Himmelfahrtskommando! Mitten in der Nacht soll irgendwer raus in die feindlichen Linien, an all den Wachen vorbei und mal eben so Banners Geschütze in die Luft sprengen? Selbst wenn man durch die Linien kommen sollte, glaubst du denn, er wird die Geschütze nicht bewachen lassen? Und wen soll ich auf den Weg schicken? Los, sag es mir!“ Seine Stimme war laut geworden und während der letzten Worte stand er angriffslustig auf.

Sal sagte nichts, presste die Lippen aufeinander und starrte den Mann an.

„Na los, ich warte! Soll Ian vielleicht gehen? Abgesehen davon, dass sein Bein das nicht mitmacht, ist er bestimmt die richtige Wahl! Und Moody? Mit dem durchschossenen Oberschenkel kommt er gerade mal ein paar Meter weit! Perry? Ryan? Die werden beide viel dringender hier drinnen gebraucht! Wer bleibt dann noch? Unsere Wissenschaftlerin? Ich glaube, ein Schneeball in der Hölle hätte mehr Chancen als die Frau Doktor. Und dann wären da noch du und Eris. Dich kann ich nicht auf den Weg schicken, weil du schwanger bist und Eris es nicht zulassen wird. Und Eris ist nachts nichts wert, wie wir alle wissen. Nichts gegen seine Qualitäten, aber in der Dunkelheit zumindest ein bisschen was zu sehen, das wäre schon mal ein guter Anfang!“

Alexander hatte in seiner wütenden Aufzählung auf jeden der Anwesenden gedeutet, seinen Blick aber nicht von der Schützin genommen. Für einen Moment war es bedrohlich still.

„Was ist mit dir?“, fragte Sal knapp.

„Oh ja, ich. Wie konnte ich mich nur vergessen?“ Seine Stimme troff vor Sarkasmus.

„Weißt du, ich bin gerade eben so in der Lage, mich auf den Beinen zu halten. Glaub mir, wenn ich in der Lage wäre, das zu erledigen, dann würde ich es machen.“

Schweigen und Ernüchterung machte sich unter den Anwesenden breit, niemand schien sich zu trauen, die aufkommende drückende Stille zu beenden. Außer Ryan. Mit einem unter-

drückten Fluch donnerte der kleine Mann seine Blechtasse lautstark auf den Tisch.
„Das ist doch ausgemachte Scheiße, Alexander. Himmelfahrtskommando hin oder her, wenn wir nichts machen, dann ist es genauso beschissen!" Der Zwerg stand auf, straffte sich und blickte sich herausfordernd um. „Du magst ja recht gehabt haben mit dem, was du über uns alle gesagt hast. Aber mal ganz ehrlich. Wenn wir hier drinbleiben und wie die Ratten auf den Kammerjäger warten, dann haben wir nichts davon."
„Große Worte, alter Freund. Und was schlägst du vor?"
Ryan begann zu grinsen und fuhr sich über seinen Bart.
„Ich nehme an, der Kurze hier muss mal wieder all eure Ärsche retten, was?"
„Aber …"
„Ach, hör auf, mir was von Verletzten zu erzählen. Ich habe in den letzten Tagen mehr Leute operiert als in den letzten zehn Jahren! Wenn wir untätig hier drinnen bleiben, werden es immer mehr, und geholfen ist damit auch keinem. Wenn Banner gewinnen sollte, und das wird er, wenn wir auf unseren Ärschen sitzen bleiben, dann ist es aus. Glaubst du wirklich, er wird Gnade walten lassen? Einen Scheiß wird er! So wie ich das sehe, verlängere ich im Moment nur die Leiden der Leute hier drin. Da kann ich auch rausgehen und versuchen, Banner aufzuhalten, oder?"
Der Argumentation des Arztes hatte keiner der Anwesenden etwas entgegenzusetzen.
„Schön. Ich will gar nicht versuchen, dich vom Gegenteil zu überzeugen, Ryan. Aber was kommt danach? Nehmen wir an, es gelingt dir, seine Geschütze in Stücke zu sprengen, was machen wir dann?"
„Zunächst einmal gibt das bestimmt ein schönes Feuerwerk", grinste der kleine Arzt. „Alles was danach kommt, ist nicht mehr meine Sache."
„Dann sind jetzt wohl wir großen Strategen gefragt", feixte Moody und sah Alexander vielsagend an. Der wiederum schüttelte den Kopf.

„Schön, nehmen wir an, das gelingt. Dann haben wir es immer noch mit Banners Armee zu tun. Greifen wir ihn direkt an, geben wir alles auf, was wir an Vorteilen haben. Seine Soldaten werden uns dann in Stücke schießen."
„Soll das heißen, dass wir trotzdem hier drinnen bleiben werden und einfach warten?", fragte Eris irritiert.
„Wie ich schon sagte. Draußen ohne Deckung sind wir im Nachteil."
„Aber wie wollen wir dann gewinnen? Er wird uns belagern, darauf warten, bis uns die Vorräte ausgegangen sind!"
„Wenn du eine bessere Idee hast, die nicht bedeutet, uns in den sicheren Tod zu führen, bin ich ganz Ohr."
Resigniert schüttelte Eris den Kopf.
„Aber ich habe da eine Idee", erklärte Annabell und brach ihr Schweigen. Die Blicke der Anwesenden fuhren zu der stillen Wissenschaftlerin herum, niemand hatte damit gerechnet, dass sie etwas sagen würde.
„Frau Doktor? Jetzt bin ich aber gespannt", meinte Alexander.
Connelly mühte sich umständlich damit ab, einen Hartschalenkoffer auf den Kartentisch zu hieven. Auf dem Koffer prangte das Zeichen von Institut 18.

+++

Unter dem wolkenverhangenen Nachthimmel lag Ryan flach auf den Boden gepresst und spähte in die Dunkelheit hinaus. Die Entbehrungen der letzten Tage zehrten an seinen Knochen und die wenigen Stunden Ruhe, die er sich selbst verordnet hatte, waren kaum in der Lage gewesen, viel an der bleiernen Müdigkeit zu ändern. Wahrscheinlich hatte er in seinem Leben schon bessere Ideen gehabt, als in einem solchen Zustand eine so gefährliche Mission auf sich zu nehmen.
Von seiner Position aus hatte er einen guten Blick auf das Lager. Banners Armee lagerte vorbildlich, fast wie in den Handbüchern beschrieben. Die Zelte standen säuberlich aufgereiht, die

Fahrzeuge in ordentlichen Reihen geparkt. Es war Nachtruhe eingekehrt, und lediglich einige Posten hielten Nachtwache. Ein Stück abseits befand sich das Lazarettzelt, gut zu erkennen an dem leuchtenden roten Kreuz auf der Zeltplane. Es hatte nicht nur praktische Gründe, das Zelt außerhalb des normalen Lagerlebens zu halten, sondern auch moralische. Der Nachtwind trug einen Geruch aus geronnenem Blut, Schweiß, Äther und Desinfektionsmitteln herüber. Und nicht nur das. Mit dem Geruch wurden auch die Klagelaute der Verletzten zu seiner Position getragen.

Der Zwerg kniff die Augen zusammen und versuchte, zwischen all den Zelten das von Banner zu erspähen. Er entdeckte es inmitten der ordentlichen Reihen. Vor dem quadratischen Zelt waren mehr als ein Dutzend Posten aufgezogen. Obwohl der General sich unter seinen Getreuen befand, war er offenbar vorsichtig wie immer.

Ryan lächelte knapp. Gut, dass er nicht deswegen hier war. Sein Blick heftete sich an einer Stellung ein gutes Stück hinter dem Lager fest. Dort befand sich die Artillerie, sein eigentliches Ziel. Er hatte es ohne einen Zwischenfall bis hierhin geschafft, und damit war der Großteil der Vorarbeit schon getan. Nun galt es nur noch, sich bis zu den Geschützen durchzuschlagen. Ein wirkliches Kinderspiel. Der direkteste Weg zu den Kanonen war zugleich auch der gefährlichste, denn dafür musste man mitten durch das Lager hindurch. So schnell wie der Gedanke aufgetaucht war, verwarf er ihn wieder. Es würde ihm nichts anderes übrig bleiben, als einen weiträumigen Bogen um das Lager zu schlagen und sich so der Stellung zu nähern. Bei dem Gedanken an die unzähligen, zusätzlichen Schritte ächzte er innerlich und setzte sich vorsichtig in Marsch.

Eine knappe Stunde später erreichte Ryan die Feuerstellung. Der kleine Mann hockte sich in Deckung, während er sich einen Überblick verschaffte. Nach mehrmaligem Zählen kam er auf acht Wachen für die vier Geschütze. Die Kanonen standen ausgerichtet, ganz in der Nähe lagen Granaten und Treibladungen fein säuberlich aufgestapelt, während sich die Granathülsen der letzten Tage zu einem ansehnlichen Berg abseits auftürmten. Sein Plan war einfach. An den Wachen vorbeikommen, die Geschütze und die Munition mit Zündern versehen und dann möglichst schnell verschwinden. Es war tatsächlich ein Himmelfahrtskommando und er fragte sich, was ihn geritten hatte, sich darauf einzulassen.

Behutsam prüfte er den Schalldämpfer auf seiner Maschinenpistole und zückte sein Kampfmesser. So er denn konnte, wollte er die Schusswaffe nur einsetzten, wenn er keine andere Möglichkeit mehr hatte.

Vorsichtig arbeitete er sich in der Dunkelheit an das erste Geschütz heran. Die erste Wache döste sitzend am Geschütz gelehnt, die andere Wache gähnte und vertrat sich gelangweilt die Beine. Zügig huschte Ryan an die nichtsahnende Wache heran, packte zu und rammte dem Mann die Klinge in die Brust. Für einen kurzen Moment entwich den Lippen des Sterbenden ein Stöhnen, dann hatte Ryan ihn von den Beinen gezogen und presste ihm die Hand auf den Mund, spähte nach der zweiten Wache. Die hatte von dem Überfall noch nichts mitbekommen, und so hielt der Zwerg zielstrebig auf sie zu. Erst als er auf Armeslänge heran war, kam Bewegung in den Mann. Ängstlich öffnete er die Augen und starrte den Zwerg an, doch noch bevor er die Müdigkeit vollends abgeschüttelt hatte und fähig war, einen Schrei auszustoßen, presste Ryan ihm die Hand auf den Mund und stach zu.

„Hey, alles in Ordnung bei euch?"

Der Ruf ließ Ryan zusammenzucken. Er ließ das Messer los und griff zur Maschinenpistole, fuhr blitzschnell herum. Eine der Wachen kam in seine Richtung, die Taschenlampe in der einen Hand, die Waffe in der anderen. Der Zwerg fluchte und feuerte noch aus der Hüfte eine Salve ab. Getroffen klappte der Soldat zusammen, nicht ohne einen gurgelnden Schmerzenslaut auszustoßen, der unweigerlich die restlichen Soldaten aufschrecken

musste. Ryan wartete gar nicht erst auf eine Reaktion, nahm die Maschinenpistole mit beiden Händen in den Anschlag und bewegte sich auf das nächste Geschütz zu. Alarmiert kam die vierte Wache um das Geschütz herum und wurde sogleich von einer Geschossgarbe empfangen. Die Wache landete zuckend auf dem Rücken.
Ryan bewegte sich mechanisch, sein Kopf schien wie ausgeschaltet, sein Körper handelte einfach, so wie er es immer und immer wieder trainiert hatte, angetrieben durch das Adrenalin. Als die nächste Wache in sein Sichtfeld kam, bekam er seine Maschinenpistole nicht mehr rechtzeitig herum. Ein Schuss zerriss die trügerische Stille der Nacht. Die Kugel verfehlte den Zwerg um einen knappen Meter, aber der Knall sollte ausreichen, um seinen Plan zunichtezumachen. Nun würde es nicht mehr lange dauern, bis es hier nur so von Wachen wimmelte. Verärgert legte er auf den Schützen an und verpasste ihm eine Salve in die Brust.
Beim zweiten Geschütz angekommen, zerrte er eine Sprengladung hervor und platzierte sie, dann hastete er weiter. Hinter dem großen Rad der Geschützprotze kam eine Wache aus der Deckung und feuerte. Er erwiderte das Feuer, doch gleichzeitig fühlte er, wie sein linkes Bein von einem Schlag getroffen wurde. Der Treffer riss ihn von den Beinen, Schmerz breitete sich wie eine Welle aus. Unbeirrt wuchtete er sich wieder in die Höhe und humpelte auf das Geschütz zu. Dort angekommen, platzierte er die nächste Sprengladung. Fast beiläufig fiel sein Blick dabei auf sein blutendes Schienbein. Noch pulsierte das Adrenalin durch seinen Körper und drängte den Schmerz zurück. Mit zusammengebissenen Zähnen lud er die Maschinenpistole nach. Und spähte durch die Dunkelheit zum vierten Geschütz. Dort waren die drei letzten Wachen in Deckung gegangen und die erste Garbe flog Ryan um die Ohren. Wütend legte er seine Waffe an und schoss, doch er bezweifelte, dass er schnell genug mit den Soldaten fertig werden würde. Hastig zog er die dritte Sprengladung hervor und machte sie scharf, spähte hinüber zu

den Granaten und Treibladungen. Er beschloss, dass eine Explosion dort wahrscheinlich genug Schaden anrichten würde, um alle Geschütze in Mitleidenschaft zu ziehen, und schleuderte bei einer Feuerpause die Sprengladung im hohen Bogen zwischen die Granaten.
Zufrieden mit seiner Arbeit packte er seine Waffe fester und begann, sich von den Geschützen zurückzuziehen. Wenn er sich beeilte, dann hatte er in der dunklen Nacht gute Chancen, doch noch heil aus der Sache zu kommen. Er marschierte rückwärts, versuchte, die Soldaten in Deckung zu halten. Gerade hatte er sein Magazin verschossen und lud nach, da geschah es. Ein dumpfer Schlag traf ihn mitten in die Brust, riss ihn von den Beinen und schleuderte ihn zu Boden. Noch bevor er aufschlug, schien Schmerz jede Faser seines Körpers zu erfüllen.

Nach Luft schnappend, drehte der Zwerg sich auf den Bauch, tastete nach seiner Brust. Seine Finger spürten warmes Blut, erfühlten die Wunde. Die Kugel hatte die schusssichere Weste durchschlagen. Dunkelheit tanzte an den Rändern seines Sichtfelds, während ein dumpfes Rauschen, gefolgt von einem Pochen, seine Ohren flutete. Er war Arzt, er machte sich keine Illusionen über seinen Zustand. Mühsam kämpfte er gegen die Kraftlosigkeit an, die sich seiner bemächtigte, nestelte umständlich an einer seiner Taschen herum. Etwas zog an ihm, rief ihm zu, den Kampf aufzugeben. Aufgeben bedeutete Erlösung, ein Ende der brennenden Schmerzen. Er zwang sich jedoch, weiterzumachen, es gab noch etwas, noch eine Sache. Er wusste nicht mehr genau, warum eigentlich. Er hatte etwas zu erledigen, und das war wichtig. Das Warum dahinter war egal. In seinen zitternden, blutüberströmten Fingern hielt er eine Fernbedienung, entsicherte mühsam den Zündknopf. Nur noch diese eine Sache, mehr nicht. Sein Daumen fand den Knopf, und mit einem letzten Aufbäumen seiner Kräfte drückte er darauf, während seine Lippen sanft lächelten. Nur noch diese eine Sache. Er hatte sie nicht enttäuscht. Auf ihn konnten sie sich verlassen.

Eine donnernde Explosion zerriss die nächtliche Ebene und ein Feuerball wuchs empor.

+++

Als der Morgen über der Ebene graute, lag Yard wie ausgestorben da. Keine Wache bemannte die Mauern, niemand lag in den Gräben und Trichtern des Vorfelds. Eine gespenstische Ruhe lag über dem Schlachtfeld.

Die Beobachter leiteten ihre Berichte so schnell wie möglich an den General weiter, und es dauerte nicht lange, bis der General sich selbst versichern wollte. Diesen Moment hatte Banner sich herbeigesehnt. Die Stadt zum Greifen nah, wie eine Trophäe, die nur noch darauf wartete, überreicht zu werden.

Banner jedoch war ein Skeptiker, und die Ereignisse der letzten Tage – vor allem der Zwischenfall der letzten Nacht – machten den General misstrauisch. Niemand kämpfte so verbissen um etwas, um dann einfach mitten in der Nacht aufzubrechen und dem Feind den Sieg zu überlassen. Die Bewohner von Yard mussten doch wissen, dass sie allein in der Ebene keine Chance haben würden. So verlockend der Gedanke an einen endlosen Flüchtlingsstrom auch war, der sich durch die grüne Ebene in Richtung der mutmaßlichen Sicherheit ergoss, so absurd war es. Niemand, der alle Sinne beieinander hatte, würde sich auf ein solches Unterfangen einlassen.

Während Banner immer noch überlegte und die versammelten Offiziere in der Nähe bereitstanden, hatte einer der Beobachter etwas entdeckt. Ungläubig kniff Banner seine Augen zusammen und blickte in die Ebene, dann erst nahm er den Feldstecher an die Augen.

Dort in der Ebene, links von Yard gelegen, nahmen undeutliche Schemen im Licht des Morgengrauens Form an. Unzählige Männer und Frauen standen dort, ihre Kleidung bunt zusammengewürfelt, ein scheinbar wahlloses Chaos, nichts Einheitliches. Sie alle hielten die unterschiedlichsten Waffen in ihren Händen, und ihre Gesichter verrieten es. Sie waren kampfbereit, bereit, dem Tod ins Gesicht zu sehen. Die Bewacher von Yard hatten ihren einzigen Schutz aufgegeben und sich in der Ebene formiert, lagen in schnell ausgehobenen Stellungen, um sich der Übermacht zu stellen. Törichte Narren!

Banner hatte nicht erwartet, dass sie es ihm letzten Endes so einfach machen würden.

„Kolonnen marschbereit machen. Auf einen Kilometer an den Feind heran!", befahl er, ohne das Fernglas von den Augen zu nehmen.

Dies würde ein guter Tag werden.

Kapitel 6

Genesis

Er trieb auf dem Meer der Schmerzen dahin. Immer wieder versuchte er, sich an eine Zeit zu erinnern, in der er keine Schmerzen gehabt hatte. Er wusste, dass es diese Zeit gegeben hatte, aber sie war mittlerweile so fern, so blass. Der Schmerz hatte seine Erinnerungen getrübt, hatte seinen Geist vernebelt, dass er nicht mehr wusste, wie es war, ohne ihn zu sein. Sein tiefster Wunsch war es, aus diesem Albtraum aufzuwachen. Er stellte sich vor, wie er einfach die Augen schloss und wenn er sie wieder öffnete, dann wäre er wach, dieser immerwährende Schmerz kaum mehr als ein Traum, ein diffuser, sich schnell lichtender Nebel. Doch egal, wie fest er die Augen verschlossen hatte, ganz egal, wie lange er die Lider aufeinanderpresste, er wachte nicht auf. Der Schmerz blieb, schien nur auf ihn gewartet zu haben und verspottete ihn für diesen sinnlosen Versuch.

Er war ein Gefangener. Ein Gefangener, der sich ausmalte, wie wunderbar das Gefühl der Freiheit sein musste. Dieser Wunsch jedoch schien unerfüllbar. Es gelang ihm nicht, zu entkommen, und je stärker die Hoffnung in ihm keimte, desto verschwommener und undeutlicher wurden die Bilder, die er von einem Leben in Freiheit ohne Schmerzen hatte.

Doch er war nicht nur Gefangener des Schmerzes, der in ihm tobte, er war auch Gefangener seines eigenen Körpers. Er spürte, wie er in der vertrauten Hülle ruhte, doch er konnte sich nicht bewegen. So sehr er es versuchte, so sehr er sich abmühte, nicht die kleinste Zelle seines Körpers schien ihm gehorchen zu wollen. Diese seltsame Taubheit hatte sich über seine Glieder gelegt und er fragte sich, was dieses Gefühl war. Er kannte es nicht, konnte sich nicht einmal erklären, wie es entstanden sein mochte. Er versuchte sich zu erinnern, wie er in diese Lage gekommen war, doch der immerwährende Schmerz ermöglichte es ihm kaum, einen klaren Gedanken zu fassen.

Als Erstes waren da diese Geräusche. Immer und immer wieder dröhnten sie über ihn hinweg. Donnern. Pfeifen. Etwas knatterte ganz in der Nähe. Ein lauter Knall, dann ein zweiter. Seine Gedanken begannen zu rotieren, versuchten, Zusammenhänge zu entdecken, versuchten, sie einzuordnen. Das Staccato aus Geräuschen brandete erneut über ihn hinweg, ließ ihn verstört und unsicher zurück. Dann blitzte für einen Sekundenbruchteil eine Erkenntnis auf. Schüsse. Querschläger. Automatisches Feuer. Explosionen. Er klammerte sich mit aller Macht an diese Erkenntnis, denn er spürte fast augenblicklich, wie der Schmerz drohte, sie wieder fortzureißen. Mühselig kämpfte er gegen eine Schmerzenswoge an, die über ihn brandete und ihn wie einen Schiffbrüchigen von der lebensrettenden Planke fortzureißen drohte.

„Wir können das nicht tun! Die Marge war über vierzig Jahre eingelagert. Wir wissen nicht, wie viel davon noch funktionsfähig ist."
Der dürre Mann im weißen Kittel sah die Frau nervös an. Sein Mundschutz verriet seine bebenden Lippen. Sie blickte nicht einmal auf, war viel zu konzentriert.
„Und ich sage es noch einmal: Unser Zeitfenster ist nicht groß genug, um jetzt noch Funktionsprüfungen durchzuführen! Entweder wir injizieren die Marge jetzt und erhöhen damit die Überlebenswahrscheinlichkeit, oder wir vertrödeln Zeit, die wir nicht haben, für vollkommen unnütze Tests, während unser Patient das Zeitliche segnet."
„Es ist unverantwortlich! Wir haben keine Ahnung, wie sein Körper darauf reagiert! Sollte die Marge abgestoßen werden und das Immunsystem reagieren, dann verschlechtert es seinen Zustand womöglich dramatisch."
Sie hielt inne und blickte ihn an, ihre Augen funkelten.

„Glauben Sie mir, der Zustand des Patienten ist bereits kritisch. Und nun machen Sie endlich, was ich angeordnet habe."
„Ich wiederhole noch einmal …"
„Ihr Protest ist zu Protokoll genommen! Ich bin die behandelnde Ärztin und ich habe das Sagen, ist das deutlich genug? Wir haben jetzt keine Zeit, um uns in einer ethischen Debatte über das Für und Wider zu ergehen. Und nun hören Sie auf und beginnen Sie endlich, sein Leben zu retten!"
Ihr Blick ließ keinen Zweifel. Der dürre Mann versuchte noch einige Sekunden, ihren blitzenden Augen standzuhalten, dann seufzte er, gestand sich seine Niederlage ein und machte sich an einem Apparat zu schaffen. Mit leicht zitternden Händen legte er einen stählernen Zylinder in die Maschine und arretierte ihn. Seine behandschuhten Finger flogen über das Tastenfeld, während das kleine Display des Geräts mit einem Piepsen zum Leben erwachte. Die Ärztin wandte sich wieder konzentriert ihrer Arbeit zu und schenkte dem dürren Techniker keine Aufmerksamkeit mehr. Zwei Minuten später räusperte sich der Mann und richtete seine Schutzbrille.
„Bereit."

Gefechtslärm. Eine Schlacht tobte. Nur wo? Was hatte er damit zu tun? Die Intensität des Schmerzes fiel auf ein dumpfes Pochen herab, und er glaubte, wieder Kräfte zu haben. Sofort begann sein Geist zu arbeiten, suchte auch hier Zusammenhänge. Warum war er hier? Immer und immer wieder dröhnten die Schüsse in seinen Ohren, hallten die Explosionen tausendfach wider. Chaos, absolutes Chaos. Er strengte sich an, versuchte, sich zu erinnern. Warum waren ihm diese Geräusche im Gedächtnis geblieben?

Alsbald versuchte sein Geist, nach Antworten zu suchen, dann schwoll der Schmerz an, als ob er ein lebendiges Wesen sei und nur auf diesen Moment der Schwäche gewartet hatte. Angst überkam ihn und er klammerte sich an die Geräusche. Die Ge-

räusche waren das Einzige, was er in dieser Welt hatte, ohne sie wäre er verloren.
Der Schmerz ließ nach, riss nicht mehr an ihm, umspülte ihn aber immer noch, seicht, drohend.
Plötzlich nahm er etwas wahr.
Von oben herab blickte er auf eine Landschaft hinab, sah das kräftige Grün, spürte sanften Wind. Sein Blick klärte sich und die Landschaft nahm Formen an. Unter ihm wuchsen Gebäude, nein, eine Stadt. Ein unförmiges Gebilde aus Trümmern und Müll, durchzogen von einem endlosen Netz von Schienen. Das Grün der Ebene reichte bis an die Stadt heran, und jenseits der Stadt sah er dunkle Bänder aus brüchigem Schwarz, die sich durch das Land zogen. Auf einer Seite jedoch war das saftige, kräftige Grün verwaschenem Braun, Schwarz und Grau gewichen.
Ohne dass er etwas dagegen hätte unternehmen können, fühlte er, wie ihn dieser Fleck anzog. Langsam sank er hinab, und mit jedem Meter, den er fiel, nahm er mehr und mehr Details wahr. Er entdeckte außerhalb der Stadt eine Vielzahl von Zelten und Fahrzeugen, geschäftiges Treiben. Instinktiv fragte er sich, warum so viele Menschen dort in den Zelten leben sollten – wo doch die schützende Stadt ganz nah war.
Dann plötzlich mischten sich die Geräusche mit den Bildern, die er sah, und er verstand. Dort unten, dort tobte die Schlacht. Er sah, wie Gruppen von Menschen, kaum größer als winzige Punkte, sich auf die Stadt zuarbeiteten, sah, wie andere Menschen in und vor der Stadt auf sie warteten. Nicht nur eine Schlacht, eine Belagerung. Die Verteidiger versuchten verbissen, die Belagerer zurückzuschlagen.
Dann war der Schmerz wieder da.

„Erwartete Leistungsfähigkeit der Marge bei dreiundfünfzig Prozent“, meldete der Techniker mit brüchiger, angespannter Stimme, während seine Finger Feineinstellungen an der Maschine vornahmen.

„Erhöhen Sie die Spannung!"
„Bei noch mehr Spannung erreichen wir die kritische Marke. Es ist möglich, dass die ganze Marge dabei unbrauchbar wird."
„Ich sagte, Sie sollen die Spannung erhöhen!"
„Frau Doktor, wenn …"
„Ich habe genug von Ihren verdammten Einwänden! Hätte, könnte, all das interessiert mich nicht! Wir haben diese eine Chance, sein Leben zu retten, also tun Sie endlich, was ich von Ihnen verlange!"
„Wenn die Marge durchbrennt, kann das schwere Komplikationen nach sich ziehen!"
„Ja? Welche denn? Dass mein Patient vielleicht daran verstirbt? Das wird er so oder so, wenn Sie nicht endlich das machen, was ich von Ihnen verlange!"
„Wie Sie wünschen."
Seine Finger drehten behutsam an einem Rad, während seine Augen wie gebannt auf die Anzeige starrten.

Mittlerweile schwebte er keine zehn Meter über dem Schlachtfeld. Die Verteidiger, Männer wie Frauen, drückten sich in ihre Erdlöcher und versuchten, den anbrandenden Feind in seine Schranken zu weisen. Immer mehr Belagerer tauchten auf dem Schlachtfeld auf und stürmten gegen ihre Stellungen an. Schüsse knallten, Granaten explodierten, Maschinengewehre ratterten. Beißender Rauch stieg auf, während der Kampf tobte.
Reihenweise starben die Menschen unter ihm. Ganz gleich, ob es nun Verteidiger oder Belagerer waren, der Tod bekam genau in diesem Moment reiche Ernte. Er achtete nicht auf Uniformen, er kannte kein Mitleid. In den tosenden Lärm des Gefechts mischten sich die Schreie der Verwundeten, die gellenden Kommandos der Offiziere. Ein heilloses Chaos, überall Blut und Tod. Ein menschengemachtes Chaos.

Unwillkürlich nahm er von hier oben immer wieder Details wahr. Da sah er einen blutjungen Belagerer in einer Uniform,

die ihm fast zu groß war. Der Junge hatte sich voller Angst flach auf den Bauch geworfen und wagte es nicht, den Kopf zu heben. Erst das Gebrüll eines Offiziers brachte ihn dazu, in die Höhe zu kommen und vorzustürmen. Keine vier, fünf Meter weit kam er, als eine Garbe ihn niedermähte.
Unter den Verteidigern gab es einen kräftigen Kerl, der vollkommen lebensmüde aufrecht im Schlachtengetümmel stand, die Waffe in beiden Händen. Mit einem irren Lachen auf den Lippen feuerte er immer wieder auf die heranstürmenden Belagerer, während Kugel um Kugel an ihm vorbeisauste.
Das Schlachtfeld war voll mit solchen Bildern. Überall starben Menschen.
Mit einem Mal nahm er Gerüche wahr. Den säuerlichen Brodem der aufgewühlten Erde, den beißenden Qualm, den scharfen Geruch von Kordit. Blut. Und Tod.

„Geben Sie mir endlich einen Status, verdammt!“
„Marge bei sechsundsiebzig Prozent, keine Leistungssteigerung mehr zu erwarten.“
Die Ärztin blickte hinüber zum Display der Maschine und schien sich vergewissern zu wollen, dann nickte sie. „Ich hatte gehofft, wir bekommen bessere Werte hin. Nun gut, dann legen wir los.“
Der Techniker schien noch etwas erwidern zu wollen, nickte dann jedoch nur verstehend. „Alles klar. Beginne mit der Desinfektion der Schläuche.“
Die Ärztin machte sich derweil daran, nach einer geeigneten Arterienstelle zu suchen.
„Desinfektion läuft. Es ist schon ein bisschen spannend, nicht?“
Irritiert blickte die Frau auf. „Was?“
„Überlegen Sie doch einmal. Seit vier Jahrzehnten ist ein solcher Eingriff nicht mehr vollzogen worden. Wir schreiben heute Geschichte!“ Entnervt schüttelte sie den Kopf.
„Dazu muss das alles erst einmal glatt über die Bühne gehen. Und um Geschichte kümmere ich mich, wenn ich alt bin, klar?“

„Verstanden. Desinfektion abgeschlossen."
„Gut. Ich beginne mit dem Schnitt."

Er kam dem Schlachten immer näher, sank immer weiter hinab. Für einige Momente versuchte er, sich gegen diesen Sog zu wehren, versuchte, wieder an Höhe zu gewinnen. Das aber war unmöglich. Unweigerlich sank er hinab. Er gab nach, sparte seine Kräfte und konzentrierte sich auf die Situation. Bald war er inmitten des Schlachtengetümmels. Um ihn herum regierte Gewalt, Blut und das Sterben, doch er schien nur ein Beobachter. Die Kugeln, die Explosionen, sie alle vermochten nicht, ihm etwas anzuhaben, ganz so, als wären sie nicht für ihn bestimmt. Tatsächlich, er war nichts anderes als ein stiller, ein machtloser Beobachter, gefangen in seinem eigenen Traum. Angst keimte in ihm auf, als er sich dessen bewusst wurde. Immer noch begriff er nicht, was er hier sollte. Wie war er hier hergekommen? Was machte er hier?

Sein Blick heftete sich an einen rothaarigen Muskelberg inmitten der Verteidiger. Er lag auf dem Bauch in einem der unzähligen Krater und hatte ein Maschinengewehr über den Rand geschoben, jagte mit verbissener Miene Salve um Salve auf den anstürmenden Feind. Er kannte diesen Mann, und für den Bruchteil einer Sekunde überlegte er, ob das nicht vielleicht ein Abbild seiner selbst sein konnte. Doch obwohl er träumte, breitete sich die Gewissheit aus, dass es sich bei dem Kämpfer nicht um ihn handelte. Warum aber konnte er dann seinen Blick nicht von diesem Mann nehmen? Mehr noch – wieder spürte er den Sog, wurde von der Szene geradezu angezogen.

Als er fast über dem Trichter schwebte, den der Mann da verteidigte, fiel sein Blick auf etwas anderes. Keinen Meter von dem Mann entfernt lag ein Mensch verkrümmt im Dreck. Wahrscheinlich ein Verwundeter, fast noch ein Junge. Trauer breitete sich in ihm aus, als er dieses junge Opfer erblickte. Dieser Jun-

ge hatte noch so viel vorgehabt, und nun, nun würde sein Leben in diesem Erdloch enden.
Dann war die Gewissheit da. Dieser Junge, das war er.

„Das sieht nach einer positiven Reaktion aus. Die Marge tut genau das, was sie soll", stellte der Techniker fasziniert fest. „Und seine Werte sind auch stabil. Nichts deutet darauf hin, dass sein Organismus die Naniten abstößt."
Die Ärztin betrachtete ihren Patienten skeptisch. „Wollen wir einfach hoffen, dass es funktioniert. Wann lässt sich das genau feststellen?"
Der Techniker wiegte unschlüssig den Kopf hin und her, nahm das Krankenblatt zur Hand und überflog den Untersuchungsbericht.
„Das ist schone eine ganz Menge. Bisher existieren keine Aufzeichnungen zur Anwendung bei einem Polytrauma, soweit waren die Versuchsreihen damals noch nicht. Nehmen wir jedoch die Behandlung normaler Traumata zum Vergleich, denke ich, wir können innerhalb der nächsten drei bis vier Stunden die ersten messbaren Ergebnisse erzielen. Innerhalb von sechs bis acht Stunden dürften die Ergebnisse auch mit bloßem Auge zu erkennen sein."
Die Ärztin schien nicht ganz überzeugt und unter ihrem Mundschutz verzog sie ihre Mundwinkel skeptisch.
„Ich will hoffen, die kleinen Wundermaschinen leisten das, was sie sollen. Wichtig ist, dass sein Kreislauf stabil bleibt und er uns nicht kollabiert."
Die beiden betrachteten den Jungen auf dem Operationstisch einige Zeit schweigend, dann schauten sie unwillkürlich in Richtung der Wanduhr.
„Dann richten wir uns mal auf eine schöne Wartezeit ein", meinte der Techniker.

Der Kloß in Eris' Hals schwoll von Sekunde zu Sekunde an. Die Ebene einige Kilometer vor ihnen schien in Bewegung geraten zu sein. Unzählige Soldaten in grünlichen Kampfanzügen fächerten sich auf und schoben sich gleich einer menschlichen Welle näher und näher an ihn heran. Nervös warf er einen Blick zu beiden Seiten und konnte die Angst und die Ungewissheit in den Blicken der Versammelten sehen. Sie alle hatten die schützende Stadt verlassen, um sich Banners Armee in der Ebene zu stellen. Jede Faser seines Körpers fühlte sich unbehaglich, sein Überlebensinstinkt brüllte ihm zu, dass dies die dümmste Entscheidung war, die sie hätten treffen können. Hier draußen auf dem freien Feld waren sie Banner und seinen Truppen schutzlos ausgeliefert, schlichtweg unterlegen. Die Kämpfer hatten in aller Eile Schützenlöcher gegraben, doch diese improvisierten Verteidigungsstellungen würden nichts an den eindeutigen Fakten ändern. Das, worauf sich die Verteidiger von Yard hier eingelassen hatten, war mehr als ein gefährliches Abenteuer, das war blanke Idiotie.

Mit einem tiefen Atemzug versuchte er, sich zu beruhigen, versuchte, die Furcht in seinem Herzen niederzukämpfen. Die Angst durfte nicht Oberhand gewinnen, durfte ihn nicht kontrollieren. Würde er zulassen, dass die Panik einmal an die Oberfläche kam, war alles verloren. Die Männer und Frauen zu seinen Seiten taten das Gleiche. Sie kämpften mit sich, rangen um ihre Beherrschung. Für sich genommen war es schon ein Wunder, dass so viele von ihnen bereit waren, hinaus auf die Ebene zu marschieren und nun hier auf den Feind zu warten. In ihren Gesichtern regierte nicht die blanke Entschlossenheit, sondern vielmehr das stumme Entsetzen. Sie alle wussten, an welch seidenem Faden ihr Überleben nun hing.
„Da kommen sie!“, brüllte Moody hinter ihm. Der rothaarige Söldner hatte es sich nicht nehmen lassen, dabei zu sein, auch wenn seine Verletzung ihm arg zusetzte. Dennoch versuchte er für die Kämpfer, einen unbekümmerten Eindruck zu machen,

während er sich auf eine Krücke stützte und aufrecht hinter den Linien auf und ab humpelte.
„Hört ihr das?“, brüllte er aus vollem Leib, „spürt ihr das? Das sind die Vorboten der Schlacht. Da vorne marschiert der Feind, und er glaubt, dass wir leichte Beute für ihn sind. Er glaubt, allein sein Anblick reicht aus, um uns in die Flucht zu schlagen! Er glaubt, dass wir Angst haben! Er glaubt, dass wir nachgeben!“
Der Söldner blieb stehen und schickte dem herannahenden Feind schallendes Gelächter entgegen.
„Diese Narren! Wir haben unsere Heimat in den letzten Tagen verteidigt und wir werden es auch heute tun! Immer wieder hat er versucht, uns zu brechen, immer wieder marschierten seine Soldaten gegen unsere Stellungen an. Und was haben wir gemacht? Wir haben sie gebührend empfangen, und dann haben wir sie in die Hölle geschickt! Sie durften in ihrem eigenen Blut baden, und das werden sie heute wieder tun!“
Genüsslich sog Moody die Luft durch seine Nase ein und schloss einen Moment die Augen, bevor er weitersprach.
„Vielleicht habt ihr Angst vor dem, was passieren kann. Das ist normal. Ihr dürft Angst haben. Aber ihr dürft eins nicht vergessen: Unser Feind hat auch Angst! Er ist aus Fleisch und Blut wie wir! Er spürt Schmerzen wie wir, er blutet, wie wir es tun, und verdammt nochmal, er kann genauso sterben, wie wir es können! Es ist nichts Besonderes an ihm! Seht hinter die Uniformen, hinter die Kampfanzüge, hinter die Stahlhelme und die Waffen! Das sind nichts anderes als Menschen!“
Beschwörend hob er die Faust.
„Und im Gegensatz zu unserem Feind wissen wir, für was wir kämpfen! Wir kämpfen für unsere Familien, für unsere Kinder, für unsere Frauen und für unsere Männer! Wir kämpfen für unsere Freiheit! Für unsere Zukunft! Wir kämpfen für unsere Heimat! Und ich will verdammt sein, wenn wir heute zulassen, dass diese Dreckskerle auch nur einen Fußbreit davon bekommen!“
Mit einer kraftvollen Geste schleuderte der Söldner die Krücke beiseite und stemmte seine Hände in die Hüften.

„Also verdammt nochmal, zeigt den Bastarden, aus welchem Holz ihr geschnitzt seid! Beweist ihnen, dass dies eure Heimat ist, dass ihr euch diese Freiheit nicht nehmen lasst! Von niemandem! Denkt daran, heute schreiben wir Geschichte!"
Mit jedem Wort hatten die Verteidiger von Yard sich mitreißen lassen, schöpften so etwas wie Hoffnung. Die Ansprache des grobschlächtigen Söldners peitschte sie regelrecht auf, und immer wieder schrien sie ihre Zustimmung heraus. Als er geendet hatte, breitete sich Jubel über die improvisierten Stellungen aus, wurde von Kehle zu Kehle getragen und erklang donnernd. Zufrieden blickte Moody auf sein Werk, lächelte verwegen. Einer der Kämpfer in seiner Nähe kam heran, um ihn zu stützen. Mühsam hielt Moody sich auf den Beinen und presste böse hervor: „Nimm deine Finger weg, du Idiot! Bring mir lieber die verdammte Krücke wieder!"
Die Männer und Frauen hier brauchten ihn jetzt und er durfte keine Schwäche zeigen.

Banner merkte, wie die Euphorie in seinem Innersten sekündlich zunahm. Vor ihm in der Ebene erstreckte sich die Schlachtreihe der Verteidiger von Yard. Gut möglich, dass die Kämpfer einen verbissenen, zu allem entschlossenen Eindruck machen wollten, doch auf den General wirkte das alles nur lächerlich. Die Männer und Frauen dort vorne sahen abgekämpft, entkräftet und übermüdet aus. Seine eigenen Soldaten dagegen hatten die Nacht genutzt und waren zu neuen Kräften gekommen. Noch dazu waren sie viel besser ausgebildet und bewaffnet als der bunte Haufen dort drüben.
Ein Kinderspiel, soviel war sicher. Mit großer Wahrscheinlichkeit würde sich diese unselige Belagerung damit in wenigen Stunden erledigt haben. Vor seinem geistigen Auge sah er sich schon in die Stadt marschieren. Dieser Tag würde in die Geschichte eingehen als ein Neuanfang, als die Wiedergeburt der menschlichen Zivilisation. Und damit würde er der neuen Welt unweigerlich für immer seinen Stempel aufdrücken. Nichts,

aber auch gar nichts würde ihn noch dabei aufhalten können, sein Imperium aufzubauen.
Nervös fuhr er sich mit der Zunge über die trockenen Lippen und beobachtete, wie seine Soldaten sich langsam in Stellung bewegten. Eigentlich konnte es ihm nun nicht schnell genug gehen und für einen Moment dachte er darüber nach, seinen Offizieren die entsprechenden Befehle zu geben. Dann jedoch setzte sich der Funken Vernunft in ihm durch und der Gedanke war so schnell verschwunden, wie er gekommen war. Es gab nun keinen Grund mehr, irgendetwas zu überstürzen. Viel besser war es, sich die notwendige Zeit zu nehmen und mit einem gesunden Maß an Vorsicht zu taktieren. Wer wusste schon, wie sich das Schlachtenglück entwickeln konnte? Andererseits fühlte er sich siegessicher und hatte nicht das Gefühl, die bevorstehende Schlacht verlieren zu können.
Skeptisch schüttelte er den Kopf, als er merkte, wie er zwischen dem einen und dem anderen Extrem hin- und hergerissen war. Er versuchte, sich wieder auf das Hier und Jetzt zu besinnen, und betrachtete weiter die aufmarschierenden Truppen. Der Feind hatte sich in einer dünnen, weit aufgefächerten Linie positioniert. Optisch gewann der bunte Haufen der Leute aus Yard damit an Masse, doch ein einfaches Fernglas genügte, um diese Illusion zu zerstören. Eine so dünn besetzte Linie war kaum in der Lage, einem konzentrierten Angriff lange standhalten zu können. War die Linie wiederum erst einmal durchbrochen, dann war die Schlacht auch so gut wie gewonnen, denn meist machten sich dann Verwirrung und Panik breit.
Banner hingegen ließ seine Soldaten in vier massiven Angriffskeilen aufmarschieren. Jeder dieser Keile besaß genügend Kraft, um die feindlichen Linien problemlos zu durchstoßen. Unter anderen Umständen hätte er sich vorsichtig an den Feind herangetastet, hier aber waren die Verhältnisse klar. Die Angriffskeile hatten die Order, gleichzeitig vorzurücken. Eine fünfte Truppe wiederum hielt Banner in Reserve. Der General glaubte nicht daran, diese Reserve wirklich in die Schlacht werfen zu

müssen, und hatte sie daher aus den Leichtverletzten der vergangenen Tage oder den besonders abgekämpften und ausgedünnten Truppenteilen bilden lassen.

Unter normalen Umständen hätte es sich angeboten, den Feind zuerst mit der Artillerie zusammenschießen zu lassen, bevor die Infanterie zum Angriff ansetzte, doch diese Option war Banner in der letzten Nacht genommen worden. Er hatte getobt, als das Ausmaß des nächtlichen Überfalls offensichtlich geworden war. Die gesamte Batterie war unbrauchbar gemacht worden. Noch viel schlimmer daran war, dass es offenbar einer einzelnen Person gelungen war, eine solche Zerstörung anzurichten. Das ganze Ausmaß des Vorfalls wurde erst dann ersichtlich, als der tote Angreifer identifiziert wurde. Ryan Samson war langjähriger Stabsarzt gewesen, ein fähiger Arzt, kluger Denker und ordentlicher Kämpfer. Der kleinwüchsige Mediziner war in der gleichen Nacht wie Alexander Leicester verschwunden. Banner war damals schon klar gewesen, dass aller Wahrscheinlichkeit nach beide Männer zusammen die Flucht angetreten hatten, aber er hatte weder vermutet, dass die Deserteure nach Yard reisen würden, noch hatte er ihnen damals Soldaten hinterhergeschickt. Es war eine Ironie der Geschichte, dass die Männer scheinbar doch noch die gerechte Strafe für ihr Fehlverhalten einholen sollte.
Der General straffte sich und strich seine Uniform glatt. Lächelnd stellte er fest, dass der heutige Tag ein guter Tag zu werden versprach.

„Wenn das nicht funktioniert, Eris, dann sind wir am Arsch“, bemerkte Perry trocken, ohne den Blick vom aufmarschierenden Feind zu nehmen. Der Mediziner griff mit zittriger Hand zu seinem Flachmann und stürzte einen großen Schluck hinunter.
„Scharf beobachtet, alter Freund“, entgegnete Eris mit grimmigem Lächeln.
„Du hast nicht zufällig einen Plan für diesen Fall, oder?“

Eris blickte seinen langjährigen Wegbegleiter an und schüttelte dann den Kopf.
„Keinen, der uns am Leben halten wird, nein. Sollte es nicht funktionieren, dann heißt es, so viele wie möglich von ihnen mitnehmen. Das ist schon alles."
„So etwas in der Art hatte ich erwartet."
Eris streckte seine Hand aus und deutete auf den abgegriffenen Flachmann seines Freundes. Wortlos reichte der die eckige Metallflasche weiter. Der Alkohol brannte in der Kehle des Söldners, dann aber wich das Brennen einer wohligen, beruhigenden Wärme.
„Lass mich raten: Sal weiß sicherlich nichts von deinem Alternativplan, oder?"
„Hier zu bleiben und zu kämpfen, bis sie uns erwischen? Verdammt nochmal, natürlich nicht. Glaubst du, sie hätte mich dann gehen lassen? Für sie nehmen wir beide unsere Hände in die Hand und laufen, was das Zeug hält. Sie wartet in Yard zusammen mit Connelly und einem Fahrzeug."
Perry schürzte nachdenklich die Lippen. „Meinst du, es war gut, sie zu belügen?"
„Gut? Kann ich nicht sagen. Aber es war wahrscheinlich richtig."
„Wie kommst du darauf?"
„Es würde mich nervös machen, wenn ich wüsste, dass sie hier mit uns kämpft. Ich könnte kaum einen klaren Gedanken fassen und wäre unaufmerksam. Das wiederum wäre ziemlich gefährlich, meinst du nicht auch?"
„Unstrittig. Aber meinst du nicht, es macht sie nervös, wenn du hier draußen bist, sozusagen im Auge des Sturms?"
„Auf was willst du hinaus, Perry? Dass der Stress schlecht fürs Kind sein könnte? Ich bitte dich! Ich habe darüber nachgedacht und bin zu dem Schluss gekommen, dass es für sie und unser Ungeborenes besser so ist."
Perry lachte einige Momente unkontrolliert. „Und sie hat dich einfach machen lassen, Eris? Scheiße, sie muss dich wirklich lieben!"

Verwirrt sah Eris den Arzt an, dann nickte er.
„Das ist es wohl, ja."

Sal stand aufrecht auf der Mauer und spähte hinab in die Ebene. Ihre Augen hatten sich zu schmalen Schlitzen verengt. Ein Stück neben ihr stützte Connelly sich vorsichtig auf die Sandsäcke, hatte das Fernglas unschlüssig in den Händen.
„Und du bist sicher, dass es funktionieren wird?"
Die Wissenschaftlerin zuckte zusammen, als ihr klarwurde, dass sie mit der Frage gemeint war.
„Nun, vollständig sicher kann man sich nie sein. Es kann immer zu unvorhersehbaren Zwischenfällen kommen. Kleine Fehler, die sich nicht kalkulieren lassen."
Sal hob die Hand und funkelte sie an. „Ich will keine Belehrung über das Schicksal hören. Ich will deine Meinung!"
Annabell schluckte und merkte, wie sich trotzdem Trockenheit in ihrer Kehle ausbreitete, als sich die Blicke der Frauen trafen.
„Ich ... ich hätte es nicht vorgeschlagen, wenn ich nicht davon überzeugt gewesen wäre, Sal."
Die Schützin schien sich mit der Antwort zufriedenzugeben und blickte wieder hinaus auf die Ebene, wo die beiden Armeen sich gegenüberstanden. „Es ist nur ... wenn ich ihn auf ein Himmelfahrtskommando geschickt habe, dann sag es mir", bemerkte sie mit leiser Stimme.
Connelly verstand und legte der Schützin die Hand auf die Schulter.
„Keine Angst. Das hast du nicht. Ich habe ihnen meine Bedenken erklärt, und sie sind zu dem Schluss gekommen, dieses Risiko einzugehen. Es war Eris, der darauf bestanden hat, es zu tun."
„Das bedeutet nichts. So ist er. So war er schon immer. Wenn er damit das Überleben anderer ermöglichen kann, dann ist er auch bereit, sich selbst in die Schusslinie zu begeben."
„Wenn es das ist, ja. Er begibt sich dort draußen sicher in Gefahr. Ich wäre eine Närrin, wenn ich dir erzählen wollen würde,

auf dem Schlachtfeld könnte ihm nichts passieren. Aber ich glaube nicht, dass er sich für das Überleben von Yard opfern muss. Es wird funktionieren, da bin ich sicher."

„Du musst ja auch diese Zuversicht haben. Die ganze Geschichte ist ja auf deinem Mist gewachsen."

Connelly verzog das Gesicht. Sie musste nicht immer wieder daran erinnert werden, dass das Überleben einer so großen Stadt wahrscheinlich von ihrem Plan abhing. Es hatte ihr schon gereicht, eine ganze Menge Verantwortung mit dem Institut zu haben, da brauchte sie diese Verantwortung wirklich nicht.

„Es wird schon funktionieren", wiederholte sie stoisch, auch wenn ihre Stimmlage etwas ganz anderes vermuten ließ.

Die beiden Frauen standen weiter schweigend dort und spähten hinab auf die morgendliche Ebene. Banners Armee war mittlerweile fast in voller Stärke aufmarschiert. Selbst wenn aus dieser Distanz die Details nicht zu erkennen waren, wirkte die schiere Zahl an Mensch und Material unheimlich erdrückend. Es war wie eine lebendige Welle in Tarnfarben, die sich dort unaufhaltsam über die Ebene schob.

Ein Räuspern riss die Frauen aus ihren Gedanken.

„Ich möchte euch ungern stören, aber wir sollten uns langsam auf den Weg machen."

Ian war die Treppe hinaufgehumpelt und stand am obersten Treppenabsatz, auf einen schmucklosen Gehstock gestützt. Die Wissenschaftlerin erhob sich, kam aber ins Zögern, als sie bemerkte, dass Sal verharrte. Hilfesuchend blickte sie hinüber zu Ian. Der alte Händler stöhnte auf.

„Sal, wir müssen los", begann er.

Mit einer Hand winkte die Schützin ab, ohne sich vom Geschehen in der Ebene abzuwenden. „Macht euch ohne mich auf den Weg."

Ian verdrehte die Augen, während Connellys fragende Blicke zwischen den beiden hin- und herhuschten. „Rede keinen Schwachsinn, Sal. Du musst mit uns kommen." Ian bemühte sich, seine Stimme beruhigend klingen zu lassen.

„Ich muss einen Scheiß!“, zischte Sal und fuhr ärgerlich herum. Ihre Augen waren feucht. „Das sind vielleicht die letzten Momente, in denen ich ihn lebend sehen kann! Glaubst du, die lasse ich mir nehmen? Er kann da draußen verrecken, und was dann?“
„Ja, was dann?“, grollte der Händler. „Was ist dann? Willst du dich dann auch ins Getümmel stürzen? Verdammt nochmal, du hast jetzt Verantwortung! Du bist schwanger und Eris hat gut daran getan, dich nicht mit aufs Schlachtfeld kommen zu lassen. Alles, was er will, ist, dass du in Sicherheit bist. Und verflucht noch einmal, er hat mir aufgetragen, dafür zu sorgen! Also mach es jetzt nicht schwerer, als es ist!“
„Aber …“, stammelte sie.
„Kein Aber! Er würde nicht wollen, dass du dich in Gefahr begibst. Er will dich hier, damit es eine Zukunft für dich und das Kind gibt. Und wenn alles klappt, dann hat Eris auch einen Platz in dieser Zukunft. Darum geht es ihm doch! Stell dir vor, du bleibst hier und ein Querschläger erwischt dich. Was dann? Eris kommt nur mit einem Kratzer als Sieger zurück und ich muss ihm erklären, dass seine Frau und sein ungeborenes Kind tot sind? Das nehme ich nicht auf mich! Und überleg doch mal, wie es ihm dann geht? Würde er das wollen?“
„Nein“, brachte sie mit brüchiger Stimme hervor.
„Also vertrau auf das Können deines Mannes, ja? Es wird sich schon zum Besten wenden. Und jetzt komm endlich her.“
Unsicher machte Sal den ersten Schritt, dann taumelte sie vorwärts und fiel dem Händler in die Arme. Die Dämme brachen und die sonst so kühle Schützin begann zu schluchzen, vergrub ihr Gesicht in seiner massigen Schulter.
„Ist ja gut“, versuchte Ian, sie zu beruhigen, als sie die Treppe hinunter zum wartenden Fahrzeug stiegen.

Der schwere Helm drückte unangenehm auf seinen Kopfverband, und wieder ertappte Alexander sich dabei, wie er am Kinnriemen herumfummelte. Aus medizinischer Sicht war es wahrscheinlich eine dumme Entscheidung gewesen, sich mitten unter die Kämpfer zu begeben und hier auf den Kampf zu warten, aus taktischer und moralischer Sicht gab es jedoch keinen Zweifel. Welchen Mut, welchen Kampfeswillen hätte er von den Kriegern einfordern können, wenn er selbst in Yards scheinbarer Sicherheit geblieben wäre?

Der Kampf, für den sie alle die schützenden Mauern verlassen hatten, bedeutete schlichtweg alles oder nichts. Entweder würden sie heute den Sieg davontragen, oder sie würden ihrem Ende entgegengehen. Dazwischen gab es nichts, keine Abstufung, keine andere Entscheidung. Das Wissen um diese Lage war offensichtlich auch bei den Verteidigern von Yard angekommen. Jeder, der sich auf seinen Beinen halten konnte, stand hier in der Morgensonne mit einer Waffe in der Hand.
Wie der ehemalige Offizier so über die Versammelten blickte, spürte er, wie Stolz in ihm aufstieg. Ja, er war stolz, hier und heute mit solchen Männern und Frauen Seite an Seite zu stehen. Kämpfern, die bereit waren, ihre Heimat, ihre Freiheit und ihre Ideale zu verteidigen. Es war ganz anders als in Banners Armee. Dort hatte es immer nur Soldaten gegeben, die auf Befehl, im Auftrag handelten, aber nie für ihre eigenen Überzeugungen einstanden. Sie hatten gelernt, so zu leben, waren es gewohnt, Befehle zu empfangen, ohne zu hinterfragen. Waren imstande, zu sterben, wenn nötig.
Ihm wurde bewusst, dass er die richtige Entscheidung getroffen hatte. Sich nicht seinem Schicksal zu ergeben und die Flucht anzutreten. Er sah ein, dass all das, was er die Jahre zuvor getan hatte, ihn nie erfüllt hatte. Sicher, er war ein guter Soldat gewesen, einer der besten sogar, und hatte den harten Weg bis zum Offizier gemeistert, aber da war immer eine undefinierbare Leere in ihm gewesen. Er hatte nie gewusst, warum er das alles tat. Und tatsächlich gab es keinen wirklichen Grund außer dem, dass er es nie anders gelernt hatte – und dass es eben einen Befehl dazu gab.

Er kniff seine Augen zusammen und starrte in Richtung des Feindes. In kaum mehr als einem Kilometer Entfernung hatte Banner seine Armee aufziehen lassen. Dort drüben standen seine ehemaligen Kameraden, zum Angriff bereit. Er hatte schon an ihrer Seite gekämpft, hatte ohne Frage einige von ihnen ausgebildet – und doch hätte er sich niemals vorstellen können, diesen Männern und Frauen in einer Schlacht gegenüberzustehen. Tatsächlich machte dieses Wissen die ganze Situation noch schwerer für ihn. Das war kein anonymer Feind, es war ein Teil seines Lebens. Mit den Jahren hatte er gelernt, einen Gegner nur als Bedrohung zu sehen, hatte die Person dahinter völlig ausgeblendet. Hier jedoch gelang es ihm nicht. Dort drüben standen Männer und Frauen bereit, deren Namen er kannte. Er hatte mit ihnen trainiert, hatte auf sie vertraut. Er kannte ihre Geschichten, erinnerte sich an ihre Gesichter. Viele von ihnen waren verheiratet und Väter oder Mütter. Der Gedanke, dass zahllose Kinder zu Waisen werden würden, sorgte für ein flaues Gefühl in seinem Magen.

Alexander schüttelte unmerklich den Kopf, kniff die Augen zusammen, um die Gedanken zu vertreiben. Er sah sich um, und auch hier standen in den Schlachtreihen Männer und Frauen, Väter und Kinder. Auch die Kämpfer auf dieser Seite des Schlachtfeldes hatten ein Gesicht, trugen Namen und hatten Familie. Auch hier würde es Verluste geben. Für einen kleinen Moment wurde ihm das ganze Ausmaß der Schlachterei bewusst, dann bemächtigte sich wieder die bekannte Routine seiner Gedanken und beruhigte ihn. Das war nun einmal das blutige Handwerk, das er gewählt hatte. In einem Kampf gab es immer einen Unterlegenen, und in einem Krieg würde es auch immer Opfer geben. Das lag zwangsläufig in der Natur der Sache. Er würde dabei das tun, was er gut konnte – und das war nun einmal, zu kommandieren und zu kämpfen. Auch gab er sich keinen Illusionen darüber hin, dass es nun einmal Menschen wie ihn geben musste. Alles, was er tun konnte, war,

irgendwie dafür zu sorgen, dass der Blutzoll nicht in ungeahnte Höhen schoss.
„Jetzt geht es los!“, brachte die Kämpferin neben ihm mit bebender Stimme hervor und reckte ihren Kopf in Richtung des Feindes. Dort war die Masse der Soldaten in eine geordnete Bewegung gefallen und marschierte vor.

„Was für ein überhebliches Arschloch!“, bemerkte Moody und bleckte herausfordernd seine Zähne. Der rothaarige Söldner war der erste gewesen, der etwas gesagt hatte, nachdem Banners Soldaten in Bewegung geraten waren und auf die Linien der Verteidiger marschierten.
Perry schien irritiert und warf dem verletzten Söldner einen fragenden Blick zu, während er nervös seine Waffe prüfte. „Hm?“
„Na, schau dir das an! Er lässt seine Männer aufrecht ohne Deckung marschieren!“
„Ja, und?“
„So kämpft man schon seit Jahrhunderten nicht mehr. Es ist veraltet. Zu viele Verluste.“
„Ich kann dir nicht ganz …“
„Verdammt nochmal, er glaubt, wir sind keine Bedrohung für seine Truppen. Ansonsten würde er viel zu große Verluste in Kauf nehmen.“
Perry versuchte, sich zu konzentrieren, und betrachtete den marschierenden Feind einige Momente. „Aber das ist doch gut für uns, oder? Ein Feind, der dich unterschätzt, ist doch immer etwas Gutes, oder?“
„Schon möglich. Aber das regt mich auf! Wir haben ihm in den letzten paar Tagen ein paar üble Verluste eingebracht, haben ihm die Nase blutig gehauen. Und das scheint ihm alles scheißegal zu sein.“
Der Arzt schüttelte den Kopf. „Ich glaube, wir haben gleich ganz andere Probleme, als uns darüber Sorgen zu machen.“
Moody knurrte etwas, doch Perry ignorierte ihn. Grimmig stützte der Söldner sich auf seine Krücke und prüfte mit der an-

deren Hand seine Pistole. Die Waffe wirkte in seinen fleischigen Pranken wie Spielzeug.
Eris ignorierte die beiden und machte sich stattdessen an dem Hartschalenkoffer zu schaffen. Er ließ seine Hände einmal über die eingeprägten Buchstaben und Zeichen gleiten, bevor er die beiden Sicherheitsschlösser entriegelte. Behutsam klappte er den Deckel auf und starrte ehrfürchtig auf das Innere des Koffers.
Ihm war nicht wohl dabei, sein Leben und das Schicksal von so vielen in die Hände von einem alten Stück Technik zu geben, das vielleicht gar nicht mehr funktionierte. Es gab nur diesen einen Versuch.

Langsam nahm er das erste Teil aus dem Koffer. Es handelte sich um eine etwa unterarmlange Schiene, an deren Ende ein massiver Kasten angebracht war. Von diesem Kasten aus verliefen Kabel, die in die Schiene selbst oder zum an der Unterseite angebrachten Pistolengriff führten. Mit zittrigen Fingern löste er einen Sperrriegel und klappte die Schiene auf die doppelte Länge aus. Für einige Sekunden blicke er unschlüssig auf das Gerät, dann legte er einen kleinen Schalter am Kasten um. Ein gut hörbares Surren ertönte und eine gelbe Leuchtdiode erstrahlte. Auf einem kleinen Display auf dem Kasten leuchteten Buchstaben auf.
„System nicht einsetzbar. Munition fehlt“, las Eris flüsternd ab. Behutsam griff er nach einem verchromten Zylinder im Koffer, legte ihn auf die Schiene und ließ ihn mit einer halben Drehung einrasten. Das gelbe Licht verschwand und eine grüne Lampe erstrahlte stattdessen.
„System einsatzbereit“, las der Söldner halblaut vom Display ab. Gleichzeitig ertönte ein zweifacher Piepton aus dem Koffer, als dort Elektronik zum Leben erwachte.
„Sieht aus wie ein Raketenwerfer“, kommentierte Moody die Szene. Eris nickte knapp und drehte die Waffe einmal in der Hand.

„Ich hoffe, er hat mehr Durchschlagskraft“, bemerkte Perry nervös.
„Wenn Connelly recht hat, dann hat er das, ja. Lasst uns einfach hoffen, dass das Ding hier nach all den Jahren nicht eingestaubt ist und wirklich das macht, was es soll“, versuchte Eris, die Bedenken zu zerstreuen, und legte sich die Waffe auf die Schulter. Perry konnte seinen Blick nicht von der Konstruktion abwenden. Vorsichtig befeuchtete er zwei Finger und hielt seine Hand prüfend in den Himmel. „Der Wind stimmt. Zumindest weht er uns nicht entgegen.“
„Schön, dann spielt das Wetter wenigstens auf unserer Seite“, fügte Eris mit spürbarem Zynismus hinzu.
Er richtete sich kniend in Richtung des herannahenden Feindes aus und begann zu zielen. Moody und Perry traten vorsorglich einige Schritte beiseite, denn keiner von ihnen wusste so genau, wie dieses Waffensystem funktionieren würde. Mit einigen tiefen Atemzügen versuchte Eris, sich zu konzentrieren, sich zu beruhigen. Diese Übung hatte schon unzählige Male funktioniert, doch diesmal gelang es ihm nicht, Anspannung und Nervosität zu vertreiben. Die Sekunden verstrichen, während Banners Armee weiterhin auf die Verteidiger zuhielt. Mittlerweile waren die vier Angriffskeile zu erkennen, in die der General seine Truppen eingeteilt hatte. Als die Soldaten auf einen halben Kilometer heranmarschiert waren, verloren die ersten Verteidiger ihre Nerven und eröffneten zaghaft das Feuer. Kaum eine Kugel fand ein Ziel unter den Feinden, dazu fehlte den wild zusammengewürfelten Verteidigern einfach die Praxis. Unbekümmert marschierten die ausgebildeten Soldaten weiter, während die Verteidiger ihre wertvolle Munition verschossen. Wütend brüllte Moody einige Befehle, und seine Anweisungen wurden über die Köpfe der Verteidiger hinweg weitergegeben. Das wirkungslose Feuer verebbte.
Noch einen Moment wartete Eris, dann betätigte er den Abzug. Mit einem Fauchen erwachte der Zylinder zum Leben, dann ertönte ein Zischen, als das Geschoss an Geschwindigkeit gewann

und von der Schiene flog. Das Projektil jagte in einer sanft ansteigenden Bahn auf Banners Armee zu. Als der raketengetriebene Zylinder über die Köpfe der ersten Schlachtreihen hinwegjagte, befand er sich vielleicht zehn Meter über dem Boden. Perry und Moody blickten dem Projektil gebannt hinterher, während Eris behutsam den Werfer beiseitelegte und nach dem Koffer griff. Im Innern des Koffers rasten Zahlenreihen und Daten über einen grünlichen Bildschirm. Er schenkte dem Bildschirm nur einen kurzen Moment Aufmerksamkeit, dann spähte er mit zusammengekniffenen Augen nach dem Projektil. Als das Geschoss mitten über den Marschreihen des Feindes war, rammte er seine geballte Faust auf einen roten Knopf im Koffer. In einem weißen Lichtblitz schien das raketengetriebene Geschoss förmlich zu zerplatzen, dann rollte eine schwache Explosion heran. Aus dem auseinandergesprengten Geschoss wirbelte eine graue, fast organische Wolke auf, die sich in alle Richtungen ausbreitete. Während die Trümmerteile des Geschosses der Schwerkraft folgten und gen Boden rasten, wirbelte die Wolke auf, ein wenig so, als wäre sie von einem seltsamen Eigenleben befallen. Auf die Entfernung sah es aus, als ob der gräuliche Nebel sich verdichtete, obwohl er sich immer mehr ausbreitete. Dann jedoch schienen alle Gesetze der Natur außer Kraft gesetzt. Der Nebel stieg nicht sanft zum Himmel, er schoss, wieder von diesem seltsamen Eigenleben getrieben, zu Boden, stürzte sich förmlich auf die ahnungslosen Soldaten darunter.
Moody schüttelte den Kopf. „Sowas habe ich noch nie gesehen."
„Was das angeht, hat sowas noch keiner von uns gesehen", flüsterte Eris.
Auf Moodys Gesicht zeichnete sich ein von morbider Spannung und Faszination getragenes Lächeln ab. Der Söldner schien dem Schauspiel völlig erlegen zu sein.
Die gräulichen Nebelschwaden hüllten die Soldaten ein, umschlangen sie wie Bänder. Der Nebel jagte von Ziel zu Ziel, ganz so, als würde ihn ein unbändiger Hunger antreiben. Banners Männer wussten kaum, wie ihnen geschah. Ihre Ausbildung

hatte sie auf derartige Vorkommnisse schlichtweg nicht vorbereitet. Einige von ihnen schlugen ihre Kragen hoch oder versuchten, ihre Halstücher vor den Mund zu bekommen.
Doch es war kein Gas. Es war keine chemische oder biologische Kriegswaffe. Der graue, immerzu hungrige und lebendige Nebel bestand aus unzähligen, mikroskopisch kleinen Maschinen: Naniten. Selbstständig suchten die Naniten sich ihr Ziel und erfüllten genau die Aufgaben, für die sie geschaffen worden waren. Mechanisch, präzise und ohne Zweifel.
Die Nanitenschwärme jagten über die uniformierten Männer und Frauen hinweg, hüllten sie völlig ein und schossen dann zum nächsten Ziel. Jene, die der Nebel wieder entließ, blickten sich panisch um, suchten an sich Anzeichen einer Verletzung oder warteten auf eine tückische Wirkung. Offenbar hatten die Naniten den Soldaten keinen Schaden zugefügt. Angst und Panik wichen schnell.
Die Nanitenschwärme brandeten über Banners Armee hinweg, hüllten jeden Soldaten ein, bevor sie sich auf ein neues Ziel stürzten. Doch nirgendwo kam es zu irgendwelchen Ausfällen. Als der graue Nebel einmal über die Armee hinweggeflossen war, schob er sich zu einem meterhohen Turm auf, ganz so, als ob er ein neues Ziel suchte.
Eris Finger tasteten nach einem zweiten Knopf. Mit einer raschen Bewegung klappte er die Sicherungsblende beiseite und legte ohne zu zögern den Schalter um.
Die Bewegung des aufragenden Nebelturms erstarb, dann sank der Nebel, seines Eigenlebens beraubt, zu Boden.
„Das war es?“, wollte Moody wissen.
„Ich glaube schon“, murmelte Eris unschlüssig und starrte auf das Display im Innern des Koffers.
„Und woher wissen wir, ob es funktioniert hat?“
„Das kann ich nicht genau sagen.“

Banners Blick hatte sich an den seltsamen Nebel geheftet, der nun zu Boden sank. Er suchte nach einer Erklärung für dieses

Phänomen, fand sie aber nicht. Es gab einfach keine logische Erklärung für das, was sich gerade abgespielt hatte. Zuerst hatte er vermutet, dass es sich um Gas, eine biologische oder chemische Waffe handelte, und war panisch geworden, hatte nach seiner Gasmaske gesucht. Wie sich jedoch herausstellte, schien es kein gefährlicher Stoff gewesen zu sein. Seine Soldaten standen immer noch aufrecht und waren für den Angriff bereit, nirgendwo konnte er auch nur die Spur einer Verletzung erkennen. Vielleicht war es eine veraltete Waffe, die schlichtweg zu lange gelagert worden und mittlerweile nutzlos geworden war? Die Chancen dafür standen gut, denn immerhin schien das Gas völlig wirkungslos gewesen zu sein. Dennoch beunruhigte es ihn, dass dieser unorganisierte Haufen über derartige Waffensysteme verfügte. Vielleicht besaßen sie noch mehr davon und die nächste Rakete war nicht zu lang gelagert, sondern mit einer todbringenden Fracht bestückt?
Er drängte die brennende Frage zurück, wie sein Feind an diese Waffen gekommen war. Das war eine Frage, die später erörtert werden konnte. Dann, wenn diese Schlacht gewonnen war und er der rechtmäßige Sieger war. Dennoch war es wohl das Beste, jetzt nicht noch mehr Zeit verstreichen zu lassen.
Er straffte sich und strich die Uniform glatt, dann winkte er die Adjutanten und Offiziere heran. Die Männer und Frauen schauten ihn erwartungsvoll an.
„Gebt Befehl für den Sturmangriff."

„Anlegen!", bellte Alexander langgezogen, und sein Befehl wurde nach links und rechts in der Kampflinie weitergeschrien.
Die Männer und Frauen brachten ihre Waffen in Anschlag und begannen zu zielen, warteten auf den erlösenden Befehl. Der Feuerbefehl würde endlich die elendige Anspannung von ihnen nehmen, endlich wären sie alle nicht mehr dazu verdammt, einfach nur zu warten. Die ersten Schüsse wären das Signal zum Handeln. Dann würde das Töten beginnen. Die Vorstellung war beängstigend, doch alles schien besser als dieses ungewisse Warten.

Alexander fixierte die heranmarschierenden Soldaten. Die Angreifer waren mittlerweile in den Laufschritt verfallen und hielten dabei ihre Formation. Auch auf der anderen Seite wurden die Sturmgewehre in die Höhe genommen, auch dort wartete man nur auf den Befehl. Kaum zweihundert Meter trennten die beiden Seiten noch voneinander, da gerieten die Formationen der Angreifer ins Stocken. Von ihrer Position aus konnten die Verteidiger von Yard nicht erkennen, was sich dort beim Feind abspielte, Alexander jedoch lächelte siegessicher. Offenbar hatte die technische Wunderwaffe aus dem Institut ihre volle Wirkung entfaltet.

„Feuer! Schießt sie zusammen!“, brüllte er, und sofort wurde links und rechts von ihm das Feuer eröffnet.

Schuss um Schuss, Salve um Salve jagten die Verteidiger Banners Armee entgegen. Die Kugeln trafen und rissen die ersten Soldaten zu Boden, hielten blutige Ernte. Seltsamerweise schlug kein Gegenfeuer herüber, nicht eine Kugel fand ihren Weg zu den Verteidigern von Yard. Es war nicht so, dass Banners Soldaten nicht ihre Waffen anlegten und ihre Abzüge durchzogen, doch kein einziger Schuss verlies die Läufe.

Nun endlich dämmerte ihnen, was der seltsame Nebel ausgelöst hatte. Die Nanitenschwärme hatten ihre Wirkung nicht verfehlt. Ganz im Gegenteil hatten sie vollen Erfolg gehabt. Ihr einprogrammiertes Ziel waren nämlich nie Lebewesen gewesen, sondern vielmehr das Schießpulver der Munition. In einer unglaublichen Arbeit hatten die wirbelnden, kleinen Maschinen die Treibmittel völlig unbrauchbar gemacht.

Kaum dass die Erkenntnis sich bohrend in die Köpfe der Soldaten fraß, griff die Panik um sich. Sie warfen ihre nutzlosen Waffen beiseite und wandten sich um, begannen mit der Flucht. Die vor wenigen Sekunden noch perfekten Schlachtreihen lösten sich in heilloses Durcheinander auf, als Panik und Furcht um sich griffen.

„Und jetzt setzt ihnen nach, verdammt!“, brüllte Alexander, als die Kämpfer nachluden. Noch während er sprach, machte er die ersten Schritte aus der Formation heraus, das Sturmgewehr schussbereit im Hüftanschlag. Er brauchte sich nicht umzusehen. Euphorisch und siegessicher begannen die Verteidiger von Yard ihm zu folgen, setzten zum Gegenschlag an.

Jonathan Banner starrte völlig ungläubig auf das Schlachtfeld. Seine Armee, seine ausgebildeten und trainierten Soldaten waren zu einem chaotischen Mob zusammengeschmolzen. Keine Moral, keine Disziplin, in den Augen nur blankes Entsetzen und eine völlig überhastete Flucht. Die Angriffskeile hatten sich aufgelöst und die Soldaten stürzten ungeordnet durcheinander. Wenn die Moral auf einem Schlachtfeld erst einmal ins Wanken geraten war, war das eine kritische und unabsehbare Situation. Viel zu schnell konnte sich Panik wie ein Lauffeuer ausbreiten und selbst die stärksten und routiniertesten Soldaten übermannen. Furcht war eine starke Waffe, und wenn sie auf fruchtbaren Boden fiel, war es meist schon zu spät. Banners Soldaten waren dieser Waffe scheinbar völlig erlegen und suchten ihr Heil in der Flucht.
Der General war nicht gewillt, dies einfach so geschehen zu lassen. Wütend brüllte er Befehle, jagte seine Offiziere und Adjutanten davon. Es galt, die Flucht aufzuhalten, die Soldaten wieder zu sammeln. Immer noch konnte er nicht begreifen, was das Schlachtenglück zu seinen Ungunsten herumgerissen hatte. Alles was er sah, war ein heilloses Durcheinander, bei dem seine Truppen vor dem wild um sich schießenden Feind zurückwichen. Nirgendwo schien sich Widerstand zu formieren, nirgends schienen seine Soldaten dem Feind die Stirn zu bieten.
Wut stieg in ihm auf, als er bemerkte, wie einer der Offiziere, den er gerade losgeschickt hatte, schon wieder zurückkam. Der Mann schien gar nicht vorzuhaben, eine Meldung zu machen, sondern war offensichtlich von der allgemeinen Panik ergriffen. Zornig stapfte Banner dem Mann entgegen, packte ihn am Kragen. „Verdammt nochmal! Halten Sie die Absetzbewegungen auf!“

Der Offizier blickte den General panisch an und befreite sich hastig aus dem Griff. „Alles ist verloren!“, brachte er hervor und versuchte, Banner zu entkommen.
„Schwachsinn!“, brüllte der General und versuchte, den Mann noch einmal zu packen.
„Die werden uns zusammenschießen“, brabbelte der Mann und stemmte sich gegen den Griff des Generals.
„Verflucht noch eins! Dann feuert doch endlich zurück!“, knurrte Banner.
Wie zur Bestätigung zerrte er seine Waffe hervor und fuchtelte bedrohlich vor der Nase des Mannes herum. Er bemerkte, wie die Männer und Frauen um ihn herum völlig unbeeindruckt erschienen. Sie stürmten einfach weiter an ihm vorbei, hatten überhaupt keinen Blick für das, was sich hier abspielte, geschweige denn Respekt vor seinem Rang. Wenn er die Situation noch retten wollte, musste er so schnell wie möglich ein Exempel statuieren. Kurzerhand drückte er dem sich windenden Offizier die Waffe an die Schläfe und drückte ab.
Alles, was die Pistole von sich gab, war ein metallisches Klicken. Ungläubig starrte Banner auf die Waffe in seiner Hand und drückte noch einmal ab, doch wieder ertönte nur das Klicken. Der General begriff nicht, doch der Offizier erkannte seine Chance und riss sich los. Unsanft stieß er seinen Befehlshaber zurück und taumelte dann mit den anderen Flüchtenden davon. Banner stolperte und schlug der Länge nach hin, immer noch verstand er nicht, was hier eigentlich passierte.
Seine weit aufgerissenen Augen hafteten sich an die mattschwarz lackierte Pistole, und immer wieder krümmte er seinen Finger am Abzug, doch kein Schuss löste sich. Mit brachialer Gewalt bahnte sich die Erkenntnis den Weg durch seine aufgewühlten Gedanken und er begann zu realisieren, was hier passierte.
Jetzt begann die Panik, auch sein Herz zu ergreifen, und mit ihr kam die Übelkeit. Zitternd und unsicher stemmte er sich in die Höhe, wurde fast von einer flüchtenden Soldatin umgerannt.

Die Frau hielt kurz inne und ihre Blicke trafen sich.
„Nehmt mich mit“, brachte er hervor. „Rettet mich!“
Seine Stimme hatte jegliche Autorität verloren, klang flehentlich, mitleiderregend. Die Frau musterte ihn kurz, dann schlug sie seinen Arm beiseite und wandte sich wieder um, rannte weiter. Er starrte ihr hinterher, konnte, wollte immer noch nicht begreifen.
Was er aber verstand, war, dass er nicht hierbleiben konnte. Er musste fliehen, wenn er am Leben bleiben wollte. Mechanisch begann er, seine Beine zu bewegen, setzte einen Fuß vor den nächsten, taumelte über arglos fortgeworfene Ausrüstung und Gestürzte hinweg.

Alexander war einer der ersten, die das Lager erreichten. Banners Soldaten waren mittlerweile in völlige Panik verfallen und flohen, wo sie nur konnten. Dort, wo die Flucht unmöglich schien, ergaben sich die Soldaten, doch nicht immer konnten sie Gnade von den Verteidigern von Yard erwarten. Allzu oft kam es vor, dass Soldaten, die sich bereits ergeben hatten, einfach erschossen wurden. Das war dem allgemeinen Durcheinander des Angriffs und der mangelnden Ausbildung der Kämpfer aus Yard geschuldet, aber sicherlich auch der blutigen Verteidigung der letzten Tage.
Jeder in Yard hatte die gewalttätige Fratze des Krieges gesehen und war entweder selbst verwundet worden oder besaß einen Angehörigen oder Freund, der schwer verletzt oder getötet worden war. Es waren die überschäumende Wut und Rache, die ihr blutiges Gericht hielten. Auch wenn es ihm widerstrebte, so ließ Alexander die Kämpfer aus Yard gewähren. Es gab wichtigere Dinge.
Alsbald hatte er gefunden, wonach er suchte.
„Banner!“, rief er die Gestalt an, die kaum zwanzig Meter von ihm entfernt taumelte.
Der Angerufene blieb stehen und versteifte sich, drehte sich langsam um.

General Jonathan Banner mochte vor wenigen Stunden noch eine charismatische Führungspersönlichkeit gewesen sein, furchteinflößend durch und durch. Jetzt aber stand ein gebrochener Mann vor ihm, ein Häufchen Elend. Er blinzelte ängstlich, fast abwesend. Dann schien der General zu realisieren, wer da seinen Namen gerufen hatte.
„Du …“, brachte er keuchend hervor.
Alexander sicherte sein Sturmgewehr und warf die Waffe beiseite. Mit geballten Fäusten stapfte er wütend auf den kleinen Mann zu.
„Alexander, ich …“, stammelte der Mann und zog schützend seine Arme nach oben, während er nach hinten taumelte. Der ehemalige Offizier ließ sich von dieser unterwürfigen Geste nicht aufhalten und verpasste dem General einen schweren Schlag. Banner taumelte unkontrolliert nach hinten, hielt sich aber immer noch auf den Beinen. Alexander setzte ihm nach und verpasste dem Mann einen weiteren Treffer. Jetzt strauchelte der General und schlug der Länge nach hin.
„Bitte, aufhören!“, flehte er, während er rückwärts kroch.
Alexander wiederum dachte nicht daran, dem Mann Gnade zuteilwerden zu lassen. Zornig packte er ihn am Kragen und zog ihn nach oben. Ihre Nasen berührten sich beinah und sein feuriger, zorniger Blick starrte in die ängstlichen, halb wahnsinnig herumhuschenden Augen des gebrochenen Mannes.
„Alexander, ich kann verstehen, dass …“, setzte der General an, um sein Leben kämpfend.
Der Kahlköpfige ließ ihn nicht einmal ausreden, sondern verpasste dem sich windenden Mann eine Kopfnuss. Schmerz explodierte in seinem Kopf und ihm wurde der Kopfverband bewusst, den er trug. Übelkeit schoss empor und Sterne begannen vor seinen Augen zu tanzen. Nur mit Mühe konnte er sich auf den Beinen halten und ließ den stöhnenden General zu Boden sinken.
Obwohl Banners Nase blutig war und der Treffer ihm hart zugesetzt hatte, fing er sich vor dem wankenden Kämpfer.

Der General begriff, was gerade passierte, und witterte seine Chance. Vielleicht würde es ihm doch noch gelingen, zu entkommen.
Gerade als die tanzenden Sterne vor Alexanders Augen sich lichteten, spürte er, wie er an seiner Kampfweste gepackt und nach unten gezerrt wurde. Mit einem erschrockenen Stöhnen schlug er auf dem Boden auf. Noch bevor er wusste, wie ihm geschah, war Banner über ihm. Der gebrochene, schmächtige Mann schien neue Reserven gefunden zu haben und hämmerte mit aller Gewalt auf seinen Gegner ein. Die Schläge waren weder gut platziert noch besonders kräftig, dennoch regneten sie in einer rasanten Abfolge auf den ehemaligen Offizier hinab. Alexander bemühte sich, die Arme seines Gegenübers zu blockieren und ihn von sich herunterzubekommen. Für einige Momente wälzten die beiden sich im Staub und es war ungewiss, wer von ihnen die Oberhand behalten würde. Dann jedoch gelang es Alexander, den General von sich zu werfen. Sofort setzte er ihm nach und warf sich mit seinem ganzen Gewicht auf den Mann. Banner wehrte sich, war aber klar der Unterlegene. Alexanders kräftige Hand schloss sich um den Hals des Generals, und Banner fing an, nach Luft zu schnappen. Seine Schläge verloren an Kraft, während sein Gesicht blau anlief.
Jetzt erst schaffte es der ehemalige Offizier, das pulsierende Adrenalin in seinem Körper niederzukämpfen, und besann sich der Situation, in der er war. Sofort lockerte er den Griff um den Hals des Generals.
„Du wirst für all das bezahlen, Banner!“, knurrte er.
Banner schnappte nach Luft, war nicht fähig, etwas zu sagen.
Die beiden Männer lagen so einige Zeit, und Alexander starrte in das Gesicht des Generals, suchte ein Zeichen der Niederlage. Ein Nicken, ein Blinzeln, irgendeine Zustimmung. Banner schien mittlerweile wieder genügend Luft zu bekommen. Für den Bruchteil einer Sekunde schien er über die Worte seines ehemaligen Offiziers nachzudenken, dann blitzten seine Augen böse auf. „Und wenn. Dich nehme ich mit!“

Ein Ruck ging durch Alexanders Kampfweste, und sein Verstand brauchte eine halbe Sekunde, um zu realisieren, was gerade passiert war. Er ließ von Banners Kehle ab und tastete zu seiner Brust. Seine Finger erfühlten den stählernen Körper einer Granate, die dort griffbereit hing. Hastig tastete er nach dem Sicherungsring der Waffe und erkannte, dass dieser fehlte.
Banner kicherte wahnsinnig.
Alexander realisierte nicht einmal mehr den Knall der tödlichen Explosion.

Erschöpft standen die Freunde im abendlichen Schatten der Mauer und blickten auf die Ebene hinaus. Moody hatte es sich auf einigen Trümmern bequem gemacht und sein verletztes Bein hochgelegt, er genoss den heutigen Sieg mit einer großen Flasche Schnaps. Perry tat es ihm gleich, und der Alkohol schien die Entbehrungen der letzten Tage und Wochen einfach fortzuspülen.
Eris und Sal standen zusammen, dicht an dicht, die Arme auf die Schultern des anderen gelegt.
„Und, was glaubst du?“, wollte sie wissen.
Eris schüttelte kurz den Kopf, um seine Gedanken zu klären. „Hm? Was meinst du?“
„War es die richtige Entscheidung?“
Er sog die Luft ein und überlegte, dann nickte er. „Ja, ich glaube schon. Es war gut und richtig.“
„Und was jetzt?“
„Ich glaube, jetzt ist es Zeit für einen Neuanfang.“
Sie kicherte, als er ihr einen Kuss auf die Lippen drückte.

Epilog

Banners Armee war geschlagen. Kaum einige hundert Soldaten entkamen an diesem Tag der Gefangenschaft und irrten ohne Ausrüstung und Anführer durch die grüne Ebene. Die Kämpfer aus Yard setzten ihnen nach und stellten die meisten von ihnen in den nächsten Wochen. Lange Reihen Gefangener strömten zurück nach Yard. Ihres Anführers beraubt, schien Banners Armee sich in Windeseile aufzulösen, als ob sie niemals existiert hätte.

Der schwerverletzte Marcus ließ sich die Zügel nicht aus der Hand nehmen, und noch während er auf dem Krankenbett lag, setzte er sich für die Abschaffung der Fraktionen ein, die Yard all die Jahre beherrscht hatten. Mit harter Hand und viel Verhandlungsgeschick gelang es ihm innerhalb eines Jahres, die verkrusteten Verhältnisse aufzubrechen. Er schuf eine Union, an deren Spitze er selbst als mächtigster Mann stand. Unter seiner Führung wuchs und gedieh Yard und zog mit dem Versprechen von Frieden und Sicherheit in der Folgezeit Scharen von Überlebenden an. Mit dem scheinbar unendlichen Stromvorrat des Windparks wurde Yard zum Zentrum einer neuen Zivilisation, die sich langsam über das umliegende Land ausbreitete.

Institut 18 wurde erstes Mitglied dieser Union. Mithilfe der Wissenschaftler der alten Forschungsanlage gelang es, Yard zu einer pulsierenden Stadt zu machen. Ein Jahr nach der Schlacht von Yard waren die Arbeiten so weit fortgeschritten, dass man sich feierlich daranmachte, einige Gleise in Betrieb zu nehmen. Die Bewohner der Forschungseinrichtung freilich schwiegen über den wirklichen Zweck der alten Regierungseinrichtung. Zu groß war die Gefahr, dass die Naniten in falsche Hände geraten konnten.

So schnell sie konnte, sicherte die neugeborene Union sich den Zugriff auf das Baker Army Depot. Die unzähligen Waffen und Fahrzeuge, die dort eingelagert waren, sollten den Grundstock für die junge Unionsarmee liefern. Das Geheimnis, das tief unter der Militärbasis schlummerte, war mit dem Tod des Generals verlorengegangen.

Annabell Connelly wurde erstes Ratsmitglied der Union und setzte sich von da an für den Traum ein, den sie immer gehabt hatte. Sie wollte diese Welt zu neuem Leben erwecken, zu etwas Besserem machen. Einen Neuanfang wagen. Marcus hatte die Hilfe der Wissenschaftlerin nicht vergessen und ließ ihr freie Hand, konnte das Wissen des Instituts der aufstrebenden Union doch nur zugutekommen.

Moody und Ian blieben noch einige Tage in Yard, dann kehrten sie mit einer schwer beladenen Karawane zurück nach Station. Der alte Händler brauchte nicht lange, um die Bewohner der kleinen Siedlung von der Union zu überzeugen, und so kam es, dass Station zweites Mitglied wurde. Ian jedoch begnügte sich mit seiner Position als Händler und ließ anderen den Vortritt, als es um den Ratsposten in Yard ging. Erstaunlicherweise war es Moody, der die sich bietende Chance ergriff. Noch im Spätsommer reiste er mit einer kleinen Gruppe Getreuer in seine Heimat und überzeugte sein Dorf, ihm nach Station zu folgen. Bevor der Winter kam, war Station auf doppelte Größe angewachsen.

Tyler war der erste Mensch, der nach einer lebensbedrohlichen Verletzung durch Naniten vollständig genesen sollte. Der Junge schwor in diesem Moment den Waffen ab und blieb im Institut, wo er das Wissen über vergangene Zeiten wie ein Schwamm in sich aufsog.

Perry folgte seinem Neffen ins Institut 18, kehrte jedoch einige Monate später nach Yard zurück, um sich endlich niederzulassen. So sehr ihn das Wissen aus der Welt DAVOR faszinierte, merkte er doch, dass er vielmehr Menschen als Wissen um sich brauchte, um glücklich zu werden.

Eris und Sal hingegen blieben in Yard. Im Winter gebar die Schützin Zwillinge, zwei Jungen. Die frischgebackenen Eltern gaben ihnen die Namen Alexander und Ryan. Da der Söldner und die Schützin sich bei der Verteidigung von Yard verdient gemacht hatten, genossen sie ein hohes Ansehen in der aufstrebenden Union. Als man ihnen Posten im Unionsrat anbot, ergriffen beide die sich bietende Gelegenheit.

Das war 2056, und die Welt hatte die Chance auf einen Neuanfang bekommen.

BAND 1
FLUCHT AUS DEM DUNKEL

Dein Name ist Einsamer Wolf.
Bei einem hinterhältigen Angriff der Schwarzen Lords wird das Kloster, in dem du zum Kai ausgebildet wirst, vom Feind zerstört. Du bist der einzige Überlebende!

FLUCHT AUS DEM DUNKEL

Du schwörst Rache. Doch zunächst musst du Holmgard erreichen und König Ulnar vor den Horden des Bösen warnen. Der Weg, der nun vor dir liegt, birgt tödliche Gefahren, und der Feind ist dir dicht auf den Fersen.

Auf jeder Seite dieses Buches musst du dich neuen Herausforderungen stellen, darum wähle deine Waffen und Fähigkeiten mit Bedacht. Nur mit ihrer Hilfe wirst du das fantastischste und spannendste Abenteuer deines Lebens bestehen können.

Die Abenteuer von Einsamer Wolf sind eine einzigartige interaktive Fantasy-Serie. Wenn du dieses Abenteuer überstanden hast, kannst du deinen Kampf gegen das Böse in weiteren Bänden der Reihe Einsamer Wolf fortsetzen.

Werde Teil dieser einzigartigen Rollenspiel-Saga!